Knaur

Über die Autorin:

Christin Busch wurde 1965 in Hannover geboren. Sie ist verheiratet und lebt mit ihrem Mann und ihren beiden Kindern in der Nähe von Hannover.

Christin Busch

Noras großer Traum

Roman

Knaur

Besuchen Sie uns im Internet:
www.droemer-knaur.de

Originalausgabe 2003

Ein Unternehmen der Droemerschen Verlagsanstalt
Th. Knaur Nachf. GmbH & Co. KG, München

Redaktion: Dr. Gisela Menza
Umschlaggestaltung: ZERO Werbeagentur, München
Umschlagabbildung: Corbis, Düsseldorf
Satz: Ventura Publisher im Verlag
Druck und Bindung: Nørhaven Paperback A/S
Printed in Denmark
ISBN 3-426-62226-2

2 4 5 3 1

Für meine Familie
Ich danke meinem wunderbaren Mann
und meinen beiden zauberhaften Kindern
für ihre Liebe, aber auch für die Geduld,
die sie aufbringen mussten,
während ich Nora durch ihren
großen Traum begleitet habe.

Für meine Eltern
Danke dafür,
dass ihr immer für mich da seid.

Für Renate
Danke für viele gute Ratschläge
und für deine Freundschaft.

1

Schwungvoll warf Nora Bergmann die Schaufel in die frische Blumenerde und richtete sich auf. Sie pustete sich eine gelockte goldbraune Haarsträhne aus dem Gesicht und ließ den Blick durch den hübschen Garten schweifen. Missmutig betrachtete sie den Korb mit Blumenzwiebeln, der neben ihr auf dem Boden stand. Für wen pflanzte sie die eigentlich? Wütend stand sie auf, zog sich die Arbeitshandschuhe aus und warf sich in einen Gartensessel. Was war nur mit ihr los? Sie stand doch auf der Sonnenseite des Lebens: Sie hatte einen tollen Mann, zwei Kinder, die sich prächtig entwickelten, ein Haus mit Garten vor den Toren Hamburgs. Warum hatte sie in letzter Zeit nur ständig das Gefühl, das Leben liefe an ihr vorbei? Fast gleichzeitig mit dem Aufkommen ihrer inneren Unzufriedenheit schämte sie sich für diese Überlegungen; schließlich ging es ihr doch gut. Sie sah auf. Kuno, ihr großer Hirtenhund, war leise herangekommen und hatte seinen Kopf auf ihre Knie gelegt. Er schien zu spüren, dass sie traurig war, denn er stupste sie auffordernd und sah aus großen braunen Augen zu ihr hoch. Sie lächelte und nahm seinen Kopf in beide Hände. »Na, Kuno? Wenigstens du bist noch der Alte! Dein Frauchen spinnt nämlich ...« Ihre Finger spielten mit den seidenweichen Ohren des Hundes, während ihre Gedanken in die Vergangenheit wanderten. Wie glücklich waren sie und ihr Mann Max gewesen, als sie, frisch verheiratet, ihr Haus geplant und entworfen hatten und meinten, mit Riesenschritten ihrem absoluten Glück immer näher zu kommen. Sie waren vollkommen von sich und ihrer Zukunft überzeugt gewesen.
Nora dachte noch weiter zurück. Kurz vor dem Abitur hatten sie sich kennen gelernt, ineinander verliebt und waren zusammengeblieben. Beide hatten studiert, gute Ausbildungen hinter sich gebracht und konnten erste berufliche Erfolge vorweisen.

ehrliche Antwort. Seit sie den Unfall hatte und aus meinem Leben verschwunden ist, beschäftigen mich alle möglichen Fragen, ganz besonders diese.« Er machte eine Pause und starrte auf das Milchkännchen. »Weißt du, alles in meinem Leben war selbstverständlich. Alles lief wunderbar, ich hatte nie einen Grund, mir ernsthafte Gedanken darüber zu machen. Selbst nicht an diesem Morgen. Ich … ich habe nichts von dem Unglück gespürt, das auf uns zukam, davon, dass ich sie nicht lebend wiedersehen würde. Ich gab ihr wie immer eilig einen Abschiedskuss, strich Patrick übers Haar und bin gegangen.«
Er hatte den Kopf auf die Arme gelegt und haltlos angefangen zu weinen. Sie war zu ihm gegangen und hatte ihn in die Arme genommen. Obwohl auch ihr Tränen über die Wangen liefen, hatte sie versucht, ihn zu trösten.
»Alex, Sophie war absolut glücklich mit dir und Patrick. Mit ihrem Leben hier. Sie hat dich und Patrick so geliebt. Und sie und ich, wir haben uns über Gott und die Welt unterhalten können und viel Spaß dabei gehabt. Und ich bin mir sicher, dass sie sich genau in diesem Augenblick wünschen würde, dass wir durchhalten. Für die Kinder. Wenn Patrick dich jetzt auch noch als Halt verliert, wird er womöglich zerbrechen. Er braucht dich ganz besonders und, Alex, er bleibt dir noch von Sophie.« Er hatte sich mit beiden Handrücken die Tränen weggewischt und sich plötzlich entschlossen wieder aufgesetzt.
»Nora, ich werde mit Patrick von hier wegziehen.«
Sie hatte ihn erschrocken angesehen. »Nein! Bitte, Alex, das kannst du nicht machen! Und was ist mit Patrick und Niklas? Die beiden hängen aneinander wie Brüder.«
Alexander hatte ihre Hand in seine genommen. »Nora, ihr bleibt unsere besten Freunde. Und ich bin so dankbar, dass du gerade jetzt immer für uns da warst.« Er schluckte. »Aber ich kann nicht hier bleiben! Alles, jede Ecke, jeder Winkel, alles erinnert mich an sie.«

Kuno stupste Nora mit der Schnauze, da sie – völlig in ihre Erinnerungen versunken – aufgehört hatte ihn zu streicheln. Mechanisch begann sie wieder ihm den seidigen Kopf zu kraulen. Sie seufzte. Seit diesem Unfall hatte sich alles verändert, auch sie selbst, das spürte sie. Aber sie hätte nicht sagen können, inwiefern. Grübelnd betrachteten ihre großen grünbraunen Augen die Blätter an den Bäumen, ohne sie jedoch wirklich wahrzunehmen. Sie hatte für sich selbst die Erkenntnis gewonnen, wie vergänglich, wie zerbrechlich alles war, das Glück, die Gesundheit, ja, das Leben an sich. Ein einziger Moment konnte darüber entscheiden, ob alles so weiterging wie bisher oder ob sich alles veränderte. Aber niemand schien sich daran zu stören, alle machten einfach weiter wie immer. Jeder war mit seinem eigenen kleinen Dasein beschäftigt. Wenn man von einem Unglück hörte, war man erschrocken und sagte: »Ach, wie schrecklich! Die armen Leute.« Und schon kümmerte man sich wieder nur um seinen eigenen Kram, seine eigenen Probleme. Nora bestürzte diese Erkenntnis, ohne sagen zu können, warum. Schließlich wäre es auch keine Lösung, ständig im Leid oder im Unglück anderer Menschen mit zu versinken. Aber sie hatte begonnen vieles in ihrem bisherigen Leben in Frage zu stellen, vor allem das unablässige Streben nach Wohlstand, so genanntem bürgerlichem Ansehen und ständigem beruflichen Vorankommen. Sie erkannte, dass sie und Max sich – vielleicht auch wegen dieser Ziele – nicht mehr so nahe waren wie früher. Sie hatten gar keine Zeit mehr, tief gehende Gespräche miteinander zu führen, voneinander zu erfahren, was den anderen beschäftigte. Der Alltag, den sie sich selbst gewählt hatten, hatte sie vor seinen Karren gespannt und ließ sie nicht mehr los. Nora war sehr traurig gewesen, als sie das alles erkannte. Aber schlimmer noch hatte sie die Tatsache empfunden, dass Max sie nicht zu verstehen schien. Er begriff einfach nicht, was innerlich in ihr vorging, wenn sie versuchte ihm zu erklären, dass sie sich voneinander entfernten, dass jeder von ihnen zu fest im Alltag steckte. Er schaute sie dann meist zwinkernd an, nahm ihre Hand und sagte: »Aber wir haben es doch schön.« Dann umfasste sein stolzer Blick den herrlichen Garten, das große, geschmackvoll eingerichtete Haus, in dem Kinder lärmten, und er fügte leicht ironisch hinzu: »Es könnte schlimmer sein, findest du nicht?« Natürlich hatte er damit Recht, aber es traf Nora, dass er ihr damit das Gefühl vermittelte, sie nicht ernst zu nehmen oder die Gedanken, die sie beschäftigten, als »Problemchen« abzutun. Sie fühlte sich darin bestätigt, dass sie ihre frühere Nähe, ihr Verständnis füreinander, verloren hatten und sich auseinander entwickelten. Er wollte gar nicht, dass sich irgendetwas änderte. Warum auch? Es funktionierte ja alles prächtig. Kinder, Hund, Garten und Haus waren ihre Aufgabe, er kam beruflich voran, machte Karriere und sorgte für das Einkommen der Familie. Obwohl sie mit den Kindern viel um die Ohren hatte, fühlte sie sich mit der Zeit immer einsamer. Die anderen Frauen und Mütter, mit denen sie zusammentraf, wenn sie die Kinder vom Sport oder Musikunterricht abholte, schienen sich mit ihrem Leben völlig zu arrangieren, redeten über Schulausflüge, Fremdsprachenunterricht oder die Wäscheberge. Die Berufstätigen unter ihnen kamen meistens abgehetzt, aber selbstbewusst daher und vergaßen selten zu erwähnen, dass sie dringende Termine hätten, dass ihr Leben aber hervorragend funktioniere, besonders seit die Kinder selber Aufgaben übernähmen, morgens allein aus dem Haus gingen und mittags ins leere Haus zurückkehrten. Man müsse ihnen diese Selbstständigkeit einfach nur zutrauen.

Nora konnte sich weder mit der einen noch mit der anderen Seite so richtig anfreunden. Sie hatte sich ihre Kinder sehr gewünscht und wollte sich auch um sie kümmern. Sie hätte es gar nicht ertragen, sie sich selbst oder einer Tagesmutter zu überlassen. Sie genoss das Gefühl, die wichtigste Bezugsperson in ihrem Leben zu sein und darüber Bescheid zu wissen, wenn die beiden etwas bedrückte. Dennoch fehlte ihr was. Das war nicht unbedingt die Berufstätigkeit. Als Mutter hätte sie doch nur eine Teilzeitbeschäftigung ausüben können, was ihrem Anspruch an eine echte, eine wichtige Aufgabe nicht hätte gerecht werden können. Sie vermisste den Umgang mit gleichgesinnten Erwachsenen, interessante Gespräche, lebendige Diskussionen – so wie sie sie mit Sophie geführt hatte. Sie fehlte ihr so.

Aus ihrer inneren Einsamkeit heraus hatte sie begonnen sich selbst Themen zu suchen, die sie interessierten. Abends stand ihr viel Zeit zur Verfügung, wenn die Kinder schliefen. Max kam meistens spät nach Hause. Tagsüber war er in seiner Funktion als Marketingleiter bei Johann & Sohn, einem großen Verlag in Hamburg, viel in Besprechungen, so dass er immer am Abend seinen Papierkram erledigte, wenn es im Verlag ruhiger wurde. Nachdem Nora so ziemlich alle Bücher über Kinderpsychologie und -erziehung gelesen hatte, war ihr zufällig einmal ein Bericht über die Gründung des Royal Flying Doctor Service in Australien in die Hände gefallen. Voller Interesse las sie von John Flynn, dem presbyterianischen Geistlichen und Arzt, der 1912 in Oodnadatta in Südaustralien ein kleines, von Schwestern versorgtes Krankenhaus eingerichtet hatte, das ein so großer Erfolg wurde, dass er gebeten wurde, weitere Krankenhäuser zu bauen. Um jedoch den viel zu hohen Bau- und Betriebskosten aus dem Weg zu gehen, beschloss er, die Idee eines jungen Medizinstudenten namens Clifford Peel umzusetzen, die weit verstreuten Farmen mit einem ärztlichen Flugdienst zu versorgen. Peel fiel vor der Verwirklichung seines Einfalls als Kampfflieger im Ersten Weltkrieg. Erst 1928 hatte Flynn die erforderlichen Geldmittel durch Spenden aufgetrieben und mithilfe von Piloten und Technikern ein Funknetz aufgebaut, das die einsamen Farmen miteinander verband. Der Flying Doctor Service wurde auf Anhieb ein Erfolg und schnell erweitert, obwohl er bis zum heutigen Tag auf Spendengelder angewiesen ist. Nora war fasziniert davon, dass ein Land so groß sein konnte und dass die Menschen dort zum Teil so weit auseinander wohnten, dass es der Einführung eines fliegenden Ärztedienstes bedurfte, um die abgelegenen Farmen medizinisch zu versorgen. Ihre Neugier war geweckt, und sie interessierte sich brennend für alles, was mit diesem Kontinent zu tun hatte – die Geschichte Australiens, die Aborigines, ihre Kultur, ihre Kunst. Mit Bestürzung las sie über die Unterdrückung, Folter und fast vollzogene Ausrottung der Ureinwohner, dann registrierte sie teilweise einen langsamen Wandel im Bewusstsein der weißen Australier, den Weg einer allmählichen Umkehr, der aber noch lange nicht abgeschlossen schien. Als Nora die Eröffnungsfeier der Olympischen Spiele 2000 in Sydney am Bildschirm verfolgte, kämpfte sie mit den Tränen, als Kathy Freeman, eine junge australische Sportlerin vom Stamm der Aborigines, das olympische Feuer im Stadion entzündete.

Aber niemand teilte Noras Ergriffenheit, die Faszination, die dieses Land auf sie ausübte. Immer wieder versuchte sie an den Wochenenden Max davon zu erzählen. Er hörte auch zu, schien zu erkennen, wie tief ihr Interesse ging, war aber einfach nicht fähig, die gleiche echte Begeisterung zu entwickeln. Meist endeten die Gespräche mit Sätzen wie: »Schatz, da fliegen wir hin, wenn die Kinder größer sind. Versprochen!«, oder er zwinkerte Niklas und Marie am Frühstückstisch zu und sagte: »Meine Güte, was die Mama alles weiß! Ist das nicht toll?«

Nora hörte auf davon zu erzählen, was sie innerlich beschäftigte. Sie lebte weiter ihr Leben und floh, wann immer sie Zeit fand, in ihre Bücher über Australien. Neben der Einzigartigkeit der Landschaft des australischen Kontinents fesselte sie vor allem die alte Kultur der Aborigines. Es gefiel ihr, sich mit der Traumzeit zu beschäftigen, die den Mittelpunkt des religiösen und spirituellen Lebens dieses Volkes darstellt. Diese Traumzeit beschreibt die Schöpfungsgeschichte der Erde und aller Lebewesen. Nora verstand jetzt, dass sie aber nicht das Träumen im eigentlichen Sinne meinte, sondern eher eine Wirklichkeit jenseits der irdischen Realität, da sich die Traumzeit auf eine Zeitspanne bezieht, die noch vor dem menschlichen Erinnerungsvermögen liegt. Nora gefiel besonders die bildhafte Sprache dieser Traumzeitbeschreibungen, in denen die übernatürlichen Ahnenwesen wie die Regenbogenschlange, die Blitzgeister, die Wagilag-Schwestern oder der Tingari ihre schöpferische Wanderung über die Erde aufgenommen hatten und entlang ihrer Wanderwege, den Traumpfaden, Leben erschufen. Sie legten auch die Gesetze des sozialen und religiösen Verhaltens fest, wobei es sich hier nicht unbedingt um starre Regeln handelte, sondern vielmehr um einen ideologischen Rahmen, der den Menschen ein harmonisches Gleichgewicht mit dem Universum ermöglichen sollte. Als sich die Ahnenwesen wieder in den Himmel oder in die Erde zurückzogen, hinterließen sie den Menschen ihre Schöpfungslieder, eine Art Lebensgesang, der allen Schöpfungen einen Namen gab. Diese »Songlines« – gesungene Traumpfade – überzogen die ganze Erde. Mit dem Erbe der Schöpfungslieder hatten die Menschen nun die Verantwortung für die Schöpfung übernommen – und für ihren andauernden Schutz und ihre Erneuerung. Es beeindruckte Nora, dass die Aborigines das Land, auf dem sie lebten, nicht als Besitz im europäischen Sinne verstanden, sondern als Teil ihres Wesens betrachteten. Auf diese Weise wurde die Verantwortung für den Schutz ihrer heiligen Stätten zum Mittelpunkt ihres geistigen Lebens. Nora begriff vor diesem Hintergrund erst, was für eine Katastrophe es für diese Menschen gewesen sein musste, als die ersten Siedler mit Billigung der englischen Krone das Land unter dem Namen »Terra Nullius« – »Niemandsland« – an sich nahmen. Sie beschäftigte sich lange damit, nachzuvollziehen, wie die Aborigines im Einklang mit der Natur gelebt, nicht nach Neuerungen oder Eigentum gestrebt hatten, aber altbewährte

Traditionen aufrechterhielten und über geistige und mentale Fähigkeiten verfügten, die weit über das normale Verständnis und das von Technik beherrschte Know-how der Europäer hinausgingen, welche weder die einzigartige, über vierzigtausend Jahre alte Kultur noch diese besonderen Fähigkeiten erkannten und zu schätzen wussten, sondern sie meist einfach als »unzivilisiert« abtaten.

Die Bücher *Traumfänger* und *Traumreisende* von Marlo Morgan, die mit den Angehörigen eines Aborigines-Stammes mehrere Monate im australischen Busch unterwegs gewesen war, hatte Nora sogar ein paarmal gelesen – aus dem Wunsch heraus, mehr zu verstehen –, und oft nahm sie sie, wenn sie meinte, ihrem Leben würde etwas fehlen, wieder zur Hand und las einzelne Passagen, die sie innerlich berührt hatten, erneut und zog, so eigenartig ihr das manchmal selbst vorkam, eine tiefe innere Kraft daraus. Die Weisheiten dieses Volkes waren so klar und einfach und übten dennoch fast so etwas wie Magie auf Nora aus. Immer häufiger jedoch spürte sie Traurigkeit in sich, weil niemand aus ihrer Welt auch nur einen Funken Bereitschaft zeigte, sich für diese andere Welt zu öffnen, aus der man ihrer Meinung nach so viel lernen konnte. Auch sie wäre gar nicht bereit gewesen, so ursprünglich zu leben wie dieses Volk, aber sie bemühte sich, den tiefen Sinn und die große Weisheit in sich aufzunehmen, und versuchte einiges davon in ihre Welt zu übertragen.

Ihre Überlegungen führten sie aber auch in eine Nachdenklichkeit, die ihr vor Augen hielt, dass sie mit ihrem Leben so, wie es war, nicht nur glücklich war. An diesem Punkt angelangt, kämpfte sie stets mit dem Gefühl aufkommender Undankbarkeit, denn schließlich hatte sie es doch gut. Sie und ihr Mann hatten sich zwar früh gebunden, aber aus Liebe geheiratet, ihre Kinder aus Liebe bekommen und alles für das Glück ihrer Familie getan. Dennoch fühlte sie sich mittlerweile in ihrer schönen Welt gefangen. Sie und Max sprachen zwar oft davon, wie schön es sei, dass sie ihre Kinder jung bekommen hatten und sie so später, wenn diese auf eigenen Füßen stehen würden, noch jung seien, um gemeinsam die Welt zu entdecken. Aber manchmal verspürte Nora so etwas wie Beklemmungen, wenn sie daran dachte, dass dies noch zehn bis fünfzehn Jahre dauern konnte. Sie saß einfach fest in ihrer Welt. Voller Trauer wanderten ihre Gedanken wieder zu Sophie. Auch sie hatte noch so viel mit ihrem Leben vorgehabt. Warum verschob man immer alles auf später? Stets gab es Dinge, die anscheinend wichtiger waren, als zu leben, miteinander zu reden, sich auf das Wesentliche zu besinnen. Da fiel ihr ein Zitat von John Lennon ein: »Leben ist das, was dir widerfährt, während du damit beschäftigt bist, anderweitig Pläne zu schmieden.«

Nora lebte bewusst. Sie nahm die schönen Dinge des Lebens immer wahr. Sie freute sich über einen strahlend blauen Himmel im Herbst, der das bunte Laub an den Bäumen besonders leuchten ließ, sie nahm jeden Vogel wahr, der in ihrem Garten sang, sie kannte alle Vogelarten und wusste, wo die einzelnen brüteten. Schon als ihre Kinder noch im Kinderwagen saßen, hatte sie begonnen ihnen Tiere und Pflanzen zu zeigen und zu erklären. Sie hatte sie auf die ersten Knospen im Frühjahr aufmerksam gemacht, auf eine besonders schöne Wolke am Himmel oder sie hochgehoben, damit sie von ihrem Arm aus in einem Vogelnest die gerade geschlüpften Jungvögel betrachten konnten. Sie fühlte Glück fast körperlich, wenn ihre Kinder übermütig lachten, wenn sie in die wunderschöne Klarheit ihrer Augen sehen oder einfach nur feststellen konnte, wie gesund und glücklich sie waren. Aber vielleicht spürte sie gerade weil sie über die Fähigkeit verfügte, dies alles so bewusst wahrzunehmen, in genau dem gleichen Maß auch das Ungute, die Ignoranz, die Intoleranz, den Neid oder die Gleichgültigkeit in der Welt. Sie litt darunter, ihren Kindern immer wieder erklären zu müssen, warum sich manche

Menschen so und nicht anders benahmen, warum manche Kinder andere Kinder oder Tiere quälten oder beschimpften. Sie fühlte sich in ihrer Erziehung oft mit dem Rücken an die Wand gedrängt, wenn Niklas oder Marie sie dann mit wachem Blick musterten und sagten: »Aber Mama, ich denke, man soll anderen nicht wehtun oder gemein sein. Warum machen das denn so viele? Wissen die das nicht? Warum gibt es denn Krieg? Können sich die Erwachsenen nicht auch einfach wieder vertragen wie Patrick und ich, wenn wir uns gestritten haben? Warum hungern die Menschen in Afrika? Hier gibt es doch genug. Können wir denen nicht einfach etwas von unserem Essen schicken?« Es fiel ihr unsagbar schwer, ihren Kindern vorsichtig vermitteln zu müssen, dass es nicht immer eine zufriedenstellende Lösung für alles geben konnte, dass man sich manchmal mit dem Schlechten in der Welt abfinden musste. Selbst Max, mit dem sie oft versucht hatte darüber zu sprechen, sagte meistens: »Schatz, du machst dir viel zu viele Gedanken. Ich glaube nicht, dass sich andere so den Kopf zerbrechen. Schalt doch einfach mal ab!« Es gelang Nora aber nicht, und sie hatte immer häufiger das Gefühl, anders zu sein – oder womöglich den Verstand zu verlieren. Manchmal empfand sie den Gedanken an den Tod nicht mehr als erschreckend, sondern sogar als tröstlich. Aber sie hätte nicht einmal freiwillig aus dem Leben gehen können, denn wer würde dann darauf achten, dass ihren Kindern der menschliche Weg gezeigt wurde, den sie sich so für sie wünschte?

Nora riss sich aus diesen Gedanken und drückte ihren Hund noch einmal an sich. »Dein Frauchen wird wohl doch langsam verrückt, Kuno. Aber vorher kriegst du noch etwas zu fressen. Komm mit!« Sie war aufgestanden, um hineinzugehen, musste jedoch aufpassen, nicht über den freudig um sie herumspringenden Kuno zu stolpern, der das Wort »fressen« offenbar ganz genau verstanden hatte. In der Küche befahl Nora dem Hund, sich zu setzen, und schob Hundefutter mit einem Löffel aus der Dose in den Fressnapf. Erst als der Napf auf seinem Platz stand, wandte sie sich um und sah in Kunos erwartungsvolle Augen. Auf ihr Kommando kam er so eilig herangeprescht, dass er fast auf dem gefliesten Küchenboden ausrutschte. Mit einem Anflug von Galgenhumor strich sie ihm schmunzelnd über den Rücken und sagte »Vielleicht sollte ich dir etwas über die Welt erzählen oder über Australien und die Aborigines? Was, Kuno? Du würdest sicher zuhören – und wahrscheinlich mehr verstehen als mancher andere.«

Seufzend wusch sie sich die Hände, machte sich dann daran, die Spülmaschine auszuräumen, den Tisch zu decken und das Essen vorzubereiten, bevor sie die Kinder vom Sport und Reiten abholen musste. Sie freute sich auf ein gemeinsames Abendessen, denn auch Max wollte heute Abend einmal früh zu Hause sein. Er hatte dafür keinen besonderen Grund genannt, aber sie nahm an, dass ihn seiner Familie gegenüber das schlechte Gewissen plagte, weil er praktisch immer erst aus dem Büro kam, wenn die Kinder schon schliefen. Nora lächelte. Manchmal schien ihm eben doch aufzufallen, dass sein Nachwuchs fast ohne ihn groß wurde.

2

Der Arzt beugte sich über das etwa sechsjährige Mädchen, um die eben vorgenommene Naht am Haaransatz noch einmal zu kontrollieren. Zufrieden nickte er der Mutter zu, die besorgt neben ihm im Behandlungszimmer stand.

»Keine Angst, Mrs. McKenzie, es wird gut verheilen. Und die Narbe wird später kaum zu sehen sein.« Er strich dem Kind über den Kopf und nickte nun der Schwester zu, die daraufhin eine flache Schublade mit Spielzeugfiguren aufzog und der Kleinen zulächelte.

»Sieh mal, Laura, du darfst dir etwas aussuchen, weil du so tapfer warst.« Während das Mädchen verschiedene Tiere begutachtete, war die Mutter dem Arzt zum Schreibtisch gefolgt.

»Dr. Morrison, wie schaut es aus, kann Laura schon mit nach Hause?« Sie nahm vor dem Schreibtisch Platz und blickte ihn erwartungsvoll an. Die Anspannung hatte offenbar noch nicht nachgelassen. Der Schreck über den Unfall ihrer Tochter schien ihr noch in den Knochen zu stecken, denn sie sah müde und mitgenommen aus. Der Arzt drehte einen Stift in der Hand und blickte auf.

»Ich würde Laura gerne einen oder zwei Tage hier in der Klinik behalten.« Als er bemerkte, dass sie zusammenzuckte, hob er beschwichtigend die Hände. »Keine Angst, es ist eine reine Vorsichtsmaßnahme. Der Sturz vom Scheunendach war schließlich keine Kleinigkeit, und Sie sagten mir, sie sei kurz bewusstlos gewesen. Mit hoher Wahrscheinlichkeit hat sie nur eine Gehirnerschütterung. Um jedoch Schlimmeres völlig ausschließen zu können, möchte ich in der Klinik noch eine Röntgenaufnahme machen und sie zur Beobachtung dabehalten.«

Die Mutter der Kleinen nickte zögernd. Sie fühlte sich schuldig, wie immer, wenn irgendetwas mit den Kindern nicht glatt lief.

Draußen auf der Farm war sie von frühmorgens bis spätabends im Einsatz. Neben all den Arbeiten, die für sie dort anfielen, kümmerte sie sich auch sorgfältig darum, dass ihre Kinder immer pünktlich und vorbereitet am Funkunterricht, der »School of the Air«, teilnahmen. Bitter stellte sie für sich fest, dass all ihre Bemühungen offensichtlich nicht ausreichten. Hätte sie nicht verhindern müssen, dass ihre Tochter auf das Scheunendach kletterte? Mit gesenktem Kopf betrachtete sie ihre Hände im Schoß und drehte mechanisch ihren Ehering.
Dem Arzt war ihre Niedergeschlagenheit nicht entgangen. Er arbeitete schon einige Jahre hier und hatte oft erleben müssen, dass sich die Menschen draußen auf den Farmen überforderten und zu viel von sich verlangten. Es gab aber meistens keinen Ausweg, denn wer – wenn nicht sie – sollte die ganze Arbeit, die anfiel, denn sonst erledigen? Die klimatischen Bedingungen in diesem Land machten es den Farmern nicht immer einfach; Missernten durch Dürre brachten sie nicht selten in finanzielle Schwierigkeiten. Nicht alle Farmerfamilien konnten sich Hilfskräfte leisten, und so stießen sie dann häufig an ihre eigenen Grenzen.
Er war aufgestanden, langsam um den Schreibtisch herumgegangen und hatte sich vor ihr auf die Tischkante gesetzt. »Mrs. McKenzie, Sie dürfen sich keine Vorwürfe machen. Solche Dinge passieren früher oder später den meisten Kindern, ob es sich nun um ein Klettergerüst auf einem Spielplatz in der Stadt handelt oder um ein Scheunendach auf dem Land. Wir sollten jetzt einfach nur froh sein, dass es so glimpflich abgelaufen ist. Ich schätze, in zwei Tagen können Sie mit ihr nach Hause.«
Unsicher sah sie den Arzt an und zwang sich zu einem Lächeln. »Danke, Dr. Morrison. Ich werde meinem Mann Bescheid geben und mir ein Zimmer nehmen, damit ich bei Laura bleiben kann.«
Die junge Schwester, die sich mit der Kleinen und den Spiel-

zeugtieren beschäftigt hatte, zwinkerte dem Mädchen zu. »Sag mal, bist du schon einmal in einem Bett spazieren gefahren worden?« Laura sah sie gespannt an und schüttelte dann ganz langsam den Kopf. Die Schwester schob ein schmales Krankenhausbett in die Mitte des Raumes und setzte sich darauf. Sie deutete neben sich. »Na komm, probier's auch mal.« Die Kleine kletterte ebenfalls auf das Bett und lächelte erwartungsvoll. Die Schwester hatte sich wieder erhoben und stand nun vor ihr. »Weißt du was? Wenn du dich jetzt lang ausstreckst, fahre ich dich ein wenig herum und zeige dir alles, und deine Mama kommt auch mit. Ist das ein Vorschlag?«

Lächelnd ging Mrs. McKenzie zu ihrer Tochter und stellte sich neben das Bett. »Das sollten wir uns nicht entgehen lassen, was, mein Schatz?«

Der Arzt sprach noch kurz mit der Schwester, bevor er sich zu seiner Patientin umwandte. »Also, Laura, wir sehen uns nachher auf der Station. Bis später.«

Allein in seinem Büro, war er vor dem Fenster stehen geblieben und sah hinaus. Eine Fahne flatterte im Wind, und auf einer ovalen Grünfläche bemühten sich gerade zwei Rasensprenger darum, der Sonne ein Stück Rasen abzutrotzen. Es war ein ruhiger Tag, und so konnte er es sich erlauben, einen Moment seinen Gedanken nachzuhängen. Wie immer, wenn er Kinder behandelt hatte, war er innerlich betroffen und fühlte sich an seine kurze Ehe mit Sarah erinnert.

Als sie sich in Sydney kennen gelernt hatten, war er gerade dabei gewesen, seine Facharztausbildung abzuschließen, während sie ihr Studium der Pharmazie beendete. Im Freundeskreis galten sie schnell als Traumpaar. Die langbeinige, dunkelhaarige Schönheit Sarah entstammte einer alteingesessenen und erfolgreichen Familie, die sich ebenfalls von dem jungen, aufstrebenden Mediziner angetan gezeigt hatte. Die Zukunft lag rosig vor ihnen. Vielleicht war immer alles zu glatt gelaufen, dachte jetzt

Dr. Tom Morrison. Es hatte keinerlei Probleme zwischen ihnen gegeben, bis er sich beim Royal Flying Doctor Service of Australia beworben hatte. Nun schien Sarah zum ersten Mal unzufrieden. »Was willst du denn da draußen? Du könntest hier doch so viel mehr erreichen.«

Gedankenverloren kratzte Tom sich am Ohr. Er hätte schon damals erkennen müssen, wie wenig sie zueinander passten und dass sie besser nicht geheiratet hätten. Widerstrebend war Sarah ihm nach Cameron Downs ans Krankenhaus gefolgt, wo sie als Apothekerin ebenfalls eine Stelle bekam. Während er schnell Freude an seinen neuen Aufgaben, den Menschen und der Arbeitsweise des fliegenden Ärztedienstes fand und seine Liebe für das Land entdeckte, vermisste seine Frau das Stadtleben und den alten Freundeskreis. Da sie sich nicht glücklich fühlte, strahlte sie eine kühle Unnahbarkeit aus, die in niemandem den Wunsch aufkommen ließ, die Freizeit mit ihr zu verbringen. Als sie dann noch unerwartet schnell schwanger geworden war, hatte Tom sich unbändig gefreut, während sie völlig außer sich gewesen war und ihm Vorwürfe gemacht hatte, dass er sie mit einem Kind hier im Niemandsland ans Haus fesseln wollte. Auch in den darauf folgenden Monaten war es immer wieder zu Auseinandersetzungen zwischen ihnen gekommen. Er hatte geglaubt, sie werde sich hier schon einleben, und umgekehrt hatte sie angenommen, er werde schon einsehen, wie viel besser es ihnen in Sydney gegangen war. Ihre Lebensauffassungen drifteten immer weiter auseinander, bis zu dem schrecklichen Tag, an dem sie sein Kind verloren hatte. Tom rieb sich die Schläfen, aber die Erinnerung ließ sich nicht einfach wegwischen, sie erschien glasklar vor seinem inneren Auge.

Es hatte Streit gegeben, er konnte sich nicht einmal mehr daran erinnern, worum es gegangen war. Sie hatte sich die Autoschlüssel gegriffen und war mit dem Wagen davongebraust. Er hatte sich zunächst keine Sorgen gemacht. Es war schon öfter vorge-

kommen, dass sie zum Fluss hinunterfuhr, um sich nach einem Streit zu beruhigen, dort die Füße zu vertreten und einen klaren Kopf zu bekommen. Sie musste die Kurve zu scharf genommen haben, und da sie sich in ihrer Wut und Eile nicht angeschnallt hatte, war sie hinausgeschleudert worden. Der Besitzer der örtlichen Werkstatt hatte sie gefunden und sofort die Klinik angefunkt. Von dort war er benachrichtigt worden. Er erinnerte sich noch ganz genau an die Angstgefühle, die in ihm aufgestiegen waren. Seine Hände waren eiskalt und klamm gewesen, als er in seinem Wagen den Motor angemacht hatte. Er hatte eine unbändige Wut auf sich selbst verspürt, dass er es zu dieser Auseinandersetzung hatte kommen lassen. Als er dann im Krankenhaus war, hatte ihn sein Freund und Kollege Dr. William Jarrett schon so merkwürdig angesehen. Er kannte diesen Blick, wollte ihn aber nicht wahrhaben und fragte atemlos: »Wie geht es Sarah? Wie schwer sind die Verletzungen, Bill?«
Bill hatte ihn nicht aus den Augen gelassen. »Tom, bleib ruhig. Sarah wird überleben. Sie hat eine Gehirnerschütterung und einen komplizierten Armbruch. Ich bin schon auf dem Weg zum OP, wir müssen gleich operieren.« Er machte eine Pause, in der er sich umständlich die Manschetten seines Hemdes aufknöpfte.
Tom sah ihn gespannt an. »Und das Baby?«
Bill hatte ernst und bedauernd den Kopf geschüttelt.
»Sie hat es eben verloren. Tom, es tut mir so Leid, wir konnten nichts mehr für ihn tun. Es war einfach zu früh.«
Wortlos hatte Tom sich umgedreht und war langsam den Gang hinuntergegangen, bis er am Ende vor einem Fenster stehen geblieben war. Er hatte seine Stirn gegen das kühle Glas gelehnt und die Augen geschlossen. Sein Kind – sein Sohn – war tot, weil seine Eltern sich unbedingt hatten streiten müssen. Ihm war übel geworden, und er hatte sich mit den Händen auf der Fensterbank abgestützt und mit gesenktem Kopf auf die Schattierungen des Marmors gestarrt, als wollte er sich jede Einzelheit einprä-

gen. Lisa Jarrett war leise herangekommen und hatte ihm eine Hand auf die Schulter gelegt.
»Tom? Sarah fragt nach dir. Möchtest du sie vor der Operation nicht noch einmal kurz sehen?« Sie wartete ab, und als keine Reaktion von ihm kam, fuhr sie fort: »Tom, sie braucht dich jetzt besonders.«
Er hatte den Kopf gehoben und nach draußen geschaut. Sein Herz hatte schneller geschlagen. Als er sich zu Lisa umwandte, konnte sie die Bitterkeit in seinen Augen erkennen.
»Sarah braucht niemanden.« Er hatte eine Pause gemacht, bevor er hinzufügte: »Nicht einmal das Baby.«
Lisa hatte nach seiner Hand gegriffen und ihn ernst angesehen. »Komm schon, Tom. Das ist ja nicht dein Ernst. Du bist unendlich enttäuscht, und das ist auch dein gutes Recht. Aber du bist auch verheiratet, und deine Frau braucht dich jetzt. Sie hat das Baby genauso verloren wie du.«
Langsam hatte sich sein Blick von einer Grünpflanze gelöst, die in einem viel zu kleinen Topf vor sich hin kümmerte. Es hatte wohl noch niemand Zeit gefunden, sie umzutopfen. Etwas in Tom war zerbrochen. Er drehte sich wieder zu Lisa um und schaute ihr ins Gesicht. »Sie hat unser Kind nie gewollt, Lisa.« Diese hatte ihn betroffen angesehen. Ihr war für den Moment nichts mehr eingefallen, was sie darauf hätte erwidern können. Also hatte er sich abgewandt und war langsam zum Operationsraum gegangen. Innerlich aufgewühlt und verzweifelt, vermochte er sich nicht im Geringsten vorzustellen, wie er seiner Frau jetzt eine Hilfe sein könnte. Natürlich war er froh, dass sie nicht schwer verletzt worden war, aber der Verlust des Kindes hatte ihn so getroffen, wie er es selbst nicht für möglich gehalten hätte. Er hatte sich unsagbar auf das Baby gefreut, auf sein erstes Kind.
Als er vor dem OP-Bereich angekommen war, hatte er sich mechanisch einen Kittel übergestreift und die Tür aufgestoßen. Der

Anästhesist stand schon bereit, während Bill sich im Nebenraum noch die Hände bis zu den Ellbogen schrubbte. Sarah blickte ihm unglücklich entgegen. Trotz der komischen OP-Haube und des großen Pflasters auf der Stirn sah sie schön aus. Als er bei ihr angelangt war, schaute sie ihn aus großen Augen forschend an. »Tom, du glaubst doch nicht etwa, ich hätte es absichtlich getan?« Der Gedanke war ihm zwar kurz durch den Kopf geschossen, aber er hatte ihn als abwegig beiseite geschoben. Er strich ihr über die Wange und schüttelte stumm den Kopf. Plötzlich stand Verzweiflung in ihren Augen. Sie spürte, dass Tom seelisch aus dem Gleichgewicht geraten war; er war sonst nie um eine Antwort verlegen. »Bitte glaub nicht, dass ich es nicht gewollt habe, Tom. Ich habe mir dieses Kind mit dir gewünscht, nur wäre ich lieber in Sydney schwanger geworden als hier in Cameron Downs. Ich habe mich hier doch nie zu Hause gefühlt.« Ihre Augen wanderten von der OP-Beleuchtung zum Beatmungsgerät. »Tom, was passiert jetzt mit mir? Wirst du dabei sein?«
Er hatte ihre Hand in seine genommen. »Mach dir keine Sorgen, Sarah. Bill wird eine Ausschabung vornehmen müssen, und hinterher bringt er noch deinen Arm in Ordnung.« Er hatte ihr in die Augen gesehen. »Ich bleibe bei dir, okay?« Sie hatte genickt, und das OP-Team war bereit gewesen.

Danach war es zwischen ihnen nie wieder so wie zuvor geworden. Sie gingen vorsichtiger miteinander um, es hatte sich aber eine kühle Distanz eingeschlichen. Nie wieder stritten sie so leidenschaftlich wie früher, doch sie liebten sich auch nie mehr mit der früheren Leidenschaft. Tom hatte gespürt, dass es auch an ihm lag. Er war nicht mehr bereit gewesen, sein Leben wie bisher fortzusetzen. In ihm hatte sich eine Unruhe breit gemacht, die ihn nach Veränderungen suchen ließ. Eines Tages, als er in der Mittagspause eine medizinische Zeitschrift durchblätterte, las er den Aufruf eines Hilfskomitees, das dringend noch Ärzte für einen Einsatz in Äthiopien suchte. Nachdenklich hatte er einen Schluck Kaffee genommen und auf die Anzeige gestarrt. Etwas in seinem Inneren hatte sich sofort angesprochen gefühlt. War das die Chance, nach der er suchte? Konnte er dort vielleicht die eigenen Probleme vergessen? Er hatte gegrübelt, ob Sarah ihm noch einmal folgen würde. Er hoffte es, denn er wünschte sich einen neuen Anfang mit ihr und spürte, dass ihnen dieser hier nicht gelingen würde.

Dann war alles sehr schnell gegangen. Auf seine Anfrage hin hatte das Hilfskomitee sofort reagiert und ihm Unterlagen zugesandt, die er eingehend studierte. Er musste feststellen, dass Äthiopien zu den ärmsten Ländern der Erde gehörte und durch den lang anhaltenden Bürgerkrieg wirtschaftlich zerrüttet wurde. Hinzu kam die übergroße Dürre, die mehrfach zu Hungerkatastrophen führte. Weiterhin belastet wurde diese ohnehin schon schwierige Situation durch Flüchtlinge aus den ebenfalls vom Krieg bedrohten Nachbarländern Somalia und dem Sudan. Fassungslos hatte er sich über die Not der hungernden Menschen, aber auch über die Handlungsmöglichkeiten der Ärzte dort informiert. Wenn er es recht bedachte, war in seinem Leben vieles glatt verlaufen, und irgendwie hatte er nun das Gefühl, sich jetzt sowohl persönlich als auch sein medizinisches Können für Menschen einsetzen zu müssen, die es im Leben wesentlich schlechter getroffen hatten als er. Auch war er sich sicher, dass man ihn für einen solchen Einsatz ohne bürokratisches Hin und Her aus seinem Vertrag mit dem Royal Flying Doctor Service freigeben würde. Als er Sarah seine Pläne darlegte, war sie bleich geworden. Sie fuhr nicht wütend auf, so wie sie es früher getan hätte. Ruhig sah sie ihn an.

»Dir ist doch klar, dass dies das Ende unserer Ehe ist, nicht, Tom?«

Er hatte sich über den Couchtisch gebeugt und nach ihrer Hand

gegriffen. »Bitte, Sarah, hör es dir doch erst einmal an. Ich glaube, es könnte für uns beide eine echte Chance sein. Wir würden gemeinsam für Menschen kämpfen, die leiden, denen es schlechter geht als uns.«
Sie hatte seine Hand weggeschoben und ihn trotzig angesehen. »Weißt du, Tom, ich finde, wir sollten erst einmal für uns kämpfen, für unsere Ehe.« Als er den Kopf schüttelte, hielt sie kurz inne, fuhr dann aber fort: »Ich glaube, das genau ist dein Problem. du wirst immer nach neuen Herausforderungen suchen, vielleicht, weil du nur dann deine eigenen Probleme vergessen kannst oder dich ihnen nicht stellen musst.« Sie sah ihm jetzt direkt in die Augen. »Was käme denn nach Cameron Downs und Äthiopien? Der Himalaja?« Auf ihrem Gesicht zeigte sich ein resignierter Ausdruck, als sie seine Enttäuschung bemerkte. »Nein, Tom. Es tut mir Leid, aber ich kann und will dich nicht begleiten.«
Er fuhr auf und wurde heftig. »Bitte, Sarah! Gib uns doch noch diese eine Chance. Wir sind verheiratet, da läuft man doch nicht einfach auseinander. Wir haben gerade unser Kind verloren, dieses Erlebnis hätte jedes Paar irgendwie aus der Bahn geworfen. Aber ich weiß, dass dies hier für uns ein Neuanfang werden könnte. Bitte komm mit mir. Lass es uns dort versuchen.« Eindringlich hatte er sie angesehen, doch sie schüttelte den Kopf.
»Weißt du was, Tom? Wenn es dir wirklich ernst mit einem Neuanfang wäre, hättest du ja vorher mit mir darüber sprechen können. Du hättest mich fragen können, was ich davon halte, anstatt mir jetzt und hier die Pistole auf die Brust zu setzen, denn du hast dich doch schon längst entschieden.« Sie unterbrach sich und warf mit einer energischen Geste ihre langen dunklen Haare zurück, bevor sie fortfuhr: »Ich bin ein eigenständiger Mensch. Auch ich bin gut ausgebildet und qualifiziert – nicht nur das nette Anhängsel von Dr. Morrison. Wenn du mich wirklich lieben würdest, hättest du schon lange bemerkt, wie unglücklich

ich hier bin. Und wenn es dir ernst mit dem Fortbestand unserer Ehe wäre, wüsstest du, dass ich nirgends lieber leben würde als in Sydney. Dort waren wir übrigens beide einmal sehr glücklich.« Traurig, aber bestimmt hatte sie dann noch gesagt: »Ich bin nun mal keine Florence Nightingale oder Mutter Teresa. Ich bin weder für das Leben hier geschaffen noch für ein Hungergebiet in Afrika. Das mag vielleicht arrogant klingen, Tom, aber nicht jeder kann so etwas ertragen. Und man darf es auch nicht von jedem fordern.«
Erschüttert hatte er ihr zugehört. Sie schien schon öfter mit dem Gedanken gespielt zu haben, ihre Beziehung zu beenden. Das hatte er bei ihren Worten gespürt. Mit gesenktem Kopf überlegte er, bevor er sie wieder ansah und leise sagte: »Und wenn ich nicht nach Afrika ginge? Wenn ich hier bliebe?«
Sarah schien sich nun ebenfalls nicht sehr wohl in ihrer Haut zu fühlen. Sie war wütend darüber, dass er seine Entscheidung ohne sie getroffen hatte, aber sie wollte nun auch wieder nicht, dass er ihretwegen auf etwas verzichtete, was ihm offensichtlich so wichtig war, nur in dem Bemühen, halbherzig ihre Ehe aufrechtzuerhalten. Auch sie hatte sich den Verlauf ihrer Beziehung, die einmal so viel versprechend begonnen hatte, anders vorgestellt. Zögernd legte sie nun eine Hand auf seinen Arm.
»Ach, Tom, was soll das jetzt noch? Im Grunde wissen wir es doch beide schon länger, oder? Dass es zu Ende ist.«
Er hatte auf seine Füße gestarrt und nach einer Weile genickt. Mit einem Scheitern seiner Ehe nach so kurzer Zeit hatte er nicht gerechnet. Er empfand diese Tatsache als persönliches Versagen, als eine private Bankrotterklärung. Er war aufgestanden und hatte sich einen Drink genehmigt, bevor er sich zu ihr umdrehte und niedergeschlagen fragte: »Was wirst du jetzt tun?«
Sie lehnte sich auf dem Sofa zurück und schlug die langen Beine übereinander. »Komm schon, Tom, mach keine Katastrophe daraus. So etwas passiert anderen Leuten auch. Es wäre schön,

wenn wir einfach friedlich auseinander gehen könnten.« Abwartend hatte sie einer Reaktion von ihm entgegengesehen, doch als er nur stumm sein Glas in den Händen drehte, hatte sie schließlich weitergesprochen. »Es wird dich kaum überraschen. Ich gehe nach Sydney zurück. Wenn du einverstanden bist, werde ich dort auch die Scheidung einreichen.« Als er immer noch nicht reagierte, hatte sie den Kopf schräg gelegt und ihn fragend angesehen. Diese Geste hatte er früher so an ihr geliebt, jetzt schmerzte sie ihn, in Verbindung mit den Worten, die ihr so glatt über die Lippen kamen. Ihr schien das Ganze nicht besonders viel auszumachen. »Tom?«

Er riss sich zusammen. Wenn sie nicht unter dem Ende ihrer Beziehung litt, wollte er ihr auch nicht die Genugtuung gönnen zu sehen, wie sehr es ihn traf. Er hatte sich wieder im Griff, als er aufsah und ruhig antwortete: »Ich bin einverstanden. Wahrscheinlich hast du Recht.«

Sie schien erleichtert zu sein. »Gut, dann packe ich in den nächsten zwei Tagen alles zusammen und nehme am Samstag die Mittagsmaschine nach Sydney. Besser, wir bringen es schnell hinter uns.«

Einen Moment herrschte Schweigen zwischen ihnen. Tom kam dieser Schlussstrich unter seiner Ehe merkwürdig vor, so kühl und überlegt wie ein präzise gesetzter Schnitt bei einer Operation. Ihm schoss ein Begriff aus dem medizinischen Alltag durch den Kopf: Klinisch tot! Bitter dachte er, dass es wohl keine treffendere Bezeichnung dafür geben konnte.

Er schrak zusammen, als Sarah sich vorbeugte und ihm in die Augen sah. »Ich habe mir auch nicht gewünscht, dass es so weit mit uns kommt, Tom. Aber wir können wohl beide nicht aus unserer Haut. Das müssen wir akzeptieren.« Er hatte langsam genickt.

Drei Tage später waren sie auseinander gegangen. In Cameron Downs hatte es natürlich Gerede gegeben, und er war froh über die Aussicht gewesen, den Ort bald verlassen zu können. Sicher würde es ihm gut tun, sich in nächster Zeit nicht mehr mit eigenen Problemen beschäftigen zu müssen. Lisa und Bill Jarrett waren wie die meisten anderen auch zunächst enttäuscht über seinen Entschluss gewesen, von hier fortzugehen. Schnell hatten sie jedoch erkannt, dass er diesen Wechsel jetzt brauchte. Und so war er, nur wenige Wochen später, nach einem freundlichen Abschied nach Afrika aufgebrochen.

In seinen kühnsten Träumen hatte er nicht mit diesem Ausmaß an Hunger, Krankheit, Leid und kriegerischen Auseinandersetzungen in den grenzüberschreitenden Gebieten gerechnet. Tatsächlich kam er kaum zur Besinnung, arbeitete beinahe rund um die Uhr und kämpfte verbissen gegen den größten Feind eines jeden Arztes, den Tod. Und doch hatte er ihn in seinen beiden Jahren in Äthiopien tausendfach hinnehmen müssen. Jedes einzelne Mal hatte ihn das Gefühl der Ohnmacht getroffen. Er litt darunter, so hart wie noch nie zuvor in seinem Leben zu arbeiten, und doch so wenig tun zu können. Er hatte den unbändigen Wunsch, etwas für diese Menschen zu erreichen, etwas zu verbessern. Es erschien ihm einfach unfassbar, dass sich, nur einige Flugstunden entfernt, Menschen mit dem Gedanken beschäftigten, ob sie mittags Nudeln oder doch lieber Kartoffeln zubereiten sollten. Es kam ihm schlichtweg grotesk vor.
Jedes Mal, wenn er eines der fast verhungerten Kinder zur Behandlung auf den Arm nahm, musste er gegen die Fassungslosigkeit ankämpfen, die sich in ihm breit zu machen drohte. Auch wenn er schon Bilder dieser Kinder gesehen hatte, war es etwas völlig anderes, diese bis auf die Knochen abgemagerten Ärmchen zu berühren, die riesigen Augen in den seltsam erwachsenen Gesichtern zu sehen, die keine Freude oder Fröhlichkeit kennen gelernt zu haben schienen. Immer wenn er eines dieser ihm anvertrauten Kinder verlor, hatte er das Gefühl, versagt

zu haben. Es gelang ihm nicht, wie vielen seiner Kollegen, abzuschalten. Auch wehrte er sich dagegen, abzustumpfen. Er magerte selbst ab, denn er mochte sich nicht satt essen, solange die Menschen um ihn herum verhungerten oder aufgrund ihrer Schwäche an den einfachsten Infektionen starben. Er arbeitete, kämpfte und litt unsagbar. Nach zweiundzwanzig Monaten spürte er, dass er die Grenze dessen, was er ertragen konnte, erreicht hatte. Als er weitere zwei Monate später nach Australien zurückkehrte, wusste er nicht, wohin. Er fühlte sich physisch und psychisch nicht in der Lage, irgendwo einfach seinen Dienst anzutreten. Er hatte gegen Albträume und furchtbare Erinnerungen zu kämpfen und das Gefühl, sich in seiner Heimat nicht mehr zurechtzufinden. Selbst den Gedanken an Cameron Downs, wo er sich vor dem Scheitern seiner Ehe zu Hause gefühlt hatte, verwarf er wieder. Er hätte den alten Freunden so nicht begegnen mögen, ihre Fragen nicht beantworten wollen. Sie würden nicht begreifen können, was er erlebt hatte. Alles, was er im Moment von sich geben würde, müsste – angesichts ihrer unbekümmerten Wohlstandsgesellschaft – irgendwie vorwurfsvoll klingen. Er war einfach noch nicht so weit. Er spürte, dass er sich selbst irgendwo in Afrika aus den Augen verloren hatte. Seine Empfindungen gingen sogar so weit, dass er sich die Frage stellte, ob er nicht das Recht verloren hatte, jemals wieder als Arzt tätig sein zu dürfen. Er tat das, wofür er sich in seinem bisherigen Leben noch nie die Zeit genommen hatte. Er suchte die Einsamkeit und machte sich auf die Reise durch das Land.

Tom zuckte zusammen, als jemand an die Tür seines Büros klopfte. Als er sich umwandte, sah ihm sein Freund und Kollege Dr. William Jarrett lächelnd entgegen und wedelte mit einigen Röntgenaufnahmen in der Luft, während er das Licht anknipste und die Bilder in der dafür vorgesehenen Klemmschiene befestigte. Tom hatte Schwierigkeiten, sich von den Erinnerungen loszureißen. Bill hatte die Brille aus der Brusttasche genommen, sie

aufgesetzt und studierte nun eingehend die Röntgenaufnahmen. Tom ging zu ihm und warf ebenfalls einen Blick darauf.
»Ach, sind das schon die Bilder der kleinen Laura McKenzie? Das ging aber schnell. Wie sieht es aus?«
Bill trat beiseite. »Schau selbst. Ich meine, sie hat Glück gehabt. Einige Tage Ruhe, und sie ist wieder wie neu.«
Tom hatte sich ebenfalls einen Eindruck verschafft und nickte nun. »Du hast Recht. Schön. Die Mutter hat sich schon große Sorgen gemacht. Ich gehe sofort rüber und sage ihr Bescheid.«
»Okay, Tom, wir sehen uns dann morgen. Ich habe gleich Dienstschluss.« Er schmunzelte und strich sich über den gepflegten Vollbart, bevor er hinzufügte: »Und meine Lisa auch.«
Tom sah auf die Uhr und nickte ihm zu. »Na, da wünsche ich euch beiden aber einen schönen Abend. Bis morgen.«
Auf dem Weg zur Kinderstation streiften seine Gedanken noch einmal die Vergangenheit. Als er den blanken Krankenhausflur entlangging, den sauberen, sterilen Geruch wahrnahm, die bunten Fensterbilder, die in einem leichten Lufthauch hin und her schwangen, und er seinen Blick über die zur Verfügung stehenden Geräte wandern ließ, fühlte er den Unterschied, der zwischen seinem Alltag hier und dem Leben in Äthiopien lag, fast körperlich. Er verspürte aber keineswegs Erleichterung. Immer noch war die Erinnerung an das Erlebte so stark, dass sie in der Lage war, in ihm ein schlechtes Gewissen hervorzurufen, das Gefühl, zumindest dort als Arzt versagt zu haben. Müde fuhr er sich mit den Händen über die Augen und zwang sich zu einem aufmunternden Lächeln, bevor er Lauras Krankenzimmer betrat. Ihre Mutter saß an ihrem Bett und war dabei, ihr eine Geschichte vorzulesen. Sie verstummte, als der Arzt sich einen Stuhl heranzog und Platz nahm. Lauras kleine Hände lagen auf der Bettdecke und hielten die beiden Tierfiguren fest, die sie vorhin geschenkt bekommen hatte. Tom bemerkte den beunruhigten Blick der Mutter und zwinkerte ihr schnell zu.

»Keine Sorge, Mrs. McKenzie, es ist alles in Ordnung. Die Röntgenaufnahmen bestätigen nur eine Gehirnerschütterung, was nicht etwa heißen soll, dass es sich um eine Kleinigkeit handelt, aber ich denke, zwei Tage hier zur Beobachtung reichen aus. Wenn dann weiterhin alles okay ist, kann sie sich auch zu Hause in ihrem eigenen Bett wieder vollständig erholen.« Er lächelte der Kleinen aufmunternd zu und bemerkte, dass sie müde war. Auch sah er die Anspannung im Gesicht ihrer Mutter und stand auf. »Mrs. McKenzie, Sie sollten sich jetzt ein wenig ausruhen. Schauen Sie, Laura ist schläfrig geworden. Und wie heißt es so schön: Schlaf ist die beste Medizin. Ich glaube, Ihnen würde etwas Ruhe ebenfalls gut tun.« Als er ihr Zögern bemerkte, fügte er hinzu: »Gehen Sie ruhig. Wenn es Sie beruhigt, bleibe ich noch ein wenig bei Ihrer Tochter. Es ist im Moment nicht sehr hektisch bei uns, also kann ich die Zeit erübrigen.«

Die Mutter war aufgestanden und beugte sich über Laura, um ihr einen Kuss zu geben. Sie strich ihr den Pony aus den Augen und sprach leise mit ihr, um sie nicht wieder munter werden zu lassen. »Schlaf jetzt, meine Kleine. Morgen früh bin ich wieder hier, versprochen.« Sie drehte sich zu dem Arzt um, der neben sie getreten war, um ihren Platz am Bett zu übernehmen. »Ich danke Ihnen, Dr. Morrison.« Sie stockte, als würde sie nach den passenden Worten suchen. »In Situationen wie heute, als mein Kind so leblos dalag und ich dann schließlich das Motorengeräusch ihres Flugzeugs hörte, wurde mir wieder einmal bewusst, wie abhängig wir da draußen von Ihnen sind.« Sie verstummte. Als sie Toms ernsten Gesichtsausdruck bemerkte, griff sie verlegen nach ihrer Tasche und sah ihn noch einmal an. »Nochmals danke, Dr. Morrison, dass Sie so rasch da waren. Bis morgen.«

»Auf Wiedersehen, Mrs. McKenzie.« Er schaute ihr nach, als sie leise den Raum verließ. Nachdenklich blieb sein Blick anschließend auf dem Gesicht seiner kleinen Patientin hängen, der nun die Augen zufielen. Langsam lehnte er sich auf dem Stuhl zu-

rück und legte den Kopf in den Nacken. Unter der Zimmerdecke hing ein Mobile, dessen Clownfiguren sich leicht im Kreis drehten. Müde rieb er sich die Augen. Er hatte heute so viel nachgedacht wie schon lange nicht mehr, und er wollte jetzt einfach nicht mehr denken. Trotzdem konnte er nicht verhindern, das zu tun, was er immer tun musste, wenn er Kinder behandelte, nämlich nachzurechnen, wie alt sein Sohn jetzt wäre. Erschrocken stellte er fest, dass er das gleiche Alter hätte wie die kleine Laura. Wütend auf sich selbst, fragte er sich, wann er endlich damit aufhören könnte und die Vergangenheit vergessen würde. Er fuhr unwillkürlich zusammen, als Kim, die junge Schwester von vorhin, das Zimmer betrat. Schnell erfasste sie die Situation und wollte sich leise zurückziehen, doch Tom winkte sie heran. Er war froh über die Unterbrechung. Er hasste es, seinen Erinnerungen derart wehrlos ausgesetzt zu sein, und zog es vor, sich mit Arbeit abzulenken. Leise sprach er sie an.
»Ach, Kim, kannst du dich ein wenig zu ihr setzen? Die Kleine ist gerade eingeschlafen; nur so lange, bis sie fest schläft, ja? Ich habe es ihrer Mutter versprochen.«
Kim nahm seufzend Platz und nickte. »Okay, meine Füße danken dir für die Pause, aber wenn du wüsstest, was ich noch zu tun habe.«
Er grinste sie an. »Du schaffst das schon. Danke.«
Tom verließ das Zimmer, froh darüber, seinen quälenden Gedanken entkommen zu sein, denn auf dem Gang suchte schon eine Schwester nach ihm, da es mit einem weiteren Patienten Probleme gab.

3

Nora Bergmann beobachtete lächelnd ihre Familie beim Abendessen. Die Kinder genossen Max' Anwesenheit offensichtlich und redeten noch mehr als sonst. Marie erzählte vom Reiten, und Niklas liebte es, seinen Vater mit den Namen der Judogriffe, die er neu erlernt hatte, zu beeindrucken. Max tat ihm auch stets den Gefallen und wiederholte die japanischen Wörter völlig fehlerhaft, was bei den Kindern immer begeistertes Gelächter auslöste.
Niklas schluckte schnell noch ein Stück Käse hinunter, bevor er grinsend verbesserte: »Papa! Sasae-tsuri-komi-ashi. Und der andere war Hon-kesa-gatame. Versuch doch mal Ko-uchi-gari oder Seoi-otoshi!«
Max hob lächelnd beide Hände. »Nicky, ich ergebe mich. Für heute mag ich nicht mehr. Wie wär's, wenn wir noch ein Rennen an der Playstation gegeneinander fahren?« Bevor sein Sohn begeistert zustimmen konnte, wandte er sich seiner Tochter zu. »Aber vorher lesen wir beide noch etwas zusammen, denn du musst ja gleich ins Bett, nicht, Marie?« Marie nickte freudig, bevor sie mit großen blauen Augen von ihrem Vater zu ihrer Mutter sah. »Kriegen wir noch eine Süßigkeit?«
Nora, die gerade anfangen wollte das Geschirr zusammenzuräumen, schaute auf.
»Ach Marie, du weißt doch, dass ich das nach dem Abendessen nicht gut finde.«
»Bitte, Mama.«
»Na ausnahmsweise. Du hast doch gestern von Oma und Opa etwas bekommen. Dann nehmt euch davon einen Riegel.«
Marie schüttelte bekümmert den Kopf und schob die Unterlippe vor. »Das geht nicht! Niklas und ich hatten die Tüte mit in unserem Kletterbaum. Und da haben wir sie ganz oben an einem

Zweig festgebunden, damit alles frisch bleibt, aber dann hat er den Ast darunter abgebrochen, und jetzt kommen wir nicht mehr dran.«
Max konnte ein Schmunzeln nicht mehr unterdrücken, während Nora die Teller aufeinander stapelte und trocken bemerkte: »Gut, dann könnt ihr jetzt eure Süßigkeitentüte im Wandel der Jahreszeiten beobachten.«
Nun mussten sogar die Kinder lachen. Auch Max war aufgestanden, um beim Abräumen zu helfen. Er lächelte den beiden zu.
»Wisst ihr was? Am besten geht ihr schon nach oben und wascht euch, und Mama und ich räumen hier heute einmal allein das Geschirr ab. Ist das ein Vorschlag?«
Als die beiden die Treppe hinaufpolterten, beugte sich Max über Nora und gab ihr einen Kuss.
»Na, Liebling? Du bist heute Abend ziemlich ruhig. Ist etwas?«
Lächelnd griff sie nach zwei Gläsern und sah zu ihm auf. »Nein. Doch bei euch kommt ja auch kaum einer zu Wort, mein Schatz. Aber jetzt im Ernst. Hast du bemerkt, wie Niklas und Marie sich freuen, dass du einmal da bist?«
Er stand vor ihr und strich ihr eine Haarsträhne aus der Stirn. »Ich weiß doch, Nora, aber wenn ich jetzt im Verlag nicht so weitermache, übergeht man mich bei der nächsten Beförderung.« Er beugte den Kopf nach hinten, um ihr besser in die Augen sehen zu können. »Was ist denn? Du freust dich doch auch, wenn ich vorankomme, oder nicht?«
»Ja, natürlich. Ich frage mich nur manchmal, um welchen Preis. Du verpasst so viel im Leben deiner Kinder, Max. Und wir haben so wenig Zeit füreinander wie noch nie zuvor.«
Als von oben die Kinder riefen, wandte er sich um. An der Tür sah er noch einmal zurück. »Wir reden gleich in Ruhe, Nora. Ich habe noch eine Überraschung für dich.« Nachdenklich blickte sie ihm nach. Irgendwie erfüllte sie diese Ankün-

digung mit Unbehagen, sie hatte aber keine Erklärung dafür, und so machte sie sich daran, die Schmutzwäsche der Kinder wegzuräumen.

Nachdem sie später beide den Kindern gute Nacht gesagt hatten, ließen sie sich mit einer Flasche Wein im Wohnzimmer nieder. Max beobachtete amüsiert ihr Gesicht. »Wie guckst du denn? Ich habe gute Neuigkeiten für dich.«

Sie nahm einen Schluck Wein. »Na dann los!«

Er stellte die Flasche auf den Tisch und griff nach seinem Glas, bevor er sich auf dem Sofa zurücklehnte. »Also, Liebling. Auch wenn du wahrscheinlich glaubst, ich sei ein unsensibler Klotz, ist es mir durchaus nicht entgangen, dass du dich seit einiger Zeit nicht sehr glücklich fühlst.« Als sie den Mund öffnen wollte, fuhr er schnell fort: »Nein, bitte lass mich einfach mal weiterreden. Du bist seit zehn Jahren immer für mich und die Kinder und unser Zuhause da gewesen. Vielleicht solltest du auch einmal an dich denken. Im Grunde hätte ich gar nicht gewusst, was ich für dich tun könnte, aber nun hat mir der Zufall dabei geholfen. Unser Verlag will eine neue Dokumentation über Australien herausbringen, die verschiedene Reportagen beinhalten wird, darunter auch eine über die Natur des Outback und die Menschen, die dort leben und arbeiten, auf Farmen, Opalfeldern, aber auch über die Mitarbeiter des Flying Doctor Service und die Aborigines.« Er sah sie gespannt an, doch sie hatte keine Ahnung, worauf er hinauswollte, und so runzelte sie nur die Stirn. Er beugte sich vor. »Schatz, ich habe dich für diese Reportage vorgeschlagen.«

Abrupt stellte sie ihr Glas auf den Tisch und sah ihn aus funkelnden Augen an.

»Bist du wahnsinnig geworden? Ich bin seit zehn Jahren aus meinem Beruf raus, habe praktisch keine Auslandserfahrung. Keiner würde mich als Journalistin einstellen.« Sie machte eine kleine Pause und fügte dann salbungsvoll hinzu: »Aber der Frau des Marketingleiters darf man ja keinen Korb geben. Machen wir ihr doch die Freude und hoffen, dass sie nicht allzu viel verdirbt.«

Max unterdrückte ein Schmunzeln. Er bewunderte sie für die Fähigkeit, immer sofort alles auf den Punkt zu bringen. In vielen Dingen war sie nicht so diplomatisch wie er, aber sie traf den Nagel stets in allerkürzester Zeit auf den Kopf. Insgeheim liebte er diesen aufgebrachten Ausdruck in ihrem Gesicht. Wenn sie wütend war, wirkten ihre grünbraunen Augen noch größer und lebendiger, und er meinte dann immer kleine goldene Funken darin erblicken zu können. Er nahm ihre Hände in seine und sah sie an. »Schatz, ich habe dich vorgeschlagen, weil ich weiß, dass du gut bist. Ich glaube auch, dass kaum jemand so viel über Australien, ich möchte fast schon sagen, ›absorbiert‹ hat wie du.« Als er ihren überraschten Gesichtsausdruck bemerkte, fügte er hinzu: »Natürlich habe ich mitgekriegt, wie sehr du dich dafür interessierst, und ich finde, du solltest hier mal rauskommen. Seit Sophies Tod bist du immer so nachdenklich, fast schon niedergeschlagen. Meinst du nicht, dass dir so ein richtiger Tapetenwechsel einmal gut täte?«

»Max, ich finde es ja geradezu unheimlich aufmerksam von dir, dass du dir Gedanken gemacht hast, aber ich fühle mich als dein Protegé nicht wohl. Und ich wäre ich doch auch sicher eine ganze Weile nicht da. Wer kümmert sich denn dann um die Kinder?« Sie machte wieder eine kleine Pause, bevor sie ihn trotzig anschaute. »Und … außerdem hätte ich Angst davor.«

Er nahm sie in die Arme. »Komm schon, Schatz. Ich wusste, was du sagen würdest, also habe ich bereits mit deiner Mutter telefoniert. Deine Eltern werden in der Zeit hier wohnen und sich um alles kümmern. Deine Mutter hat natürlich gezögert!« Sie blickte ihn irritiert an. »Ich meine, sie hat gezögert, weil es ihr nicht gefällt, ihre Tochter bis ans andere Ende der Welt reisen zu lassen.« Er lachte leise. »Und auch mir wird das nicht ganz leicht fallen, aber du fliegst ja nicht allein. Martin Sanders wird mitkommen. Er ist einer unserer erfahrensten und besten Fotografen, und ich schätze ihn auch menschlich sehr.« Er legte seine Hand unter ihr Kinn, so dass sie ihn ansehen musste. »Und nun zum letzten Punkt auf deiner Bedenkenskala. Du bist die wunderbarste Frau, die ich mir vorstellen kann. Du bist die beste Mutter für unsere Kinder. Du bist gebildet, sensibel, klug und schön. Ich frage dich jetzt: Wovor hast du Angst?«

Nora musste schlucken. Verlegen sah sie ihren Mann an. »Was soll ich denn jetzt nur sagen?« Sie lächelte schelmisch. »Dass ich mir heute ernsthaft die Frage gestellt habe, warum ich dich geheiratet habe?« Lachend wich sie vor ihm zurück, als er drohend auf sie zukam und sie aufs Sofa drückte, bevor sie in einem zärtlichen Kuss zueinander fanden.

Die darauf folgende Zeit verging wie im Flug und war für Nora neben ihrem normalen Alltagsleben ausgefüllt mit Reisevorbereitungen und -planungen. Sie bekam ihre Gefühle manchmal kaum in den Griff; sie umfassten alles von Nervosität bis zur gespannten Vorfreude, dann wieder Sorge um die Kinder, und Angst, der Aufgabe nicht gewachsen zu sein. Sie konnte vor den ersten Gesprächen im Verlag kaum noch schlafen. Zu viele Gedanken wirbelten ihr durch den Kopf. Schließlich hatte Max sie auch Martin Sanders bei einem gemeinsamen Abendessen vorgestellt, vor dem Nora so nervös gewesen war, dass sie sich einen Beruhigungstee aufgebrüht hatte. Als Max vor dem Essen nach Hause gekommen war, um sie abzuholen, fand er sie in der Küche. Nachdem er ihr einen Kuss gegeben hatte, beugte er sich über die Tasse.

»Igitt, was trinkst du denn da? Das riecht ja scheußlich!«

Als er das Etikett am Teebeutel gelesen hatte, sah er sie an und lachte. »Ach Nora! Martin wird dir gefallen, er ist einfach nett! Sonst würde ich dich doch nicht mit ihm reisen lassen.«

Der Abend verlief dann auch wirklich angenehm. Bereits nach kurzer Zeit waren sich Nora und Martin sympathisch. Der Fotograf war schon einige Male in Australien gewesen, und Nora drängte ihn, davon zu erzählen.

»Nun, ich habe noch nie im Outback fotografiert. Ich sollte Aufnahmen für einen Bildband mit Städte-Porträt machen und war in Sydney, Canberra, Melbourne und Adelaide. Eine weitere Reportage hat mich zum Great Barrier Reef geführt.«

Er nahm einen Schluck Wein und sah wieder von Max zu Nora. »Es hat mir sehr gut gefallen, obwohl ich es schon damals bedauert habe, nicht ins Landesinnere oder einmal ganz in den Westen nach Perth gekommen zu sein. Auch der tropische Norden hätte mich gereizt.« Er lächelte Nora zu. »Aber nun werden wir beide ja einiges, was mir damals entgangen ist, kennen lernen, nicht wahr?«

Sie erwiderte sein Lächeln. »Ich wünschte, ich hätte nur halb so viel von der Welt gesehen wie Sie, Martin. Hoffentlich werde ich nicht die langweiligste Kollegin, mit der Sie jemals eine Reportage gemacht haben.«

Die Männer lachten, und während Max ihre Hand nahm, strahlte Martin sie an und hob sein Glas. »Ganz bestimmt nicht, Nora.« Er zwinkerte ihr zu. »Sie haben ja keine Ahnung, mit wem ich schon in der Welt unterwegs war.«

4

Dr. William Jarrett, Chefarzt des Royal Flying Doctor Service in Cameron Downs, nahm sein Glas und sah in die Runde erwartungsvoller Gesichter.

»Also, ich möchte euch nicht länger auf die Folter spannen. Es gibt natürlich einen Grund für unsere kleine Feier heute Abend hier, und der ist für unsere Station in Cameron Downs mehr als erfreulich.« Er machte eine Pause.

Lisa Jarrett, seine Frau, verdrehte die Augen und lächelte ihrer jungen Kollegin Kim Michaels, Schwester beim Royal Flying Doctor Service, zu. »Jetzt macht er es aber wieder spannend.«

Phil McGavin, der Pilot des Ärzteteams, fuhr sich durch sein welliges graues Haar. »Nun red schon, Bill, sonst kommt Carol mit dem Essen und dir hört keiner mehr zu.«

Dr. Jason Lewis und Dr. Tom Morrison nickten zustimmend, doch William Jarrett ließ sich nicht aus der Ruhe bringen.

»Nun, die erfreuliche Nachricht ist die, dass wir, der Ärztedienst hier in Cameron Downs, für eine ordentliche Spende vorgesehen sind.« Er blickte in die Runde, in der gespannte Erwartung herrschte. »Diese Spende könnte dazu beitragen, dass die von uns ersehnte Anschaffung eines nagelneuen Beatmungsgeräts in greifbare Nähe rückt.«

Tom und Jason sahen ihn überrascht an. Noch in der letzten Dienstbesprechung hatte er sich dahingehend geäußert, dass er genauso wie sie glücklich über ein solches Gerät wäre, dass aber die Anschaffungskosten im Moment nicht aufzubringen seien.

»Wieso denn ›könnte‹ und ›vorgesehen‹, weshalb diese Einschränkungen?«, hakte Tom nach.

Bill sah ihn an. »Die Spende ist an eine Bitte geknüpft worden.«

»Eine Bitte oder eher eine Bedingung? Wer ist denn der Spender? Kennen wir ihn?«, warf Lisa ein.

Bill seufzte. »Es ist eindeutig als Bitte formuliert worden, aber die Höhe der Spende würde uns zur Erfüllung des geäußerten Wunsches schon irgendwie verpflichten. Hört doch einfach erst einmal zu. Es handelt sich um einen großen deutschen Verlag, der eine Dokumentation über Australien herausbringen möchte. Diese Dokumentation soll auch eine Reportage über das Outback beinhalten, über die Leute, die hier leben und arbeiten. Kurzum, wir sind gebeten worden, uns zwei Wochen um eine Journalistin und einen Fotografen des Verlags zu kümmern, sie gewissermaßen an der Arbeit des Royal Flying Doctor Service teilhaben zu lassen.«
Bill nahm einen Schluck Bier und beobachtete sein Team. Eifriges Gemurmel hatte eingesetzt, und die Begeisterung hielt sich offenbar in Grenzen.
»Wie sieht es denn mit dem Patientenschutz, mit der Privatsphäre unserer Nachbarn aus?« Tom stellte sein Glas auf den Tisch. »Werden wir dann bei der Versorgung von Notfällen gefilmt?«
Bill hob beschwichtigend die Hände. »Nun beruhigt euch mal wieder. Ich persönlich glaube, dass wir dieser Journalistin und ihrem Kollegen eine Chance geben sollten. Der Verlag hat mir seriösen Journalismus zugesagt. Ein Vorabdruck müsste von uns auch erst genehmigt werden. Außerdem leisten wir hier gute Arbeit, und ich finde, wir brauchen das nicht zu verstecken. Vielleicht trägt dieses Buch ja in Europa dazu bei, uns auch dort noch bekannter zu machen, unsere Arbeit zu zeigen, was eventuell weitere Spenden nach sich ziehen würde. Und ihr wisst, der Flying Doctor Service ist auf Spenden angewiesen.« Er sah wieder zu Tom und Jason. »Spenden dieser Größenordnung sind selten, ganz besonders in Cameron Downs.«
Seine Rede hatte ihre Wirkung nicht verfehlt, auch Tom lenkte ein. »Okay, wenn du meinst. Wir können es ja versuchen.«
Jason nickte ebenfalls. »In Ordnung, Bill. An mir soll's auch nicht liegen. Für ein neues Beatmungsgerät würde ich sogar den

Yeti durch den Busch schleppen. Verrätst du uns denn noch, wer uns besuchen kommt?«

Bill war erleichtert, dass alle wieder wie gewohnt an einem Strang zogen. »Natürlich. Ich kenne aber auch nur die Namen. Die Journalistin heißt Nora Bergmann, und ihr Kollege, der Fotograf, ist mit Martin Sanders angegeben.« Er grinste. »Hoffentlich habe ich sie richtig ausgesprochen. Mit Deutsch kann ich leider nicht dienen. Aber immerhin hat der Verlag mir versichert, dass die beiden gut Englisch können.« Er sah Carol und Sam Winton entgegen, die gemeinsam mit ihrer Tochter Heather das Cameron Hotel führten und nun mit dem Abendessen aus der Küche kamen, das hübsch angerichtet auf großen Tellern lag. »Ah, Carol, das duftet ja köstlich.« Die anderen pflichteten ihm bei.

»Na, dann lassen Sie es sich auch schmecken. Guten Appetit.«

5

Nervös und aufgeregt hatte Nora sich von ihren Kindern und ihrem Mann am Hamburger Flughafen verabschiedet, bevor sie mit Martin Sanders ihre Reise antrat und zunächst für einen Nachmittagsflug nach Frankfurt eincheckte. Mit einem Magenkribbeln wandte sie sich noch ein letztes Mal um, um ihrer Familie zuzuwinken. Auch wenn sie glaubte, aus Vorfreude auf Australien innerlich platzen zu müssen, tat ihr dieser Moment des Abschieds von den wichtigsten Menschen in ihrem Leben für mehrere Wochen ungeheuer weh. Einen kurzen Moment lang stellte sie sich die Frage, ob sie das Ganze nicht doch noch bleiben lassen sollte. Beim Anblick ihrer fröhlich winkenden Kinder, die sie noch lachend aufforderten, doch ein Känguru für sie mitzubringen, riss sie sich aus ihren Zweifeln und folgte ihrem Kollegen. Insgeheim plagten sie, was Martin Sanders' Berufserfahrung anging, außerdem so etwas wie Minderwertigkeitskomplexe, und obendrein wollte sie vor ihm nicht unprofessionell erscheinen. Auf dem Flug nach Frankfurt war sie deshalb sehr bemüht, ihre innere Nervosität abzulegen und einen gelassenen Eindruck zu erwecken. Martin jedoch war keineswegs entgangen, wie schwer es ihr fiel, den Abschied von ihrer Familie wegzustecken. Nach einer Weile des Schweigens lächelte er sie freundlich an. »Alles klar? Es ist sicher nicht so einfach, die Familie für ein paar Wochen in so weiter Entfernung zu wissen, nicht?«
Sie versuchte ihre Stimme möglichst normal und ruhig klingen zu lassen.
»Ja, Sie haben Recht, aber augenblicklich kann ich kaum sagen, welcher Gedanke mich mehr beunruhigt, der Abschied von der Familie oder ab Frankfurt einen Flug von etwa dreiundzwanzig Stunden vor mir zu haben.«

Er lachte und legte kurz den Kopf zurück. »Sie werden sehen, wir beide schaffen das schon.«
Die Flugbegleiter kamen mit dem Getränkewagen den engen Gang entlang, und Martin sah seine Kollegin nachdenklich an. »Wie wär's, trinken Sie ein Glas Sekt mit mir? Auf unseren gemeinsamen Auftrag?«
Nora zögerte nur kurz. Sie fragte sich ein wenig unbehaglich, wie sich der Alkohol mit ihrer Aufregung und Anspannung mischen würde, wollte Martin Sanders aber keinen Korb geben. Also nickte sie. »Ja, gern.«
Wie selbstverständlich nahm er die beiden Piccolos entgegen, bezahlte, schenkte den perlenden Sekt in die Gläser ein, von denen er ihr eines reichte, und sagte: »Wären Sie einverstanden, wenn wir das förmliche Sie beiseite legen? Wir werden so viele gemeinsame Kilometer hinter uns bringen, dass ich mir das Du einfach besser vorstellen kann.«
Nora lächelte ihm nun freundlich zu und nickte erneut. »Gern.«
Während Martin dann von seinem ersten Auftrag in Australien erzählte, hörte Nora interessiert zu und entspannte sich ein wenig. Ehe sie sich's versah, befanden sie sich schon wieder im Landeanflug auf Frankfurt, wo es am Abend nach Singapur und von dort aus in den äußersten Norden Australiens, nach Darwin, gehen sollte. Der hektische Frankfurter Flughafen empfing sie mit trübem Nieselregen, und so verbrachten sie die Zeit bis zum Anschlussflug mit einem kleinen Bummel durch den Flughafen, einer kurzen Pause an einer der Saftbars und begaben sich dann zum Boarding ans Qantas-Gate. Allein der Anblick des Kängurus auf dem Logo der Fluggesellschaft ließ Noras Herz schon wieder höher schlagen, und als es einige Zeit später endlich so weit war und der riesige Jumbo sich um 21.40 Uhr Frankfurter Zeit in den Abendhimmel erhob, betrachtete Nora die immer kleiner werdenden Lichter unter sich mit der Gewissheit, dass sie nun bald wirklich den Kontinent, von dem sie schon so lange

träumte, kennen lernen durfte. Erleichtert konnte sie feststellen, dass die Sitze der Business-Class durchaus Bequemlichkeit und Beinfreiheit versprachen. Dankbar dachte sie an den Hamburger Verlag, der ihnen diesen Luxus gegönnt hatte. Die Erinnerung an die normale Bestuhlung in den Urlaubsfliegern, die sie sonst gewohnt war, hatte sie vor diesem Flug ans andere Ende der Welt einige Male mit panikartigen Gefühlen kämpfen lassen.
Der angenehme Beginn ihrer langen Reise mit Martin hatte sich auch in den nächsten Stunden fortgesetzt. Angeregte Gespräche wechselten mit ruhigen Lesepausen und einigen Nickerchen ab. Überrascht nahmen sie nach einem neunstündigen Flug zur Kenntnis, dass ein Zwischenstopp in Bangkok angekündigt wurde. Nach der Landung jedoch genossen sie die Zeit, sich in Ruhe die Beine zu vertreten, während die Maschine betankt und gesäubert wurde, bevor sie eine gute Stunde später wieder nach Singapur abhob. Dort nutzten sie den vierstündigen Aufenthalt für einen kleinen Einkaufsbummel. Nora genoss es inzwischen, Martin an ihrer Seite zu haben, der sich stets gut auszukennen schien. Als schließlich die letzte lange Etappe ihrer Reise begann, tröstete Nora sich nach einer mehr oder minder schlaflosen Nacht mit dem Gedanken, dass sie nach der nächsten Landung endlich australischen Boden betreten würde.
Am frühen Morgen war es dann so weit. Doch ziemlich erledigt und mit ehrlichem Respekt vor jenen Leuten, die mal eben für ein verlängertes Wochenende nach »down under« flogen, betrat Nora mit Martin den Flughafen in Darwin. Obwohl sie sehr müde war und sich nach einer Dusche sehnte, konnte sie es nicht fassen, endlich am Ziel zu sein. Ungläubig schaute sie sich um, während sie hinter Martin herging. Erleichtert nahmen sie einige Zeit später ihr vollständiges Gepäck entgegen und fuhren mit einem Taxi zum Hotel, wo sie glücklicherweise gleich ihre Zimmer beziehen konnten und vereinbarten, sich nach einer Ruhepause erst am frühen Nachmittag zu treffen.

Nora war froh, die Ruhe und angenehme Kühle des klimatisierten Zimmers genießen zu können. Nachdem sie geduscht und ihren Wecker gestellt hatte, stand sie noch einen Augenblick am Fenster und nahm die Aussicht bewusst in sich auf, bevor sie sich endlich zufrieden auf ihrem Bett ausstreckte.

Als sie später einen ersten Spaziergang durch die Stadt unternahmen, machte Darwin mit seiner ausgesprochen modernen Architektur einen sehr fortschrittlichen und etwas nüchternen Eindruck auf Nora und Martin; was sie aber vor dem geschichtlichen Hintergrund dieser etwa Achtzigtausend-Einwohner-Stadt nicht weiter verwunderte, war sie doch zweimal nahezu völlig zerstört worden. Das erste Mal durch japanische Bomber 1942 und das zweite Mal am Heiligen Abend 1974 durch den Wirbelsturm Tracy, der mit annähernd zweihundertachtzig Kilometern pro Stunde über die Stadt hinwegbrauste und von elftausendzweihundert Gebäuden nur vierhundert nicht zerstörte. Nora hatte mehr als anerkennend gelesen, dass sich die Bewohner bereits in den Tagen nach dem Sturm T-Shirts mit der Aufschrift »What a night with Tracy!« angezogen und ungerührt darangemacht hatten, ihre Häuser neu aufzubauen.

Nachdem sie sich ein wenig umgesehen und etwas gegessen hatten, nahmen sie ein Taxi, um sich im Northern Land Council beraten und die Erlaubnis geben zu lassen, in den nächsten Tagen das Land der Aborigines durchqueren zu dürfen, um den einzigartigen Kakadu National Park kennen zu lernen. Sie waren erleichtert, dass ihnen dies ohne große Schwierigkeiten gelang, und kümmerten sich anschließend um einen geländegängigen Mietwagen, mit dem sie am nächsten Morgen die Fahrt zu diesem mit zwanzigtausend Quadratkilometern größten Nationalpark Australiens hinter sich bringen wollten. Beide waren froh, dass die Formalitäten für ihren Ausflug nun geklärt waren, und unternahmen noch einen Ausflug in den Botanic Garden, der sie mit seiner ungeheuren exotischen Blütenpracht und einer gera-

dezu erstaunlichen Anzahl an Palmen beeindruckte. Am Abend gingen sie früh schlafen, um für die bevorstehende Fahrt fit zu sein. Nora steckten noch der lange Flug und die Zeitverschiebung in den Knochen, so dass sie es erneut genoss, sich dieses Mal für eine ganze Nacht in ihrem Bett ausstrecken zu können.
Am nächsten Morgen starteten sie nach einem ausgiebigen Frühstück. Nora fühlte sich inzwischen ausgeruht und war voller Vorfreude. Sie hatte in Deutschland so viel über diesen Nationalpark gelesen, dass sie es kaum erwarten konnte, dort anzukommen. Martin grinste sie von der Seite an.
»So etwa zweihundertfünfzig Kilometer liegen jetzt noch vor uns. Na, dann wollen wir mal hoffen, dass wir dort auch viele Kakadus sehen.«
Nora lachte. Auf seine fragend hochgezogenen Augenbrauen erklärte sie ihm: »Der Kakadu National Park heißt nicht nach den Vögeln so, sondern nach der Sprache Gagudju, das ist die Sprache des Stammes, der in diesem Gebiet beheimatet war.«
Martin lächelte ihr nun belustigt zu. »Du scheinst deine Hausaufgaben gemacht zu haben, im Gegensatz zu mir. Lass doch mal hören, was du noch so über den Park weißt. Sicher verkürzt uns das die Fahrtzeit.«
Nora schüttelte ein wenig den Kopf. »Ach, weißt du, ich will dich hier doch nicht belehren.« Sie machte eine kleine Pause und sah aus dem Fenster. »Es ist nur so, dass ich mich schon seit langer Zeit sehr für dieses Land interessiere, ganz besonders auch für die Ureinwohner. Darum freue ich mich auch so auf den Kakadu Park.«
Martin sah sie aufmerksam an. »Ich dachte, der Park sei ein Tierparadies.«
»Das ist er auch, aber er ist ebenfalls berühmt für die Kultur der Ureinwohner. Nirgendwo sonst in Australien finden sich mehr Felsmalereien der Aborigines als dort. Besonders eindrucksvoll sollen die Zeichnungen im Röntgenstil sein, der die Knochen

und anatomischen Einzelheiten der dargestellten Tiere wie auf einem Röntgenbild wiedergibt.« Sie überlegte kurz. »Hast du dir denn schon Gedanken gemacht, was wir uns dort so ansehen wollen?«

Martin nickte. »Im Grunde würde man sicher Wochen brauchen, um alles kennen zu lernen. Da wir die aber nun einmal nicht haben, dachte ich, es wäre bestimmt nicht verkehrt, zunächst im Besucherzentrum vorbeizuschauen. Soweit ich weiß, kann man sich dort ausführlich informieren und sogar beraten lassen. Vielleicht sollten wir auch so eine geführte Ranger-Tour mitmachen, was meinst du? Da erfährt man bestimmt einiges über die australische Wildnis.«

Nora sah nachdenklich vor sich hin. »Wahrscheinlich hast du Recht. Der Park ist so riesig, dass man allein wohl den Überblick verlieren würde.«

Martin grinste nun erneut vor sich hin. »Apropos Überblick, wir sollten unbedingt so einen Rundflug über den Park mitmachen. Für mich die Gelegenheit für Luftaufnahmen.«

Nora lächelte zustimmend und sah sich um. Sie hatten mittlerweile den Stuart Highway verlassen und befuhren nun schon eine ganze Weile den Arnhem-Highway, der sie durch ureigenes Aborigines-Gebiet zum Kakadu National Park führen würde. Etwa auf halber Strecke hatten sie sich abgewechselt, so dass Nora am Steuer saß, als sie schließlich Jabiru erreichten, das Krokodil-Land des Parks. Auch der größte Fluss nannte sich Alligator River. Sie freuten sich auf das Gagudju Crocodile Hotel, in dem für sie zwei Zimmer reserviert waren. Es hatte die Form eines Krokodils, wobei der Swimmingpool den Bauch darstellte. Es herrschte hier trotz der Tatsache, dass es sich um ein Hotel der gehobeneren Klasse handelte, ein wenig Safari-Atmosphäre, und Nora verspürte bereits wieder ein gespanntes Kribbeln im Magen, als sie an die bevorstehenden Ausflüge dachte. Sie wollten auch nur ihr Gepäck ablegen und sich ein

wenig frisch machen, bevor es ins Bowali-Besucherzentrum gehen sollte.
Hier war es ihnen dann am Nachmittag möglich, sich einen ersten ausführlichen Überblick zu verschaffen und den Eintrittspreis zu bezahlen. Dia- und Videodarbietungen zeigten bereits im Vorfeld die Höhepunkte dieses Parks. Sie erfuhren, dass er zu den wichtigsten Feuchtgebieten der Erde gehörte und mit seinen immensen Überschwemmungsflächen ein einzigartiges Rückzugsgebiet für Zug- und Wasservögel bot. Neben der biologischen wurde tatsächlich auch die von Nora zuvor erwähnte kulturelle Bedeutung des Kakadu National Parks hervorgehoben. Beide schienen das Geheimnis des Parks auszumachen und hatten schließlich dazu geführt, dass er von der UNESCO in die Liste des Weltkulturerbes aufgenommen worden war. Zufrieden schmiedeten Nora und Martin beim Abendessen Pläne für die kommenden Tage.

Als sie in den frühen Morgenstunden an einer Bootstour teilnahmen und auf dem Fluss durch die beeindruckende Lagunenlandschaft von Yellow Waters glitten, fand Nora keine Worte für ihre Empfindungen beim Anblick dieses Paradieses für unzählige Wasservögel. Der Morgendunst lag über dem Wasser und vermischte sich mit dem Rotorange der aufgehenden Sonne. Sprachlos staunend beobachtete sie scheinbar Millionen unterschiedlicher Vögel, die mit flatternden Flügeln aufflogen oder kreischend ihr Stammrevier verteidigten. Sie konnte Gänse, Kraniche, Pelikane, Reiher, Enten und Schwarzkopfstörche ausmachen, während am Himmel Seeadler und andere Raubvögel kreisten. Zwischen unglaublich großen Seerosen an verschiedenen Flussarmen und in den Uferregionen entdeckte sie schließlich auch die gefährlichen und zum Teil sehr großen Salzwasserkrokodile, die sich augenscheinlich im trägen Wasser wohl zu fühlen schienen.

Während Martins Kamera unablässig surrte und er offenbar konzentriert bei der Arbeit war, nahm Nora die fast schon unwirkliche Stimmung dieses Tagesanbruchs andächtig in sich auf. Sie meinte nie etwas annähernd Vollkommeneres in der Natur gesehen zu haben als diese scheinbar unberührte Landschaft. Als sie später im Wagen saßen, fuhren sie einige Zeit schweigend, und Nora empfand so etwas wie Dankbarkeit Martin gegenüber, der ein Gespür für diese besondere Stimmung zu haben schien. Das eben Erlebte noch genau vor Augen, klappte sie ihr Notizbuch auf und machte sich daran, ihre Eindrücke festzuhalten. Wenig später folgten sie kurz vor Jabiru einer abzweigenden Zufahrtsstraße nach Ubirr, wo sie sich die berühmten Felsmalereien der Ureinwohner ansehen wollten. Als Martin den Wagen anhielt, hatte Nora ihre Aufzeichnungen schon wieder eingesteckt. Er griff nach seiner Kamera, die auf dem Rücksitz lag, und lächelte ihr zu. »Alles klar? Wollen wir los?«
»Aber ja! Ich freue mich schon.« Etwas zögernd machte sie eine Pause. »Sicher komme ich dir ein wenig unprofessionell vor, nicht? Aber ich muss zugeben, dass mich das hier alles ein wenig überwältigt.« Sie sah nun aus dem Fenster. »Es erscheint mir so unwirklich, so unglaublich riesig … so fremd und trotzdem unheimlich anziehend.« Verlegen schaute sie Martin an und zog schließlich eine Grimasse. »Ich wirke wahrscheinlich ziemlich bescheuert, nicht?«
Martin legte eine Hand auf ihren Arm und lachte leise, bevor er wieder ernst wurde und sie ansah. »Nein, Nora. Wirklich nicht. Es ist doch einfach unglaublich schön hier! Warum sollte man das nicht zugeben, hm?« Er zwinkerte ihr zu. »Na, komm, jetzt geht's zur Aborigines-Kultur.«
Gemeinsam erkundeten sie den etwa einen Kilometer langen Rundweg, der sie rasch erkennen ließ, dass sie sich hier an einer der bedeutendsten Kunststätten des Parks befanden. Staunend stand Nora vor den Malereien und versuchte sich klarzumachen,

dass sie tatsächlich hier war. Sie hatte die Kunst der Aborigines schon in so vielen Büchern betrachtet, dass sie ihr nun seltsam vertraut vorkam. Dennoch spürte sie, dass die Wirkung, die diese zum Teil über zwanzigtausend Jahre alten Darstellungen hier auf sie hatten, eine völlig andere war. Sie fühlte sich diesem Stück Zeitgeschichte auf einmal so nah, dass sie kaum den Blick abwenden mochte. Eigenartig berührt, begriff sie plötzlich die enge persönliche Beziehung, die die Ureinwohner zu ihrem Land und ihren Traditionen gehabt haben mussten. Sie erkannte, dass die Malereien nicht nur der Ehrung ihrer Ahnenwesen dienten, sondern auch der Mitteilung und Kommunikation untereinander. Nora gefielen besonders die warmen Töne der Naturfarben. Sie kletterten auf den Felsen herum, die von Büschen, Bäumen und Gräsern umgeben waren und die Aussicht auf weitere Felsplateaus in einiger Entfernung freigaben. In einem Felsspalt entdeckte Nora eine wunderschöne Blume mit großen grünen Blättern, aus deren Mitte eine zartrosafarbene Blüte emporrankte. Nora freute sich daran. Irgendwie schien diese Blume nur auf sie gewartet zu haben. Selbst Martin, der sich auf einem Felsen niedergelassen hatte und in einige Erläuterungen über diese Kunst vertieft war, schien beeindruckt.

Als Nora zu ihm hinaufkletterte und sich neben ihn setzte, hatte sie immer noch Schwierigkeiten, in die Wirklichkeit zurückzufinden. Sie sah zu den höher liegenden Felsen hinauf und fuhr sich mit dem Handrücken über die Stirn. Die Temperaturen mussten mittlerweile dreißig Grad Celsius überschritten haben, und da sie im Morgengrauen aufgestanden waren, konnte sie auch ein Gähnen nicht unterdrücken. Martin faltete den Informationszettel zusammen und schaute sie an. »Müde?«

Sie nickte. »Ja, irgendwie schon. Aber trotzdem mag man ans Ausruhen gar nicht denken. Es gibt so viel zu sehen.« Sie mochte ihm ihre tief gehenden Empfindungen und ihr Interesse an dieser uralten Kultur nicht näher beschreiben. Sie konnte sich nicht vorstellen, dass er das verstehen würde. Er hatte schon so viele Länder bereist, dass sie ein solches Interesse bei ihm nicht vermutete.

Er blickte nun ebenfalls zu den Felsen hinauf. »Ja, du hast Recht. Man fühlt sich ziemlich klein und unbedeutend hier, nicht?«

Überrascht sah sie ihn an. Er schmunzelte, als er ihren Blick wahrnahm. Bereits in der kurzen Zeit, die sie gemeinsam unterwegs waren, hatte er feststellen können, dass sich ihre Gefühle fast immer deutlich in ihrem Gesicht spiegelten. Er empfand das als ausgesprochen sympathisch. Sie nickte jetzt. Sie saßen noch eine Weile schweigend nebeneinander, bevor Martin sie fragend ansah.

»Einverstanden, lass uns zurückgehen.«

Martin griff nach seinen Sachen und stand auf. Bereits nach den ersten beiden Schritten rutschte er mit dem Absatz am Felsen ab und strauchelte. Seine Arme ruderten hilflos in der Luft, während auch der zweite Fuß keinen Halt mehr fand. Der Riemen seiner Kameratasche war ihm von der Schulter geglitten, und die Tasche fiel den Felsen hinab. Sekunden nach ihr stürzte er seitlich etwa dreieinhalb Meter hinunter. Obwohl er nicht sehr tief gefallen war, krümmte er sich mit schmerzverzerrtem Gesicht zwischen Gräsern und Steinen. Nora hatte einen erschrockenen Schrei ausgestoßen und war schnell hinuntergeklettert. Entsetzt stellte sie fest, dass sich sein T-Shirt an der linken Schulter blutrot färbte. Er musste sich an den schärferen seitlichen Felskanten ziemliche Schnittwunden zugezogen haben. Sie überlegte fieberhaft, was sie tun sollte. Er hatte sich aufgerichtet und grinste ihr mit zusammengebissenen Zähnen zu.

»Na? Wer von uns beiden ist hier wohl der Unprofessionelle?«

Er hielt den Arm der verletzten Schulter an sich gedrückt und schaute sie besorgt an. »Nora, siehst du mal nach, ob meine Kamera was abbekommen hat?«

Sie blickte ihn entgeistert an. Der Blutfleck auf seinem T-Shirt hatte sich mittlerweile bis zur Hüfte ausgebreitet, und der Stoff klebte auf seiner Haut. Wütend zeigte sie ihm einen Vogel. »Sag mal, du bist wohl nicht bei Trost, jetzt an die Kamera zu denken! Du bist verletzt! Weißt du, ob wir Verbandszeug im Wagen haben?« Sie deutete nun auf sein T-Shirt. »Ich fürchte, wenn du so zum Auto läufst, ziehst du eine Blutspur hinter dir her. Wir müssen schnell ins Hotel zurück, da gibt es sicher einen Arzt.«

Martins Blick war ihrem Hinweis gefolgt. Ihm schien erst jetzt aufzufallen, dass er stark blutete. Als er sein klebriges T-Shirt wahrnahm, wurde er bleich und stöhnte. Offensichtlich konnte er den Anblick nicht gut ertragen. Nora nahm die Kameratasche und ihren Pullover, den sie sich, als es wärmer geworden war, um die Hüften gebunden hatte, und befahl Martin, sich auf die gesunde Körperseite zu legen. Sie schob ihm die Tasche und den Pullover unter den Kopf und sah sich um. Ausgerechnet jetzt konnte sie niemanden hier entdecken. Wahrscheinlich mieden alle die Mittagshitze im Park, was ja an sich vernünftig war. Sie legte die Wasserflasche neben ihn und beugte sich über ihn.

»Du bleibst hier bitte so liegen, Martin. Ich laufe zum Wagen und sehe nach, ob wir Verbandszeug haben. Ich bin gleich zurück.« Sie hatte sich schon aufgerichtet, als ihr noch etwas einfiel. »Wo hast du die Schlüssel?«

Er griff mit der unverletzten rechten Hand in seine Hosentasche und reichte ihr die Autoschlüssel. Besorgt blickte sie ihn an. Er sah bleich und abwesend aus. Sie hoffte sehr, dass er nicht ohnmächtig werden würde. Schnell lief sie zum Parkplatz und durchsuchte hektisch den Kofferraum. Nervös glaubte sie sich daran zu erinnern, dass ein Erste-Hilfe-Kasten in Australien nicht zur vorgeschriebenen Ausstattung eines Fahrzeugs gehörte. Grenzenlos erleichtert entdeckte sie schließlich ein Fach in der Seitenverkleidung, das ein Verbandskästchen enthielt. Sie griff danach und zwang sich, noch rasch etwas zu trinken, bevor sie den Weg in der Sonne würde zurücklaufen müssen. Die tropische Luftfeuchtigkeit kam ihr zu dieser Tageszeit unerträglich vor. Schweißüberströmt erreichte sie wenig später Martin, der sich etwas beruhigt zu haben schien. Er wollte sich aufsetzen, als sie sich neben ihn kniete, doch sie schüttelte den Kopf.

»Nein, bleib bitte liegen.« Sie öffnete das Notfallkästchen und wühlte darin.

»O Mann, Nora, ich komme mir so blöd vor. Das Ganze ist bestimmt nicht sehr schlimm. Ich hasse nur das klebrige Gefühl dieses blutigen T-Shirts, verstehst du?«

Nora sah auf. »Gut, dann zieh es vorsichtig aus. Ich helfe dir. So komme ich auch besser an die Wunde.« Sie konnte erkennen, wie er die Zähne zusammenbeißen musste, als er sich nun langsam aufsetzte. Vorsichtig half sie ihm, erst den gesunden Arm und den Kopf daraus zu befreien, bevor sie es sacht über der verletzten Schulter wegzog. Sie erkannte sofort, dass er sicherlich würde genäht werden müssen. Auch ihr fiel der Anblick der großen gezackten Fleischwunde nicht leicht, aber sie riss sich zusammen und überlegte fieberhaft, was jetzt am besten zu tun wäre. Sie hatte bereits drei große Kompressen, die noch eingeschweißt waren, aus dem Kasten genommen und hielt nun noch ein winziges Fläschchen Jodtinktur in der Hand. Bestimmt wäre es gut, die Wunde zu desinfizieren. Sie erinnerte sich jedoch noch an einen Vorfall aus ihrer Kindheit. Einer ihrer Spielkameraden hatte sich bei einem Sprung aus einem Apfelbaum eine tiefe Wunde zugezogen, als er an einem Ast hängen geblieben war. Nachdem sein Vater danach Jod auf die Wunde geträufelt hatte, war er ohnmächtig geworden. Nora konnte es nicht riskieren, dass Martin hier das Bewusstsein verlor. Ohne Hilfe würde es ihr nicht gelingen, ihn zum Auto zurückzubringen. Und ihr widerstrebte die Vorstellung, ihn allein zurückzulassen, um Hilfe zu holen. Entschlossen legte sie das Fläschchen in den Kasten zurück, griff nach ihrer Handtasche und nahm ein Erfrischungstuch aus der eingeschweißten Verpackung, um sich erst die Hände zu säubern, bevor sie Martins Wunde versorgte. Anschließend langte sie nach der Wasserflasche.

»Krieg jetzt keinen Schreck, Martin. Ich lasse ein wenig Wasser über die Wunde laufen, damit ich überhaupt erkennen kann, wo ich die Kompressen anlegen muss, okay?«

Er nickte und sog scharf die Luft ein, als das kühle Wasser über die brennende Wunde lief. Nora tupfte vorsichtig mit einer Kompresse, deren Verpackung sie mit den Zähnen aufgerissen hatte, um die Wunde herum, aus der unablässig Blut sickerte. Schließlich öffnete sie die beiden anderen Kompressen und drückte sie fest auf die blutende Verletzung. Martin hielt mit Mühe einen Schmerzensschrei zurück, während Nora ihn aufforderte, ihr die drei Verbandrollen aus dem Kasten zu reichen. Eine davon drückte sie ebenfalls auf die Kompressen und versuchte mit den anderen eine Art Druckverband anzulegen, was ihr einigermaßen gelang. Als sie fertig war, griff sie erneut nach ihrer Handtasche und holte zwei Aspirin aus dem Seitenfach. »Hier, Martin, nimm die ein, und trink ordentlich nach!« Besorgt sah sie ihm zu, wie er die Tabletten hinunterschluckte und etwas trank. Immer noch blass im Gesicht, versuchte er trotzdem zu grinsen. »O Mann, so was Blödes ist mir schon lange nicht mehr passiert.« Er betrachtete den von Nora angelegten Verband, der unter der Achsel und über den Brustkorb verlief. »So ein Zirkus! Ich werde im Hotel Aufsehen erregen, als wäre ich von einem Krokodil angegriffen worden. Ich sehe schon die Überschrift: Dummer Tourist wollte Saltie streicheln«

Nora lachte. Sie war erleichtert, dass Martin bereits wieder Witze machte. Während sie ihre Sachen zusammenpackte, lächelte sie ihm zu. »Das wird deine Chancen in der Damenwelt ungemein erhöhen. Wenn du Wert darauf legst, wird von mir niemand erfahren, dass es kein Krokodil war.«

Er lachte und verzog gleich darauf das Gesicht vor Schmerzen. Sie hatte sich mittlerweile die Kameratasche und ihre Handtasche umgehängt und den Verbandskasten in der Hand. Besorgt beugte sie sich zu ihm hinunter.

»Glaubst du, du schaffst es zum Wagen, wenn du dich auf mich stützt?« Sie reichte ihm die freie Hand, an der er sich nun mit zusammengebissenen Zähnen hochzog.

»Ja klar. Ich kann auch allein gehen.« Doch Nora war an seine unverletzte Körperseite getreten und umfasste automatisch seine Hüfte, um ihn zu stützen. Also legte er einen Arm um ihre Schultern, und gemeinsam folgten sie dem Weg zum Parkplatz. Am Auto angekommen, sah sie ihn fragend an. Auch auf seiner Stirn standen Schweißperlen.

»Willst du dich lieber hinten reinlegen oder sitzen?«

Er schüttelte angestrengt den Kopf und versuchte krampfhaft unbekümmert zu wirken. »Nein, nein, ich setze mich neben dich, sonst glauben sie im Hotel noch, ich brauche einen Gnadenschuss, wenn sie mich von der Ladefläche kippen müssen.«

Nora grinste kopfschüttelnd und öffnete die Beifahrertür, um ihm hineinzuhelfen. Besorgt registrierte sie, dass der Verband an der Schulter bereits wieder durchgeblutet war. Sie hoffte sehr, dass es mit dem einfachen Nähen der Wunde getan sein würde und Martin nicht ins Krankenhaus transportiert werden müsste. Nachdem sie die Rückenlehne zurückgestellt und Martin angeschnallt hatte, warf sie ihr Handgepäck auf den Rücksitz, nahm auf dem Fahrersitz Platz und ließ den Motor an. Während sie sich nun selbst anschnallte, warf sie ihm noch einen besorgten Seitenblick zu. Er saß in halb liegender Position neben ihr. Sein Kopf lag auf der Nackenstütze, und die Augen waren geschlossen. Er schien froh zu sein, dass er das Auto erreicht hatte, was ihr sein erleichterter Seufzer verriet.

Als sie am Hotel ankamen, war Martin erschöpft eingenickt. Nora stieg aus und lief zur Rezeption, wo sie einem freundlichen

Angestellten die Situation schilderte. Sein zunächst geschäftsmäßiges Lächeln wich rasch einer überlegten Hilfsbereitschaft. Er griff nach dem Telefon und informierte den Hotelarzt, bevor er mit einem Kollegen Nora zum Auto folgte. Als die beiden Männer Martin stützten, lächelte er ihr schief zu.

»Kommt jetzt mein Auftritt, Nora?«

Sie lächelte ebenfalls. »Keine Sorge, ich verrate nichts.«

Hinter seinem Rücken wurde sie ernst. Er tat ihr grenzenlos Leid. Sie hatte bemerkt, wie sehr er sich zusammennehmen musste, und die Vorstellung, dass man gleich seine Verletzung mit Nadel und Faden zusammennähen würde, trug nicht gerade zu ihrer Entspannung bei. Kurz darauf fanden sie sich in einem angenehm klimatisierten Behandlungsraum wieder und warteten auf den Arzt. Martin saß auf einer Liege. Er hatte sich erneut geweigert, sich hinzulegen. Bittend sah er Nora an.

»Holst du mir bitte ein Hemd, wenn die mich hier zusammenflicken? Ich will auf keinen Fall noch einmal so lädiert und bandagiert durch die Hotelhalle geschleift werden.«

Sie nickte, doch bevor sie etwas erwidern konnte, öffnete sich die Tür, und der Arzt trat mit seiner Assistentin ein. Freundlich lächelnd begrüßte er die beiden und ließ sich von Martin schildern, was passiert war. Nachdem er sich dann anschickte, mit der Behandlung zu beginnen, beugte Nora sich vor. Sie fühlte instinktiv, dass Martin es nicht gut finden würde, wenn sie hier bliebe. Außerdem war sie selbst keineswegs erpicht darauf, beim Nähen der Wunde zuzuschauen.

»Martin, ich gehe jetzt und hole dir ein Hemd. Brauchst du sonst noch etwas?«

»Danke, Nora.«

Sie wandte sich an den Arzt und fragte, wann sie ihren Kollegen abholen könne. Er hatte inzwischen den Verband entfernt und betrachtete aufmerksam die Wunde. Schließlich nannte er ihr eine Uhrzeit am Nachmittag. Man wollte Martin einige Zeit zur

Beobachtung dort lassen und ihm eine Infusion geben. Sie nickte ihm noch einmal zu.
»Bis dann, Martin. Mach's gut.«
In ihrem Zimmer warf sie die Taschen auf einen Sessel und ging ins Bad. Während sie sich die Hände wusch, blickte sie in den Spiegel. Sie fühlte sich nicht nur mitgenommen, sie sah auch so aus. Auf Grund der hohen Luftfeuchtigkeit umrahmte ihr Haar nun in wüsten Locken ihr erhitztes Gesicht. Ihr T-Shirt war verschwitzt und durch Martins Behandlung fleckig geworden. Sie schnitt sich selbst eine Grimasse und beschloss, zu duschen und sich umzuziehen. Sie hatte schließlich fast drei Stunden Zeit, bis sie Martin abholen konnte. In einen Bademantel gewickelt, warf sie sich wenig später erfrischt aufs Bett und schloss müde die brennenden Augen. Sie war viel zu nervös und besorgt, um schlafen zu können, aber sie wollte ein wenig die frische Kühle ihres Zimmers genießen und versuchen Ordnung in das Durcheinander ihrer Gedanken zu bringen. Sie empfand diesen Tag – seit seinem Beginn im Morgengrauen mit der Bootstour – als eine einzige Aneinanderreihung von unwirklichen Erlebnissen. Es kam ihr geradezu abenteuerlich vor, was an einem einzigen Tag alles geschehen konnte. Ohne dass sie es beabsichtigte, wurde sie plötzlich wieder an den Tod von Sophie erinnert. Sekundenbruchteile hatten an jenem Tag darüber entschieden, dass ihr Leben zu Ende ging und sich das Leben aller, die sie liebten, für immer veränderte. Traurig stellte Nora fest, wie sehr sie ihre Freundin auch jetzt noch vermisste. Schließlich verdrängte sie diese Gedanken und griff nach dem Telefon, um zu Hause anzurufen. Irgendwie brauchte sie die Gewissheit, dass es ihrem Mann und den Kindern gut ging.
Als sie später sauber und umgezogen mit einem Hemd von Martin in der Hand auf dem Weg zum Behandlungszimmer war, fühlte sie sich deutlich besser. Schließlich lebte er und würde ihrer Einschätzung nach auch keine bleibenden Schäden davontra-

gen. Leise klopfte sie an die Tür, die sie nach Aufforderung öffnete. Martin grinste ihr entgegen. Er sah nicht mehr so blass und erschöpft aus und lag frisch verbunden auf der gesunden Körperseite auf der Liege. Die Schwester befreite ihn gerade von der eben durchgelaufenen Infusion, als aus dem Nebenzimmer der Arzt hereinkam. Er steckte eine kleine silberne Brille in seine Brusttasche, nickte Nora zu und blieb vor der Liege stehen.
»Na, Mr. Sanders, wie fühlen Sie sich jetzt?« Zu Nora gewandt bemerkte er: »Die Verletzung an der Schulter war eine Herausforderung. Echte Millimeterarbeit. Aber ich glaube, wir haben das richtig gut hinbekommen.«
Martin hatte sich langsam aufgesetzt, und Nora half ihm in sein Hemd. Der Arzt war inzwischen vor einem Schrank mit Medikamenten stehen geblieben und nahm nach kurzer Suche zwei Schachteln heraus, die er Martin reichte.
»So, Mr. Sanders, die Kapseln sind ein Antibiotikum. Nehmen Sie sie bitte dreimal täglich ein, bis die Schachtel aufgebraucht ist. Die kleineren Tabletten hier nehmen Sie nur bei Bedarf gegen Schmerzen.«
Martin nickte. »Alles klar. Haben Sie vielen Dank.«
Der Arzt lächelte und schüttelte ihm die Hand. »Keine Ursache. Ach, fast hätte ich es vergessen. In etwa zehn Tagen müssen die Fäden gezogen werden. Denken Sie daran, dann zu einem Arzt zu gehen.«
»Nun, das dürfte nicht schwer sein«, erwiderte Martin grinsend. »Wir werden dann mitten in unserer Reportage über den Royal Flying Doctor Service in Cameron Downs stecken. Es sollte mich wundern, wenn sich dort nicht ein Arzt findet.«

Die nächsten Tage mussten auf Grund von Martins Verletzung etwas ruhiger gestaltet werden. Trotzdem konnten sie sich noch einiges im Park ansehen, und Nora fragte sich, wann dieses Land aufhören würde, die vorangegangenen Eindrücke immer noch ein weiteres Mal zu übertreffen. Am letzten Tag fuhren sie zum Flugplatz, um sich den National Park zum Abschied noch einmal aus der Luft anzusehen. Martin hatte sich dieses Ereignis nicht nehmen lassen wollen und versicherte Nora, dass er, wenn er sich vorsichtig bewege, schon gar keine Schmerzen mehr habe. Mit fünf weiteren Passagieren an Bord überflog die Cessna diese einzigartige Landschaft, die vom uralten Sandsteinplateau und bizarren Felsformationen über Mangrovensümpfe und Flussarme, endlose Eukalyptuswälder bis hin zu den bekannten Wasserfällen alles zu bieten schien, was man sich vorstellen konnte. Nora erkannte, dass sich allein für diesen Besuch im Norden Australiens ihre Reise schon gelohnt hatte. Zufrieden lächelnd stieg Martin nach ihr aus dem Flugzeug und schlenderte in seinen neuen australischen Stiefeln auf sie zu. Erleichtert darüber, dass es ihm so offensichtlich besser ging, konnte Nora ein Schmunzeln nicht unterdrücken.

»Na, Crocodile Dundee?«

Er lachte. »Mach dich nur lustig!«

Sie sah ihn an. »Nein, im Ernst, weißt du, dass der Film hier im Park gedreht wurde?«

Er schüttelte den Kopf. »Das wusste ich tatsächlich nicht.« Martin streckte sich nun vorsichtig und hängte sich seine Fotoausrüstung über die gesunde Schulter. »Jedenfalls werde ich Superfotos für unsere Dokumentation beisteuern können.« Er grinste nun wieder breit. »Du wirst dich also mit dem Text ordentlich anstrengen müssen.«

Zurück in Darwin, konnte Nora bei einem Schaufensterbummel, den sie einmal ohne Martin unternommen hatte, nicht widerstehen und kaufte für ihn ein T-Shirt, das sie ihm am Abend im Hotel eingepackt überreichte. Er musterte das kleine Päckchen misstrauisch, nachdem er ihre diebische Freude bemerkt hatte.

»Was ist das? Fliegt mir da gleich etwas um die Ohren? Oder warum freust du dich so?«

»Nein, mach es ruhig auf. Ich hab sofort an dich gedacht, als ich es entdeckte.«
Immer noch ein wenig zögernd packte Martin aus – und hielt schließlich ein zerbissenes, blutbeflecktes T-Shirt in der Hand, auf dessen Brustseite die Aufschrift prangte: »Crocodile Wrestling Team Darwin«. Er stutzte nur einen Moment, bevor er in ihr Gelächter einstimmte.

Von Darwin aus führte sie ihre Reise nach Perth, die moderne Großstadt am Indischen Ozean. Nora bedauerte, dass sie nur wenige Stunden zur Verfügung hatten, bevor sie den berühmten Zug Indian Pacific besteigen mussten, der sie in einer mehrtägigen Fahrt quer durch den Kontinent nach Sydney an den Pazifischen Ozean bringen würde. Ehe sie sich's versahen, standen sie vor dem silbern glänzenden Zug. Die ungewohnte Umgebung des Zugs und das Entdecken ihres winzigen Schlafwagenabteils erfüllte Nora mit Spannung. Nie wurde es ihr langweilig, den Blick auf die sich im Fahren ständig verändernde und rasch vorbeigleitende Landschaft zu richten. Kaum etwas würde sie in Australien nachhaltiger beeindrucken als die Nullarbor Plain, die der Zug durchquerte. Eine völlig baumlose Ebene schier grenzenlosen Ausmaßes. Die schnurgeraden Eisenbahngleise führten über eine nahezu unermessliche Strecke von einem Horizont zum anderen, so dass man nicht wirklich daran glaubte, ihn je erreichen zu können. Darüber spannte sich ein strahlend blauer Himmel, und nur die Klimaanlage des Zugs ließ alle vergessen, dass einem draußen die Hitze eines Backofens entgegenschlagen würde. Nora empfand ein Gefühl der Freiheit, weil sie sich – ohne familiäre Verpflichtungen – ganz ihren Reiseeindrücken hingeben und ungezwungen die Bekanntschaft vieler Mitreisender machen konnte. Über die gemeinsam eingenommenen Mahlzeiten war dies ganz selbstverständlich möglich. Die Sonnenaufgänge und -untergänge verschlugen ihr

jedoch jedes Mal die Sprache. In dieser Zeit war sie am liebsten allein und wusste, dass sich das einzigartige Farbenspiel in ihr Gedächtnis graben würde. Niemand sollte ihr diese Erinnerungen je wieder nehmen können.
Das Eintauchen in die quirlige Lebendigkeit Sydneys am Ende der Zugreise kam Nora zunächst irgendwie merkwürdig vor. Nach viertausenddreihundertfünfzig Kilometern quer durch die Weite des australischen Kontinents stand sie plötzlich neben Martin in der Central Station von Sydney und schaute sich um. Um sie herum pulsierte das Leben. Menschen hasteten vorüber, andere schienen Zeit zu haben und bummelten langsam zu ihrem nächsten Termin, wieder andere saßen an der Seite in roten Sitzecken und warteten offensichtlich auf ihre Anschlusszüge. Von der rund gewölbten Decke der Bahnhofshalle hingen Werbeplakate und australische Flaggen herab. Ein wenig verwirrt war Nora Martin nach draußen zu einem Taxistand gefolgt. Schon die erste Fahrt mit dem Taxi durch Sydney machte ihnen klar, dass sie in den zwei zur Verfügung stehenden Tagen nur einen Bruchteil dieser Metropole würden kennen lernen können. So war es auch, und Nora bedauerte das Gefühl, beim Entdecken dieser Stadt einem unterschwellig ständig vorhandenen Zeitdruck ausgesetzt gewesen zu sein, dieses noch nicht gesehen oder jenes noch nicht besichtigt zu haben. Besonders gefallen hatte ihr jedoch der Besuch im Taronga Park Zoo, den sie mit der Fähre erreichten. Nora hatte gelesen, dass das Wort »Taronga« in der Sprache der Aborigines »Schöner Blick« bedeutete, und tatsächlich lag der Zoo inmitten unberührten Buschlands und bot neben mehr als fünftausend Tieren einen einzigartig schönen Ausblick auf die Skyline von Sydney.

6

Nora lehnte den Kopf an das Fenster und sah hinaus. Die kleine Passagiermaschine dröhnte, so dass sie das Vibrieren der Scheibe deutlich wahrnahm. Nachdenklich betrachtete sie die weite Landschaft unter sich. Sie hatten die Blue Mountains schon eine Weile hinter sich gelassen und überflogen New South Wales. Es war kaum zu glauben, was sie in diesem Land bereits alles gesehen hatte. Dennoch genoss sie gerade das Gefühl, dass ihre Reise noch nicht zu Ende war. Mit Spannung sah sie nun ihrem Aufenthalt in Cameron Downs entgegen, wo sie die dortige Base der Flying Doctors kennen lernen würden.

Martin Sanders saß neben ihr und beobachtete sie lächelnd. Er mochte Nora. Obwohl er ganz zu Anfang Bedenken gehabt hatte, als er von ihrer gemeinsamen Australien-Reportage erfuhr. Zum einen verfügte sie über wenig Auslandserfahrung, schließlich hatte sie beruflich einige Jahre wegen ihrer Kinder pausiert, zum anderen, und das hatte ihn am meisten gestört, war sie die Ehefrau des Marketingleiters von Johann & Sohn, dem Verlag, bei dem er angestellt war. Schnell nach ihrem Treffen war jedoch klar gewesen, dass Nora sehr sympathisch war, frei von jeder Arroganz, fachlich interessiert, und – das wiederum hatte ihn auf ihrer bisherigen Reise am meisten beeindruckt – sie hatte die Fähigkeit, Menschen das Gefühl zu geben, wichtig zu sein. Wann immer sie mit anderen Leuten zusammentrafen, besonders in der räumlichen Enge des Indian Pacific war es ihm aufgefallen, hatte sie das unter Beweis stellen können. Sie hörte zu, stellte Fragen, war mitfühlend und humorvoll, dabei aber nie aufdringlich oder neugierig im negativen Sinne. Die Zeit, die sie gemeinsam in Australien unterwegs gewesen waren, hatte Spaß gemacht, und das berufliche Miteinander konnte man auch als Erfolg versprechend bezeichnen. Er lächelte erneut, als er jetzt ihr ernstes Gesicht bemerkte, das von großen grünbraunen Augen beherrscht wurde, die momentan sorgenvoll vor sich hin blickten.

»Was ist los, Nora? Machst du dir Sorgen?«

Sie sah ihn an und schüttelte den Kopf, so dass ihr eine Strähne ihres goldbraunen Haars ins Gesicht fiel. Sie strich sie zur Seite. »Nein, nein. Ich bin einfach nur ein wenig nervös.«

Er streckte sich, so weit der Sitz dies zuließ. »Das brauchst du nicht. Ich bin doch schon fast überall gewesen. Glaub mir, es gibt auf der ganzen Welt nette und aufgeschlossene Menschen.«

Er grinste spitzbübisch. »Und wenn wir Glück haben, gibt's die auch in Cameron Downs.«

Nora seufzte. »Na, hoffentlich hast du Recht.«

Als sie einige Zeit später das Cameron Hotel von Carol und Sam Winton betraten, war an der Bar noch nicht viel los. Carol lächelte die Neuankömmlinge freundlich an. »Guten Tag, kann ich Ihnen helfen?«

Nora und Martin stellten ihre Reisetaschen ab, wobei Martin sich vorsichtig über seine Kameras beugte, um sicherzugehen, dass niemand darauf treten konnte. Nora fand Carol schon sympathisch.

»Ich bin Nora Bergmann, und das hier«, sie wies auf ihren Kollegen, »ist Martin Sanders. Es müssten für uns zwei Zimmer reserviert sein.«

»Ah, ja! Sie sind sicher die Journalisten, die über uns hier im Outback und unseren Ärztedienst berichten wollen, stimmt's?« Sie strahlte und schob Nora das Gästebuch über den Tresen zu. »Wenn Sie sich bitte eintragen würden. Ich bin übrigens Carol Winton. Mein Mann Sam und ich führen das Cameron. Hoffentlich fühlen Sie sich wohl bei uns. Wir werden hierzu unser Bestes tun.« Sie sah zu einem Tisch in der Nähe. »Phil, kommt doch

mal rüber.« Zu Nora gewandt sagte sie: »Ich möchte Ihnen gleich jemanden vorstellen.«
Phil erhob sich und kam mit Kim Michaels zur Bar. »Hallo!«
Carol wies auf ihre Gäste. »Phil, das sind Nora Bergmann und Martin Sanders, die Journalisten, die über das Leben im Outback berichten wollen. Und das hier ist Phil McGavin, der Pilot unseres Ärztedienstes.«
Phil lächelte. »Freut mich, Sie kennen zu lernen. Nennen Sie mich bitte Phil.«
»Gerne. Dann sagen Sie aber auch Nora.«
»Und ich bin Martin.«
Nachdem sie sich auch mit Kim Michaels bekannt gemacht hatten, nahm Carol die Schlüssel vom Haken.
»So, ich zeige Ihnen jetzt Ihre Zimmer. Sie sind doch bestimmt müde von der Reise, und wir sollten Sie nicht so überfallen. Kommen Sie bitte mit.«

Am nächsten Morgen betraten Nora und Martin die Zentrale und sahen sich suchend um. Lisa hatte sie als Erste bemerkt und ging freundlich lächelnd auf sie zu.
»Hallo, Sie sind bestimmt unsere Gäste aus Deutschland, Mrs. Bergmann und Mr. Sanders, habe ich Recht? Ich bin Lisa Jarrett«, sie blickte an ihrer Schwesterntracht hinunter, »und wie Sie sehen, bin ich Schwester hier beim RFDS.«
Nora lächelte zurück. »Hallo, Mrs. Jarrett. Wie nett, Sie zu treffen. Aber bitte nennen Sie mich Nora.«
Martin strahlte Lisa entwaffnend an. »O ja, und ich bin Martin. Ich freue mich schon auf die Arbeit hier.«
»Na, dann kommen Sie bitte mit, mein Mann erwartet Sie bereits.«

Bill saß hinter seinem Schreibtisch und erhob sich, als Lisa die Besucher ankündigte. Auch er war gespannt gewesen, mit wem

sie es in den nächsten Tagen zu tun haben würden. Er ging den beiden Gästen entgegen.
»Guten Morgen, ich bin Bill Jarrett.« Er schüttelte Nora und Martin die Hand.
Nora lächelte ihn offen an. »Dr. Jarrett, wie schön, Sie kennen zu lernen. Wir freuen uns schon sehr auf die Zusammenarbeit mit ihnen.«
Sie setzten sich, und Bill erläuterte ihnen das System des Flying Doctor Service, das Zusammenwirken von Klinik und Funkzentrale sowie den Ablauf der wöchentlichen Kliniktouren, bei denen Sprechstunden auf abgelegenen Farmen oder kleinen Krankenstationen im Outback abgehalten wurden.
Die beiden hörten aufmerksam zu, stellten dann und wann Fragen, und Nora machte sich Notizen. Schließlich blickte Bill von einem zum anderen.
»So, das wäre im Grunde erst einmal das Wesentliche. Wir sollten jetzt überlegen, wie Ihre nächsten Tage aussehen könnten. Haben Sie da schon bestimmte Vorstellungen?«
Nora sah von ihrem Notizbuch auf. »Das überlassen wir ganz Ihnen, Dr. Jarrett. Es ist sehr freundlich von Ihnen, dass wir Sie bei Ihrer Arbeit begleiten dürfen«, sie sah ihn entschieden an, »aber wir möchten in keiner Weise Ihre Routine stören oder die sonstigen Planungen beeinträchtigen. Wo es passt, freuen wir uns, wenn wir dabei sein dürfen. Wo wir stören, bleiben wir weg. Also Sie entscheiden das einfach, okay?«
Bill grinste beide an. »Okay! Ich denke, man kann jetzt schon davon ausgehen, dass die Zusammenarbeit mit Ihnen nicht allzu kompliziert werden dürfte.« Er blätterte in seinen Unterlagen. »Dann lassen Sie mich mal sehen. Ich schlage vor, Sie verbringen den heutigen Tag bei uns im Krankenhaus, und dann könnten Sie morgen …«
Es klopfte kurz an der Tür, und sein Kollege steckte den Kopf herein.

»Oh, hallo! Ich wusste nicht, dass du schon Besuch hast, Bill. Dann komme ich später wieder.«
Er wollte sich schon abwenden, doch Bill rief ihn zurück. »Tom, komm doch bitte herein. Dann kann ich dich auch gleich vorstellen.« Tom trat ein. Bill wies kurz auf ihn und sah zu den Journalisten. »Dies ist Dr. Morrison. Und das, Tom, sind unsere Gäste aus Deutschland, Mrs. Nora Bergmann und Mr. Martin Sanders.«
Tom reichte beiden die Hand. Sein Blick blieb etwas länger an Nora hängen, die ihm ausgesprochen gut gefiel. Zum ersten Mal seit ihrer Ankunft war sie etwas befangen, denn auch er hatte eine Wirkung auf sie, die sie zunächst gar nicht recht einordnen konnte. Um es zu überspielen, lächelte sie ihn freundlich an.
»Freut mich, Sie kennen zu lernen, Dr. Morrison.«
Tom erwiderte ihr Lächeln. »Ganz meinerseits, Mrs. Bergmann.«
Er sah zu Martin. »Mr. Sanders. Hoffentlich hatten Sie eine angenehme Reise.«
Bill hatte sich wieder seinen Unterlagen zugewandt.
»Tom, nimm dir einen Stuhl, und setz dich bitte zu uns. Wir besprechen gerade die Planung der nächsten Tage. Vielleicht kannst du dabei helfen.« Er blickte wieder auf. »Oder hast du etwas Dringendes zu tun?«
Tom stellte einen weiteren Stuhl an den Schreibtisch seines Kollegen und nahm Platz. »Nein, nein, das hat Zeit. Also, worum geht es?«
In der nachfolgenden Besprechung einigten sie sich darauf, dass Nora und Martin den Tag in der Klinik verbringen würden. Morgen sollten sie dann Lisa und Tom auf ihrer Kliniktour zur Farm der Spencers begleiten und den darauf folgenden Tag bei Greg Wilson in der Funkzentrale zubringen, um dort auch einen Eindruck über das Funknetz und die Verbindungen zu den Farmen

im Outback zu bekommen. Schließlich sah Nora von Tom zu Bill.
»Ich freue mich wirklich sehr, dass Sie uns erlauben, Sie bei Ihrer Arbeit zu begleiten.« Sie blickte kurz zu Martin, der ihr grinsend zustimmte, dann fuhr sie fort: »Ich versichere Ihnen, dass wir uns nach Kräften bemühen werden, nicht zu stören oder im Weg zu stehen.« Verlegen machte sie eine Pause. »Als kleines Dankeschön für Ihre Freundlichkeit möchten wir Sie und Ihr Team heute Abend gerne zum Essen einladen.« Fragend sah sie die beiden Ärzte an.
Tom nickte lächelnd, während Bill einen Bleistift aus der Hand legte und sagte:
»Wir kommen gern. Ich werde den anderen auf jeden Fall Bescheid geben.«

Der Tag in der Klinik verlief interessant. Nora und Martin beobachteten unaufdringlich die Ärzte und Schwestern des Ärztedienstes bei der Arbeit. Wenn ersichtlich war, dass keine akute Notsituation vorlag, baten sie die jeweilige Schwester, sich bei dem Patienten zu erkundigen, ob er mit ein paar Fragen oder einem Foto einverstanden wäre. Das waren die meisten dann auch, so dass Nora sich einiges notieren konnte und Martin zu ersten Fotos aus dem Klinikalltag kam. Als sie abends gemeinsam zum Hotel gingen, um sich für das Abendessen frisch zu machen und ihre Sachen zu verstauen, grinste Martin Nora von der Seite an.
»Na?«
»Was, na?«
Sie war müde und freute sich auf eine kleine Ruhepause vor dem Abendessen.
Er hängte sich seine Kameratasche über die Schulter.
»Ich meine: Na? Bist du mit dem Tag zufrieden?«
»Ja, ich denke, wir können beide zufrieden sein, oder? Es läuft doch alles richtig gut. Wenn es so weitergeht, werden wir die

beste Reportage über Australiens Outback und die Flying Doctors abliefern, die es je gegeben hat, Mr. Sanders.«
Er legte einen Arm um ihre Schultern und stimmte ihr zu.
»Genau, Mrs. Bergmann.«

Nachdem sie sich erfrischt und umgezogen hatten, wollten sich die beiden auf dem Flur treffen, um gemeinsam hinunterzugehen. Nora wartete auf Martin und lehnte sich gegen die Wand. Ihre Finger spielten mit dem Zimmerschlüssel.
Sie war froh darüber, Martin an ihrer Seite zu haben. Er war ein stets gut gelaunter und ausgeglichener Kollege, mit dem sie gerne zusammenarbeitete. Obwohl sie ihn noch nicht lange kannte, schätzte sie ihn bereits wie einen richtig guten Freund. Bei ihrer ersten Begegnung hätte sie das nicht sofort für möglich gehalten. Sein Äußeres ließ ein wenig auf einen erfolgsgewohnten Frauenhelden schließen – braungebrannt, dunkle Locken, dunkle Augen, lässiges Auftreten eines weit gereisten Fotografen. Schnell hatte sie jedoch erkannt, dass er zwar über ein gesundes Selbstvertrauen und ein schier unerschöpfliches Maß an Humor verfügte, daneben aber ruhig und professionell arbeiten konnte und anderen jederzeit hilfsbereit zur Seite stand. Auch die Sorge nach seinem Sturz und die gemeinsam durchgestandene Hilfsaktion hatten sie einander näher gebracht und sie feststellen lassen, dass sie ein gutes Team bildeten.

Als sich Martins Tür öffnete, sah sie auf. Wie immer grinste er sie fröhlich an. Dann blickte er an ihrem hellen Sommerkleid hinunter, bis zu den dazu passenden Sandalen. Sie wurde nervös.
»Was ist denn? Bin ich falsch angezogen? Sag schon! Dann kann ich mich noch schnell umziehen. Martin!«
Dieser strahlte sie an. »Du siehst einfach klasse aus, Nora. Ich habe mich nur gefragt, wer heute Abend noch einen Blick an mich verschwenden wird.«

Sie hakte sich bei ihm ein und lächelte erleichtert. »Na, wer schon? Alle Damen werden wie immer verrückt nach dir sein, das weißt du doch.« Dann wurde sie ernst und blieb stehen. »Ich bin froh, Martin, dass du dabei bist. Es macht Spaß, mit dir zu arbeiten.«
Nun war auch er ernst geworden und sah sie an.
»Das Kompliment kann ich gleich zurückgeben. Ich arbeite auch sehr gern mit dir, und ... Nora, du bist eine tolle Frau.«
Sie schluckte. »Gut, dass es hier so dunkel ist. Ich glaube, ich bin gerade rot geworden.«
Er lachte. »Los, komm jetzt. Wir haben heute Gäste.«

Der Abend verlief unkompliziert und angenehm. Martin half Nora über deren anfängliche Verlegenheit hinweg, ohne dass es die anderen groß mitbekamen. Nora liebte es nicht, im Mittelpunkt zu stehen, also hatte Martin ganz locker angefangen über ihre bisherigen Erfahrungen in Australien zu sprechen. Munter erzählte er gerade von ihrer Reise im Indian Pacific und den Menschen, die sie dort getroffen hatten. Immer wieder hob er lustige Episoden hervor, in deren Verlauf er Nora mit Fragen zum Weitererzählen animierte, so dass sie schließlich gemeinsam berichteten.
Nach einiger Zeit konnte Nora für sich feststellen, dass sie alle am Tisch mochte. Neu hinzugekommen waren noch Dr. Jason Lewis, offensichtlich der jüngste unter den Ärzten, ein ruhiger, freundlicher Mann mit einem verschmitzten Lächeln, und Greg Wilson, der Funker, ein Mann mittleren Alters, der sicherlich auch sehr resolut sein konnte, das Herz aber wohl auf dem rechten Fleck hatte. Während Martin gerade wieder alle mit einer witzigen Geschichte unterhielt, ließ Nora einen Moment ihre Gedanken abschweifen. Sie drehte versonnen den Fuß ihres Weinglases und beobachtete, wie sich das Licht in ihrem dunklen Rotwein spiegelte. Sie fühlte sich glücklich und zufrieden.

Es erschien ihr fast ein wenig unglaublich, wie nett sie aufgenommen worden waren und wie reibungslos ihr Auftrag hier lief. Die Menschen, die ihr bislang begegnet waren, hatten ausnahmslos einen interessanten und freundlichen Eindruck auf sie gemacht, und Australien gefiel ihr sehr.
Sie riss sich aus ihren Gedanken und sah auf. Tom schaute sie an, und ihre Blicke trafen sich. Er schien sie beobachtet zu haben, denn ein leises Lächeln umspielte seine Mundwinkel. Ein wenig verlegen lächelte Nora zurück, wandte dann aber den Blick ab und bemühte sich, wieder der Unterhaltung der anderen zu folgen. Martin war gerade die Frage gestellt worden, was ihm an Australien bislang am besten gefallen und ob er sich freiwillig für die Reise gemeldet habe. Er sah zu Nora.
»Na, Nora, was hat uns bislang besonders gefallen? Die Kängurus? Und: Sind wir freiwillig hier?«
Nora stellte ihr Glas vor sich hin und drehte es wieder ein wenig. »Also, mir hat schon sehr viel hier in Australien gefallen. Es war immer mein großer Wunsch, hierher zu kommen, insofern bin zumindest ich absolut freiwillig hier.« Sie zwinkerte Martin zu, bevor sie fortfuhr. »Lassen Sie mich kurz überlegen. Zuerst der Norden, dieser unglaublich schöne Kakadu National Park, im Westen Perth, die irgendwie einsame Großstadt am Indischen Ozean, dann die Fahrt durchs Landesinnere – teilweise nichts außer einem endlosen Horizont. Kurz vor Sydney die Blue Mountains und dann Sydney selbst. Eine tolle Stadt, quirlig, lebendig und trotzdem durch die vielen Grünflächen auch schön und erholsam. Eigentlich fällt es mir schwer, mich festzulegen, aber ich glaube, am meisten haben mir die Sonnenaufgänge gefallen, die ich aus meinem Abteil im Indian Pacific beobachten konnte. Sie machten mir diese scheinbar nicht enden wollende Weite deutlich, die die Bewohner des Outback vielleicht manchmal kaum mehr ertragen können, weil sich hier der Wunsch nach Gesellschaft regt, weil es schwer sein kann,

nicht mal eben um die Ecke einkaufen oder mit dem Nachbarn reden zu können, der mitunter fünfhundert Kilometer entfernt wohnt – aber für jemanden wie mich aus dem dicht besiedelten Europa ist diese Weite einfach unvorstellbar schön.« Aus ihren Augen leuchtete Begeisterung. »Alle Menschen, die uns dort begegnet sind, waren freundlich und aufgeschlossen, vielleicht gerade weil sie hier so viel Raum zum Leben haben. Auch wenn sie dort draußen sehr hart arbeiten müssen, sind die Beziehungen untereinander wichtig, obwohl man weit auseinander wohnt. Nachbarn sind dort Freunde und manchmal sogar lebenswichtig. Menschen sind nicht so einfach austauschbar, wie es eben in vielen Städten, die ich kennen gelernt habe, der Fall ist. Die Weite dieses Landes hier verpflichtet die Leute praktisch, sich miteinander Mühe zu geben und einander zu helfen.« Sie unterbrach sich, weil sie bemerkte, dass zwar alle interessiert, aber ernst zuhörten. Sie hatte nicht beabsichtigt, die Fröhlichkeit der Runde zu beeinträchtigen, also hob sie ihr Glas und lächelte den anderen zu.
»Auf Ihr Land! Wir freuen uns darauf, mehr davon zu sehen.«
Als alle einen Schluck genommen hatten, sagte Martin: »Ja, ich kann meiner Kollegin nur zustimmen, ich wäre aber sicher nicht in der Lage gewesen, es so auszudrücken, wie sie es getan hat. Also, Nora, nur gut, dass du dich endlich einmal von deinen Kindern losreißen konntest.«
Lisa, die ihr gegenübersaß und deren ganzer Stolz ihre beiden Söhne waren, die zur Zeit ein Internat in Sydney besuchten, beugte sich interessiert vor.
»Ach, Sie haben Kinder, Nora? Erzählen Sie doch.«
Während Martin den oberen Kreis der Tafel unterhielt, berichtete Nora jetzt Lisa und Bill sowie Kim und Greg von ihren Kindern und dem Leben in Deutschland.
»Niklas ist zehn Jahre alt, und seine Schwester Marie ist im letzten Monat sieben geworden.« Sie lächelte vor sich hin. »Martin

hat Recht, bis jetzt habe ich es noch nie fertig bekommen, sie allein zu lassen. Aber nun sind sie schon größer, und außerdem haben meine Eltern sich bereit erklärt, während meiner Reise bei uns zu wohnen und auf meine Schätze zu achten.«

Die Unterhaltung verlief angeregt und ungezwungen. Als man schließlich aufbrach, waren alle müde geworden, doch Nora freute sich schon auf den nächsten Tag. Nun, da sie das ganze Team kennen gelernt hatte, brauchte sie sicher nicht mehr nervös zu werden. Müde, aber sehr zufrieden stieg sie neben Martin die Treppe hoch. »Na?«

Er gähnte. »Das war doch ein schöner Abend, oder?«

Sie hakte sich bei ihm ein. »Ja. Und du bist ein fabelhafter Gastgeber gewesen.« Sie waren an ihrer Zimmertür angekommen. Er gab ihr einen brüderlichen Kuss auf die Stirn. »Schlaf schön, bis morgen. Du warst übrigens auch toll.«

»Schlaf auch gut, Martin.«

7

Tom beugte sich über den kleinen Jungen, aus dessen verheilter Kopfwunde er gerade die Fäden gezogen hatte.
»So, Stevie, beim nächsten Mal kletterst du aber nur noch so hoch in den Baum, wie du bequem wieder runterkommst, versprochen?«
Der Kleine nickte, und Lisa, die als Schwester assistiert hatte, lächelte ihn an und reichte ihm ein kleines Spielzeug.
»Hier, das ist für dich, weil du so tapfer warst.«
Stevie bedankte sich und lief zu seiner großen Schwester, die mit ihm hier auf die Nachbarfarm der Spencers gekommen war, wo die heutige Kliniktour-Sprechstunde abgehalten wurde.
Nora hatte bei der Behandlung zugesehen und beim Ziehen der Fäden schmerzhaft das Gesicht verzogen, während der Junge durch den Faxen machenden Martin abgelenkt war, der ihm ein tolles Erinnerungsfoto davon versprach. Tom seufzte und sah Lisa an. »War's das für heute?«
Sie schaute in ihre Unterlagen und nickte. »Ja, mehr hatten sich nicht angemeldet.«
Beide räumten die Behandlungskoffer wieder ein und stellten alles bereit. Vor dem Abflug wollten sie jedoch noch eine Tasse Tee trinken und sich für die Gastfreundschaft bedanken. Phil kam auf sie zu. Sein weißes Pilotenhemd war wie meistens bereits völlig zerknittert.
»Na, haben wir es geschafft?«
»Wir ist gut«, antwortete Tom und kaute einen Keks zu seinem Tee. Er sah müde aus. Auch Lisa strich sich eine Haarsträhne aus der Stirn und nahm einen Schluck Tee. Phil griff sich einen Arztkoffer und die Kühlbox und machte sich daran, alles im Geländewagen der Spencers zu verstauen. Mr. Spencer würde sie gleich zur Landepiste und zur RFDS-Maschi-

ne bringen, mit der sie wieder heim nach Cameron Downs fliegen würden.

Während Martin die Terrasse betrat und sofort anfing mit Lisa zu scherzen, blickte Tom sich suchend nach Nora um. Schließlich sah er sie in einiger Entfernung an einem Gatter stehen und einige Pferde streicheln. Langsam schlenderte er zu ihr.

»Hallo! Ihr Bedarf an Krankheitsfällen ist für heute wohl gedeckt, oder warum ziehen Sie sich zu den Tieren zurück?«

Sie lächelte und strich einem besonders neugierigen Pferd über die Nüstern.

»Nein, gar nicht. Es war sehr spannend, Sie bei der Arbeit zu beobachten. Aber die Pferde hier wollte ich mir auch anschauen.« Sie machte eine kleine Pause und sah in die Ferne. »Ich möchte einfach so viel wie möglich von Ihrem Land sehen. Es fasziniert mich schon seit Jahren. Besonders interessiert mich auch die Kultur der Aborigines und ihre heutige Lebensweise. Haben Sie viele Patienten unter den Aborigines, oder stößt der Flying Doctor Service dort eher auf Ablehnung?«

Nachdenklich zupfte Tom an einer Pferdemähne.

»Ablehnung eigentlich weniger. Obwohl sich nicht alle von uns behandeln lassen. Nein, es sind schon eine ganze Menge, die Vertrauen zu uns haben.« Er sah Nora wieder an. »Ich habe mich vor einiger Zeit für eine Initiative eingesetzt, die sich darum bemüht, die Lebensbedingungen der Aborigines zu verbessern. Wir möchten besonders den Jugendlichen Perspektiven und Ausbildungsmöglichkeiten vermitteln, ohne dass sie ihre Kultur aufgeben müssen, wie das früher in den Missionsstationen häufig geschehen ist. Es ist mir dabei eigentlich eher zufällig gelungen, einige Aborigines-Künstler ganz unterschiedlicher Altersgruppen zur Gründung einer gemeinsamen Werkstatt zu bewegen, die Kunst für die Öffentlichkeit und Touristen anfertigt. Sie können so erfolgreich und auch würdevoll ihre Gemeinschaft fördern und unterstützen, ohne jedoch die tief verwurzelten Stammesgeheimnisse preiszugeben.« Tom machte eine kleine Pause und lächelte vor sich hin. »Mittlerweile habe ich sämtliche Ärzte und Schwestern dafür gewinnen können, ihre Beziehungen überallhin zu nutzen, um diese Künstlerwerkstatt bekannt zu machen und zu fördern. Auf diese Weise bekommen die Aborigines für ihre Werke nicht mehr nur den früher üblichen Hungerlohn, sondern eine angemessene Bezahlung. Die Käufer andererseits erhalten garantiert echte Outback-Kunst. So müssen sich die Künstler nicht mehr als Almosenempfänger fühlen, sondern können Kreativität mit Eigeninitiative und Geschäftssinn verbinden, ohne ihre eigene Identität aufzugeben.«

»Das klingt einfach fantastisch. Gibt es schon viele solcher Projekte?«

»Nun, wie viele Projekte es gibt, weiß ich nicht. Sicherlich noch nicht genug, aber jedes einzelne bedeutet einen Anfang, den ersten Schritt in die richtige Richtung. Wenn es Sie wirklich interessiert, kann ich Sie gerne zu einem Besuch in die Siedlung mitnehmen. Sie könnten sich die Künstlerwerkstatt ja einmal ansehen.«

Nora klopfte einem Pferd den Hals und wandte sich Tom zu. »Ganz ehrlich, Tom, das wäre einfach wunderbar.« Sie zögerte kurz. »Ich möchte dort aber nicht als aufdringliche Touristin erscheinen. Es wäre mir lieb, wenn Sie vorher fragen würden, ob ich sie besuchen darf, okay?«

Toms Blick ruhte auf ihr. Mit einem warmen Lächeln antwortete er: »Okay, abgemacht.«

Gemeinsam kehrten sie zur Veranda zurück. Gerade kam Phil zu den anderen und schlug Martin freundschaftlich auf die Schulter. Dieser zuckte zusammen, beugte sich nach vorn und verzog schmerzhaft das Gesicht. Tom, der das mitbekommen hatte, ging schnell zu ihm.

»He, was haben Sie denn?«

Nora sah Martin besorgt an. »Sag bloß, du hast die Wunde hier noch nicht nachsehen lassen? Hast du vergessen, dass du zu einem Arzt gehen solltest, auch damit die Fäden gezogen werden?«
Martin schnitt eine Grimasse.
»Nein, Mama! Ich hab's nicht vergessen. Außerdem geht es mir schon wieder gut.« Er warf dem Piloten einen ironischen Blick zu. »Wenn man mir nicht gerade auf die Wunde haut.«
Phil entschuldigte sich schnell, doch Martin versicherte ihm, dass alles in Ordnung sei. Lisa hatte inzwischen den Arztkoffer aus dem Wagen zurückgeholt und stellte ihn neben Martin ab. Tom nickte ihr zu und wandte sich wieder an Noras Kollegen.
»Los, lassen Sie mal sehen, wenn wir hier gerade dabei sind.«
Widerwillig knöpfte Martin sein Hemd auf, während Lisa Tom in Handschuhe half. Nachdem er den Verband entfernt hatte, begutachtete er kritisch die noch heilende gezackte Wunde.
»Das war aber keine Kleinigkeit. Warum haben Sie nichts davon gesagt?«
»Ich habe damit praktisch keine Schwierigkeiten mehr, wenn ich darauf achte, mich vorsichtig zu bewegen. Außerdem habe ich vorschriftsmäßig die Medikamente genommen, die mir der Arzt in Jabiru gegeben hat. Es ist also alles in Ordnung, oder etwa nicht?« Er warf nun einen Blick über die Schulter zu Tom, der jetzt nickte.
»Ja, es scheint alles gut zu heilen. Wir können auch schon die Fäden ziehen.«
Martin seufzte ergeben.
»Wenn ich dann endlich wieder ganz unter die Dusche darf, tun Sie's bitte.«
Nora und Phil entfernten sich von den anderen, um nicht bei der Behandlung zu stören, und schlenderten zu der Pferdekoppel. Nora schaute auf ihre Armbanduhr.
»Einen langen Arbeitstag haben Sie, Phil.«

Er sah zum Horizont. Die beginnende Abendstimmung ließ die rote Erde und die Felsen in der Ferne bereits in warmen Goldtönen schimmern. Er nahm sein Baseball-Cap ab und lächelte ihr zu.

»Ja, das stimmt. Aber den haben wir hier alle, nicht?« Sein Blick glitt über die grasenden Pferde und blieb in der Ferne an einem Windrad hängen. »Ich möchte trotzdem mit niemandem tauschen. Wissen Sie, ich bin früher Pilot im Linienflugverkehr gewesen und musste dort auch die großen und supermodernen Flugzeuge fliegen. Aber irgendwann wurde es langweilig. Hier habe ich das Gefühl, wichtiger zu sein. Die Arbeit ist zudem sehr abwechslungsreich. Selbst bei der täglichen Routine können Notfälle oder Wetterveränderungen auftreten, die es sofort erforderlich machen, flexibel zu reagieren. Die Zusammenarbeit in unserem Team ist klar geregelt und klappt gut. In der Luft entscheide ich, am Boden der Arzt.« Er sah sie aus stahlblauen Augen an, um die sich viele kleine Falten in sein Gesicht gegraben hatten, die sich nun weiter zu vertiefen schienen. »Aber wie gut wir uns hier beim Service verstehen, haben Sie ja sicher schon feststellen können, oder?«

Nora lächelte zustimmend. »O ja. Es ist schon bemerkenswert, wie alle Hand in Hand zusammenarbeiten.«

Ihr Blick folgte interessiert ein paar weißen Wolken, die ein leichter Wind über den Himmel trieb. »Ich frage mich nur, was das Geheimnis des Flying Doctor Service ausmacht. Ist es die Arbeit in diesem weiten, immer noch wilden Land? Oder sind es die Menschen, die hier mitarbeiten? Sind es allesamt heldenhafte Idealisten, die nur danach streben, ihr Leben für andere einzusetzen?«

Phil fuhr sich jetzt lachend durch das silbergraue Haar, das sich leuchtend von seinem braungebrannten Gesicht abhob.

»Nun, da fragen Sie gerade den Richtigen. Ich bin natürlich nicht unvoreingenommen, aber ich denke schon, dass die meisten von uns hier so etwas wie Idealismus oder auch Patriotismus hergeführt hat. Stolz darauf, daran mitzuarbeiten, die Idee von John Flynn lebendig zu erhalten.« Er kratzte sich jetzt nachdenklich am Ohr. »Das bedeutet natürlich nicht, dass wir uns blindlings in Abenteuer stürzen. Es wird immer genau abgewogen zwischen Nutzen und Risiko.«

»Haben Sie einfach so zum Service gewechselt, als es Ihnen im Linienflugverkehr zu langweilig wurde?«

Phils Züge erstarrten einen Moment. Er war sehr ernst geworden, und Nora fragte sich unwillkürlich, ob sie etwas Falsches gesagt hatte.

»Nun, es spielten auch persönliche Umstände eine Rolle. Meine Ehe war am Ende, und meine Frau wollte die Scheidung.« Er lächelte bitter. »Sie hatte nie viel Verständnis für die Arbeitszeiten eines Piloten.«

Nora sah ihn bedauernd an. »Tut mir Leid, Phil, ich wollte nicht …«

Er unterbrach sie. »Nein, nein, ist schon okay. Das ist ja nun auch lange genug her; und ich bin sehr zufrieden hier.«

Er wandte sich um, als Lisa ihn von der Veranda her rief, und zwinkerte Nora zu. »Wir gehen besser zurück, sonst fliegen sie noch ohne uns.«

8

Greg Wilson hatte sich so viel Zeit genommen, wie er nur irgend erübrigen konnte, um den beiden deutschen Journalisten die Funkzentrale zu erklären. Er nahm seine Arbeit hier sehr ernst, und wie alle Australier war er stolz auf den Royal Flying Doctor Service. Er sah seine Erläuterungen bezüglich der Funkzentrale als seinen ureigenen Beitrag in Sachen Öffentlichkeitsarbeit. Gespannt nahmen Nora und Martin nun auch an der Funksprechstunde teil, in der sich die Farmer melden konnten, wenn es in der Familie oder bei den Arbeitern ein medizinisches Problem gab. Für die heutige Sprechstunde war Dr. Jason Lewis aus der Klinik in die Funkzentrale gekommen. Interessiert hörten sie zu, wie der Royal Flying Doctor Service die offensichtlich harmloseren Fälle über Funk verarztete beziehungsweise sich Symptome beschreiben ließ und daraufhin Behandlungsmöglichkeiten erläuterte. Echte Notfälle gab es in diesen Funksprechstunden selten; meist handelte es sich um leichtere Krankheitsbilder. Die Farmer wurden dann auch immer nach einem Blick auf die geplanten Kliniktouren der nächsten Zeit aufgefordert, sich bei der nächsten Tour in ihrer Nähe dem diensthabenden Arzt vorzustellen.

Als Jason gerade dabei war, seine Funksprechstunde zu beenden, betrat Tom mit seinem Arztkoffer in der Hand die Zentrale. Alle Ärzte des Teams hielten sich hier an eine der wichtigsten Regeln, die besagte, dass der Funker immer wissen musste, wo die Mediziner gerade zu erreichen waren. Er stellte seinen Koffer zwischen die Füße, nickte Nora und Martin freundlich zu und wartete darauf, dass Jason und Greg die Sprechstunde beendeten. Dann wandte er sich an den Funker.

»Greg, ich wollte mich nur abmelden. Ich mache mich auf den Weg zur Sanderson-Farm. Ich muss mir die Füße von Mrs. Sanderson noch einmal anschauen und die Verbände wechseln.« Er sah zu Nora und Martin und fügte erklärend hinzu: »Die alte Dame lebt ganz allein da draußen und hat sich vor kurzem einen Teekessel mit heißem Wasser auf die Füße fallen lassen. Ich mache mir Sorgen um sie, denn sie hat sich energisch geweigert, ins Krankenhaus zu gehen.«

Greg nickte ihm zu. »In Ordnung, Tom. Dann weiß ich, wo Sie zu finden sind.«

Tom beugte sich vor, um seinen Koffer wieder aufzunehmen, dann sah er plötzlich von Nora zu Martin.

»Wie schaut es denn aus? Haben Sie hier schon alles Wichtige erfahren?«

Bevor die beiden antworten konnten, grinste Greg und sagte: »O ja! Unsere Gäste haben bereits meine ausführliche Luxusführung durch unsere Funkzentrale über sich ergehen lassen müssen.«

Die beiden schüttelten protestierend den Kopf, und Martin versicherte, wie interessant das alles für sie gewesen war.

Tom überlegte kurz, bevor er fortfuhr: »Also wenn Sie hier keine Fragen mehr haben, könnten Sie mich begleiten, wenn Sie Lust dazu haben.«

Nora und Martin wechselten nur einen Blick und waren sich sofort einig.

Nachdem sie sich bei Greg bedankt und von ihm und Jason verabschiedet hatten, stiegen sie in Toms Wagen, um ihm bei seinem Hausbesuch über die Schulter zu sehen. Obwohl die Fahrt etwa zwei Stunden dauerte, erschien sie Nora nicht eine Minute langweilig. Nach und nach ließen sie die letzten Ausläufer des Ortes hinter sich und fuhren etliche Kilometer an Weidezäunen entlang. Die zunächst asphaltierte Straße war in eine der im Outback üblichen unbefestigten Fahrbahnen übergegangen. Und da es länger nicht geregnet hatte, zogen sie eine rote Staubwolke hinter sich her.

Tom, der anscheinend alles über die Gegend wusste, deutete hierhin und dorthin und erklärte ihnen die landschaftstypischen Gegebenheiten, wie sich zum Beispiel bestimmte Landstriche bei starken Regenfällen veränderten, dass einige Abschnitte der Straße nicht mehr passierbar waren, wenn der Fluss über die Ufer trat, oder er wies sie im Vorbeifahren auf die Piste hin, die das Postflugzeug zwei- bis dreimal in der Woche benutzte. Auch machte er sie auf ein bestimmtes Straßenschild aufmerksam, das ein Flugzeug und die Buchstaben RFDS zeigte. Dieses Schild wies die zum Teil schnurgerade Straße, die sie befuhren, in Notfällen als Start- und Landebahn des Flying Doctor Service aus.

Nora musste wieder einmal schmunzeln, als sie daran dachte, wie man in Deutschland im dichten Verkehr mit seinem Auto rechts an die Seite fuhr, um ein Fahrzeug der Feuerwehr oder Polizei vorbeizulassen, das sich mit der Sirene angekündigt hatte. Wie anders war die Welt hier; man fuhr beiseite, um ein Flugzeug auf der Fahrbahn landen zu lassen. Interessiert sahen sie und Martin in die Richtung, in die Tom nun deutete, um ihnen ein paar wilde Kamele am Straßenrand zu zeigen.

Nach einer Weile fragte Nora Tom: »Können Sie uns noch etwas über Mrs. Sanderson erzählen? Wie kommt es, dass sie dort ganz allein lebt?«

Um Toms Mundwinkel zuckte ein Lächeln. »Nun, sie ist ein wenig eigensinnig. Nach dem Tod ihres Mannes hat sie sich schlichtweg geweigert, in den Ort zu ziehen.«

Bevor er weitersprechen konnte, hatte Nora eingeworfen: »Hat sie denn keine Kinder, die sich um sie kümmern können?«

Tom seufzte. »Doch, sie hat zwei Söhne. Einer lebt in Brisbane, der andere ist in Sydney verheiratet. Beide haben aber mit dem Farmleben nichts am Hut. Sie hat es tatsächlich eine Weile mit ein paar Hilfskräften und einem besonders guten Nachbarn versucht, der ihr auch hier und da unter die Arme gegriffen hat, aber sie musste dann doch einsehen, dass es nicht zu schaffen war. Also hat sie fast das ganze Vieh verkauft, die Weideflächen an Nachbarn verpachtet und lebt jetzt trotzig allein auf der Farm. Es war natürlich eine herbe Enttäuschung für sie – und auch noch für ihren Mann damals –, dass keiner der Söhne sich für die Farm interessierte, aber die Zeiten haben sich geändert. Die jungen Leute treffen heute eigene Entscheidungen, und so müssen sich nun viele Eltern und Großeltern damit abfinden, dass es die Jugend in die Städte zieht.« Tom deutete auf einen kleinen staubigen Seitenweg in einiger Entfernung. »So, da vorne müssen wir abbiegen, und dann sind wir bald da. Ich bin schon gespannt, wie sie Ihnen gefallen wird.«

Nora und Martin hatten ihre Entscheidung, Tom zu begleiten, nicht bereuen müssen. Die weißhaarige alte Dame mit ihren blitzenden Augen war ein Ausbund an Lebhaftigkeit und schwarzem Humor. Das, was man im Allgemeinen als ein Original bezeichnete. Außerdem bot der unerwartete Besuch durch die deutschen Journalisten ihr offensichtlich eine echte Abwechslung, und sie lief in ihrer Erzählkunst zur Höchstform auf. Martin hatte zunächst verblüfft ausgesehen, als sie ihm die Erlaubnis erteilt hatte, sich auf der Farm umschauen und Fotos machen zu dürfen, wenn er vorher ihre Hühner füttern würde. Auch Tom war einverstanden gewesen, sich bei der anstehenden Untersuchung und dem Verbandwechsel fotografieren zu lassen, während Nora sich Mrs. Sandersons Lebensgeschichte anhörte und sich wie immer Notizen machte.

Auch noch im Wagen auf der Heimfahrt nach Cameron Downs war sie mit den Gedanken bei den Erzählungen der alten Dame, als plötzlich das Funkgerät knackte und Tom den Lautstärkeknopf regelte, um einen Funkruf besser mithören zu können, den Greg Wilson aus der Zentrale gerade an die Maschine der Flying Doctors richtete.

»Sierra Lima Tango für Alpha Foxtrott Delta. Phil, kannst du

mich hören?« Es knackte erneut im Funkgerät, und der Pilot meldete sich.
»Hier Alpha Foxtrott Delta für Sierra Lima Tango. Greg, wir hören dich laut und deutlich. Was gibt es? Wir sind schon auf dem Heimweg; voraussichtliche Landung in Cameron Downs in etwa eineinhalb Stunden.«
»Phil, das mit der Landung kannst du vergessen. Wir haben einen Notruf. Es gab einen Unfall auf der Mildoona Road, etwa zehn Meilen hinter Johnsons Windrad bei Cameron Creek.«
»Sprich weiter, Greg, Bill hört jetzt mit.«
»Nun, der Fahrer des Roadtrains, der zufällig vorbeikam und den Unfall gemeldet hat, sagte, es gebe eine verletzte Frau, die bereits einen Kopfverband habe, aber bewusstlos in der Nähe eines demolierten Jeeps am Straßenrand liege. Ansonsten sei niemand an der Unfallstelle.«
»Danke, Greg, wir fliegen hin und kümmern uns um sie. Wir brauchen aber mindestens noch eine Stunde bis dorthin. Alpha Foxtrott Delta. Ende.«
Gebannt hatten Nora und Martin auf das Funkgerät gestarrt und den Wortwechsel zwischen der Zentrale und dem Piloten verfolgt.
Ohne zu zögern griff Tom nun wieder zum Funkgerät.
»Mobile 2 ruft Sierra Lima Tango.«
Es knackte, und Greg meldete sich.
»Hier Sierra Lima Tango. Ich höre Sie, Tom. Gibt es Probleme mit Mrs. Sanderson?«
»Nein, nein, Greg. Wir sind dort seit etwa zwanzig Minuten fertig. Ich habe den Notruf mitbekommen. Wir können in einer halben Stunde dort sein. Geben Sie bitte Bill Bescheid? Danke. Mobile 2. Ende.«
»Alles klar, Tom, ich funke Phil an und gebe es weiter. Sierra Lima Tango. Ende.«

Nachdem Tom das Funkgerät eingehängt hatte, wandte er sich an Nora und Martin, die alles schweigend verfolgt hatten.
»Es tut mir Leid, wenn ich Sie erschreckt habe, aber so etwas gehört zu unserem Alltag. Manchmal verläuft er ruhig und beschaulich, dann wieder muss alles schnell gehen so wie jetzt. Ich hoffe, es macht Ihnen nichts aus, dass Sie nun zwangsläufig dabei sein müssen.«
Martin schüttelte den Kopf, während Nora ein nachdenkliches Gesicht machte. Sie schien Tom gar nicht zugehört zu haben, denn unvermittelt fragte sie: »Wieso ist diese Frau dort allein, hat aber einen Kopfverband? Hat wohl jemand den Unfall verursacht, dann ein schlechtes Gewissen gehabt, sie verbunden und ist dann einfach weggefahren? Also Fahrerflucht?«
Tom schüttelte den Kopf. »Nein, das glaube ich nicht. Ich bin schon einige Jahre hier im Einsatz. Meiner Meinung nach sind das Städter auf einem Trip durchs Outback. Ich vermute, sie hatten einen Unfall. Die Frau wurde verbunden, und der oder die anderen haben sich aufgemacht, um Hilfe zu holen.«
Martin beugte sich nach vorne, um besser an der Unterhaltung teilnehmen zu können. »Hilfe holen? Wie denn? Zu Fuß?«
Tom lächelte nun etwas bitter. »Wahrscheinlich ist das so. Leider sind diese Menschen meistens überhaupt nicht informiert. Sie sagen selten jemandem Bescheid, wohin sie aufbrechen und wann sie wo ankommen wollen. Sie kennen nicht die oberste Regel, falls es zu Unfällen oder Pannen im Outback kommt: Beim Wagen bleiben! Denn ein Auto wird viel schneller entdeckt als eine einzelne Person. Sie wollen das große Abenteuer, dabei unterschätzen sie die Entfernungen hier draußen maßlos und ebenso die Gefahren nach einem solchen Unfall zum Beispiel.«
Nora hatte interessiert zugehört. »Hoffentlich können Sie helfen, Tom.«
Er nickte, und schweigend fuhren sie weiter.

Als sie sich der Unfallstelle näherten, sahen sie zunächst nur den riesigen Roadtrain, der vor dem verunglückten Jeep am Straßenrand stand. Erst als Tom den winkenden Fahrer neben der Verletzten erblickte, hielt er an, nahm seinen Arztkoffer und sprang aus dem Wagen.
»Ich bin Tom Morrison vom Flying Doctor Service. Man hat mich über Funk informiert. Ist sie schon zu sich gekommen?«
»Nein, Doc. Ich bin jetzt eine knappe Stunde hier. Seitdem liegt sie so da.« Während er sich hinkniete und seinen Koffer öffnete, sah er der Verletzten aufmerksam ins Gesicht. Sie war Anfang dreißig und, wie er feststellte, nicht ansprechbar. Martin und Nora waren langsam herangekommen und boten ihre Hilfe an. Nora hatte sich die Frage gestellt, warum die Frau wohl neben dem Auto lag. Nun erkannte sie, dass die Hitze im Wagen unerträglich gewesen wäre. Irgendjemand hatte aus Ästen und einer Picknickdecke einen Sonnenschutz für sie konstruiert und sie darunter zurückgelassen. Tom nahm nun schnell und sicher die Untersuchung vor, überprüfte Puls und Blutdruck und legte eine Infusion an, deren Beutel er Nora halten ließ.
Der Fahrer schien offensichtlich erleichtert zu sein, dass etwas geschah.
»Wie sieht es denn aus, Doc? Kommt sie durch?«
Tom beobachtete das Gesicht der verletzten Frau.
»Ich hoffe es. Das hängt aber davon ab, wie schwerwiegend die Kopfverletzung ist und wie lange sie hier schon gelegen hat. Sicher ist schon mal, dass sie völlig ausgetrocknet ist. Deshalb auch die Infusion. Ich habe ihr außerdem etwas für den Kreislauf gegeben. Jetzt sehe ich mir den Kopf einmal genauer an.«
Er entfernte den Druckverband und stellte erleichtert fest, dass es sich nur um eine Platzwunde handelte. Während er die Wunde desinfizierte und ein Klammerpflaster anlegte, wurde die Frau unruhig und bewegte den Kopf hin und her. Als sie die Augen aufschlug und ihr Blick die umstehenden Leute erfasste, er-

schrak sie und wollte sich aufrichten. Tom drückte sie sanft zurück.
»Nein, nein, bleiben Sie schön liegen. Es muss einen Unfall gegeben haben. Sie haben eine ziemlich große Platzwunde am Kopf und sicher eine Gehirnerschütterung. Ich bin übrigens Tom Morrison und Arzt.« Er lächelte sie freundlich an.
»Können Sie mir sagen, wie Sie heißen?«
Die Frau sah sich irritiert um. Man merkte ihr an, dass sie sich auf den Versuch konzentrierte, ihre Lage hier zu verstehen. Ihre Hand tastete zur Stirn, dann fuhr sie sich über die Augen.
»Ich ... ich bin Gina Davis.« Sie schaute sich erneut um. »Wo ist mein Mann? Und die Kinder? Sind sie denn nicht hier?«
Tom nahm die aufkommende Unruhe in ihrer Stimme wahr und legte eine Hand auf ihren Arm.
»Bitte, Gina, bleiben Sie ruhig. Wenn Sie sich jetzt aufregen, schadet Ihnen das nur. Wir vermuten, dass Ihre Familie Hilfe holen wollte, denn Sie wurden hier allein gefunden – mit einem Kopfverband.«
Die Frau geriet nun vollends aus der Fassung und wollte aufstehen.
»Mein Gott, die Kinder! Ich muss sie suchen! Wer weiß, wo sie sind!«
Es gelang Tom kaum, sie zu beruhigen, und so angelte er mit einer Hand in seinem Koffer nach einer Spritze. Nora hatte besorgt zugesehen. Nun drückte sie Martin den Infusionsbeutel in die Hand und hockte sich neben die junge Frau. Sie konnte ihre Verzweiflung nachempfinden, schließlich hatte sie selbst einen Sohn und eine Tochter, die ihr genauso viel bedeuteten wie dieser Frau ihre verschwundenen Kinder.
Entschlossen griff sie nach ihrer Hand.
»Hallo, Gina. Ich bin Nora. Bitte bleiben Sie liegen. Ich verspreche Ihnen, dass wir Ihre Familie gleich suchen werden, okay?«

Gina schien Vertrauen zu fassen und nickte zögernd. Tom hatte inzwischen eine Beruhigungsspritze aufgezogen und desinfizierte die Stelle, an der sie gesetzt werden sollte.
Nora drückte Ginas Hand und sah ihr in die Augen.
»Gina, vielleicht wäre es ganz gut, wenn Sie uns Ihren Mann und die Kinder beschreiben würden. Wollen Sie das tun?«
Die verletzte Frau schluckte und sah voller Sorge zu Nora und Tom auf.
»Mein Sohn ist vier. Er hat kurzes blondes Haar und blaue Augen. Er heißt Dennis.« Sie machte eine Pause und holte Luft. »Meine Tochter ist sechs. Sie hat langes dunkelblondes Haar und braune Augen. Sie ist etwa einsfünfundzwanzig groß und hat ein gelbes T-Shirt an. Ihr Name ist Joanna.« Tränen traten ihr in die Augen, doch es gelang ihr, weiterzusprechen. »Mein Mann Jim ist fünfunddreißig Jahre alt und einsfünfundachtzig groß. Er hat dunkles lockiges Haar und trägt helle Jeans und ein weißes T-Shirt.« Sie wischte sich mit dem Handrücken die Tränen aus den Augenwinkeln und sah hoffnungsvoll von einem zum anderen. »Werden Sie sie finden?«
Bevor sie eine Antwort erhielt, vernahmen alle das Motorengeräusch. Tom blickte zum Himmel. »Ah, sehen Sie, da kommt schon unser Flugzeug. Jetzt sind Sie bald in der Klinik.«
Entsetzen spiegelte sich auf Ginas Gesicht.
»Nein, nein! Ich gehe hier nicht weg! Nicht ohne meine Familie, ich lasse meine Kinder hier nicht allein zurück!« Sie machte erneut Anstalten aufzustehen.
Tom beugte sich über sie. »Gina, bitte! Seien Sie vernünftig. Sie können mit ihrer Verletzung gar nicht nach Ihnen suchen. Ich verspreche Ihnen, dass wir das übernehmen. Die örtliche Polizei ist auch benachrichtigt, und ich bin sicher, unser Sergeant wird hier gleich mit einer Suchmannschaft anrücken.«
Die Beruhigungsspritze schien die junge Frau nun endlich müde werden zu lassen. Sie griff noch einmal nach Noras Hand.

»Sie haben versprochen, nach ihnen zu suchen, nicht?«
Nora nickte. »Ja, das werden wir.«

Phil landete die Maschine auf der Straße. Noch ehe die Triebwerke verstummten, sprangen Bill und Lisa aus dem Flugzeug und eilten zu Tom, der ihnen kurz schilderte, was er bis zu ihrem Eintreffen vorgenommen hatte. Die Patientin machte inzwischen einen benommenen Eindruck und wurde auf der Trage, die Phil und Martin bereits geholt hatten, zum Flugzeug gebracht. Minuten später hob die Maschine, eine rote Staubwolke hinter sich aufwirbelnd, bereits wieder ab und nahm Kurs auf Cameron Downs. Nachdem der Fahrer des Roadtrains Tom einen Zettel mit seinen Personalien gegeben und sich entschuldigt hatte, bei der Suche leider nicht helfen zu können, zog auch er mit seinem riesigen Gefährt in einer weiteren Staubwolke davon.
Unschlüssig sah Martin von Nora zu Tom. »Und jetzt?«
Nora reckte entschlossen das Kinn.
»Ich suche jetzt nach diesen Kindern. Das habe ich schließlich versprochen.«
Tom hielt sie am Arm fest. »Moment mal, Sie marschieren nicht einfach los. Dann können wir Sie auch noch suchen. Wir dürfen uns nicht weit von hier wegbewegen, damit wir Sergeant Williams und seiner Suchmannschaft die Familie beschreiben können, wenn er mit seinen Leuten hier gleich ankommt.« Er schaute ernst von einem zum anderen.
»Außerdem würden wir womöglich Spuren verwischen, wenn wir jetzt einfach losliefen. Also lassen Sie uns erst einmal danach suchen. Vielleicht entdecken wir Hinweise darauf, in welche Richtung sie gegangen sind.«
Nora nickte nun.
»Mein Gott, ich kann es einfach nicht fassen, dass ein erwachsener Mann zwei kleine Kinder in den Busch mitschleppt,

um Hilfe zu holen. Was denken sich diese Leute bloß? Dass um die nächste Ecke eine Shell-Tankstelle auf sie wartet?« Kopfschüttelnd wandte sich Tom dem Straßenrand zu, und Martin und Nora schauten genauso wie er auf den Boden, um im Staub mögliche Fußspuren der Vermissten zu finden. Es schien zunächst aussichtslos, da das Flugzeug und der Roadtrain den Seitenstreifen, den sie absuchten, völlig mit einer frischen Schicht Staub zugedeckt hatten. Als sie sich aber etwas weiter zwischen den Spinifexgräsern, den kleinen Büschen und dünnen Bäumen voranbewegten, entdeckten sie noch einige Fußspuren. Als die Suchmannschaft eintraf, gaben sie die Personenbeschreibungen weiter und konnten auch schon die Richtung zeigen, in die sich die Familie offenbar aufgemacht hatte. Der Sergeant teilte seine Leute in kleine Gruppen ein und wies ihnen Abschnitte des Suchgebiets zu. Da Nora und Martin die Gegend nicht kannten, aber unbedingt helfen wollten, sollten sie bei Tom bleiben, der schon öfter an Aktionen dieser Art teilgenommen hatte. Voller Hoffnung machte Nora sich mit auf die Suche. Tom hatte sich zuvor davon überzeugt, dass sie geeignetes Schuhwerk trugen, und ihnen erklärt, dass sie mit festen Schritten gehen sollten, da durch die Erschütterungen Schlangen und giftige Spinnen vertrieben würden. Nora hatte bei diesem Gedanken geschluckt, schließlich aber einfach an die verzweifelte Gina gedacht. Sie liefen und suchten Stunde um Stunde. Zum ersten Mal wurde Nora klar, dass die grenzenlose Weite, die sie an diesem Land so bewunderte, auch Schattenseiten barg, die weit über das Problem der Einsamkeit hinausgehen konnten. Müde lehnte sie sich an einen dünnen Baum und nahm einen Schluck aus der Wasserflasche, die jede Gruppe mit auf den Weg bekommen hatte. Nachdem sie sie wieder zugeschraubt hatte, wischte sie sich mit dem Handrücken über die Stirn. Die Temperatur war inzwischen angenehmer geworden, denn die Abendkühle hatte eingesetzt. Besorgt dachte Nora daran, dass in der Dämme-

rung die Suche sicher auf den nächsten Tag verschoben werden müsste. Tom und Martin drehten sich nach ihr um, und sie stolperte hinter ihnen her, als plötzlich Schüsse ertönten.
Aufgeregt wandte Tom sich der Richtung zu, aus der sie kamen.
»Sie haben jemanden gefunden! Schnell, da entlang!«
Im Laufschritt legten sie den Weg quer durch den Busch zurück. Sergeant Williams kam ihnen entgegengerannt.
»Schnell, Doc! Der Junge ist von einer Schlange gebissen worden.«
Tom lief los und rief dem Beamten über die Schulter zu: »Hank, ich brauche meinen Koffer!«
»Der ist schon dort, Tom.«
Als sie an der kleinen Lichtung eintrafen, sahen sie den Mann auf den Knien liegen. Er war erschöpft und völlig außer Atem. Offensichtlich hatte er seinen Sohn über einen längeren Zeitraum getragen, denn in seinen Armen lag leblos ein kleiner blonder Junge. Noras Blick erfasste sofort das Mädchen, das mit großen, ängstlichen Augen seinen Vater beobachtete. Sie ging zu ihr, legte einen Arm um sie und führte sie ein paar Schritte beiseite. Während Nora sich dazu zwang, ruhig zu bleiben, tauchten vor ihrem inneren Auge sämtliche Berichte über Australiens Giftschlangen auf, die sie je gelesen hatte. Sie glaubte sich daran erinnern zu können, dass dieses Land – neben allerlei anderem gefährlichen Getier – allein hundertzwanzig Arten unterschiedlicher Schlangen beherbergte, von denen etwa die Hälfte giftig war. Das Gift des Taipans wirkte so schnell, dass das Opfer kaum noch Zeit hatte, feststellen zu können, dass es gebissen worden war. Energisch verdrängte Nora nun diese Gedanken und versuchte die Kleine abzulenken und damit zu beruhigen, dass sie ihr davon erzählte, wie ihre Mutter mit einem Flugzeug ins Krankenhaus gebracht worden sei und dass es ihr sicher schon besser gehe.
Das Mädchen hatte aufmerksam zugehört und sah ernst zu ihr auf.

»Und Dennis? Wird er im Krankenhaus auch wieder gesund?«
Nora schluckte und drückte sie an sich.
»Das müssen wir abwarten. Der Arzt ist aber schon bei ihm.«
Voller Angst konnte sie jetzt beobachten, wie Tom dem haltlos weinenden Mann seinen Sohn abnahm und ihn vorsichtig auf den Boden legte. Auch aus der Entfernung sah sie die Anspannung in Toms Gesicht, der blitzschnell handelte und offensichtlich alles tat, was man nur tun konnte. Aber es war zu spät. Als er sich aufrichtete und ernst den Kopf schüttelte, schloss Nora die Augen. Alles in ihrem Inneren weigerte sich, das zu glauben, was sie eben gesehen hatten. Der Mann war nun völlig zusammengebrochen und kauerte neben seinem Sohn. Unter den Umstehenden der Suchmannschaft herrschte betroffenes Schweigen. Zwei der Männer waren neben den Vater getreten, dem Tom inzwischen eine Spritze verabreichte. Sie halfen ihm auf und führten ihn zur Straße. Zwei weitere legten den toten Jungen auf eine Trage, deckten ihn zu und machten sich ebenfalls auf den Weg zu den Wagen.
Das Mädchen hatte sich aus Noras Arm gewunden und beobachtete die Szene. Tränen standen in ihren braunen Augen, als sie zu Nora aufsah.
»Ist Dennis tot?«
Nora war kurz davor, die Fassung zu verlieren. Nicht im Entferntesten hatte sie mit einer solchen Tragödie gerechnet. Für dieses Mädchen hier riss sie sich jetzt aber zusammen. Noch nie hatte sie sich in einer vergleichbaren Situation befunden. Sie wollte dem Kind keinen weiteren Schaden zufügen, also überlegte sie kurz. Als Mutter war sie ihren Kindern gegenüber immer ehrlich gewesen, und so beschloss sie, auch jetzt bei der Wahrheit zu bleiben.
Sie ging in die Hocke, griff nach den Händen der Kleinen und zog sie zu sich heran. Ernst sah sie ihr in die Augen und nickte dann.

»Ja, Joanna.«
Als sie das Kind erneut an sich drückte, konnte sie sehen, wie Tom, der allein zurückgeblieben war, mit der flachen Hand gegen einen Baum schlug, sich dann mit beiden Händen über die Schläfen fuhr und anschließend in die Wildnis starrte. Martin kam unsicher auf sie zu. Auch er sah mitgenommen aus.
Dennoch ging er in die Hocke und sah die Kleine an.
»Hallo, ich bin Martin. Du heißt Joanna, nicht?« Als das Mädchen nickte, sagte er: »Komm, du fährst bei uns im Auto mit. Dann kannst du schnell bei deiner Mama sein. Die wartet sicher schon auf dich.«
Joanna griff nach Noras Hand und schweigend gingen sie zur Straße, wo Sergeant Williams die Suchmannschaften auflöste und die Ausrüstung zusammenpackte. Nora setzte das Mädchen auf die Motorhaube eines Geländewagens und reichte ihm die Wasserflasche.
»Hier, Joanna. Bitte trink so viel du kannst. Du brauchst jetzt viel Flüssigkeit, sonst wirst du auch noch krank.«
Martin kramte in der Tasche seiner Kamera.
»Sieh mal. Auch wenn du keinen Hunger hast, diese Traubenzuckerwürfel schmecken dir bestimmt und werden dir gut tun.«
Als Tom auf die Straße trat, wechselte der Sergeant ein paar Worte mit ihm. Tom nickte und kam dann auf den Wagen zu. Auch er sprach mit dem Mädchen und untersuchte es kurz, bevor sie sich auf den Heimweg machten. Nora setzte sich mit dem Kind nach hinten, während Martin vorn neben Tom Platz nahm. Sie hatte erneut einen Arm um das Mädchen gelegt und strich ihm mechanisch immer wieder sanft über den Kopf. Nach einer Weile schien die körperliche Erschöpfung der Kleinen über ihren Kummer zu siegen, und sie schlief an Nora gelehnt ein.
Voller Entsetzen dachte Nora daran, was Joannas Mutter nun noch bevorstand. Wie verkraftete man den Tod eines Kindes?

Nora schauderte innerlich. In ihrer ausgeprägten Vorstellungskraft erkannte sie, dass das Leben dieser Eltern von jetzt an für immer zweigeteilt sein würde – in die wahrscheinlich unbekümmerte Zeit vor dem Tod ihres Sohnes und in die Zeit danach. Sie biss die Zähne zusammen. Ihr Blick fiel auf den Rückspiegel, in dem sie einen Teil von Toms versteinertem Gesicht sehen konnte, und sie schaute wieder nach draußen. Die Fahrt kam ihr endlos vor.

Toms Hände hielten das Steuer, und er versuchte sich ausschließlich auf die Straße vor sich zu konzentrieren. Er war froh, dass Martin und Nora ebenfalls Schweigen vorzogen. Worüber hätte man jetzt auch sprechen sollen? Seine langen schlanken Finger schlossen sich so fest um das Lenkrad, dass die Fingerknöchel weiß hervortraten. Niemals, wahrscheinlich solange er lebte, würde er sich daran gewöhnen können, den Kampf um ein Menschenleben zu verlieren.

Als sie am Krankenhaus eintrafen, kam ihnen Lisa bereits entgegen, um Joanna zu ihren Eltern zu bringen. Das Mädchen sah verstört von Nora zu Lisa und wieder zu Nora. Diese ging in die Hocke, griff nach einer Hand des Kindes und sah ihm offen ins Gesicht.

»Joanna, geh ruhig mit Lisa. Deine Eltern freuen sich bestimmt sehr, wenn sie dich sehen. Ich besuche dich morgen, okay?«

Die Kleine nickte und ging mit Lisa, die einen Arm um ihre Schultern gelegt hatte. Nora sah ihr nach, und plötzlich schossen ihr Tränen in die Augen. Sie presste eine Hand vor den Mund und versuchte krampfhaft, keinen Ton von sich zu geben. Tom hatte seinen Koffer aus dem Wagen gehoben und schlug gerade die Tür zu, als sein Blick auf Nora fiel. Doch Martin, der schnell um das Auto herumgegangen war, stand schon vor ihr, öffnete mit einer hilflosen Geste beide Arme und sah sie betroffen an.

»Komm, Nora.«

Leise weinend lehnte sie ihren Kopf an seine Schulter und versuchte sich wieder zu fassen. Tom biss die Zähne zusammen und nickte den beiden ernst zu.
»Sie ruhen sich jetzt besser aus. Wir sehen uns dann morgen.«
Er ging langsam zum Eingang. Er wusste, dass er so schnell keine Ruhe finden würde; also machte er sich auf den Weg in sein Arbeitszimmer, um noch den Bericht zu schreiben und den Totenschein auszustellen.

In seinem Büro ließ er den Koffer achtlos neben dem Schreibtisch fallen und trat ans Fenster. Die Dunkelheit hatte bereits eingesetzt, und er betrachtete die Lampen, die den Eingangsbereich der Klinik erhellten. Er spürte immer noch dieses Gefühl ohnmächtiger Wut in sich, das sich in ihm breit gemacht hatte, als er den Tod des Jungen hatte feststellen müssen.
Er schloss die Augen und versuchte ruhiger zu atmen. Doch dann drehte er sich um, ging zum Schreibtisch und fegte mit einer schnellen Bewegung alle Papiere und Unterlagen, die sich darauf befanden, zu Boden und trat heftig gegen den Stuhl, der gleich darauf gegen die Wand krachte. Als Lisa mit einer Tasse Kaffee in der Tür erschien, stand er bereits wieder am Fenster und starrte schweigend hinaus. Wortlos stellte sie den Kaffee auf den Schreibtisch und sammelte die Papiere auf, um sie in einem Stapel auf den Tisch zurückzulegen. Leise ging sie zu Tom und öffnete auf ähnliche Weise ihre Arme, wie es Martin zuvor bei Nora getan hatte. Sie kannte Tom schon so lange. Sie wusste, dass er, obwohl er nicht gerne viele Worte machte, bei jedem Patienten, den er verlor, Qualen litt, ganz besonders, wenn es sich um ein Kind handelte. Auch wenn sie nie darüber gesprochen hatten, vermutete sie, dass der Grund dafür vor allem in seiner Zeit in Afrika lag. Außerdem erinnerte sie sich daran, wie sehr ihn vor Jahren der Tod seines zu früh geborenen Kindes getroffen hatte.

Er ließ sich nun kurz in den Arm nehmen und sah sie dann mit einem Ausdruck von Wut und Verzweiflung an.
»Ich werde mich nie daran gewöhnen, Lisa.«
Sie strich ihm ruhig über die Schulter.
»Ich weiß, Tom. Darum bist du auch ein so guter Arzt.«
Als er mit einem höhnischen Nicken nur nach draußen sah, legte sie eine Hand auf seinen Arm.
»Tom, ihr habt Stunden damit verbracht, die Familie zu finden. Und ihr hattet Erfolg. Die Eltern und das Mädchen sind gerettet worden. Niemand kann etwas dafür, dass der Junge von einer Schlange gebissen wurde. Am wenigsten ist es deine Schuld. Tom, du bist immer so hart mit dir selbst. Du hilfst doch, wo du kannst. Aber du bist Arzt und nicht Gott.« Sie ging langsam zur Tür, an der sie sich noch einmal umdrehte. »Komm schon, trink jetzt deinen Kaffee, der wird dir gut tun.«
Er nickte ihr traurig zu. »Danke, Lisa.«
Er zog sich den Stuhl aus der Ecke hervor und setzte sich an seinen Schreibtisch, um die bürokratischen Formalitäten hinter sich zu bringen.

Lisa, die heute für den Nachtdienst eingeteilt war, hatte noch einmal nach der vom Unglück betroffenen Familie gesehen, die jedoch unter dem Einfluss von Medikamenten mittlerweile ruhig schlief. Sie seufzte leise, als sie wieder auf den Gang hinaustrat. Auf Grund ihrer langjährigen Erfahrung als Krankenschwester war sie sich sicher, dass in den nächsten Tagen noch massive Schwierigkeiten auf sie zukommen würden. Der Vater des Jungen war ohnehin schon nervlich und körperlich am Ende eingeliefert worden, und die Mutter war, nachdem sie vom Tod ihres Sohnes erfahren hatte, nach einem Nervenzusammenbruch ebenfalls nicht mehr ansprechbar gewesen. Die größten Sorgen machte sich Lisa aber im Moment um das kleine Mädchen, das nun weder in der Mutter noch im Vater einen Halt finden konnte, obwohl es sicher auch sehr unter dem Verlust des Bruders litt. Lisa beschloss, sich nach ihrer spätabendlichen Patientenrunde einen Tee zu machen. Auf dem Weg zum Schwesternzimmer sah sie, dass in Toms Büro immer noch Licht brannte. Besorgt blieb sie einen Augenblick stehen, bevor sie leicht den Kopf schüttelte und das Schwesternzimmer betrat. Es ist wohl am besten, ihn in Ruhe zu lassen, dachte sie.

Kurze Zeit später hatte sie eine dampfende Tasse Tee vor sich stehen und rührte nachdenklich die Milch darin um, während ihre Gedanken – ohne dass sie es eigentlich beabsichtigte – zu Tom abschweiften. Es machte sie immer wieder aufs Neue betroffen, mitansehen zu müssen, wie sehr er litt und sich schuldig fühlte, wenn er einen Patienten verlor. Sie dachte an die Abschiedsfeier, bevor er den Service verlassen hatte, um nach Äthiopien zu gehen. Nach dem Scheitern seiner Ehe schien er froh zu sein, die gewohnte Umgebung verlassen zu können. Auch hatte er noch Selbstbewusstsein und Hoffnung ausgestrahlt, in Afrika etwas bewegen und verbessern zu können. »Dort werde ich wirklich gebraucht, Lisa«, hatte er versucht ihr seine Beweggründe zu erklären. Nach wenigen kurzen Telefonaten war der Kontakt zu ihm abgebrochen. Immer wieder hatten Bill und sie sich bemüht, ihn zu erreichen, doch schien er dort auch mehrere Male den Standort gewechselt zu haben, so dass es ihnen nicht gelungen war, ihn in den Wirren des Bürgerkriegs in einem der Flüchtlingslager ausfindig zu machen.

Nach über zwei Jahren hatten sie – direkt über die Hauptverwaltung des Hilfsdienstes – erfahren, dass ihr Freund nach Australien zurückgekehrt war. Zunächst grenzenlos enttäuscht, dass er sich nicht bei ihnen meldete, war ihre Enttäuschung später in große Sorge übergegangen, da er offensichtlich zu niemandem Kontakt aufnahm. Es musste wohl fast ein Jahr vergangen sein, als sie plötzlich einen Anruf von seiner Schwester aus Darwin erhielten, bei der er kurze Zeit zuvor überraschend aufgetaucht war. Ihren unbekümmert selbstbewussten großen Bruder von früher schien es jedoch nicht mehr zu geben. Aus Sorge wegen seines schlechten körperlichen und seelischen Zustands, aber auch, weil er jegliche Hilfe zurückwies, hatte sie sich entschlossen, seine alten Freunde von früher einzuschalten. Bill und Lisa waren kurze Zeit später nach Darwin geflogen. Lisa schauderte in der Erinnerung an ihre erste Begegnung mit dem Freund in Darwin. Bill und sie waren förmlich zusammengezuckt, als sie Tom mit seinem Neffen im Garten entdeckt hatten. Völlig abgemagert in zerschlissenen Jeans und einem Hemd, das viel zu groß schien, und aus dem seine Schulterblätter spitz hervorstanden, baute er mit dem etwa achtjährigen Sohn seiner Schwester an einer Hundehütte. Als er sich aufrichtete, konnten sie unter seinem Dreitagebart eingefallene Wangen und unnatürlich große, ernste Augen erkennen, aus denen die altvertraute ironische Fröhlichkeit gänzlich verschwunden zu sein schien. Ein wenig fassungslos hatten sie gemeinsam mit Toms Schwester Caroline am Fenster des Wohnzimmers gestanden und einen ersten Blick auf ihren alten Freund werfen können. Caroline schien ihr Erschrecken zu bemerken, denn sie lächelte sie auf seltsam ernste Weise an.

»Sehen Sie, so wie Sie habe ich sicherlich auch ausgeschaut, als er hier auftauchte. Das Schlimme ist, dass er niemanden an sich heranlässt. Ich habe keine Ahnung, wie ich ihm helfen könnte. Ich weiß nicht einmal, ob er nicht krank ist.« Traurig wanderten ihre Augen von ihren Gästen wieder zum Fenster. »Wir haben uns früher so gut verstanden. Ich habe immer alles mit ihm besprechen können, besser als mit meinen Eltern. Wir haben uns so nahe gestanden … und jetzt spricht er kaum drei Sätze am Tag mit mir. Der Einzige, den er an sich heranlässt, ist Josh.« Sie deutete mit einem Kopfnicken resigniert nach draußen. »Das sehen Sie ja.«

Lisa nahm gedankenverloren einen Schluck Tee, während sie daran dachte, wie Bill und sie damals einen schnellen Blick gewechselt hatten.
Ihr Mann hatte wieder aus dem Fenster geschaut und Caroline gefragt: »Hat er erzählt, wo er das letzte Jahr verbracht hat?«
Caroline hatte ihn verständnislos angesehen.
»Aber Sie wissen doch, dass er in Afrika war.«
Bill war es offensichtlich schwer gefallen, weiterzusprechen, und so hatte Lisa versucht Toms Schwester zu erklären, dass sie in Erfahrung gebracht hatten, dass er bereits vor etwa einem Jahr den Hilfsdienst in Äthiopien verlassen hatte.
Carolines Erschütterung war ihrem Gesicht zweifelsohne abzulesen gewesen.
»Ich … ich verstehe das nicht. Warum ist er dann nicht gleich zu uns gekommen? Oder zu Ihnen? Hat er denn zu niemandem mehr Vertrauen?«
Ratlos hatten die drei sich auf dem Sofa niedergelassen, als der kleine Josh durch die Terrassentür hereingestürmt kam und laut verkündete, dass sie Durst hätten. Wie angewurzelt war er stehen geblieben und hatte die unerwarteten Gäste gemustert. Seine Mutter zog ihn zu sich heran und erklärte ihm, dass Freunde von seinem Onkel zu Besuch gekommen seien. Strahlend hatte er sich losgerissen. »Oh, das sage ich sofort Onkel Tom!«
Bevor sie sich noch ein wenig mehr auf die Situation hatten einstellen können, war Josh mit Tom, den er an einer Hand hinter sich herzerrte, wieder im Wohnzimmer erschienen. Überraschung hatte sich auf Toms Gesicht abgezeichnet. Lächelnd und trotzdem merkwürdig ernst war er auf sie zugekommen, hatte Bill die Hand geschüttelt und Lisa kurz umarmt. Caroline zog Josh in die Küche, um ihm etwas zu trinken zu geben. Tom war ans Fenster getreten und hatte hinausgesehen.
»Sicher hat euch meine Schwester angerufen, nicht?«
Bill und sie hatten einen unbehaglichen Blick ausgetauscht,

bevor Bill aufgestanden war, um sich neben den Freund zu stellen.
»Tom, sie hat sich Sorgen gemacht. Und wir haben schon etliche Male versucht, dich zu erreichen. Warum hast du dich nie mehr gemeldet? Ich dachte, wir sind Freunde.«
Tom war eine Weile still geblieben und hatte mit gesenktem Kopf die Pflanzen auf der Fensterbank angestarrt. Als er schließlich den Kopf hob und seine Kollegen mit großen, ernsten Augen ansah, konnte Bill darin eine Mischung aus Verzweiflung und Bitterkeit erkennen, auch wenn Tom sich jetzt um ein Lächeln bemühte.
»Ich konnte mich nicht bei euch melden, Bill. Das hat aber nichts mit unserer Freundschaft zu tun. Es ging einfach nicht, und ich kann und will auch nicht erklären, warum. Aber ich brauchte diese Zeit für mich.«
Lisa hatte sich neben ihren Mann gestellt. »War es so schlimm in Afrika? Bist du deshalb so enttäuscht, weil du meinst, du hättest dort mehr erreichen müssen?«
Unmerklich war Tom zusammengezuckt. Seine Augen waren starr auf einen Punkt in der Ferne gerichtet, schienen aber nichts wahrzunehmen. Schließlich wandte er sich zu den beiden um und sah sie seltsam distanziert an. »Ich kann niemandem erklären, wie es dort ist, der nicht selbst da gewesen ist.« Er machte eine Pause und rieb sich die Schläfe. »Ich will auch nicht darüber sprechen. Also spart euch eure Therapieversuche für einen geeigneteren Kandidaten.« Er hatte die Zähne zusammengebissen und drehte mit beiden Händen einen Übertopf auf der Fensterbank herum. Lisa war neben ihn getreten und hatte eine Hand auf seine Hände gelegt.
»Bitte, Tom, schick uns nicht so weg. Wenn du uns nicht wichtig wärst, hätten wir kaum seit Jahren versucht, dich wiederzufinden. Wir wären auch nicht sofort hierher aufgebrochen. Wir machen uns Sorgen um dich, und wir wollen dir helfen.«

Tom hatte inzwischen nach ihrer Hand gegriffen. »Es tut mir Leid!« Er lächelte gequält. »Ich bin wohl nicht sehr höflich gewesen? Aber ich muss damit allein fertig werden.«
»Warum, Tom? Warum willst du alles allein durchstehen? Das tut mir einfach weh. Ich sehe doch, dass es dir nicht gut geht«
Er hob ihre Hand kurz an seine Lippen, bevor er sich erneut zu einem Lächeln zwang. »Glaubt mir, ich freue mich, dass ihr gekommen seid. Und ich bin euch dankbar, dass ihr mir helfen wollt. Aber im Moment bin ich die einzige Person, die mir helfen kann. Auch wenn ihr das jetzt nicht versteht, bitte ich euch, mit mir Geduld zu haben. Ich habe euch nie vergessen, und in einiger Zeit hätte ich mich auch bei euch gemeldet.« Mit einem altvertrauten ironischen Grinsen sah er nun an sich hinunter. »Und selbstverständlich hätte ich mich ein wenig hübscher angezogen, wenn ich von eurem Besuch gewusst hätte.« Nach einer kleinen Pause hatte er hinzugefügt: »Außerdem muss ich mir noch ein wenig Mühe geben, wieder in meine Klamotten hineinzuwachsen, nicht?«
Lisa hätte beinahe die Fassung verloren. Sie hatten ihr Entsetzen über seine schlechte Verfassung also nicht verbergen können. Sie hatte ihn einfach an sich gedrückt und gemurmelt: »Ja, bitte tu das!«
Bill war erneut auf seinen Freund zugegangen.
»Du weißt aber, Tom, dass du jederzeit bei uns willkommen bist, nicht? Es wäre schön, wenn du eines Tages nach Cameron Downs zurückkehren würdest.«
»Ich denke darüber nach, Bill. Ich weiß aber noch nicht, ob ich das kann.«
Gleich darauf war Josh aus der Küche hereingestürmt und hatte sich an seinen Onkel geschmiegt. »Machen wir draußen weiter, Onkel Tom?«
Seine Finger hatten einen Augenblick mit den dunklen Locken seines Neffen gespielt. »Aber ja. Lauf schon mal vor, ja?«

Caroline war ebenfalls wieder ins Wohnzimmer gekommen und hatte ihren Bruder etwas unsicher angesehen.
»Bist du mir böse, dass ich deine Freunde angerufen habe?«
Als er den Kopf schüttelte und einen Arm um sie legte, schien sie erleichtert zu sein. Sie hatte die beiden Gäste auffordernd angeblickt.
»Sie machen uns doch die Freude und bleiben zum Essen, nicht wahr?«
Lisa sah sich nachdenklich im Schwesternzimmer um, in dem es um diese Zeit sehr still war. Schließlich griff sie nach ihrer Teetasse, um den letzten Schluck Tee zu trinken, und stellte anschließend die leere Tasse in den Geschirrspüler. Merkwürdig, wie lebendig einem bestimmte Dinge in Erinnerung blieben, während man andere völlig vergaß.
Nach dieser Begegnung mit Tom waren noch mehrere Monate vergangen, bevor er dann endlich in Cameron Downs aufgetaucht war. Er hatte zwar deutlich besser ausgesehen, schien im Ganzen aber sehr viel ernster als früher. Auch zu diesem Zeitpunkt war er sich noch nicht im Klaren darüber gewesen, ob er wieder für den Royal Flying Doctor Service tätig sein wollte. Er hatte sich entschlossen, zunächst eine Weile in der Umgebung zuzubringen, half früheren Freunden auf einer Farm aus und lebte auch einige Zeit bei seinen Aborigines-Künstlerfreunden in der Siedlung. Schließlich war er bei einem Notfall als Arzt eingesprungen und hatte anscheinend doch entdeckt, dass er auch hier gebraucht wurde. Als er seinen neuen Vertrag beim RFDS unterschrieb, waren sie und Bill sehr froh darüber gewesen. Nie wieder hatte er über seine Zeit in Afrika gesprochen, und sie waren übereingekommen, ihn damit in Ruhe zu lassen und seinen Wunsch zu respektieren, damit allein fertig werden zu wollen.
Lisa streckte sich und legte den Kopf in den Nacken, bevor sie sich auf den Weg zum Empfang machte, um dort die Unterlagen

für die Übergabe zum Schichtwechsel vorzubereiten. Als sie auf den Gang trat, sah sie in Toms Büro immer noch Licht. Leise öffnete sie die Tür, um nun doch nach ihm zu schauen. Er hatte die Füße auf den Schreibtisch gelegt, die Arme vor der Brust verschränkt und war fest eingeschlafen. Sein Kopf war auf die linke Schulter gesunken, und sein Gesicht hatte selbst jetzt, im Schlaf, noch einen unzufrieden besorgten Ausdruck. Vor sich auf dem Schreibtisch lagen sein Bericht und der Totenschein des Jungen. Lisa ging schnell in einen Nebenraum und kam mit einer Decke zurück, die sie vorsichtig über Tom ausbreitete. Er bewegte kurz den Kopf, schlief aber weiter. Sie knipste die kleine Halogenlampe an, die auf dem Schreibtisch stand, und löschte die große Deckenbeleuchtung, bevor sie das Zimmer verließ und langsam zum Empfang ging.

9

Nora und Martin hatten im Hotel noch eine ganze Weile zusammengesessen und geschwiegen, bevor sie in der Lage waren, über den traurigen Einsatz zu sprechen, den sie heute erlebt hatten. Schließlich waren sie übereingekommen, ihren Aufenthalt in Cameron Downs für einige Tage zu unterbrechen, um den vorgesehenen Besuch im berühmten Roten Herzen des Kontinents einzuschieben. Sie hatten diese Unterbrechung ohnehin geplant, und jetzt schien ihnen der Zeitpunkt günstig, auch, um das Geschehene besser verarbeiten zu können und sich abzulenken. Martin wollte sie selbst von Cameron Downs nach Alice Springs fliegen, und von dort sollte es mit dem Wagen zum Ayers Rock und den Olgas in den Uluru-Kata Tjuta National Park gehen. Martin freute sich schon sehr auf den Ausflug, denn als begeisterter Sportflieger nahm er gern jede Gelegenheit wahr, selbst zu fliegen.

»Wollen wir schon morgen früh starten? Ich weiß allerdings nicht, ob es sofort mit einer Maschine klappt, Nora.«

»Du kannst dich ja gleich morgens darum kümmern, aber ich muss noch in die Klinik. Ich hab's der Kleinen versprochen. Außerdem sollten wir uns bei Bill und dem Ärztedienst abmelden, damit sie uns die nächsten Tage aus ihrer Planung nehmen.«

Martin unterdrückte ein Gähnen und stand auf.

»Okay, dann ist es jetzt sicher das Beste, für den Ausflug zu packen und schlafen zu gehen.«

Sie nickte. »Ja. Schlaf schön, Martin.«

»Du auch, gute Nacht.«

Als er fort war, fiel es Nora mehr als schwer, zur Ruhe zu kommen. Um sich abzulenken, machte sie sich schließlich energisch daran, ihre Reisetasche zu packen und an den Uluru zu denken, der für sie ein Wahrzeichen der Aborigines war.

Als sie am nächsten Tag die Klinik betrat, lag ihr der Besuch bei Joanna wie ein Stein auf der Seele. Sie litt selber unter dem Kummer, den diese Familie jetzt zu ertragen hatte, und fragte sich, ob es überhaupt in irgendeiner Weise möglich war, Trost zu spenden, oder ob sie vielleicht nur wieder die Fassung verlieren würde. Bei dem Gedanken daran fühlte sie sich beklommen und beschloss, sich und Martin zunächst bei Bill abzumelden. Auf dem Weg zu seinem Büro kam ihr Tom entgegen und blieb stehen.

»Hallo. Wie geht es Ihnen, Nora? Konnten Sie einigermaßen schlafen?«

Sie wurde verlegen. Dass sie gestern an Martins Schulter so außer Fassung geraten war, empfand sie im Nachhinein als peinlich. Er musste doch nun annehmen, dass sie für die Gegend hier einfach zu zart besaitet war.

»Ja, es hat eine Weile gedauert, aber ich konnte schlafen.«

Das war glatt gelogen, doch er sollte sie nicht für eine Mimose halten. Sie zögerte. »Es tut mir Leid, Tom, dass ich gestern so die Fassung verloren habe, aber ich habe mich plötzlich so an meine eigenen Kinder erinnert gefühlt …«

Er unterbrach sie sofort. »Dafür brauchen Sie sich doch nicht zu entschuldigen. Glauben Sie mir, so etwas wie gestern, das haut die stärksten Männer um, auch solche, die schon viele Male an derartigen Suchaktionen teilgenommen haben, mich übrigens eingeschlossen.«

Er lächelte ihr zu, und sie erwiderte dieses Lächeln. Wie meistens wich sie aber auch jetzt seinem forschenden Blick aus, der sie stets verunsicherte.

»Nun, danke für Ihr Verständnis.« Sie sah sich suchend um. »Eigentlich wollte ich zu Bill, um Martin und mich für die nächsten Tage hier abzumelden.«

»Bill macht gerade seine Patientenrunde. Sie wollen uns vorzeitig verlassen?«

Sie schüttelte schnell den Kopf. »Nein, nein. Wir wollen jetzt nur unseren geplanten Ausflug zum Uluru-Kata Tjuta National Park einschieben. Uns wird die Abwechslung nach dem Schreck von gestern sicher gut tun, und Sie und das Team hier sind vielleicht auch froh, mal Ruhe vor uns zu haben.«
Sie schmunzelte und blickte ihn offen an. Er sah müde aus und schien ebenfalls kaum geschlafen zu haben. Nun stahl sich ein Lächeln auf sein Gesicht.
»Das können Sie so aber nicht sagen. Sie beide sind sehr angenehme Gäste. Doch sicherlich tut Ihnen der Ausflug gut. Der Uluru und die Olgas sind wirklich sehr beeindruckend. Ich bin schon gespannt, was Sie nachher darüber erzählen werden.« Er machte eine Pause und fügte dann hinzu: »Ach, Nora, sind Sie noch an dem Ausflug zu den Aborigines-Künstlern interessiert?«
Sie nickte. »Sehr, Tom. Ich hoffe, Sie können es einrichten.«
»Bestimmt. Wie lange werden Sie denn jetzt weg sein?«
Sie überlegte. »Wahrscheinlich so drei bis vier Tage.«
»Gut, dann werde ich uns in der Siedlung entsprechend anmelden.« Er schaute auf seine Armbanduhr. »Ich muss weiter. Viel Spaß beim Ausflug.«
»Danke, Tom. Bis dann.«
Langsam schlenderte sie zurück zum Empfang, wo Kim ihr entgegensah.
»Hallo, Nora. Suchen Sie jemanden?«
»Hallo, Kim. Ja, ich suche Bill, und dann wollte ich zu der kleinen Joanna Davis. Ich habe sie gestern hierher begleitet und ihr versprochen, heute vorbeizukommen.«
Kim war ernst geworden. »Ich zeige Ihnen, wo sie ist. Vielleicht finden wir unterwegs auch Bill. Kommen Sie bitte mit.«

Nora war erleichtert, das Mädchen in einem Spielzimmer zu treffen und nicht im Beisein der Eltern. Sie hätte nicht gewusst, wie sie mit dem Leid des Ehepaars hätte umgehen sollen. Die Kleine saß an einem Tisch und malte in einem Malbuch. Als Nora sich zu ihr setzte, sah sie auf.

»Hallo.«

Nora strich ihr über den Kopf. »Hallo, Joanna. Wie hast du denn im Krankenhaus geschlafen?«

Das Mädchen beugte sich wieder über das Malbuch.

»Hm. Ganz gut. Aber ohne Dennis macht es hier einfach keinen Spaß.«

Nora schluckte. Es war nicht leicht, darauf etwas zu sagen.

»Das glaube ich, Joanna. Es ist bestimmt schwer für dich und deine Eltern.« Sie machte eine kleine Pause, bevor sie hinzufügte: »Und es tut sehr weh, jemanden zu verlieren, den man lieb gehabt hat.«

»Hast du auch schon jemanden verloren, den du lieb hattest?«

Nora nickte. »Ja, meine beste Freundin. Sie hatte einen Autounfall und ist sofort gestorben.« Sie strich dem Mädchen wieder über den Kopf. »Es ist gut, eine Weile richtig traurig zu sein, Joanna, denn wenn man um jemanden weint, bedeutet das, dass man ihn lieb hatte und dass er einem wichtig war. In dieser Zeit der Traurigkeit nimmt man Abschied von demjenigen, den man verloren hat. Danach muss man ihn aber loslassen, verstehst du? Man darf sich immer an all die Dinge erinnern, die schön waren, die Spaß mit ihm gemacht haben, aber man muss auch wieder anfangen, fröhlicher zu werden. Denn dein Bruder zum Beispiel würde es doch nicht mögen, wenn du nur noch traurig herumlaufen würdest, oder?«

Joanna hatte ihr aufmerksam zugehört. Nun schüttelte sie langsam den Kopf und lächelte.

»Nein. Dennis wollte immer, dass ich ihn kitzle. Er hat sich dann immer kaputtgelacht.«

Nora zog an Joannas Zopf. »Siehst du, genau daran sollst du dich erinnern.« Um sie abzulenken, griff sie nach dem Malbuch.

»Zeig mal. Das sieht ja toll aus! Du malst ja gar nicht mehr über die Linien. Magst du Pferde gerne?«
Gemeinsam malten sie noch einige Seiten in dem Buch aus und unterhielten sich. Als Nora sich schließlich verabschiedete, hatte sie das Gefühl, dass es richtig gewesen war, sich vor diesem Besuch nicht zu drücken.

Sie trat auf den Gang, wo Bill offenbar auf sie gewartet hatte.
»Kim sagte mir, dass Sie mich gesucht haben. Als ich Sie hier fand, wollte ich nicht stören. Ich konnte aber nicht verhindern, Ihrer Unterhaltung zuzuhören. Sie können fantastisch mit Kindern umgehen, Nora, wissen Sie das?«
Wie immer bei Komplimenten wurde Nora verlegen. Sie erwiderte sein Lächeln und strich sich eine kleine Locke aus der Stirn.
»Danke, Bill. Ich glaube aber, das kann jeder, der eigene Kinder hat.«
Er schüttelte den Kopf. »O nein. Es wäre schön, wenn es so wäre. Aber leider haben Sie in diesem Punkt nicht Recht. Die meisten Menschen sind hilflos, wenn sie Kinder in einer solchen Situation erleben. Sie denken, es sei besser, nicht mehr darüber zu sprechen, es zu verdrängen, aber das stimmt nicht. Die Kinder leiden darunter, wenn so ein traumatisches Erlebnis in der Familie unter den Teppich gekehrt wird. Und sie können meistens nicht verstehen, wieso versucht wird, so zu tun, als wäre das Unglück nicht geschehen. Häufig gehen ihre Gedanken dann in eine falsche Richtung, und nicht selten suchen sie die Schuld bei sich selbst.« Nora hatte ihm interessiert zugehört. Jetzt legte er eine Hand auf ihren Arm und fragte: »Aber Sie wollten mich sprechen? Worum geht es denn?«
Sie musste kurz überlegen, denn in Gedanken war sie noch bei seinen Erklärungen gewesen. Sie tippte sich an die Stirn.
»Ach ja! Jetzt hätte ich es fast vergessen. Ich wollte Ihnen nur

Bescheid geben, dass Martin und ich für einige Tage unseren geplanten Ausflug zum Ayers Rock machen. Sie sollten sich nicht wundern, wenn wir plötzlich verschwunden sind.«
»Ah, ich beneide Sie. Dort würde ich jetzt auch lieber hinfahren, als hier zu arbeiten. Wie lange werden Sie weg sein?«
»Etwa drei bis vier Tage. Martin ist Sportflieger, er wird uns nach Alice Springs fliegen.« Sie sah bittend an die Decke. »Ich hoffe, er weiß, was er tut.«
Bill lachte. »Na, das hoffe ich doch auch. Ich wünsche Ihnen viel Spaß dort.«

Noch am selben Vormittag erhielt Martin Sanders die Starterlaubnis, und die gemietete Cessna rollte auf die Startbahn des Flugplatzes von Cameron Downs. Nora fühlte sich wirklich nicht sehr wohl. In so einer kleinen Maschine zu fliegen, war etwas völlig anderes, als sie es bisher gewohnt war. Außerdem hatte Martin sie derart mit seinen Flugkünsten aufgezogen, dass sie tatsächlich verunsichert neben ihm Platz genommen hatte. Nach einer Weile registrierte sie aber, wie sicher und routiniert er mit der Cessna umging, und sie entspannte sich. Schließlich mochte sie den Blick von der Landschaft unter sich gar nicht mehr abwenden.
Nachdem sie den Ort hinter sich gelassen hatten, konnte Nora neben Büschen und Bäumen deutlich die Biegungen der Flüsse, die sie überflogen, betrachten, genauso wie Felsen und Gesteinsformationen, ab und zu ein großes Farmhaus, auf dessen Dach meist der Name der Farm deutlich abzulesen war, zumindest solange Martin nicht höher flog. Aber anscheinend genoss er selbst den Ausblick. Einige Zeit später überflogen sie den großen Lake Eyre, der im Lake Eyre National Park lag. Australiens größter See befand sich zwar im trockensten Teil des Kontinents, wäre einem Verdurstenden jedoch keine Hilfe gewesen, denn wenn er sich vielleicht zweimal im Jahr mit Wasser füllte, war sein Salz-

gehalt höher als der des Ozeans. Nora konnte auch nur einige Pfützen inmitten riesiger Salzpfannen ausmachen, bevor sie sich der Simpson Wüste näherten und nach einer Weile der berühmten Eisenbahnlinie Ghan folgten, deren Gleise von Adelaide im Süden bis nach Alice Springs und zu den MacDonnell Ranges in die Mitte des Kontinents führten.

Nach der Landung in Alice Springs nahmen sie bei einer der örtlichen Autovermietungen einen geländegängigen Mietwagen, mit dem es nun endgültig zum Uluru-Kata Tjuta National Park gehen sollte, der wohl die bekanntesten Wahrzeichen Inneraustraliens beherbergte, den Ayers Rock und die etwa dreißig Kilometer entfernt liegenden Olgas. Es störte sie nicht, dass sie Alice Springs kaum einen Blick gönnten und gleich weiterfuhren. Sie würden vor dem Rückflug noch einen Tag hier verbringen und sich umsehen können. Nora freute sich besonders darauf, dieses für die Ureinwohner so wichtige Land kennen zu lernen. Sie hoffte dort in Ruhe etwas von der Kultur der Aborigines wahrnehmen zu können. Insgeheim jedoch befürchtete sie, womöglich am Ziel feststellen zu müssen, dass man daraus doch so etwas wie ein heimliches Disney World gemacht hatte. Nachdenklich schaute sie aus dem Fenster.
»Na. was geht in deinem Kopf vor?«, fragte Martin.
Sie seufzte und streckte die Beine aus.
»Ach Martin, ich glaube kaum, dass du das nachvollziehen kannst. Du bist schon so viel in der Welt herumgekommen, dass ich mir nicht vorstellen kann, dass dich noch etwas wirklich vom Hocker reißt.«
»Nein, das stimmt so nicht.« Er überlegte kurz. »Es hat auf meinen Reisen immer Orte gegeben, die ich total faszinierend gefunden habe, doch auch andere, die mich abgestoßen haben. Ich sehe die Welt durch die Kamera aber meist mit anderen Augen als du zum Beispiel.«

Sie schaute ihn verständnislos an. »Wie meinst du denn das? Bin ich deiner welterfahrenen Sichtweise nicht gewachsen?«
Er lachte leise in sich hinein. Ohne dass er es beabsichtigte, gelang es ihm immer, sie zu provozieren. Mit ihr wurde es wenigstens nie langweilig.
»Quatsch! Ich wollte damit sagen, dass mich häufig ausschließlich die Wirkungsweise des Fotografierten auf andere interessiert. Es gibt so wahnsinnig viele Möglichkeiten, etwas auf Bildern festzuhalten, und jedes Mal hat dieses Festgehaltene eine andere, eine neue Wirkung auf den Betrachter. Auch wenn es vielleicht aufgesetzt klingt, ich empfinde bei meiner Arbeit durchaus eine tiefe Verantwortung, denn ich wecke mit meinen Bildern Sympathien oder womöglich auch Aversionen gegen bestimmte Orte bei den Leuten, die sie betrachten. Verstehst du?«
Er blickte sie an, und sie nickte langsam.
»So habe ich es noch nie gesehen. Aber du hast Recht.«
Er schaute wieder auf die Fahrbahn vor sich und fuhr fort: »Weißt du, ich wollte aber etwas ganz anderes damit sagen, nämlich, dass ich bisher anders an Aufgaben herangegangen bin als du. Es gefällt mir jedoch, dich hier zu beobachten. Du bist so offen für alles Neue. du möchtest gern hinter die Dinge sehen. Du willst nicht nur eine tolle Story, du stellst immer die menschlichen Aspekte in den Vordergrund. Mir ist aufgefallen, wie sehr du dich darum bemühst, sie zu ergründen und zu verstehen und sie vor dem geschichtlichen Hintergrund dieses Landes zu betrachten. Glaub mir, Nora, gerade die zwiespältigen Gefühle, die du hier offensichtlich immer wieder durchlebst und die du zulässt, machen es so spannend, dich bei der Arbeit zu beobachten.«
Sie schnitt nun eine Grimasse. »Dann bin ich wohl so etwas wie ein Insekt unter dem Mikroskop für dich, oder was? Was denn für zwiespältige Gefühle?«

»Na, wenn du zum Beispiel auf nette, freundliche Farmer triffst, die dir sympathisch sind und die dann aber – auch heute noch – abfällige Bemerkungen über die Aborigines machen, die dich doch so faszinieren, dann stürzt dich das offensichtlich immer wieder in Konflikte. Trotzdem gibst du nicht auf. Ständig versuchst du aufs Neue hinter eine Sache zu steigen oder zeigst Bereitschaft, andere Sichtweisen und Blickwinkel zuzulassen oder sie wenigstens anzuhören. Du willst sozusagen alle Aspekte, die auf dich einstürzen, aufnehmen und in deine Arbeit einfließen lassen. Das macht dich glaubhaft. Und ich muss dir sagen, du reißt mich einfach mit.«
Er lachte herzhaft, als er bemerkte, dass sie wieder einmal mit Verlegenheit zu kämpfen hatte. Aber ehrlich, wie sie war, meinte sie schließlich: »Martin, das war nun wirklich das Netteste, das mir auf australischem Boden bisher gesagt worden ist. Danke.«
Er klopfte ihr kameradschaftlich aufs Knie.
»So, wir haben noch eine ganz schöne Strecke vor uns. Hoffentlich schaffen wir es vor Sonnenuntergang. Wie wär's, wenn du mich ein wenig an deinem Wissensdrang teilhaben lässt? Erklär mir doch mal, warum die einen Uluru und die anderen Ayers Rock sagen. Und was ist mit den Olgas?«
Nora lehnte sich zurück und begann zu erzählen.
»Seit Jahrtausenden ist der Ayers Rock für die Ureinwohner Australiens ein zentrales Heiligtum, eine heilige Kultstätte, die man ihnen nach der Besiedlung durch die Weißen einfach weggenommen hatte. Dieser Berg war für die Aborigines ein lebenserhaltender Ort inmitten der Wüste. Hier gab es Schatten und Wasser. Auf seinem Land und in der Umgebung laufen auch viele der Songlines zusammen.«
Martin sah sie stirnrunzelnd an. »Songlines? Was ist das?«
»Die Aborigines gehören schon seit Urzeiten zu den Jägern und Sammlern und leben in Stammesgemeinschaften. Diesen

Stämmen standen bestimmte Territorien zur Verfügung. Nun konnten sie innerhalb dieser Gemeinschaften ja nicht lesen oder schreiben, also nutzten sie ihre Kunst als Mitteilungsform: Felsmalereien gaben zum Beispiel wichtiges Wissen über die Umgebung oder die sozialen Beziehungen zu anderen Stämmen weiter. Um aber Territorien abzugrenzen, benutzten sie ihre Gesänge.«

Nora machte eine kleine Pause, in der Martin sie überrascht ansah.

»Gesänge? Wie funktionierte denn das?«

»In den ›Songs‹ beschrieben sie ihr eigenes Stammesgebiet ganz genau – Merkmale wie Gesteinsformationen oder Flussläufe oder Ähnliches. Daraus waren dann für alle anderen die ›Lines‹, die Grenzen, erkennbar. So eine mündliche Art von Kartographie, die auch geändert wurde, wenn sich die Stammesbeziehungen verschoben.

Aber zurück zum Uluru. Der Stamm der Anangu, wie sich die dort ansässigen Aborigines selbst nennen, hatte schreckliche Zeiten durchstehen müssen, als die weißen Siedler kamen. Das Land der Ureinwohner wurde von den Schafen und Rindern der Siedler, die es einfach in Besitz genommen hatten, förmlich überschwemmt. Die Tiere richteten fürchterliche Schäden durch Überweidung an, und das Land konnte sich nicht mehr erholen. Hinzu kamen schwere Dürrekatastrophen, die außerdem noch dazu beitrugen, dass die Nahrungsgrundlagen der Anangu zerstört wurden. Sie wurden also praktisch dazu gezwungen, Missionsstationen oder von der Regierung errichtete Siedlungen aufzusuchen. Trotzdem gelang es ihnen, ihre Kultur lebendig zu halten. Traditionen und Fertigkeiten wurden weitergegeben und so die starke Bindung an das Land aufrechterhalten. Als es zur Landrechtsbewegung kam, wurde das Land 1985 zwar offiziell an die Anangu zurückgegeben, aber gleichzeitig zum Nationalpark erklärt, der wegen seiner großen kulturellen und ökologischen Bedeutung auch in der UNESCO-Liste als ›Erbe der Menschheit‹ geführt wird.«

Sie machte eine Pause, um etwas zu trinken. Martin warf ihr einen belustigten Seitenblick zu. »Ich wusste doch, dass ich es mir schenken kann, ein Buch über Australien zu lesen, wo ich dich dabeihabe.«

Sie zog wieder eine Grimasse. »Soll ich lieber meinen Mund halten?«

Er schüttelte den Kopf. »Nein, das war nur ein Scherz. Mach weiter, es hört sich interessant an.«

»Jedenfalls hat der so genannte Ayers Rock bei den Aborigines schon immer Uluru geheißen. Manche sagen, das bedeutet ›schattiger Platz‹, und tatsächlich stellt dieser Berg in der weiten Ebene ja auch den einzigen Platz dar, der auf natürliche Weise Schatten spendet. Andere behaupten, der Name beschreibe den ›Fels der vielen Farben‹, und wieder andere meinen, Uluru sei einfach der Name der Wasserstelle am Berg. Wenn du mich fragst, ich finde alle drei Erklärungen interessant. Die ›Olgas‹ waren seit je Kata Tjuta, was ›viele Köpfe‹ bedeutet, und irgendwie sehen sie ja auch so aus wie riesige Köpfe.« Nora schaute aus dem Fenster. »Ich kann gar nicht fassen, das Ganze jetzt bald in Wirklichkeit zu erleben, aber das verstehst du wahrscheinlich nicht, oder?«

»Doch, auch wenn du mir das nicht abnimmst. Ich meinte das vorhin ernst, dass du mich mitreißt mit deiner Faszination. Und sonst? Gibt es noch etwas Wichtiges, das ich wissen sollte?«

Nora zögerte einen Moment, dann sagte sie bestimmt: »Ja, es gibt noch etwas sehr Wichtiges.«

Martin sah sie gespannt an. »Ja?«

»Wir werden den Uluru auf gar keinen Fall besteigen. Und komm mir nicht mit den Fotoperspektiven. Für kaum etwas schäme ich mich mehr als für all die Touristen, denen die Empfindungen der Aborigines für ihren heiligen Berg egal sind, und die meinen, da unbedingt raufklettern zu müssen. Die Anangu selbst würden wohl kaum einen Fuß darauf setzen.« Nora lächelte grimmig und fügte hinzu: »Ich stelle mir gerade vor, wie dieselben Leute im Kölner Dom oder in den Pariser Kirchen Notre-Dame und Sacré Cœur schauen würden, wenn dort ein Tourist auf den Altar klettern würde, um die Mosaikfenster besser fotografieren zu können.«

Martin musste nun lachen. »Okay, sehen wir uns den Uluru also von unten an. Ich finde deine Erklärung absolut einleuchtend.«

Sie nickte. »Es soll da ein sehr schöner Pfad sein, der um den Berg herumführt. Von da aus gibt es bestimmt auch gute Perspektiven für uns. Außerdem wollen wir ja den Berg betrachten und nicht die Ebene drum herum, durch die sind wir schließlich hergefahren.«

Eine Weile schwiegen sie und hingen beide ihren Gedanken nach. Martin dachte über Noras Bemerkung nach. Sicherlich war er nicht das, was man im allgemeinen als Kulturbanausen bezeichnete, und doch musste er sich eingestehen, dass für ihn immer das Foto zählte, das fertige Produkt, nicht der Weg dahin. Bei Nora schien es eher umgekehrt zu sein. Für sie war es wichtig, zu erkennen, warum etwas so war und nicht anders. Wie man etwas begründete. Unvermittelt unterbrach er die Stille.

»Sag mal, warum warst du eben eigentlich so persönlich betroffen?«

Sie warf ihm schnell einen prüfenden Blick zu. »Ach Martin, ich hoffe, du weißt, dass mein Unmut nicht auf dich gerichtet war. Du hast wahrscheinlich keine Ahnung, wie Recht du vorhin hattest, als du meintest, du könntest meine zwiespältigen Gefühle hier so gut erkennen, wenn du mich bei der Arbeit beobachtest. Noch nie hat mich ein Land so fasziniert wie dieses hier, aber je mehr ich gelesen und erfahren habe, umso weniger scheine ich zu verstehen. Ich habe mich zuerst mit den Aborigines befasst, dann mit der Geschichte um die Besiedlung Australiens und dann mit der Wechselwirkung, die beides aufeinander hatte und offensichtlich heute noch hat.« Sie legte den Kopf in den Nacken und seufzte. »Weißt du, als ich schon einiges über Australien gelesen hatte und dann die Eröffnungsfeier der Olympischen Spiele 2000 in Sydney verfolgte – Kathy Freeman, eine junge Aborigine, entzündete das olympische Feuer –, da war ich einfach hingerissen und tief beeindruckt. Mittlerweile habe ich aber noch mehr gelesen, gesehen und erfahren, und ich frage mich, ob es nicht noch ein weiter Weg bis zur endgültigen Versöhnung zwischen Schwarz und Weiß in diesem Land ist. Womöglich sollte die Olympiade auch nur als Riesen-Medien-Event aller Welt die multikulturelle und weltoffene Gesellschaft Australiens vorführen …

Warum nur fällt es diesen wunderbaren, aufgeschlossenen und gastfreundlichen Australiern so schwer, diesen dunklen Punkt in der Vergangenheit ihres Landes zu akzeptieren, einzusehen, was alles falsch gelaufen ist, und mehr für eine Annäherung zwischen den Kulturen zu tun?«

Nora sah Martin fragend an, der jedoch bedauernd mit den Schultern zuckte. In seinem ganzen bisherigen Leben hatte er noch nie über diesen Punkt nachgedacht. Etwas ratlos hörte er Nora jetzt zu, die den scheinbar endlosen Stuart Highway vor sich betrachtete.

»Mich ärgert obendrein dieser pseudokulturelle Boom, weißt du? Aber die gleiche Art der Oberflächlichkeit gibt es ja auch in den meisten anderen Ländern, ich nehme uns da gar nicht aus. Die angebotenen Pauschaltrips, die dann auch stets ein bisschen ›Aborigines-Kultur‹ beinhalten. Häufig ist es bloß der Blick auf für Touristen tanzende Ureinwohner. Die Arroganz der Besucher, die dahintersteckt, stößt mich ab. Oft finden sich hier doch nur gelangweilte Japaner, Europäer oder Amerikaner ein, die glauben, mit einer Reise zu den Aborigines ihren ganz persönlichen spirituellen Kick ausleben zu können. Leider reicht ihr offen bekundetes Interesse für diese uralte Kultur aber meist nicht im Entferntesten für den Respekt aus, auf die Besteigung des heiligen Bergs zu verzichten.«

Martin war verblüfft. So verbittert hatte er Nora bisher noch nicht erlebt.

»He, Nora, was ist denn los? Meinst du nicht, dass du jetzt auch ein wenig arrogant bist, indem du dich über diese Leute stellst?«

Sie fuhr sich über die Stirn. »Vielleicht. Aber ich finde, man sollte sich in einem fremden Land anpassen. Es sollte jedem wichtig sein, einen guten Eindruck in dem Land zu hinterlassen, in dem man nur Gast ist.«

Nora legte Martin eine Hand auf den Arm und schüttelte nun leicht den Kopf. »Tut mir Leid, Martin. Ich weiß auch nicht, was gerade mit mir los ist. Manchmal habe ich das Gefühl, dass mich die Eindrücke hier überrollen. Aber mal ehrlich, sind dir auf unserer Reise hier viele Aborigines aufgefallen, die einen ganz normalen Platz in der australischen Gesellschaft einnehmen? Beim Bäcker, in der Bank, als Handwerker, in der Kirche oder so? Nein! Als Außenstehende empfinde ich es so, als gehörten sie einfach nicht dazu. Auch wenn die Weißen behaupten, dass die Ureinwohner nur nehmen und nicht geben, dass sie jammern, aber nichts dazu beitragen, dass es besser werden kann – es bleibt doch eine Tatsache, dass den Aborigines zuerst das Land und durch die moderne Zivilisation auch weitgehend ihre Kultur, ihr seelischer Friede genommen wurde, sei es durch Krankheiten, gegen die ihr Immunsystem keine Chance hatte, oder durch Unterdrückung und Verfolgung oder Alkohol und Drogen. Und nun gibt es endlich kleinere Gruppen der Aborigines, die sich wieder auf ihre kulturellen Wurzeln und ihre Kunst besinnen, und sofort müssen sie sich vor windigen Managern in Acht neh-

men, die diese Entwicklung gleich versuchen für ihre Zwecke auszuschlachten.« Nora schüttelte erneut den Kopf. »Entschuldige, Martin. Ich bin heute wohl ziemlich anstrengend, was? Wie wär's mit einer Pause? Vielleicht sollten wir uns mal ein bisschen die Beine vertreten, was meinst du?«
Er zog die Augenbrauen hoch und betrachtete die trockene Ebene. »Hier?«
Nora nickte. »Warum denn nicht? Zu den Bus-Parkplätzen kommen wir noch früh genug.«
Martin lenkte den Wagen von der geteerten Fahrbahn des Highways und hielt an. Ohne zu zögern stieg Nora aus und legte die Arme auf das Autodach, um wieder einmal ungläubig das Ausmaß dieser flachen Weite in sich aufzunehmen. Die rote Erde wurde hier zum Teil durch unzählige Spinifexgrasbüschel und niedrige Büsche verdeckt, in einiger Entfernung von der Straße standen auch wieder die vertrauten Mulga-Akazien, und vereinzelt konnte Nora kleinere Eukalyptusbäume erkennen, so genannte Geistereukalypten, deren schneeweiße Rinde die Bäume vor der sengenden Sonne schützte. Martin hatte sich routinemäßig eine Kamera gegriffen und machte einige Schritte vom Wagen weg, der auf dem staubigen roten Seitenstreifen stand. Nora ging in die Hocke und ließ sich den roten Sand durch die Finger rieseln. Als sie sich wieder aufrichtete, sah sie, dass Martin zwischen den Büschen umherging und dann und wann prüfend durch seine Kamera schaute, offenbar auf der Suche nach einem lohnenden Motiv. Während Nora sich langsam einmal um die eigene Achse drehte, um diesen Rundblick bewusst wahrzunehmen, hörte sie von Martin plötzlich einen unterdrückten Schrei. Schnell bewegte sie sich in seine Richtung.
»Was ist denn los?«
Er kratzte sich verlegen am Kopf. »Ach, ich hab nur den da gesehen.«
Er deutete auf eine merkwürdig stachlig ausschauende Eidechse,

die sich seltsam ruckend davonmachte, während er noch ein paar Fotos schoss.
Nora lachte erleichtert und betrachtete das farblich perfekt an seine Umwelt angepasste Tier, von dessen Körper gebogene Stacheln, die in der Form Rosendornen ähnelten, in Rotbraun, Goldgelb und Hellbeige abstanden.
»Na, der ist jedenfalls harmlos. Ich glaube, diese Eidechsenart heißt Dornteufel.«
Martin schnaubte verächtlich. »Wie ein Ausbund an Freundlichkeit sieht das Vieh aber nicht aus. Komm, lass uns zum Wagen gehen, sonst holt er noch seine Mutter.«
Lachend kehrten sie zum Auto zurück. Als Nora jedoch das Heck umrundet hatte, um auf ihrer Seite einzusteigen, blieb sie plötzlich wie angewurzelt stehen. Martin, der seine Tür bereits geöffnet hatte, sah zu ihr hin. »He, was ist los?«
Nora rührte sich nicht. Sie war aber leichenblass geworden. Ihre Augen waren starr auf etwas am Boden gerichtet.
Martin beobachtete sie abwartend.
»Hahaha. Du willst mich doch jetzt auf den Arm nehmen, oder?«
Auf Noras Stirn hatten sich Schweißperlen gebildet, und sie zeigte immer noch keine Regung. Martin wurde nun doch unruhig und ging ebenfalls vorsichtig um den Wagen herum. Gleich darauf stockte ihm der Atem. Vor Nora bewegte sich wellenförmig eine Schlange auf dem Boden und hatte sich drohend aufgerichtet. Martin war sofort stehen geblieben.
»Nicht bewegen, Nora!«
Offenbar einer plötzlichen Eingebung folgend, schlängelte sich das Tier endlich über den Highway und den roten Sand des Seitenstreifens hinweg auf das Spinifexgras und die freie Ebene zu. Nora wischte sich mit einer Hand die Stirn und musste einen Moment die Augen schließen. Martin war hinter sie getreten und nahm ihren Arm.
»Komm, steig jetzt bloß ein. Ich finde, das reicht für heute.«

Schnell ging er um den Wagen herum und warf sich ebenfalls auf seinen Sitz. Er griff nach der Wasserflasche und reichte sie ihr. Nachdem sie einen Schluck getrunken hatte, kehrte etwas Farbe in ihr Gesicht zurück. Auch er nahm einen Schluck und sagte dann grinsend: »Danke für deine Idee, hier eine Pause einzulegen. Ich habe mich schon lange nicht mehr so lebendig gefühlt.«
Beide lachten erleichtert, und Martin lenkte den Wagen wieder auf den Highway.

Als sie schließlich nach geraumer Zeit vom Highway abbogen, und sich dem extra außerhalb des Nationalparks angelegten Touristenresort Yulara näherten, spürte Nora schon wieder gespannte Erwartung.
Sie hatten vor, sich in Yulara Zimmer für zwei Nächte zu suchen und dann noch die etwa zwanzig Kilometer zum Uluru zu fahren, um vielleicht schon einen der spektakulären Sonnenuntergänge zu erleben. Nora wurde zunehmend nervöser, als es erst im dritten Anlauf klappte, eine Unterkunft zu finden. Selbst außerhalb der Saison schienen der Ayers Rock und die Olgas Publikumsmagneten zu sein, was ihre Hoffnungen auf eine ruhige Annäherung an dieses Stück Zeitgeschichte schwinden ließ.
Eilig legten sie in den Hotelzimmern ihr Gepäck ab, machten sich frisch und trafen sich wieder vor dem Hotel, um zu ihrer ersten Begegnung mit dem mehrere hundert Millionen Jahre alten Monolithen aufzubrechen. Auf der Fahrt schwiegen sie beide, jeder von ihnen schien in Gedanken versunken. Noras Stimmung war verhalten bis skeptisch. Sie hatte den Uluru – der für sie der Inbegriff der australischen Ureinwohnerkultur war – schon so oft und eingehend auf Fotos betrachtet, dass sie nun die Sorge befiel, dass er in Wirklichkeit ihren Ansprüchen nicht mehr gerecht werden konnte.
Doch dann, als sie sich in der Abendstimmung diesem Berg nä-

herten, der sich einfach majestätisch aus der ihn umgebenden, scheinbar unendlichen Ebene erhob, zog er sie sofort in seinen Bann. Nora vermochte den Blick nicht mehr abzuwenden. Auch wenn die Dämmerung noch nicht eingesetzt hatte, konnte man doch bereits das Abendlicht wahrnehmen, das die Umgebung schon in einen goldenen Schimmer tauchte.

Nachdem sie den Parkeingang passiert und den Eintrittspreis bezahlt hatten, lenkte Martin den Wagen auf einen der Parkplätze am Fuße des Uluru. Gemeinsam machten sie sich auf den Weg, der um den Berg herumführte. Sie schwiegen beide, und Nora sah sich um und staunte. Sie konnte es irgendwie nicht fassen, dass sie wirklich hier war. Ihnen war klar, dass sie die gesamte Strecke des Pfades heute nicht schaffen würden. Ohne darüber gesprochen zu haben, verspürten jedoch beide den Wunsch, sich durch das Herumgehen und Schauen davon zu überzeugen, dass sie sich tatsächlich hier befanden, an einer Stelle, praktisch in der Mitte des australischen Kontinents, vor diesem Monolithen, den es schon vor etwa fünfhundert Millionen Jahren gegeben hatte. Nora flößte diese Tatsache so etwas wie Ehrfurcht ein. Ähnlich empfand sie auch immer, wenn sie den Sternenhimmel betrachtete. Man war als Mensch so klein und unbedeutend vor den zeitlichen Urgewalten solcher Naturdenkmäler. Und doch glaubten so viele, sie hätten diesen Berg »bezwungen«, wenn sie an der Kette einmal hinauf- und wieder hinuntergeklettert waren und unten johlend von ihren Reisebus-Gefährten in Empfang genommen wurden.

Nora schob den Unmut, der schon wieder in ihr aufstieg, beiseite. Sie wollte sich diesen Augenblick ihres Lebens hier nicht verderben lassen, sie wollte nur die Atmosphäre, die diesen Ort umgab, in sich aufnehmen, um sich später immer daran erinnern zu können. Sie registrierte jede Einzelheit, war erstaunt, dass der Uluru, wenn man ihn aus der Nähe betrachtete, viel mehr Narben und Ausbuchtungen hatte, als man es von Bildern her kannte. Sie dachte plötzlich an das Kalenderbild, das zu Hause an der Wand hing, und wieder versuchte sie sich klar zu machen, dass sie nun in Wirklichkeit am selben Ort war. Verblüfft stellte sie fest, dass sich auch auf seinen felsigen Ausläufern Grasflächen befanden, ja sogar kleine Büsche oder Bäume wuchsen. Immer wieder blieben sie stehen, um den Monolithen erneut aus einem anderen Blickwinkel zu betrachten. Schließlich zupfte Martin sie am Ärmel.

»Nora? Lass uns zum Wagen zurückgehen und zu einem der markierten Aussichtspunkte fahren. Ich hoffe auf ein paar gute Fotos.«

Sie nickte und gemeinsam gingen sie zum Parkplatz zurück, um sich einen guten Standort für den Sonnenuntergang zu suchen, wie hunderte der anderen Besucher auch.

Nachdem sie sich entschieden hatten, wo sie auf dieses Ereignis warten wollten, half Nora Martin dabei, die Ausrüstung zu tragen. Sie war froh, sich ein wenig damit ablenken zu können, denn sie verspürte eine solche Aufregung, dass sie sich fast dafür schämte. Die vielen Leute um sie herum ließen das Ganze jedoch weniger ruhig und ehrfürchtig werden, als sie es nach den ersten Schritten am Fuße des Berges erwartet hatte. Dennoch konnten sie nun bei klarem Himmel dieses einzigartige Naturschauspiel in all seinen ungewöhnlichen Farbschattierungen beobachten. Die Sonne ließ den zuvor noch in Goldtönen liegenden Uluru mittlerweile in den von Fotokalendern so bekannten brandroten Farben leuchten, was ihm vor dem in bleigrauen bis blauen Tönen liegenden Himmel eine nahezu unwirkliche Ausstrahlung verlieh.

Neben Nora betrachtete Martin den scheinbar glühenden, imposanten Berg durch seine Objektive ernst und konzentriert. Das Surren seiner Fotokamera verriet ihr, dass er bei der Arbeit war. Als der Berg sich schließlich immer weiter verdunkelte und in einem tiefen Violett mit dem Abendhimmel verschmolz, wurde es Zeit, an die Heimfahrt zu denken. Ruhig machten sie sich daran, zusammenzupacken und die Ausrüstung im Wagen zu verstauen. Martin setzte sich hinter das Steuer; er spürte, dass Nora lieber jeden noch möglichen Blick dem Uluru schenken würde, als auf die Straße zu achten. Außerdem gefiel es ihm, sie in ihren Empfindungen zu beobachten. Manchmal hatte er bereits das Gefühl, in ihr lesen zu können wie in dem sprichwörtlich offenen Buch. Er mochte ihre Art, diesen Kontinent zu entdecken, und ließ sich nur zu gerne von ihrer Begeisterung anstecken, die diese Reise auch für ihn um vieles interessanter machte als vorangegangene Fotoreportagen. Nach einer Weile des Schweigens sah er sie von der Seite an. In der fast vollständigen Dunkelheit konnte er ihr Gesicht nicht mehr klar erkennen.

»Na, hat er gehalten, was er dir versprochen hat, Nora?«

Sie lehnte den Kopf gegen die Nackenstütze und schien zu überlegen.

»Ja, ich meine doch. Und ich bin so dankbar, dass wir gleich bei unserem ersten Besuch das Glück hatten, diesen Sonnenuntergang sehen zu dürfen.« Sie seufzte zufrieden, bevor sie Martin musterte.

»Und du? Was hast du gedacht, als wir dort ankamen? War es für dich auch noch etwas Besonderes?«

Martin konnte sich ein belustigtes Lächeln nicht verkneifen.

»Kann es sein, Nora, dass du mich in den Tiefen deiner Seele für einen abgebrühten Kulturbanausen hältst?«

Sie lachte ein wenig in sich hinein.

»Entschuldige, Martin. Aber vielleicht vermag ich mir einfach nicht vorzustellen, dass man noch das Besondere, das Einzigartige an solchen Orten wahrnehmen kann, wenn man heute den Uluru, in drei Wochen die Chinesische Mauer und vielleicht in sechs Wochen Tibet fotografiert.«

»Doch, Nora. Ich gebe zu, dass ich mich manchmal bemühen muss, nicht abzustumpfen, all diese ständig wechselnden Ein-

drücke als selbstverständlich hinzunehmen. Aber heute, das war schon etwas Besonderes.« Er kratzte sich nachdenklich am Ohr und grinste sie plötzlich wieder unvermittelt an.
»Und wenn ich in der nächsten Stunde vielleicht auch noch etwas zu essen bekomme, wird mir dieser Tag in unvergleichlich guter Erinnerung bleiben.«
»Also doch ein Kulturbanause!«
Als sie später gemeinsam im Hotel ein vorzügliches Abendessen und einen guten australischen Rotwein genossen, verspürte Nora eine tiefe Zufriedenheit. Sie beschlossen, den morgigen Tag noch einmal am Uluru zu verbringen, die etwa vierstündige Wanderung um den Berg herum zu machen und anschließend eine Pause im Besucherzentrum einzulegen, um dort hoffentlich Interessantes von den Aborigines über ihren heiligen Berg oder die Traumzeit zu erfahren. Einem weiteren Abend in diesem Hotel sahen sie nach dem heutigen Essen bereits mit Vorfreude entgegen. Für den darauf folgenden Tag planten sie die Olgas ein, bevor sie dann wieder nach Alice Springs zurückkehren wollten.

Die vielen neuen Eindrücke hielten Nora später zunächst davon ab, gleich einzuschlafen. Auch musste sie in der Stille ihres Zimmers wieder an die kleine Joanna denken und durchlebte in der Erinnerung noch einmal die schrecklichen Momente, in denen Tom dem kleinen Jungen nicht mehr hatte helfen können. Einen Augenblick lang tauchte in diesem Zusammenhang auch die Schlange vom Stuart Highway in ihren Gedanken auf und ließ Nora schaudern; sie verdrängte allerdings die Frage, ob sie zu den giftigen gehört hatte oder nicht. Sehnsüchtig dachte sie an ihre Familie, denn obwohl sie regelmäßig mit ihrem Mann und den Kindern telefonierte, fehlten sie ihr. Noch nie zuvor war sie für mehrere Wochen von ihnen getrennt gewesen, und auch wenn sie die für diese Reise neu gewonnene Unabhängigkeit genoss, wünschte sie sich manchmal, die weichen Kinderarme

wieder um ihren Hals zu spüren oder den endlosen Erzählungen ihrer lebhaften Kinder zuzuhören.
Seufzend drehte Nora sich in ihrem Bett von der einen auf die andere Seite. Da sie in der letzten Nacht kaum Schlaf gefunden hatte, überkam sie nach einer Weile endlich die ersehnte Müdigkeit, die sie allerdings in unruhige Träume fallen ließ. Als sie morgens erwachte, war sie zunächst verwirrt, da ihr alles so echt erschienen war. Sie erinnerte sich daran, im Traum vor etwas weggelaufen zu sein. Ständig hatte sie sich angsterfüllt umgesehen, und einige Male war Toms ernstes Gesicht vor ihr aufgetaucht, das den gleichen fassungslosen Ausdruck hatte wie bei dem Tod des kleinen Dennis.
Nora schüttelte schließlich den Kopf, erlaubte sich noch ein ausgiebiges Recken und rieb sich langsam die Augen, bevor ihr Blick zum Fenster wanderte, um sich mit dem Wetter für den bevorstehenden Tag zu beschäftigen. Als sie den blauen Himmel mit ein paar weißen Wölkchen entdeckte, schwang sie die Beine aus dem Bett. Nach einer Dusche und in frischer Kleidung wollte sie Martin zum Frühstück abholen, der ihr jedoch schon auf dem Gang entgegenkam, als sie ihr Zimmer gerade verlassen hatte.
»Na, gut geschlafen?«
Sie strahlte ihn gut gelaunt an.
»Ja, du auch? Jetzt habe ich aber Hunger.«

Nora und Martin entschlossen sich dazu, doch erst zu dem neuen Kulturzentrum im Park zu gehen, das sich seit 1995 darum bemüht, den Besuchern ein umfassendes Bild des Uluru und seiner Menschen zu vermitteln. Als sie erfuhren, dass hier die Ureinwohner mit einem Unternehmen namens Anangu Tours eigene Führungen anboten, entschieden sie sich sofort dafür. Wer, wenn nicht die Anangu selbst, könnte ihnen alles Wissenswerte zum Felsen, den Wasserstellen und zugänglichen Höhlen erzählen?
Der wenig später ihrer kleinen Gruppe zugeteilte Guide machte

den Besuchern auch noch einmal deutlich, dass die Aborigines nicht das Land besäßen, sondern umgekehrt das Land sie. Den Teilnehmern der Gruppe wurde während der Wanderung klar, dass die Kultur der Aborigines ohne dieses Land nicht hätte überleben können. All ihre Tänze, Traditionen, Riten und Erzählungen aus der Traumzeit waren seit ewigen Zeiten unauslöschlich an bestimmte Plätze oder heilige Kultstätten in dieser Landschaft gebunden. Auf dem Weg vom Besucherzentrum zum Uluru zeigte ihnen der Guide viele Dinge, die ihnen sonst sicher verborgen geblieben wären – Pflanzen und Tiere, auch das so genannte Bushfood, das den Aborigines zum Teil selbst heute noch als Nahrung dient und von dem sie immer noch genau wissen, wo es zu finden ist. Er berichtete ihnen, dass sie weiterhin die Honigameise jagten, dass sie inzwischen zwar das Känguru mit dem Gewehr erlegten, es aber immer noch so zubereitet werde, wie es die Tradition überlieferte, nämlich dass es mit seiner Haut im Erdofen gebacken werde. Einige Stätten um den Uluru gälten auch heute als unberührbar und dürften nicht betreten oder besichtigt werden. Nora und Martin gefiel es, dass das Unternehmen Anangu Tours es sich zum Ziel gesetzt hatte, den Tourismus mit dem Erhalt der Kultur der Aborigines zu verbinden. Beide hofften sehr auf einen bleibenden Erfolg dieses Projekts.

Auch der nächste Tag an den Kata Tjuta schien viel versprechend zu werden. »Viele Köpfe« nannten die Ureinwohner die steil aufragenden Felsbuckel der Olgas, die sich etwa dreißig Kilometer westlich vom Uluru zusammendrängten. Schmunzelnd erzählte Nora Martin, dass ihr Entdecker, Ernest Giles, sich weniger fantasievoll gezeigt hatte, als er mit seiner Namensgebung Königin Olga, die Frau von Karl I. von Württemberg, ehrte.
Martin lachte. »Ja, da hast du Recht. Ich glaube, mir gefallen die Kata Tjuta auch besser.« Er legte nun den Kopf in den Nacken

und beschirmte seine Augen mit einer Hand, um ungehindert nach oben sehen zu können. Schließlich deutete er auf den größten Felsen. »O Mann, der sieht ja ganz schön hoch aus. Das fällt von weitem gar nicht so auf. Wahrscheinlich, weil hier so viele davon herumstehen.«
Nora folgte seinem Blick und nickte.
»Stimmt. Ich habe gestern Abend noch einmal in meinem Reiseführer gelesen. Der da müsste demnach der höchste sein. Er heißt Mt. Olga und soll fünfhundertsechsundvierzig Meter hoch sein.«
Martin und Nora folgten von den Parkplätzen am Rande der Olgas den Wanderwegen, die sie durch das Labyrinth dieser Felsbuckel führten. Nora freute sich gleich zu Beginn ihrer Tour über den blühenden wilden Hopfen. Sie ließen nichts aus, waren am Felsspalt der Mount Olga Gorge, im Valley of the Winds und im Inneren des Massivs am Aussichtspunkt Kata Tjuta Lookout. Wie schon im Kakadu National Park und am Uluru nahm Nora auch hier die Atmosphäre der Aborigines-Kultur gefangen. An bestimmten Orten meinte sie förmlich, den Hauch der Zeit zu spüren. Als sie völlig in Gedanken versunken den Wind auf ihrem Gesicht genoss, kam Martin zu ihr.
»Na, kannst du schon sagen, was dir besser gefällt, der Uluru oder die Kata Tjuta?«
Nora sah sich um. Der Nachmittag war angebrochen und legte wieder den typischen Goldschimmer, den sie so liebte, über die Felsen. Nur noch ein bis zwei Stunden, und alles würde in ein Rotgold und später in ein Brandrot übergehen. Nora seufzte zufrieden. Auch wenn sie es tausendmal beobachten dürfte, war sie sich sicher, dass ihr dieses Farbenspiel niemals langweilig werden würde.
»Ich kann einfach nicht sagen, was ich schöner finde. Beide Orte haben ihren völlig eigenen Zauber.« Sie setzte sich zu Martin, der sich auf einem kleinen Felsen niedergelassen hatte, froh da-

rüber, dass er noch nicht zum Aufbruch drängte. »Weißt du, auch wenn es vielleicht mal wieder übertrieben klingt, aber ich habe hier das Gefühl, ein wenig in die Zeit und in die Geschichte einzutauchen. Beide Orte sind für die Aborigines verwoben mit Ereignissen und Legenden aus ihrer Schöpfungsgeschichte.«
Nora strich sich eine Locke aus der Stirn und bemerkte, dass Martin noch Interesse zeigte. Also fuhr sie fort: »Auch die Felskuppen der Olgas haben solche Geschichten zu erzählen. Zwei der Berge sind beispielsweise ›pungalungas‹, menschenfressende Riesen, die von den Ureinwohnern nach langen Kämpfen besiegt werden konnten und dann versteinerten.«
Nora stellte ihren Rucksack ab und streckte die Beine von sich. »Der höchste Berg ist zugleich das Zuhause einer mythischen Schlange mit langen Zähnen, Mähne und Bart. Ihr Atem bildet den Wind zwischen den Bergen. Ich habe so viel gelesen und anhand von Bildern kennen gelernt, dass es für mich ein einzigartiges Gefühl ist, jetzt tatsächlich hier zu sein und alles in Wirklichkeit anschauen zu dürfen.«
Martin stupste sie mit einer Schulter an. »Das hast du dir aber auch verdient, Nora.« Ein freches Grinsen zeigte sich plötzlich auf seinem Gesicht. »Und ganz ehrlich, du wärst ein echter Gewinn für den australischen Fremdenverkehrsverein.«
Sie zog eine Grimasse.
»Hahaha! Kulturbanause. Mach dich nur lustig.«
Martin lachte und reichte ihr versöhnlich eine Wasserflasche. »Hier, trink noch etwas.« Er sah auf seine Armbanduhr. »Wir müssen jetzt aufbrechen. Schließlich haben wir noch eine ganz schöne Strecke vor uns. Und dieses Mal vertreten wir uns nicht wieder die Beine – mitten im Nichts.«
Sie lachte in der Erinnerung an die stachlige Eidechse und die Schlange.
»Einverstanden.«

Als sie mit der Fotoausrüstung und ihren Reisetaschen das Hotel verlassen wollten, wurden sie von einer Mitarbeiterin an der Rezeption vor einem aufkommenden Sandsturm gewarnt. Martin bedankte sich freundlich, und sie gingen zum Wagen. Nora warf ihre Reisetasche auf den Rücksitz und sah zu, wie Martin vorsichtig seine Kameras verstaute.
»Was hältst du von dieser Warnung?«
Martin betrachtete den Horizont in alle Richtungen.
»Also ich finde das ja sehr aufmerksam, aber sieh dich doch mal um, es ist kaum eine Wolke am Himmel, und sehr windig ist es auch nicht. Ich denke, wenn wir zügig fahren, schaffen wir es glatt.«
Nora zögerte kurz, dann nickte sie. »Gut, wenn du meinst. Ich übernehme die erste Strecke.«
Als nach etwa zweihundert Kilometern keine Schwierigkeiten aufgetreten waren, hatte Nora ihre anfänglichen Bedenken schon fast vergessen. Martin saß inzwischen am Steuer, und sie beschäftigte sich mit ihrem Notizbuch. In Gedanken versunken, blätterte sie ihre Aufzeichnungen durch, erfreut darüber, wie viele unterschiedliche Facetten ihre Reportage würde abdecken können. Nach einer Weile fiel ihr auf, dass Martin schon seit längerer Zeit ruhig war. Als sie aufsah, erschrak sie. Der Himmel hatte sich völlig zugezogen, und ein heftiger Wind trieb roten Sand in Schwaden über den Highway. Martin fuhr konzentriert und ziemlich schnell. Nora runzelte die Stirn.
»Sag mir jetzt nicht, dass wir doch in diesen Sturm geraten. Bloß nicht!«
»Tja, ich versuche ja schon alles, damit er uns nicht einholt, Nora, aber, es sieht nicht wirklich toll aus.«
Nora schwieg. Im Grunde hatte sie keine Ahnung, was ein Sandsturm war oder ob eine echte Gefahr von ihm ausging. Doch das Gefühl, nicht zu wissen, was auf sie zukam, verunsicherte sie noch mehr. Der Wind schien sich alles greifen zu wollen, was

ihm zu wenig Widerstand entgegensetzte. Er zerrte niedrige Büsche und Sträucher aus der roten Erde und wirbelte sie mit dem losen Sand durch die Luft, die bereits einen rötlichen Schimmer angenommen hatte. Ängstlich, aber dennoch fasziniert beobachtete Nora das Geschehen und registrierte, dass Martin den Wagen mit beiden Händen am Steuer in der Spur zu halten versuchte, denn die Windböen erfassten mittlerweile auch das Auto mit spürbarer Kraft. Als er schleudernd einem kleinen Baum auswich, der kurz zuvor auf dem Highway gelandet war, klammerte sich Nora unwillkürlich an ihrem Sitz fest.

»Martin, das hat doch so keinen Sinn mehr. Lass uns anhalten und das Ganze abwarten.«

Martin zögerte, fuhr aber schon deutlich langsamer. Noras Blick blieb draußen an einer großen Eidechse hängen, die eilig nach einem Unterschlupf suchte. Martin hatte immer noch nicht angehalten.

»Wenn ich nur wüsste, was klüger ist. Womöglich hängen wir hinterher hier fest, mitten im Nirgendwo, und was dann? Ja, was dann?«

Nora zuckte mit den Schultern. »Diese Frage stellen wir uns erst, wenn es so weit ist.« Sie deutete nach vorn. »Sieh dir das doch mal an. Du kannst gleich sowieso nur noch nach Gehör fahren. Meine Güte! So etwas hab ich noch nie erlebt. Ein Sturm ohne Regen oder Schnee, nur aus Wind und Sand – und man sieht kaum noch die Hand vor Augen.«

Sie hustete. Obwohl Martin die Klimaanlage auf Umluftbetrieb gestellt hatte, begann der Sand und Staub bereits durch feinste Ritzen in das Wageninnere zu dringen. Martin war an den linken Fahrbahnrand gefahren und hatte angehalten. Er schien ärgerlich auf sich selbst zu sein.

»So, nun sitzen wir fest und müssen abwarten.« Als er Noras erschrockenen Gesichtsausdruck wahrnahm, legte er eine Hand auf ihren Arm. »Bleib ruhig. Wir haben gar keine andere Wahl.«

Er sah sich um. »Hast du Baumwolltücher oder T-Shirts in deiner Reisetasche?«
Sie überlegte kurz, bevor sie nickte. Martin hatte sich schon nach hinten gebeugt und die Tasche zu sich herangezogen. Er stellte sie Nora auf den Schoß.
»Los, her damit!«
Er kramte bereits nach einer Wasserflasche, die irgendwo zwischen dem Gepäck auf der Rückbank sein musste. Als er sie gefunden hatte, ließ er sich hustend auf seinem Sitz nieder. Nora kämpfte ebenfalls gegen einen lästigen Hustenreiz. Ihr Hals war trocken, und wenn sie ihren Mund schloss, knirschte es zwischen den Zähnen. Sie reichte ihm ein T-Shirt, das er mit Wasser befeuchtete und ihr zurückgab.
»Hier. Du musst es dir vor die Nase und den Mund halten, dann atmest du nicht so viel Staub ein.«
Sie nahm es und reichte ihm noch ein Shirt aus ihrer Tasche. Während sie sich den kühlen, feuchten Baumwollstoff vor das Gesicht drückte, warf sie einen Blick nach draußen und zuckte erschrocken zusammen, als der Wind ein großes Grasbüschel auf die Windschutzscheibe schleuderte. Außer dem stürmischen Sandgewirbel war nichts mehr zu erkennen. Nora hoffte inständig, dass die Scheiben des Wagens hielten. Der Sturm heulte und rüttelte so an dem Fahrzeug, dass Angst und Beklommenheit in ihr aufstiegen. Martin blickte fassungslos nach draußen und schüttelte den Kopf.
»Es tut mir Leid, Nora. Ich hab uns in diese Situation gebracht. Es tut mir wirklich Leid.«
Er sah völlig zerknirscht aus. Als Nora diese Feststellung machte, musste sie unwillkürlich lächeln. Das Wort »zerknirscht« hatte wahrscheinlich noch niemals eine treffendere Bedeutung gehabt als in diesem Augenblick. Sie zwinkerte ihm über ihrem Baumwolltuch zu.
»Ach, lass es gut sein, Martin. Ich wäre auch gefahren. Das Wet-

ter hat so prächtig ausgesehen. Außerdem können wir mit dieser Geschichte bestimmt einmal Eindruck bei unseren Enkelkindern schinden, meinst du nicht?«
Erleichtert erkannte sie, dass sich die Lachfältchen um seine Augen vertieften. Er schien nicht mehr so niedergeschlagen zu sein. Beide versuchten ruhig durch die feuchten Tücher zu atmen.
Beinahe zwei Stunden vergingen, ohne dass sich der Sturm legte. Die Scheibenwischer und ein guter Teil der Windschutzscheibe waren in einer Schicht roten Sandes verschwunden. Trotz der feuchten Tücher kämpfte Nora gegen das Kratzen im Hals und einen ständig vorhandenen Hustenreiz an. Feiner Sandstaub rieselte bei jeder Bewegung aus ihren Haaren, brannte in ihren Augen und lag auf dem Armaturenbrett und in den Ablagefächern. Gerade als sie meinte, in der geschlossenen Enge des Wagens keine Luft mehr zu bekommen, ließ der Sturm nach. Das Heulen und Rütteln am Auto wurde leiser, und die Sicht klarte auf. Der schwächer gewordene Wind trieb die Wolken davon, und als die letzten Strahlen der Abendsonne durchbrachen, hätte man denken können, es habe sich um einen Spuk gehandelt.
Martin seufzte tief. »Na endlich! Jetzt bin ich aber gespannt, ob wir hier wegkommen.«
Er wollte die Tür öffnen, was ihm offensichtlich Schwierigkeiten bereitete. Erst als er sich mit der Schulter dagegen warf, ließ sie sich einen Spaltbreit aufschieben. Nora beugte sich vor und sah, dass der Wagen etwa bis zur halben Türhöhe in einer Sandverwehung steckte. Martin hatte beide Füße gegen seine Tür gestemmt und drückte sie kräftig fluchend auf.
»Genauso hab ich mir das vorgestellt!«
Beide kämpften sich durch die Öffnung und standen auf dem Highway, der in weiten Teilen mit dem roten Sand aus der ihn umgebenden Ebene bedeckt und kaum noch als Straße zu erkennen war. Nora war froh, sich nach den langen Stunden im Auto endlich einmal strecken und bewegen zu können. Einigermaßen

erschüttert standen sie vor dem Wagen, der aussah, als hätte man ihn in einem überdimensionalen Sandkasten eingegraben. Es würde Stunden dauern, bis sie ihn freibekämen. Martin war einmal um das Fahrzeug herumgegangen und lehnte sich jetzt fassungslos an den Kotflügel.

»Tja, gewöhn dich schon mal an den Gedanken, dass wir heute Nacht hier bleiben müssen, denn bis wir den freigeschaufelt haben, ist es wieder Morgen.«

Nora, der bei diesem Gedanken unbehaglich zumute war, hatte einige Sekunden lang geschwiegen, dann aber doch schnell eingesehen, dass an den Tatsachen im Moment wenig zu ändern war. Also verfiel sie in Geschäftigkeit.

»Na wenn schon, Martin. Immerhin sind wir heil geblieben. Stell dir mal vor, wie es uns gehen würde, wenn die Scheiben nachgegeben hätten.« Sie sah ihn nachdenklich an. »Wasserflaschen sind auch noch im Kofferraum. Wenn ich nur wüsste, womit wir am besten graben könnten.« Plötzlich blickte sie erschrocken auf. »Meinst du, der Motor springt überhaupt an, wenn wir alles freigeschaufelt haben?«

Martin stand zögernd auf. »Ich werfe mal einen Blick unter die Motorhaube. Es sollte mich aber wundern, wenn darunter nicht auch alles sandverkrustet ist.« Mit einigen fahrigen Handbewegungen fegte er den Sand von der Haube, die sich knirschend öffnen ließ. Eine feine Staubschicht bedeckte den gesamten Motorraum. Martin pustete hier und dort und zuckte schließlich mit den Schultern. »Ausprobieren können wir es erst, wenn der Auspuff wieder frei ist. Vielleicht sollten wir da zuerst mit dem Graben beginnen, okay?«

Nora nickte.

Als weitere zwei Stunden später die Dämmerung einsetzte, waren sie wider Erwarten gut vorangekommen. Das Heck des Wagens und die Hinterräder waren fast von Sand befreit. Völlig ver-

schwitzt richtete sich Martin auf und schüttelte die schmerzenden Hände. Auch Nora bog das Kreuz durch und streckte sich. »Meine Hände spüre ich schon kaum noch.«
Er war um den Wagen herumgegangen und ließ sich auf den Fahrersitz fallen. Abwartend blickte er sich nach Nora um. »Was meinst du? Soll ich es mal versuchen?«
Sie sah flehend zum Himmel hinauf, ehe sie ihm zunickte. Noch nie zuvor in ihrem Leben hatte sie sich schmutziger gefühlt. Ihre Augen schienen sich zu entzünden, sie tränten ständig. Ihre Hände waren trocken und rissig vom Graben, und der Sand hatte durch die Bewegungen beim Arbeiten überall die Haut wund gescheuert. Nie hatte sie sich mehr nach einer Dusche oder einem warmen Bad gesehnt. Sie war sich sicher, dass es Martin ähnlich ging. Auch er sah erschöpft aus. In seinen dunklen Locken hingen Sand und Staub, seine Augen waren gerötet, und von seinen Schläfen lief der Schweiß hinunter und tropfte auf das verschwitzte T-Shirt. Gespannt beobachtete Nora, wie er den Zündschlüssel herumdrehte. Der Motor knackte und winselte, ja, er schien sich regelrecht Mühe zu geben, sprang aber nicht an. Martin schlug mit der Hand auf das Lenkrad und ließ sich dann gegen die Rückenlehne seines Sitzes sinken. Wütend blickte er auf.
»So eine grenzenlose Scheiße! Ich hab's doch gewusst!«
Wortlos griff Nora nach einer Wasserflasche und trank daraus. Nachdem sie die Flasche abgesetzt und wieder zugeschraubt hatte, schaute sie sich um. Die Dämmerung senkte sich herab und führte einen kühleren Luftzug mit sich. Zwischen einigen Wolkenfeldern am Himmel blinkten schon ein paar Sterne. Ihr Blick folgte dem Highway erst in der einen, dann in der anderen Richtung. Sie wehrte sich gegen das Gefühl, dass sie die einzigen Menschen auf der Welt waren. Die Situation, in der sie steckten, hatte etwas so ungewohnt Groteskes an sich, dass sie schließlich anfing zu lachen. Martin sah sie ungläu-

big an. Und als Nora seinen Blick registrierte, der sie zu fragen schien, ob sie den Verstand verloren habe, musste sie noch mehr lachen. Als sie japsend zu Atem kam, hielt sie sich an der Tür fest.

»Ach Martin, das Ganze hier entbehrt doch auch nicht einer gewissen Komik, oder? Wir zwei graben stundenlang fleißig wie die Erdferkel, und dann springt die Karre nicht an. Jetzt sitzen wir hier mitten auf einer Straße vom Nichts ins Nirgendwo fest, dreckig, verschwitzt und allein, aber über uns gehen die Sterne auf wie an jedem anderen normalen Tag.«

Er lächelte ihr mühsam zu.

»Und ich dachte schon, ich müsste mir auch noch um dich Sorgen machen. Aber du freust dich über die Sterne. Na, prima!«

Nora lachte immer noch leise, während sie ihm einen Schubs gab.

»He, komm schon. Dein Gemecker bringt uns auch nicht weiter. Was können wir denn im Moment noch tun? Gar nichts. Es ist nämlich gleich dunkel.« Sie drückte ihm die Wasserflasche in die Hand. »Trink etwas, ich sehe mal nach, was wir zu essen dabeihaben.«

Er hörte, wie sie die Heckklappe öffnete und in den Rucksäcken kramte. Als sie sich neben ihm auf den Sitz fallen gelassen hatte, warf sie ihm einen Apfel und einen Müsli-Riegel zu.

»Hier. Dieses Menü kann zwar nicht mit dem von gestern Abend mithalten, aber es ist immerhin besser als nichts.«

Hungrig biss sie in ihren viel zu süßen Riegel und sah kauend nach draußen.

»Weißt du, Martin, vielleicht sind nur die Zündkerzen voller Staub. Wenn es morgen hell ist, kannst du ja mal nachsehen, was meinst du?«

Martin nickte zögernd und biss ebenfalls ab. Er spürte Unzufriedenheit mit sich. Nicht nur, dass er sie in diese Lage manövriert

hatte, er war nun auch noch derjenige gewesen, den Nora hatte aufmuntern müssen. Als er das erkannte, lenkte er ein.
»Du hast Recht, Nora. Morgen früh schaut es bestimmt schon wieder besser aus.« Er sah an sich hinunter. »O Mann, was gäbe ich jetzt für eine Dusche!«
Sie war ernst geworden. »Und ich wünschte, ich hätte den Gang ins Gebüsch schon hinter mir. Keine schöne Vorstellung bei den Schlangen, Skorpionen oder Spinnen, die es hier so gibt.«

Irgendwie war aber auch diese Nacht vorübergegangen. Nora wachte mit schmerzendem Nacken auf und betrachtete die Farben, die die aufgehende Sonne wieder in die Landschaft zauberte. Wenn sie nicht im Wagen aufgewacht wäre, hätte sie sich womöglich fragen müssen, ob sie den Sandsturm nur geträumt hatte. Sie sehnte sich danach, auszusteigen und sich die Beine zu vertreten, wollte jedoch Martin nicht aufwecken. Müde rieb sie sich die tränenden Augen. Martin bewegte sich nun ebenfalls und fuhr sich gähnend durch die Locken. Nora klopfte ihm aufmunternd aufs Knie.
»Na, komm erst mal zu dir! Wenn ich jetzt nicht aufstehen kann, breche ich in der Mitte durch.«
Sie hatte die Wagentür geöffnet und schwang die Beine nach draußen. Langsam schlenderte sie umher und ließ den Blick in alle Richtungen schweifen. Plötzlich stutzte sie und sah noch einmal genauer hin.
»Martin! Dahinten kommt ein Auto!«
Dieser war sofort hellwach und sprang aus dem Wagen. Suchend sah er in die Richtung, in die sie zeigte.
»Tatsächlich! Ein Lkw. Hoffentlich kann er uns mitnehmen oder helfen.«
Winkend standen sie am Fahrbahnrand, als der Laster zum Stehen kam. Der Fahrer erwies sich als freundlich und hilfsbereit. Außerdem hatte er einen Werkzeugkasten dabei, mit dessen In-

halt er gut umzugehen wusste. Innerhalb kürzester Zeit war der Fehler gefunden, und der Wagen sprang wieder an. Mit einem Abschleppseil und seinem starken Gefährt zog er sie anschließend aus der Sandverwehung, und sie standen erneut auf der Straße. Sie bedankten sich herzlich und winkten ihm nach. Nora machte ein zufriedenes Gesicht.
»Hab ich dir eigentlich schon mal gesagt, dass ich die Australier liebe?«

Alice Springs, das erkannte Nora sofort, war eigentlich mehr ein Ausgangspunkt zu den Naturschönheiten im Roten Herzen Australiens als selbst ein Traumziel. Trotzdem hatte die 25 000-Einwohner-Stadt eine eigenartige Anziehungskraft auf Nora. Die Gebirgszüge der MacDonnell Ranges mit ihren nahezu senkrecht stehenden Felskämmen schienen die Stadt vor dem endlosen Outback beschützen zu wollen. Auch hier weckte wieder besonders die geschichtliche Entwicklung des Ortes ihr Interesse. Sie wusste, dass sich Alice Springs erst mit der Eisenbahnlinie, dem berühmten Ghan, so vergrößert und den Status eines »Wüstennestes« verloren hatte. Zuvor war dieser Ort in seiner Versorgung von Kamelkarawanen abhängig gewesen, die von Afghanen durch die Wüste geleitet wurden. Nach diesen tüchtigen Wüstenführern erhielt die Eisenbahn dann auch den Namen Ghan. Noras Munterkeit schien sich dieses Mal aber nicht auf Martin zu übertragen, der wenig begeistert mit ihr aufgebrochen war, um die Sehenswürdigkeiten dieses größten Ortes im Umkreis von eintausendfünfhundert Kilometern zu fotografieren. Nora wollte zuerst den relativ neuen Alice Springs Desert Park besuchen, über den sie schon in Deutschland gelesen hatte. Die Parks and Wildlife Commission of the Northern Territory stellte hier auf gelungene Weise anhand von künstlich geschaffenen Biotopen das Leben von Tieren und Pflanzen in der Wüste dar. Alles wurde anschaulich erklärt. Nora war besonders begeistert, in einem Nachthaus alle möglichen Arten der nachtaktiven Wüstentiere sehen zu können.

Auch Martins Unternehmungsgeist schien erwacht zu sein, denn als sie den Desert Park schließlich verließen, fragte er schon munterer: »Und wohin als Nächstes?«

Nora überlegte kurz. »Wir sollten natürlich auch einen Blick auf die alte Telegrafenstation und die Quelle werfen.« Während sie sich im Wagen anschnallte, fügte sie hinzu: »Und wenn deine Geduld noch ausreicht, könnten wir uns noch die School of the Air ansehen, du weißt schon, die älteste der Sprechfunkschulen für Grundschüler im Outback.«

Martin nickte zustimmend.

»Kannst du dir vorstellen, dass diese Funkschulen etwa zweitausend Kinder betreuen? Allein die Station in Alice Springs spricht mit Schulkindern, die über 1,3 Millionen Quadratkilometer verstreut sind.«

Martin schüttelte den Kopf. »Ich kann mir nicht denken, dass das sehr viel Erfolg hat. Wie soll das denn funktionieren? So etwas kann doch kein Ersatz für den echten Schulbesuch sein.«

Nora freute sich, dass es ihr endlich gelungen war, sein Interesse zu wecken.

»Diese Art von Unterricht zählt natürlich auf die starke Unterstützung durch die Mütter oder Bezugspersonen auf den Farmen, die den Kindern bei ihren schriftlichen Aufgaben, die übrigens die Postflieger bringen und abholen, zur Seite stehen. Außerdem gibt es diesen Funkunterricht nur in der Grundschulzeit. Danach müssen die Kinder, ich glaube, so ab etwa elf Jahren, auf Internate. Oder sie wohnen bei Verwandten in den Städten und besuchen dort die Schule.«

Gemeinsam erkundeten sie ihre Ausflugsziele, betrachteten das ansehnliche Gebäude der alten Telegrafenstation, dessen unregelmäßiges altes Mauerwerk Nora besonders in Verbindung mit dem hellen Dach gefiel. Hier hatte die Geschichte des Ortes eigentlich begonnen. Nachdem man in der zweiten Hälfte des 19. Jahrhunderts damit angefangen hatte das Land telegrafisch zu erschließen, waren Leitungen von Adelaide im Süden bis hinauf nach Darwin im Norden gezogen worden. Bei den Vermessungsarbeiten entdeckte der Telegrafenüberlandvermesser Mills 1871 schließlich die Süßwasserquelle, die er zu Ehren seines Vorgesetzten in Adelaide nach dessen Ehefrau Alice benannte. Nora hatte die Geschichte der Namensgebung belustigt. Sie konnte sich nicht vorstellen, dass diese Alice jemals in ihrem Leben an diesem Ort oder überhaupt irgendwo im Outback gewesen war. Heute diente die Telegrafenstation als Museum, was Nora wiederum passend fand. Nach einem Abstecher in eine der Kunstgalerien, die sich mit der Kultur und Kunst der Ureinwohner beschäftigten, kamen sie gerade noch rechtzeitig zur School of the Air, die mitten in der Stadt gelegen war, um sich im größten Klassenzimmer der Welt ein wenig umsehen zu können, bevor die tägliche Besichtigungszeit am Spätnachmittag endete. Gut gelaunt betrachtete Nora mit Martin die vielen ausgestellten Kinderzeichnungen und Aufsätze, die den Alltag im Outback beschrieben. So ging dieser Tag in Alice Springs schließlich auch sehr schnell vorüber. Wieder einmal erkannte Nora, dass ein höheres Maß an Zeit ein unschätzbarer Faktor wäre, dieses Land wirklich kennen zu lernen. Nachdem sie sich unterwegs etwas zu essen gekauft hatten, machten sie sich auf, um den Mietwagen abzugeben. Die Cessna erwartete sie bereits voll getankt am Flugplatz, und beinahe unwirklich schnell waren sie wieder in der Luft und ließen das Rote Herz des Kontinents hinter sich. Fast schon wehmütig sah Nora aus dem Fenster und machte sich bewusst, dass sich ihre Zeit in Australien immer mehr dem Ende näherte. Zugleich war sie glücklich darüber, schon so viel von diesem Land gesehen und erlebt zu haben. Zufrieden lehnte sie den Kopf gegen die Nackenstütze und beschloss, die restlichen Tage in Cameron Downs zu genießen. Besonders freute sie sich

auf den von Tom vorgeschlagenen Ausflug zu den Künstlern in der Aborigines-Siedlung.
Bei einsetzender Dunkelheit trafen sie nach einer perfekten Landung auf dem Flugplatz wieder in Cameron Downs ein.

10

Den nächsten Tag verbrachten Nora und Martin in der Klinik. Nora freute sich, dass sich die Gelegenheit zu einem Gespräch mit Lisa ergab, als diese eine Dienstpause in der Teeküche des Schwesternzimmers machte. Sie ließ sich auf einen Stuhl fallen, nahm einen Schluck Tee und sah Lisa zu, die den Wasserkessel auf den Herd zurückstellte. Vom ersten Augenblick an hatte ihr die selbstbewusste und doch mitfühlende Art der erfahrenen Krankenschwester gefallen. Nora blätterte in ihrem Notizbuch und wartete darauf, dass Lisa sich zu ihr an den Tisch setzte.

»Lisa, es wäre schön, wenn Sie mir etwas über Ihr Leben erzählen könnten. Wie sind Sie hierher gekommen? War es schon immer Ihr Wunsch, Krankenschwester zu werden?«

Lisa setzte ihre Tasse ab und sah lächelnd aus dem Fenster.

»Nun, meine Eltern führen eine große Schaffarm bei Cunnamulla. Es ist hier meistens so, dass die Kinder, die eine gute Ausbildung erhalten sollen, ab einem gewissen Alter ins Internat kommen. So war es auch bei mir und meinen Geschwistern.« Sie machte eine Pause und rührte nachdenklich die Milch in ihrem Tee um. »Mir ist aber ziemlich schnell klar geworden, dass ich in meinem Leben etwas selbst erreichen wollte. Nichts Großartiges, einfach nur auf eigenen Beinen stehen, und nicht als Tochter der Stanton-Farm darauf zu warten, von irgendeinem aussichtsreichen Farmerssohn geheiratet zu werden.«

Nora hörte ihr gespannt zu.

»Wissen Sie, als ich meine Ausbildung begann, war es hier immer noch so, dass den Töchtern der wohlhabenderen Farmer eine durchaus gehobene Internatszeit zugestanden wurde. Man wollte stolz sein auf die Tochter aus gutem Hause, die sich für Kunst, Musik und Literatur interessierte und sich in der Gesellschaft zu benehmen wusste, die ebenso in Hauswirtschaft

glänzte wie beim Tanzen zu gesellschaftlichen Anlässen. Das waren die Frauen, die dieses Land bereicherten.«
Sie sah Nora an, die ihren Tee völlig vergessen hatte.
»Aber mit wem konnten diese Frauen hier über das, was sie interessierte, was sie bewegte, was sie erreichen wollten, sprechen? Diese Töchter heirateten die Söhne von Viehzüchtern und Farmern, die es von klein auf gewohnt waren, sich mit um die Farm und das Vieh zu kümmern. Die Farm der Familie war das Wichtigste, nicht die Welt da draußen, Reisen, Kunst oder Literatur, oder vielleicht die Sichtweise anderer Völker kennen zu lernen.«
Lisa nahm einen Schluck von ihrem Tee. Sie lächelte Nora zu. »Ihr Tee wird ganz kalt.«
Nora schüttelte den Kopf. »Bitte, erzählen Sie weiter.«
Lisas Augen wanderten wieder zum Fenster.
»Ich habe die Enttäuschung, oder sagen wir mal, die Ernüchterung bei einigen meiner Schulfreundinnen erlebt, die diese Söhne geheiratet haben.« Sie beugte sich vor. »Verstehen Sie mich richtig. Es handelte sich in der Regel um sehr nette Männer, hart, aber herzlich, die von früh bis spät schwer arbeiteten, für sich und ihre Familien. Es ist jedoch häufig so gewesen, dass nach der Heirat und der ersten Verliebtheit zwei verschiedene Welten aufeinander trafen, hier die belesene, kultivierte Frau, dort der starke Farmer oder Rodeoheld, dem man von klein auf eingetrichtert hatte, dass es Wichtigeres gebe als Bücher und Benehmen. Also ich jedenfalls hatte keine Lust darauf, mein Leben auf diese Weise auf einer Farm zu verbringen. Das klingt jetzt vielleicht überheblich, aber so ist es nicht gemeint. Für mich stand nach dem Internat fest, dass ich eine Ausbildung zur Krankenschwester machen und eines Tages für den Flying Doctor Service meines Landes arbeiten wollte.«
Nora unterbrach sie mit einem nachdenklichen Blick. »Warum Krankenschwester und nicht selbst Ärztin?«

Lisa lachte. »Sie kennen meine Eltern nicht. Schon die Idee, Krankenschwester zu werden, fanden sie absurd. Ein Medizinstudium hätten sie mir nie ermöglicht. Jedenfalls habe ich mir schon damals gewünscht, an der großen Idee des John Flynn teilzuhaben, den Mantel der Sicherheit, der medizinischen Versorgung, auch über die entlegensten Ecken Australiens zu breiten und dazu beizutragen, den Farmern und ihren Familien ein Überleben im Outback zu ermöglichen. Wissen Sie, dass unser Flying Doctor Service hier in Australien der größte Luftrettungsdienst der Erde ist? Heute verfügt der Service über eine Flotte von vierzig Flugzeugen, die auf neunzehn Stützpunkte über den Kontinent verteilt sind. Insgesamt versorgen wir ein Gebiet von mehr als fünf Millionen Quadratkilometern.« Ihre Augen leuchteten, als sie plötzlich innehielt und sich über die Stirn fuhr. »Meine Güte! Da ist meine Begeisterung mal wieder mit mir durchgegangen. Ich rede und rede.«

Noras Blick verriet gespannte Erwartung. Sie machte sich keine Notizen mehr, sondern hörte einfach nur zu. Sie war sich sicher, später alles aus der Erinnerung heraus notieren zu können.

»Bitte, Lisa, erzählen Sie weiter. Es ist einfach zu interessant. Wie lange dauerte Ihre Ausbildung, und hat es danach gleich beim Royal Flying Doctor Service geklappt?«

Lisa lehnte sich auf ihrem Stuhl zurück und schlug die Beine übereinander.

»Nun, mir standen recht harte Zeiten bevor. Nach der normalen Krankenschwesterausbildung hatte ich noch einige Zusatzausbildungen hinter mich zu bringen. Um hier draußen von Nutzen zu sein, muss eine Schwester Prüfungen zur Hebamme, zur Intensiv-, OP- und Kinderkrankenschwester ablegen und außerdem kardiologische Grundkenntnisse aufweisen können.« Als sie Noras staunenden Blick wahrnahm, erläuterte sie: »Oft müssen wir Einsätze ohne Arzt bewältigen, und da ist es zwingend nötig, auf eine entsprechende Ausbildung zurückgreifen zu können.«

Nora nickte anerkennend. »Was haben denn Ihre Eltern dazu gesagt?«

Lisa grinste. »Erst hat mein Vater getobt und schließlich zähneknirschend resigniert, wohl in der Hoffnung, dass ich es aufgeben würde. Meine Mutter hatte von Anfang an etwas mehr Verständnis für meine Entscheidung, obwohl sie ihr Leben lang einer Meinung mit meinem Vater war.« Sie seufzte, reckte dann aber entschlossen das Kinn. »Was soll's? Ich habe Glück gehabt, es ist alles gut gegangen, und heute sind sie sicher auch ein wenig stolz auf mich, obwohl sie das nie offen aussprechen würden.«

Gerade als Nora die nächste Frage stellen wollte, steckte Kim Michaels den Kopf durch die Tür der kleinen Teeküche.

»Lisa? Kannst du bitte mal kommen?« Die junge Schwester verdrehte die Augen. »Mrs. Jones meint, ihr Bauchschnitt von vorgestern sei jetzt verheilt und sie müsse dringend nach Hause, weil dort garantiert niemand die Hühner füttert, wenn sie nicht da ist.«

Lachend stand Lisa auf.

»Wie Sie sehen, werde ich gerade gebraucht, um wieder todesmutig ein Menschenleben zu retten. Bis später, Nora.«

Als sie mit schnellen Schritten aus dem Raum verschwand, blickte Nora ihr nach. Völlig in ihre Gedanken vertieft, machte sie sich rasch daran, das von Lisa Erzählte in ihrem Notizbuch festzuhalten. Es fesselte sie ungemein, diese neu gewonnenen persönlichen Informationen zu verarbeiten. Ihre Aufzeichnungen und Beschreibungen über Australien und seine Menschen kamen ihr wie ein Puzzle vor, dem sie nach solchen Gesprächen wie eben mit Lisa einige neue Teile hinzufügen konnte.

Als Lisa abends auf der Veranda saß, die die meisten Häuser hier im Outback umgab, damit man möglichst jederzeit einen Luftzug im Schatten genießen konnte, hing sie selbstvergessen ihren Gedanken nach. Ihre Augen glitten über die gerade besonders schön blühenden Blumenampeln, die von der Verandaüberdachung herabhingen und leicht im Abendwind hin und her schwangen. Sie hatte sie gerade gegossen, und das überschüssige Gießwasser tropfte gleichmäßig auf den Holzboden. Lisa sah nun in die Ferne; die Unterhaltung mit Nora hatte sie nach langer Zeit wieder einmal dazu gebracht, über die Stationen ihres Lebens nachzudenken. Innerlich erstaunt hatte sie zur Kenntnis genommen, wie lange ihre Ausbildungszeiten nun schon zurücklagen, und unwillkürlich wanderte sie in Gedanken ihren Lebensweg noch einmal ab.

Waren sie und Bill nun wirklich schon zweiundzwanzig Jahre miteinander verheiratet? Manchmal konnte sie das einfach nicht glauben, genauso wenig, wie sie es fassen konnte, dass ihre gemeinsamen Söhne schon fast selbstständig waren. Sie lächelte in sich hinein. Im letzten Monat hatte Tim seinen achtzehnten Geburtstag gefeiert und ihnen eröffnet, er wolle Informatik studieren. Lisas Lächeln vertiefte sich, als sie daran dachte, wie entgeistert Bill sie angesehen hatte. Ihrem Mann blieben Computer mit Ausnahme der medizinischen Geräte ein ewiges Geheimnis, das er freiwillig nie würde ergründen wollen. Dennoch hatte er die Fassung bewahrt und tapfer zustimmend genickt. Nach den harten Erfahrungen, die sie beide mit seinen Eltern zu Beginn ihrer Ehe hatten durchmachen müssen, hatten sie sich geschworen, ihren Kindern jeden beruflichen Weg offen zu halten. Und dabei blieben sie. Was hatte Bill noch am selben Abend zu ihr gesagt, als sie allein waren?

»Nein, Lisa, es ist okay. Wenn Tim damit glücklich zu werden glaubt, werde ich nicht versuchen, ihm etwas anderes aufzudrängen.« Schmunzelnd hatte er sich über sie gebeugt und ihr einen Kuss gegeben, bevor er ihr mit einem schelmischen Grinsen in die Augen sah. »Und wenn Steve uns in zwei Jahren mitteilt, dass er gerne Ägyptologie studieren möchte, um später Mumien zu begutachten, werde ich es genauso halten. Sie sollen ihren

Beruf frei wählen können, ohne sich Gedanken darüber machen zu müssen, was ihre Eltern wohl von ihnen erwarten. Das, was wir beide mit meinen Eltern erlebt haben, wünsche ich ihnen nicht.«

Unwillkürlich sprangen Lisas Gedanken weiter in die Vergangenheit. Zwei Jahre nach Abschluss ihrer Zusatzausbildungen war sie nach Cameron Downs gekommen, um ihre Stelle als Krankenschwester beim Flying Doctor Service anzutreten. Ein Jahr später war Dr. William Jarrett als Nachfolger des ausscheidenden damaligen Stützpunktleiters und Chefarztes Dr. Stanfield hier angekommen. Hochmotiviert und erstklassig ausgebildet, war der junge Chirurg aus Perth damals selbstbewusst in so ziemlich jeden Fettnapf getreten, der in Cameron Downs erreichbar gewesen war. Aber wenn sie es recht bedachte, war das fast jedem neuen Arzt aus der Stadt hier so ergangen. Die Menschen, die hier lebten, waren schon etwas Besonderes, und man musste sie einfach zu nehmen wissen. Vielleicht sollte man dafür hier geboren sein.

Ziemlich schnell waren sie und Bill einander näher gekommen; er teilte ihre Begeisterung für die Idee des Royal Flying Doctor Service. Über die rein körperliche Anziehungskraft hinaus, die schließlich die meisten jungen Paare erlebten, hatten sie gemeinsame Interessen und Ziele. Sie liebten nicht nur ihre Aufgabe hier, sondern auch das Land und die Leute. Es war, als wären sie füreinander bestimmt, und so hatten sie, schon um dem Klatsch in Cameron Downs einen Riegel vorzuschieben, bald geheiratet.

Lisa seufzte, als sie an seine Eltern dachte. Ihre Schwiegereltern hatten es ihr nie leicht gemacht. Bills Vater hatte in Perth eine eigene kleine Privatklinik gehabt und bis zu seinem Ruhestand nie die Hoffnung aufgegeben, sein Sohn werde sein Lebenswerk eines Tages doch noch fortsetzen. Bill jedoch hatten andere Ziele gereizt – er wollte die Idee des Begründers des Royal Flying Doctor Service, John Flynn, weitertragen. Es gefiel ihm, wirklich gebraucht zu werden. Wenn er zu einem Notfall gerufen wurde und aus dem Flugzeug sprang, gab es häufig im Umkreis von hunderten von Kilometern keinen anderen Arzt. Er liebte das immer Neue an seinem Job, das Unvorhersehbare ebenso wie das Vorhersehbare einer Geburt in der Klinik zum Beispiel. Er hätte niemals in diesen Krankenhausmaschinerien glücklich werden können, in denen kaum einer den anderen kannte und wo Patienten Nummern waren oder »der Blinddarm von Zimmer 204« oder »die Galle von Zimmer 306«.

Liebevoll dachte Lisa über ihren Mann nach. Sie war stolz auf ihn und seinen geradlinigen Charakter. Sein Vater, Dr. Victor Jarrett, war davon überzeugt gewesen, dass die Tätigkeit seines Sohnes im Niemandsland nur vorübergehender Art sei, dass er schon noch zur Besinnung kommen würde, wenn er erst feststellte, was er in Perth alles aufgegeben hatte. Als dann aber Monat für Monat verging und Bill schließlich einen festen Vertrag beim hiesigen Ärztedienst unterschrieben hatte, war Dr. Victor Jarrett entsetzt gewesen. In seinen Augen wurde alles, wofür er gelebt und gearbeitet hatte, sein Lebenswerk, von seinem einzigen Sohn, für den er stets alles getan hatte, mit Füßen getreten.

Einige Zeit darauf heirateten Lisa und Bill. Aus Enttäuschung über den beruflichen Weg ihres Sohnes waren Victor und Louise Jarrett nicht einmal zur Hochzeit gekommen. Nichts war einfacher gewesen, als ihrer Schwiegertochter die Schuld an dieser ganzen Entwicklung zu geben. Lisa seufzte. Der schlechte Beginn ihres Verhältnisses zu den Schwiegereltern hatte sich in all den vergangenen Jahren fortgesetzt. Bitter dachte sie an die spitzen Bemerkungen, die sie hatte ertragen müssen, als sich in den ersten Jahren ihrer Ehe nicht der erwünschte Nachwuchs einstellte. Sie erinnerte sich mit Schaudern an einen Besuch in Perth, als Bills Mutter beim gemeinsamen Abendessen zu ihrem Sohn sagte: »Bill, ihr seid doch nun schon recht lange verheiratet. Und sicher ist es schön, da draußen auch zusammenzuarbei-

ten, doch denkt ihr denn gar nicht an Kinder?« Bill hatte sie entgeistert angesehen, aber sie hatte noch vorwurfsvoll hinzugefügt: »Du weißt doch, wie sehr dein Vater und ich uns Enkelkinder wünschen, nicht?«
Dr. Victor Jarrett war unruhig auf seinem Stuhl hin und her gerutscht. Lisa hatte Mühe gehabt, den Bissen, den sie gerade im Mund hatte, hinunterzuwürgen. Nichts, absolut nichts hätte sie sich zu jener Zeit mehr gewünscht als ein Baby von Bill. Jedes Mal, wenn ihre Periode einsetzte, hatte sie das Gefühl, versagt zu haben, als Frau nichts wert zu sein. Als Krankenschwester wusste sie sehr wohl, dass ihre Empfindungen verkehrt waren, weil sie den psychischen Druck, unter den sie sich selbst setzte, nur noch weiter erhöhten, was wiederum die Aussicht auf eine Schwangerschaft verringerte. Aber ihre Sehnsucht nach einem gemeinsamen Kind mit ihrem Mann war offenbar stärker als die Vernunft. Umso mehr traf sie die taktlose Bemerkung ihrer Schwiegermutter, der sie augenscheinlich nie etwas recht machen konnte. Bill hatte peinlich berührt zu ihr herübergesehen und die Verzweiflung in ihren Augen wahrgenommen. Höflich hatte er sich mit der Serviette den Mund abgetupft, und sein Blick war von seinem Vater zu seiner Mutter gewandert.
»Mutter, ich finde wirklich, das ist unsere Sache.« Er hatte sich zu einem schiefen Lächeln gezwungen. »Und wenn es so weit ist, wirst du es sofort erfahren.«
Allein bei der Erinnerung an diese Szene lief es Lisa kalt den Rücken hinunter. Um Verzeihung bittend hatte sein Blick auf ihr geruht, und ihr wollte es einfach nicht gelingen, den Bissen, auf dem sie nun schon so lange herumgekaut hatte, hinunterzuschlucken. Sorgsam darauf bedacht, niemanden anzusehen, hatte sie nach ihrem Wasserglas gegriffen. Louise Jarrett aber schien von alldem nichts zu bemerken. Unbeirrt sah sie ihren Sohn an und fuchtelte lebhaft mit dem Messer herum.

»Aber Bill, ich meine es doch nur gut. Bestimmt erinnerst du dich noch an Emily Fletcher, deine kleine Schulfreundin, nicht?« Sie machte eine Pause, in der es Bill nur mühsam gelang, ruhig zu bleiben, und Lisa geglaubt hatte, an ihrem Schluck Wasser ersticken zu müssen. »Also, vor drei Jahren hat sie Sam Edwards geheiratet, du weißt schon, den Sohn von Senator Edwards. Jedenfalls ist sie gerade zum dritten Mal guter Hoffnung. Sie haben ja bereits zwei so niedliche Kinder. Sams Mutter ist schon ganz aus dem Häuschen vor Freude.«

Lisa erinnerte sich noch genau daran, dass sie ihre Serviette sorgfältig zusammengefaltet und neben ihren Teller gelegt hatte, bevor sie sich, eine Entschuldigung murmelnd, ins Badezimmer zurückgezogen hatte, wo sie sich mühsam atmend gegen die Tür lehnte. Obwohl dieses Erlebnis nun schon so lange zurücklag, konnte sie sich an jede kleinste Einzelheit erinnern. Sie spürte erneut die Wut und Enttäuschung in sich aufsteigen, die sie damals empfunden hatte. In diesem Moment, das wusste sie, hätte sie ihrer Schwiegermutter sehr gerne eine Ohrfeige verpasst, und sei es nur mit ein paar entsprechenden Bemerkungen in verbaler Form. Aber natürlich hatte ihre gute Erziehung dafür gesorgt, dass sie sich – wie immer – höflich dieser Situation entzog und ihren Kummer niemandem zeigte. Als ihr das Geschirrklappern verriet, dass der Tisch abgedeckt wurde, hatte sie sich geräuschvoll die Hände gewaschen und langsam bis zehn zählend kaltes Wasser über die Pulsadern laufen lassen. Als wäre alles in bester Ordnung, war sie zum Dessert wieder an den Tisch zurückgekehrt und mehr als froh darüber gewesen, dass die Unterhaltung nun bei der Klinik ihres Schwiegervaters angelangt war – einem schier unerschöpflichen, jedoch eher unverfänglichen Thema.

Lisa fröstelte. Die Dämmerung hatte eingesetzt, und mit ihr wurde es kühl auf der Veranda. Müde stand sie auf und sah noch einen Moment in die Ferne. Bill hatte Nachtdienst, und so würde sie den heutigen Abend allein verbringen müssen. Langsam wandte sie sich um, um hineinzugehen.

11

Am nächsten Tag kam Tom Nora in der Klinik entgegen.
»Hallo, Nora, wie schön, dass ich Sie treffe. Wenn es in Ihre Terminplanung passt, werden wir in zwei Tagen in der Künstlerwerkstatt erwartet.« Gespannt sah er von Nora zu Martin, der ein wenig zusammenzuckte.
»O Nora, übermorgen wollte Jason mir mit seiner Cessna das Outback von oben zeigen. Für mich die Gelegenheit, selbst Luftaufnahmen zu machen.«
Er hob fragend die Augenbrauen.
Nach kurzem Überlegen sagte Nora bestimmt: »Weißt du, Martin, diese Fotochancen darfst du dir auf keinen Fall entgehen lassen. Ich werde eben allein mit Tom fahren und die kleine Kamera mitnehmen, mit der komme ich hervorragend zurecht. Einverstanden?«
Als Martin zustimmend nickte, erklärte Tom ihr, dass sie zwei Tage unterwegs seien und eine Übernachtung auf einer großen Farm im Outback vor sich hätten.
»Die Harpers sind sehr gastfreundlich und freuen sich immer über Besuch, ganz besonders auf so seltenen aus Übersee.«
»Ich kann es auch kaum erwarten. Also, Freitag. Wann holen Sie mich ab?« Er freute sich über ihre Begeisterung.
»Hoffentlich bekommt Ihre Vorfreude jetzt keinen Dämpfer. Wir sollten nicht später als sechs Uhr morgens starten.« Er sah sie fragend an, doch sie strahlte.
»Ich werde da sein, Tom. Sechs Uhr vor dem Hotel.«

In ihrem Zimmer war sie aufgewühlt und durcheinander. Sie freute sich unbändig auf den Ausflug mit Tom, den sie sowohl menschlich als auch als Arzt in den vergangenen Tagen gleichermaßen schätzen gelernt hatte. Er gefiel ihr aber auch als

Mann. Und diese Tatsache verunsicherte sie. Seit langer Zeit hatte sie sich nicht mehr so lebendig gefühlt, und sie fragte sich, ob sie sich diese Gefühle gestatten durfte. Schließlich war sie in Deutschland gebunden. Ein glückliches Paar mit zwei wunderbaren Kindern. Für nichts würde sie ihr Leben daheim gefährden. Sie schüttelte den Kopf und zog vor dem Spiegel eine Grimasse. Was war eigentlich los? Sie war schließlich beruflich in Australien, und Tom hatte sie nicht zu einem Liebeswochenende eingeladen.
Sie kam sich dumm vor, musste sich aber eingestehen, dass sie ihr Leben schon lange nicht mehr so aufregend und spannend gefunden hatte. Zum ersten Mal konnte sie so etwas wie ganz persönliche Freiheit genießen. Sie musste lächeln, als sie daran dachte, wie empört sie anfangs darüber gewesen war, dass Max sie vorgeschlagen hatte, ohne vorher mit ihr darüber zu reden. Sie hatte das Gefühl verabscheut, als sein »Schützling« geduldet und belächelt zu werden, hatte sich aber auch sagen müssen, dass sie nach all den Familienjahren auf dem Arbeitsmarkt nicht mehr die besten Chancen hätte. Also beschloss sie, hier gute Arbeit zu leisten und es allen Zweiflern zu beweisen.

Auch Tom, der von den anderen noch auf ein Bier zum Bleiben überredet worden war, schien nachdenklicher als sonst. Er gestand sich ebenfalls ein, dass er sich auf die Fahrt mit Nora freute. Er, der selten spontan Gefühle zeigte, der privat kaum jemanden richtig an sich heranließ, fühlte sich sehr zu ihr hingezogen. Zum ersten Mal, seit er von seinem Einsatz des Ärztehilfsdienstes aus Äthiopien zurückgekehrt war und Sarah Cameron Downs verlassen hatte, hatte er wieder echtes Interesse an einer Frau. Noch nie seit damals hatte ihn jemand so durcheinander gebracht wie sie. Er gestand sich das äußerst ungern ein, denn er schätzte es inzwischen, gefühlsmäßig ungebunden zu sein. Doch ihm gefiel ihre interessierte, aber dennoch warmherzige Art, ihre

Aufgeschlossenheit und ihr Mitgefühl anderen gegenüber. Er genoss die Gespräche mit ihr und fühlte sich wohl in ihrer Gesellschaft. Sie hätte die Frau sein können, auf die er gewartet hatte. Er sah sie vor sich. Schulterlanges glänzendes Haar, das weich ihr Gesicht umrahmte. Ihre ausdrucksvollen Augen hatten ihn sofort angezogen.

Tom fuhr sich durch sein dunkles Haar und schüttelte die Gedanken ab. Das war ja einfach albern, er war doch kein verliebter Schuljunge mehr. Sie hatte schließlich von ihren Kindern gesprochen, natürlich hatte sie auch den Mann dazu, und in einigen Tagen würde sie von hier verschwinden. Außerdem hatte er es bislang immer geschafft, sich keine tiefer gehenden Gefühle zu gestatten. Seit seiner Zeit als Arzt in Afrika war es ihm nicht mehr gelungen, so unbekümmert zu sein wie zuvor. Zu viel Leid und Tod hatte er mit ansehen müssen, ohne das Gefühl gehabt zu haben, eine wirkliche Hilfe zu sein. Wie hatte er viel später einmal seinen Freunden Bill und Lisa seine Rückkehr nach Australien begründet? »Der Tod wütete unter den Menschen, als ich kam, und er wütete noch genauso, als ich ging.« Er hatte es nicht mehr länger ertragen können und war deprimiert und desillusioniert zurückgekehrt. Vielleicht hätte er sich nach und nach seelisch erholt, aber dazu fehlte ihm auch der Halt einer festen Beziehung. Nach seiner Scheidung hatte er sein Vertrauen in die Liebe endgültig verloren. Die Erinnerung an die Fassungslosigkeit, die er damals in sich verspürt hatte, als er feststellen musste, dass seine Ehe am Ende war, die Hilflosigkeit, nichts mehr ändern zu können, ließ ihn fast wie damals erschaudern. Er nahm einen Schluck Bier und schreckte auf, als Bill eine Hand auf seinen Arm legte.

»Tom? Alles klar? Du bist so still heute Abend.«

»Nein, nein, Bill, es ist alles in Ordnung. Glaubst du, ihr kommt morgen ehrlich ohne mich aus?« Seine dunklen Augen blickten Bill fragend an.

»Aber sicher! Mach dir keine Sorgen! Hoffentlich hält sich das Wetter für deinen Ausflug.«

Als Tom am Freitag pünktlich um sechs Uhr vor dem Cameron Hotel den Wagen anhielt, kam Nora gerade heraus. Sie trug ein weiches naturfarbenes Sweatshirt, eine leichte hellbraune Daunenweste, helle Jeans und knöchelhohe hellbraune Lederstiefel. Über ihrer Schulter hing eine Reisetasche und in der Hand hielt sie einen kleinen Rucksack und die Kamera.
»Hallo, Tom. Sie sind ja so pünktlich, dass man die Uhr nach Ihnen stellen könnte!«, sagte sie strahlend.
»Danke, gleichfalls.« Er war aus dem Wagen gesprungen, um ihre Tasche hinten im Kofferraum zu verstauen.
»Haben Sie alles, was Sie brauchen?«, fragte er etwas später.
»Ja, ich denke schon. Aber ich war ja noch nie richtig im Outback unterwegs. Also werde ich vermutlich erst in den nächsten Stunden feststellen, was ich womöglich noch hätte mitnehmen sollen. Ich freue mich jedenfalls unwahrscheinlich auf unseren Ausflug, und sehen Sie doch mal, Tom«, sie deutete auf die aufgehende Sonne, während sie die Straße entlangfuhren, die sie aus Cameron Downs hinausführte, »es scheint ein wundervoller Tag zu werden.«
Tom freute sich über ihre Munterkeit.
»Ja, ich denke, es wird ein Tag wie aus dem Bilderbuch, nicht zu heiß, gerade richtig für unsere Unternehmung.«
Sie hatten einige Stunden Fahrt vor sich, die sie trotz der zum Teil schlechten Fahrbahn beide genossen, manchmal im angeregten Gespräch miteinander, dann wieder gemeinsam schweigend, ohne dass sie es als peinliche Pause empfunden hätten. Nora war sehr glücklich, das Land, von dem sie schon seit vielen Jahren träumte, nun so ganz ohne Touristenrummel kennen lernen zu dürfen. Tom entpuppte sich als perfekter Reiseführer, der ihr immer wieder interessante Einzelheiten zu Tieren und Pflan-

zen der Umgebung oder aber zu den Farmern erzählen konnte, durch deren Land sie kamen. An besonders schönen Plätzen hielten sie an, und Tom zeigte ihr die Aussicht oder andere Besonderheiten der Gegend. Auch für ein gemeinsames Frühstück unterbrachen sie ihre Tour. Als sie schließlich auf die Siedlung der Aborigines zufuhren, kam es Nora überhaupt nicht so vor, seit Stunden unterwegs gewesen zu sein. Sie berührte Toms Arm.

»Tom, ich bin ziemlich nervös. Hoffentlich helfen Sie mir dabei, mich richtig zu benehmen.«

»Sie machen bestimmt nichts falsch, keine Sorge. Und ich bin ja dabei.«

Er hatte angehalten und sprang aus dem Wagen. Ein großer Hund kam bellend auf sie zu. Nora ging in die Hocke und sprach leise mit ihm. Er näherte sich zögernd und beschnupperte ihre ausgestreckte Hand, um sich schließlich von ihr streicheln zu lassen. Tom hatte sie beobachtet.

»Sie mögen wohl Tiere?«

Sie richtete sich auf. »Ja, besonders Hunde. Wir haben zu Hause auch einen.«

Nach der Begrüßung durch die Dorfältesten, die sie beide willkommen hießen, wurden sie zu der Künstlerwerkstatt begleitet. Nora lächelte freundlich.

»Ich bin sehr froh, dass ich Sie besuchen darf.« Nachdem sie sich umgesehen hatte, fiel ihr Blick schließlich auf die wunderschön bemalten Didgeridoos, die bereits fertig in einer Ecke standen. Vorsichtig strich sie mit der Hand über ein besonders hübsches Exemplar. »Wie schön es geworden ist.«

Der Künstler, der offenbar für die Bemalung verantwortlich war, trat neben sie und grinste sie an. »Versuchen Sie's doch einmal.«

Etwas verlegen sah sie in die vielen erwartungsvollen Gesichter. Sie war überhaupt nicht gern Mittelpunkt des allgemeinen Interesses, lieber beobachtete sie ruhig aus dem Hintergrund. Tom freute sich diebisch.

»Na, los! Jetzt müssen Sie's auch ausprobieren, sonst ist der Künstler womöglich beleidigt.« Er strahlte über das ganze Gesicht. Was er nicht wusste, war, dass Nora aus ihrer Faszination heraus, die die Kultur der Aborigines auf sie ausübte, nicht nur viele Bücher gelesen, sondern sich vor einiger Zeit auch ein Didgeridoo gekauft hatte, welches sie zwar nicht perfekt, aber doch recht gut spielen konnte. Trotzdem zögerte sie.

»Ich habe gelesen, dass bei einigen Stämmen Frauen keine Didgeridoos spielen dürfen. Ich möchte nicht gegen eine Stammesregel verstoßen.«

Tom sprach kurz mit den Künstlern, die gleich darauf breit lächelten und versicherten, dass diese Regel ihren Stamm nicht betreffe. Nora nahm das Didgeridoo auf und setzte es an die Lippen. Sie traf den Grundton sofort und machte gekonnt einige Variationen. Es bereitete ihr Spaß, denn dieses Instrument war eindeutig besser als ihr eigenes zu Hause. Die Künstler waren begeistert und Tom völlig überrascht.

»Wieso können Sie es spielen?«

Sie freute sich, dass es ihr ganz gut gelungen war, wehrte aber ab.

»Ich kann es leider gar nicht so gut spielen, wie ich es gern hätte. Mir gelingt partout nicht die Zirkulationsatmung, die diese netten Menschen hier«, sie wies auf die lächelnden Aborigines, »wahrscheinlich gleichzeitig mit der Aufnahme der Muttermilch lernen.«

Die Stimmung in der Werkstatt war entspannt, Nora ließ sich verschiedene Maltechniken zeigen und die Herstellung der Naturfarben erklären. Als Tom ausführlicher von dem Gesamtprojekt und dessen Fortschritten berichtete, notierte sie sich das eine oder andere und bat zum Schluss die Künstler, einige Fotos machen zu dürfen. Viel zu schnell ging die Zeit vorüber, und Tom sah auf seine Armbanduhr.

»Nora, wir sollten uns jetzt auf den Weg machen, sonst schaffen wir es vor Einbruch der Dunkelheit nicht mehr zu den Harpers.«
»Ach, wie schade, Tom! Es ist so schön hier.« Nora hätte noch Stunden bei diesen freundlichen Menschen zubringen können. Sie bedankte sich herzlich. Als sie an ihrem Wagen ankamen und Nora ihre Kamera im Rucksack verstaute, stieß Tom sie an.
»Sehen Sie mal, wie es ausschaut, bekommen Sie noch ein Geschenk.«
Der Aborigine-Künstler kam mit dem Didgeridoo auf sie zu, das er ihr lächelnd überreichte. Nora wurde verlegen. Sie hätte es gerne bezahlt, spürte jedoch instinktiv, dass sie den jungen Künstler damit beleidigen würde. Also nahm sie es und strich liebevoll darüber.
»Sie machen mir eine große Freude damit. Ich werde zu Hause immer an diesen schönen Tag bei Ihnen denken.« Strahlend schüttelte sie ihm die Hand. Als sie sich schließlich umwandte, um das Didgeridoo vorsichtig im Wagen zu deponieren, fiel ihr vor einem der kleinen Häuser eine Gruppe Frauen auf, die offensichtlich aufgeregt miteinander diskutierten. Eine der älteren schüttelte gerade heftig den Kopf, während eine jüngere lebhaft auf sie einredete. Unwillkürlich richtete sich Nora auf und berührte Tom am Arm. Sein Blick folgte ihrem, und auch er wurde nun aufmerksam. Gerade hatte sich die jüngere Frau von der Gruppe gelöst und lief auf den Arzt zu.
»Dr. Morrison, bitte! Ich bin Sally. Könnten Sie einmal nach meiner Schwester sehen. Sie bekommt ihr zweites Kind, aber es dauert schon so lange, viel zu lange.«
Tom, der ihr entgegengegangen war, kehrte mit wenigen schnellen Schritten zum Wagen zurück und hob seinen Arztkoffer heraus. Noch während er die Heckklappe zuschlug, drehte er sich wieder zu der jungen Aborigine-Frau um.
»Im wievielten Monat ist sie? Wie lange hat sie Wehen? Ist schon das Fruchtwasser abgegangen, Sally?«

Sally nickte voller Sorge. »Ja, vor etwa zwei Stunden. Aber sie liegt bereits seit gestern früh in den Wehen. Da stimmt etwas nicht, bei ihrem ersten Kind lief nämlich alles glatt. Da ist sie auch viel herumgelaufen, jetzt liegt sie nur noch da. Ich weiß nicht, ob sie noch lange durchhält.«
Sie waren nun bei der Hütte angekommen. Schweigend traten die Frauen, die sich davor versammelt hatten, beiseite. Nora blieb zögernd zurück. Sie wollte als Außenstehende nicht einfach in diese Situation platzen. Außerdem dachte sie mit einigem Unbehagen an die Entbindungen ihrer Kinder, bei denen sie sich immerhin in einer Klinik befunden hatte, die auf alle Notfälle vorbereitet gewesen war. Bei der Vorstellung, hier im Busch ein Kind zu bekommen und nur auf sich selbst, einige Frauen (die sicherlich erfahren waren) und die Hilfe eines zufällig anwesenden Arztes angewiesen zu sein, schwankte sie zwischen Respekt, Bewunderung und aufkommender Panik. Als sie nun stehen blieb, schaute Tom sich nach ihr um.
»Nora, bitte kommen Sie mit. Sie können mir helfen.«
Sie nickte und folgte ihm, obwohl sie ihren Herzschlag schon im Hals spürte. In der Hütte war es nicht sehr hell, so dass es einen kleinen Moment dauerte, bis sich die Augen an das Halbdunkel gewöhnt hatten. Eine junge hochschwangere Frau lag auf einem einfachen Bett und krümmte sich vor Schmerzen, aber außer einem leisen Stöhnen kam kein Wort über ihre Lippen. An ihrem Bett saß eine ältere Frau, die ihr mit einem feuchten Tuch die Stirn abtupfte. Sally war vorangegangen und beugte sich über ihre Schwester. »Lucy, ich habe Dr. Morrison hier. Er wird dir helfen.«
Tom hatte seinen Koffer geöffnet und war ebenfalls an das Bett getreten. Während er die Manschette des Blutdruckmessgeräts über ihren Arm streifte, lächelte er der Patientin zu.
»Keine Angst, Lucy. Ich will nur sehen, ob alles in Ordnung ist.«
Schnell und sicher begann er mit der Untersuchung und legte

dann einen Infusionszugang am Handgelenk. Nachdem er sie abgetastet und die Öffnung des Muttermundes überprüft hatte, kontrollierte er die Herztöne des Kindes. Schließlich richtete er sich auf und sah von Lucy zu Sally.
»Das wird schon. Ich bin gleich wieder da.«
Er schaute sich nach Nora um, die an der Tür stehen geblieben war. Mit einem Kopfnicken bedeutete er ihr, ihm nach draußen zu folgen.
Auf dem Weg zum Wagen sah sie ihn besorgt von der Seite an.
»Tom, was ist los? Es schaut nicht gut aus, oder?« Sie hatte Mühe, mit ihm Schritt zu halten.
»Nein, Sie haben Recht. Ich mache mir Sorgen. Das Kind liegt in Beckenendlage. Das kann zwar manchmal ganz glatt laufen, häufig aber auch zu Komplikationen führen. In diesem Fall hier ist die Mutter total erschöpft und wird nicht mehr lange durchhalten.«
Sie waren am Auto angekommen, und Tom sah sie ernst an.
»Ich werde einen Kaiserschnitt machen müssen. Können Sie mir dabei ein wenig assistieren?«
Nora wurde es augenblicklich zu warm. Sie pustete sich eine Haarsträhne aus der Stirn und musste schlucken. »Ich? Aber ich habe überhaupt keine Ahnung von Geburtshilfe. Es ist mir auch heute noch nahezu unbegreiflich, wie meine Kinder auf die Welt gekommen sind – und da war ich in einem Krankenhaus.«
»Bitte, Nora. Wer soll mir denn sonst helfen? Die meisten der Frauen verstehen mich nicht, und Sally ist erstens ziemlich aufgeregt, und zweitens kann sie mir nicht allein zur Hand gehen.«
Er beugte sich in den Wagen und griff nach dem Funkgerät. »Sierra Lima Tango, hier ist Morrison Mobile.« Es knackte in der Leitung, und Greg Wilson antwortete.
»Hier Sierra Lima Tango für Morrison Mobile. Tom, was ist los?«
»Greg, wir sind noch in der Siedlung. Ich habe hier eine Geburt

mit drohenden Komplikationen. Eine Schwangere mit Beckenendlage. Ist Bill da?«
»Ja, sprechen Sie, er kommt gerade rein.«
»Also, wie es aussieht, muss ich eine Sectio machen. Wie schnell könnt ihr hier sein? Ich hätte beide danach gerne so rasch es geht im Krankenhaus.«
Bill sah auf die Wanduhr der Funkzentrale, während Greg schon im Nebenraum mit dem Flugplatz und dem Piloten telefonierte. Nach wenigen Sekunden stand er wieder in der Tür und bedeutete Bill mit einem erhobenen Daumen, dass die Maschine startklar gemacht würde. Bill wandte sich wieder dem Funkgerät zu.
»Tom? Wir machen uns auf den Weg. Wir werden in etwa zwei Stunden vor der Siedlung landen. Sorg dafür, dass wir abgeholt werden, und sieh zu, dass sie die Straße mit Lichtern für uns beleuchten, damit wir in der Dunkelheit mit der Frau schneller wieder starten können. Je eher die beiden in der Klinik sind, desto besser.«
Tom nickte kurz und sprach in das Funkgerät: »Ich bin ganz deiner Meinung, Bill.«
Es knackte wieder, als sich Bill erneut meldete.
»Kannst du nicht warten, bis wir dort sind, Tom? Wie willst du das denn allein schaffen? Wer assistiert?«
Unwillkürlich fiel Toms Blick auf Nora, die dem Gespräch mit wachsender Panik zugehört hatte. Bittend sah er sie an. Nora fühlte sich in die Enge getrieben, aber sie erkannte den Ernst dieser Notsituation, und sie wünschte sich im Moment auch nichts mehr, als dass die junge Mutter und ihr Baby überlebten. Nichts stellte sie sich schlimmer vor, als ein Kind zu verlieren. Sofort tauchten die Bilder der Suchaktion wieder vor ihr auf. Sie sah den kleinen Jungen leblos am Boden liegen. Nein, wenn sie es verhindern konnte, wollte sie so etwas nicht noch einmal mitmachen. Mit einer entschlossenen Bewegung reckte sie das Kinn,

sah zu Tom und nickte. Er nahm wieder das Funkgerät und lächelte ihr kurz zu.
»Bill? Natürlich würde ich lieber warten, bis ihr hier seid, aber es geht nicht. Die Herztöne des Kindes gefallen mir nicht, und die Mutter hält nicht mehr lange durch. Nora wird mir helfen. Ich muss wieder zur Patientin. Morrison Mobile. Ende.«
Während Tom aus seinem Geländewagen zwei in Folie eingeschweißte OP-Sets mit Kittel und Mundschutz hervorholte, die er für Notfälle genauso dabeihatte wie seinen Arztkoffer, erklärte er Nora schon das weitere Vorgehen. Ihre Aufgabe würde die Überwachung der Atmung und des Blutdrucks sein. Sie waren wieder bei der Hütte angelangt, und Nora folgte Tom zu Lucy, die sich unverändert leise wimmernd hin und her bewegte.
»Sally, ich brauche auch Ihre Hilfe. Holen Sie mehrere frische Laken und alles, was Sie für das Baby schon vorbereitet haben. Außerdem noch einige Schüsseln mit abgekochtem Wasser.«
Schnell verschwand Sally. Die ältere Frau hatte mit wachen Augen zugehört. Ernst sah sie von Lucy zu Tom. Mit glasklarer Stimme sagte sie: »Werden Sie meiner Tochter helfen können, Dr. Morrison?«
Tom war überrascht. »Sie verstehen meine Sprache? Hören Sie, ich werde alles tun, was in meiner Macht steht.« Und nach einer kurzen Pause sagte er: »Es wäre aber schön, wenn Sie bei ihr blieben und sich um das Kind kümmerten, solange ich Ihre Tochter versorgen muss.« Während er die noch steril eingeschweißten Instrumente aus seinem Koffer nahm, sah er sich um. »Gibt es hier einen großen Tisch? Und könnten Sie ein paar Lampen holen?« Als die Frau auf den Nebenraum wies, kam Sally mit einem Stapel frischer Laken wieder herein. Tom war nach nebenan gegangen und überprüfte den Tisch und die Beleuchtung, dann nickte er Nora zu. »Wir müssen dafür sorgen, dass es hier einigermaßen keimfrei ist. Das heißt, wir decken al-

les im OP-Bereich mit frischen Laken ab. Ich brauche noch einen kleinen Tisch für die Instrumente. Können Sie sich darum kümmern?« Als sie aus dem Zimmer lief, rief er ihr noch nach: »Nora, uns fehlt noch ein OP-Set. Können Sie es aus dem Wagen holen? Aber schnell.«
Nora eilte zu der älteren Frau, um sie nach dem Tischchen zu fragen. Sally war wieder verschwunden, um das Wasser und eine weitere Lampe zu holen. Lucys Mutter hatte sich erhoben und war zur Tür gegangen. Dort wechselte sie ein paar Worte mit den draußen wartenden Frauen, von denen sofort zwei davoneilten und kurz darauf mit einem kleineren Tisch zurückkamen. Nora rannte zum Wagen, um noch einen weiteren Kittel und Mundschutz zu holen. Sie zögerte nur kurz, als sie sah, dass noch vier OP-Sets vorhanden waren, dann griff sie sich drei. Nachdem sie die Heckklappe zugeschlagen hatte, beeilte sie sich, wieder zur Hütte zu kommen. Sie schickte ein Stoßgebet zum Himmel, in dem sie darum bat, dass alles gut ging. Ihre Hände waren kalt und klamm geworden, und sie hoffte inständig, dass sie in der Lage wäre, den Anblick der bevorstehenden Schnittentbindung zu ertragen und tatsächlich hilfreich zu sein. Sie holte noch einmal tief Luft, bevor sie hineinging.
Sally und Tom hatten den großen Tisch, auf dem Lucy operiert werden sollte, bereits vollständig mit sauberen Tüchern abgedeckt. Gemeinsam trugen sie die wimmernde Lucy hinüber und legten sie vorsichtig auf den OP-Tisch. Tom bereitete den Bauchbereich für den Eingriff vor und deckte die anderen Partien ebenfalls mit Tüchern ab. Der kleinere Tisch wurde nun daneben geschoben und Sally breitete auch über ihn ein frisches Laken. Nachdem sie sich alle die Hände gewaschen und mit einer sterilen Lösung aus dem Arztkoffer desinfiziert hatten, zogen sie die OP-Kittel an und banden den Mundschutz um. Nora half Tom in die OP-Handschuhe und zog sich selbst ein Paar an. Sie öffnete ein weiteres OP-Set, entnahm einen sterilen Kittel

und breitete ihn über das kleine Tischchen, auf dem Tom nun die Instrumente ablegte, die er benötigen würde. Leise erklärte er Nora, wie sie bei der Beatmung vorgehen musste, dann ließ er Sally noch einmal den Blutdruck überprüfen. Wider Erwarten machte die junge Aborigine-Frau trotz der engen Bindung zu ihrer Schwester einen absolut ruhigen Eindruck und hatte sich sogar bereit erklärt, Tom so gut es ging bei der Operation zu assistieren. Lucys Mutter hörte aufmerksam zu, als er ihr klar machte, dass sie das Kind in Empfang nehmen müsse, sobald er es aus der Gebärmutter gehoben habe, da er sich dann sofort dem Schließen der Wunde würde widmen müssen, um die Betäubung so kurz wie möglich zu halten.

Er sah alle der Reihe nach an. »Alles klar? Dann holen wir jetzt das Baby.«

Er griff nach der vorbereiteten Spritze, die die werdende Mutter in die Narkose sinken ließ. Anschließend kümmerte er sich um die Intubation und überließ die Beatmung Nora, die sich voll auf die Uhr, das Zählen und Zusammendrücken des Handbeatmungsgeräts konzentrierte. Tom nahm das Skalpell und öffnete knapp unter dem Schambein die Bauchdecke mit einem etwa fünfzehn Zentimeter langen Schnitt. Sally hielt die Wundhaken, die das Operationsfeld erweiterten, so dass der untere Teil der Gebärmutter sichtbar wurde. Sehr behutsam setzte Tom nun den Schnitt durch die Muskulatur des Uterus an. Schnell und sicher griff er mit der Hand in die jetzt geöffnete Gebärmutter und hob das Kleine, das sich tatsächlich noch in Steißlage befand, mit den Füßen zuerst heraus. Angespannt registrierte er den Zustand des neugeborenen Mädchens, das offensichtlich noch nicht selbstständig atmete. Kleine Schweißperlen bildeten sich auf der Toms Stirn. Die Stille im Entbindungszimmer war bedrückend. Noras Hände wurden klamm. Schnell gab Tom Sally ein paar Anweisungen, den Bauchschnitt im Auge zu behalten, bevor er einen dünnen Schlauch aus seinem Koffer nahm, ihn durch die Nase des Säuglings einführte und vorsichtig Fruchtwasser absaugte, das das Kleine offenbar in den Atemwegen hatte. Als er es hochnahm und es hustend und stockend seinen ersten Atemzug tat, um dann endlich leise zu weinen, sah er erleichtert zu Lucys Mutter.

»Sie haben eine Enkeltochter.« Rasch legte er ihr das Baby in den Arm und wandte sich wieder der Mutter zu, deren Narkose er nun leicht verstärkte, bevor er begann, die einzelnen Bauchschichten Lage für Lage wieder zu vernähen. Nachdem er schließlich die äußeren Wundränder mit Klammern zusammengefügt hatte, richtete er sich auf und sah zu Sally, die gerade den Blutdruck überprüfte. Er nickte, als sie ihm den Wert nannte, und blickte zu Nora, die sich hochkonzentriert mit der Beatmung beschäftigte, obwohl sie voller Angst auf eine Reaktion des Babys gewartet hatte. Dann wandte er sich wieder dem Neugeborenen zu und nahm es vorsichtig der Großmutter ab, die es sanft mit einem Frotteetuch abgerieben hatte, um es zu untersuchen. Die Haut war bereits besser durchblutet, und als er es abhörte, war er sich sicher, dass es die Kleine schaffen würde. Tom legte sie der Großmutter erneut in den Arm und ging zu Nora. Er trat neben den Operationstisch und kontrollierte noch einmal selbst die Werte, bevor er den Tubus entfernte.

»Sie kann jetzt schon wieder allein atmen. Sehen Sie, Nora, wir haben es geschafft. Gleich wird sie zu sich kommen und nach ihrem Baby fragen.« Nora zitterten die Hände vor Anspannung und Erschöpfung. Sie hatte Todesangst ausgestanden, als das Kind keinen Ton von sich gegeben hatte. Sie fühlte sich zittrig, und gleichzeitig war sie unendlich erleichtert.

»Wie können Sie diesen Beruf bloß aushalten?«, sagte sie zu Tom.

Er stand neben seiner Patientin und behielt ihren Blutdruck weiter im Auge. Trotz einer abwartenden Wachsamkeit lächelte er ihr zu.

»Wir haben es doch geschafft, Nora. Wenn die beiden hier alles gut überstehen, lässt mich das eine ganze Menge aushalten.«
Nora nickte. Sie wollte sich im Moment nicht weiter ausmalen, was alles hätte geschehen können. Sie musste sich einfach ablenken, und so ging sie langsam zu Lucys Mutter und ihrer Schwester, die das Neugeborene bereits gewaschen und in Tücher gewickelt hatten. Auch die Nabelschnur war abgebunden. Nora war fast so ergriffen wie bei den Geburten ihrer eigenen Kinder. Mit dem Ausdruck ungläubigen Staunens strich sie dem Baby vorsichtig über das Köpfchen. Es hatte nun die dunklen Augen geöffnet und lutschte hingebungsvoll an seiner kleinen Faust.
Sally sah sie fragend an. »Möchten Sie sie nicht einmal halten?«
Nora nickte und nahm den Säugling. Aufmerksam betrachtete sie das kleine Gesicht und ging dann langsam zu der jungen Mutter, die sich schon ein wenig hin und her bewegte. Nora setzte sich auf den Stuhl, auf dem zuvor Lucys Mutter gesessen hatte, und konnte sich von dem Anblick des Babys nicht losreißen. Es lutschte immer noch an seiner Faust und gab dabei nun laut schnalzende Geräusche von sich, was Nora leise lachen ließ.
»Da hat aber jemand Hunger, was? Es wird Zeit, dass deine Mama wieder zu sich kommt, meine Kleine.«
Tom stand auf der anderen Seite des OP-Tisches und hatte gerade erneut den Blutdruck überprüft. »Sie wird gleich aufwachen.« Er ging um den Tisch herum, um das Baby ebenfalls anzusehen. Auch er strich über das Köpfchen und lächelte Nora zu. Er betrachtete ihr Gesicht. Ihre Augen waren auf das Kind gerichtet. Es gefiel ihm immer wieder aufs Neue zu sehen, wie sie am Schicksal anderer Anteil nahm und sich auch gefühlsmäßig engagierte. Lucys Mutter war nun wieder bei ihrer Tochter, während Sally nach draußen gegangen war, um jemanden mit dem Wagen loszuschicken, der das Team des Ärztedienstes nach der Landung abholen sollte.
Als kurz darauf Bill und Kim zur Tür hereinkamen, gefolgt von

Phil, der eine leichte Tragbahre mitbrachte, war Lucy bereits wieder zu sich gekommen. Sie war ein wenig durcheinander und hatte Schmerzen, aber nachdem Tom ihr etwas dagegen verabreicht hatte, konnte sie sich bereits über ihre kleine Tochter freuen. Mit zusammengebissenen Zähnen ließ sie sich dann auf die schmale Bahre umbetten, während Kim das Baby übernahm. Tom und Nora packten die Ausrüstung seines Arztkoffers wieder zusammen. Bill kniete vor Lucy, überprüfte nochmals den Infusionszugang an ihrem Handgelenk und legte ihr erneut eine Blutdruckmanschette an, um für den Transport alles verfügbar zu haben. Als er wenig später gemeinsam mit Phil die junge Frau zum Wagen trug, konnten sie in einiger Entfernung an der Straße vor der Siedlung zwischen den Bäumen hindurch bereits die flackernden Lichter erkennen, die man entzündet hatte, um dem Flugzeug des Flying Doctor Service den Start in der Dunkelheit zu ermöglichen. Nachdem die Bahre im Auto verschwunden war, sah Bill fragend zur Tür.

»Möchte sie jemand begleiten?« Sein Blick fiel auf Lucys Mutter, doch diese schaute weg. Sie sorgte sich um ihre Tochter, fühlte sich in Cameron Downs aber nicht wohl. Schnell trat Sally vor.

»Ja, ich. Ich würde meine Schwester gern begleiten.«

»Na, dann kommen Sie. Wir haben noch einen Platz für Sie.«

Kim war mit dem Baby vorsichtig hinten eingestiegen, und Phil setzte sich neben sie. Bill lief noch einmal schnell ins Haus zurück, wo Tom und Nora gerade mit dem Zusammenräumen fertig waren. Nora fuhr sich mit dem Handrücken über die Stirn und ließ sich auf der Tischkante nieder. Tom, der in die Hocke gegangen war, um seinen Koffer zu schließen, sah auf, als Bill hereinkam.

»Was ist los? Hast du noch etwas vergessen?«

»Nein, nein. Alles in Ordnung. Ich wollte mich nur kurz verabschieden.« Er machte eine kleine Pause, bevor er beide ansah.

»Das habt ihr gut hinbekommen.« Sein Blick ruhte wieder auf seinem Kollegen. »Tom, ihr setzt aber euren Ausflug fort. Dass du nicht auf die Idee kommst, jetzt noch nach Cameron Downs zurückzufahren.«

Tom grinste ertappt. »Ich hatte tatsächlich kurz mit dem Gedanken gespielt.« Er sah Nora an. »Wie schaut es aus? Haben Sie denn noch Lust, weiterzufahren und die Harpers kennen zu lernen?«

»Ich wäre sogar sehr enttäuscht, wenn wir jetzt zurückführen.«

Bill hob kurz die Hand und winkte beiden zu.

»Na, dann ist ja alles klar. Wir sehen uns also morgen Abend. Ich wünsche euch viel Spaß auf der Farm. Ich glaube, ein wenig Ruhe habt ihr euch verdient. Macht's gut.«

Nora und Tom winkten dem Wagen hinterher. Dann kehrten sie ins Haus zurück und verabschiedeten sich von Lucys Mutter. Kurze Zeit später gingen sie langsam mit Toms Ausrüstung bepackt durch die angenehme Abendkühle zum Auto. Nora atmete tief durch und sah zu, wie Tom seinen Koffer im Wagen verstaute. Als er die Heckklappe schloss, lächelte er ihr zu. »Na, wie fühlen Sie sich?« Er ging zur Fahrertür und sah sie über das Wagendach hinweg an. Sie erwiderte sein Lächeln, innerlich seltsam berührt, wie vertraut er ihr war.

»Mir geht's gut. Ich bin unglaublich erleichtert, dass es Mutter und Kind geschafft haben. Ich dachte, ich verliere den Verstand, als das Baby keinen Ton von sich gab. Ich könnte es nicht ertragen, zusehen zu müssen, wie so ein kleines Wesen stirbt. Ich bewundere Sie, wie Sie Ihre Aufgabe hier meistern.«

Tom war sehr ernst geworden. Er betrachtete über das Wagendach hinweg die immer noch flackernden Lichter am Straßenrand. Als er sie wieder ansah, konnte sie so etwas wie Trauer in seinen Augen erkennen.

»Da gibt es nichts zu bewundern. Es ist eine Aufgabe wie andere auch. Ich versuche zu gewinnen, aber manchmal verliere ich auch.« Bitterkeit war aus seiner Stimme herauszuhören, als er fortfuhr: »Sie haben es doch miterlebt. Neulich bei dem Schlangenbiss war ich zu spät dran und habe verloren, ausgerechnet bei einem vierjährigen Kind.«

»Gewöhnt man sich mit der Zeit daran? Ich meine, lernt man, es besser zu ertragen?«

Tom zuckte mit den Schultern und lächelte ein wenig.

»Eigentlich sollte man das, nicht wahr?«

Er wirkte plötzlich so verletzbar, dass Nora unwillkürlich bedauerte, ihm diese Frage gestellt zu haben. Tom schaute sie wieder an. Seltsamerweise fiel ihm dieses Gespräch mit Nora nicht so schwer wie sonst Unterhaltungen ähnlichen Inhalts.

»Sie fragen mich persönlich, Nora. Ich habe mich nie daran gewöhnt, ein Menschenleben nicht mehr retten zu können. Für das Seelenleben eines Arztes ist es jedoch besser, wenn er gelernt hat, diesen Geschehnissen mit einer gewissen Distanz zu begegnen. Das ist mir leider nie gelungen. Ich versuche also aus den positiven Ereignissen so viel Kraft zu ziehen, dass sie mich in die Lage versetzen, auch mit den negativen fertig zu werden.« Nun grinste er wieder. »Auf diese Weise halte ich mich über Wasser.«

Er klopfte auf das Dach. »Aber jetzt sollten wir aufbrechen.«

Nachdem er den Motor gestartet hatte, fuhren sie kurz darauf schweigend aus der Siedlung. Beide hatten nun Schwierigkeiten, sich wieder in die muntere Ausflugslaune hineinzufinden, die sie hierher geführt hatte, also hingen sie ein wenig ihren Gedanken nach, froh darüber, dass die Geburt doch noch so gut verlaufen war. Nora kuschelte sich in ihren Sitz, denn die Anspannung begann allmählich nachzulassen, und sie sehnte sich nach Ruhe und Geborgenheit.

»Erzählen Sie mir von den Harpers, Tom.«

»Oh, sie sind wohlhabend, gastfreundlich und unkompliziert, Sie werden sie ja bald kennen lernen. Machen Sie sich keine Gedanken.«

Beunruhigt sah sie in die fortgeschrittene Dämmerung hinaus. »Ist der Weg in der Dunkelheit gefährlich? « Ihr Blick wanderte von der Straße zu Tom, und sie fügte hinzu: »Ich meine, weil Sie doch eigentlich vor der Dunkelheit zur Farm kommen wollten.«
Er behielt den Weg vor sich im Auge, beruhigte sie aber rasch. »Nein, nein, gefährlich nicht. Es wird nur eine Weile länger dauern.« Er lächelte ihr kurz zu. »Mit unserem Abendessen.«
Sie gähnte hinter vorgehaltener Hand.
»Sind Sie müde? Dann machen Sie doch einfach ein wenig die Augen zu. So etwa anderthalb Stunden haben wir noch vor uns.«
»Macht es Ihnen auch nichts aus? Sie sind schließlich auch so früh aufgestanden.«
»Nein, nein, ich bin noch nicht müde.«
Zufrieden lehnte sie jetzt ihren Kopf gegen die Nackenstütze und schloss die Augen. Sie hatte nicht vor, einzuschlafen. Ihre Augen brannten jedoch so, dass sie froh war, ihnen einen Moment Ruhe gönnen zu können. Nach wenigen Minuten aber war sie dann doch eingeschlafen, während Tom weiterfuhr. Ab und zu fiel sein Blick auf die schlafende Nora, und es überkam ihn ein Gefühl eigenartiger Wärme und Zufriedenheit, sie bei sich zu haben.

Als sie in der Dunkelheit die Zufahrt zur Farm der Harpers erreichten, verlangsamte er die Fahrt und hielt schließlich an. Er betrachtete Nora, deren Wimpern lange Schatten auf ihre Wangen warfen, und strich ihr vorsichtig eine Haarsträhne aus dem Gesicht.
»Nora? Wir sind da. Ich dachte, Sie würden gerne vor dem Zusammentreffen mit den Harpers wach werden.«
Erschrocken fuhr sie hoch. »O nein! Habe ich den ganzen Weg verschlafen? Das tut mir Leid!«
Sie versuchte ihre Haare zu bändigen und strich sich mit der

Hand über Augen und Wangen. »Jetzt lerne ich zum erstenmal in meinem Leben echte Outbackfarmer kennen und sehe aus wie eine Vogelscheuche beim Mittagsschlaf.«
»Sie wissen, dass das nicht stimmt. Außerdem sind unsere Gastgeber sehr freundliche Menschen.«
Er fuhr wieder an, und als er vor dem prächtigen beleuchteten Haupthaus stoppte, war Nora sehr beeindruckt.
»Wie schön es hier ist. Sehen Sie, Tom, ein richtiger Garten!«
Mr. und Mrs. Harper kamen aus dem Haus.
»Fein, dass Sie da sind. Wir haben schon über Funk gehört, dass alles gut gegangen ist.« Sie schüttelten sich gegenseitig die Hände. »Sie haben sicher schrecklichen Hunger. Möchten Sie sich erst ein wenig erfrischen oder lieber gleich essen?«
Nora sah an sich hinunter.
»Wenn es Ihnen recht ist, würde ich mich gerne erst frisch machen und umziehen, Mrs. Harper.«
»Aber sicher doch. Kommen Sie bitte mit, wir haben nebenan ein kleines Gästehaus, ich hoffe, es gefällt Ihnen. Dr. Morrison kennt es bereits, obwohl er uns viel zu selten besucht.«
Sie lächelte Tom gespielt missbilligend zu, während der Noras Reisetasche und seine eigene Sporttasche aus dem Wagen hob.
»Laura, Sie kennen doch die Dienstpläne. Wenn ich öfter frei hätte, wäre ich hier gar nicht mehr wegzubekommen.« Er strahlte sie entwaffnend an, und alle lachten.
Das kleine Gästehaus erwies sich als geschmackvoll eingerichtetes Haus mit einem Wohnraum, von dem vier kleinere Schlafzimmer abzweigten. Zwischen zwei Schlafzimmern lag je ein schlichtes, aber gepflegtes Bad. Entzückt sah Nora sich im Wohnraum um. Sie nahm jede Einzelheit wahr. »Wie wunderschön! Haben Sie es selbst eingerichtet, Mrs. Harper?«
»Ja. Es macht mir immer große Freude, etwas einzurichten und zu gestalten. Ich nähe auch alles selbst. Leider bekommen wir hier draußen nicht viel Besuch. Schön, dass es Ihnen gefällt,

Nora. Suchen Sie sich einfach ein Zimmer aus.« Sie wandte sich an der Tür noch einmal um, »und nennen Sie mich bitte Laura.«
Nora ließ sich in einen Sessel fallen und sah Tom an. »Sie ist ja ein Goldstück.«
Tom nahm seine Tasche.
»Das Goldstück kann aber sehr ungehalten werden, wenn das Essen verbrutzelt, und sie musste es schließlich eine ganze Weile warm halten. Machen Sie sich lieber schnell fertig.«
Sie sprang auf und griff ebenfalls nach ihrer Tasche. Tom wartete darauf, dass sie sich ein Zimmer aussuchte. Sie waren allesamt liebevoll und behaglich eingerichtet. Schließlich traf er für sie die Entscheidung.
»Nehmen Sie das hier, von hier sehen Sie morgen früh den Sonnenaufgang am besten.«
Noras Müdigkeit war wie weggeblasen. Sie freute sich an der neuen Umgebung und auf den Abend, der sehr nett zu werden schien. Sie legte ihre Kleider ab, bürstete ihr Haar, band es zusammen und stellte sich unter die Dusche. So erfrischt, ließ sie ihr Haar offen auf die Schultern fallen, stieg in saubere Unterwäsche und zog ein schlichtes dunkelgrünes Kleid an, das perfekt mit ihren Augen harmonierte. Sie hatte auch der weiblichen Versuchung nicht widerstehen können, die dazu passenden Schuhe mitzunehmen. Sie stand vor dem Spiegel und schminkte sich schnell, aber absolut dezent. Ihre Haut schimmerte seidig, und ihre großen Augen strahlten erwartungsvoll. Zufrieden mit ihrer Verwandlung, griff sie sich eine weiche dunkelgrüne Angorastrickjacke und verließ ihr Zimmer.

Tom stand bereits im Wohnzimmer und sah aus den großen Schiebetüren, die auf eine kleine Terrasse führten, auf der ein hübscher Brunnen vor sich hin plätscherte. Er hatte ebenfalls geduscht und sich umgezogen. Sein dunkles Haar war noch nicht ganz trocken, und er trug eine helle Bundfaltenhose, ein blaues

Hemd und eine leichte Sportweste; die Ärmel hatte er wie immer hochgekrempelt. Selbst jetzt – obgleich er ihr noch den Rücken zuwandte – fühlte Nora sich so zu ihm hingezogen, dass ihr Herz anfing, schneller zu schlagen. Als er ihre Schritte wahrnahm, drehte er sich um. Während er sie ansah, konnte er die Sehnsucht, die ihn traf, gerade noch verbergen. Er überspielte sie mit einem Lächeln und verbeugte sich. »Gnädige Frau, Sie werden die Sensation heute Abend!«

Sie nahm seinen Arm und flachste zurück. »Aber erst nach Ihnen, Dr. Morrison!«

Der Abend verlief interessant und unterhaltsam. Laura und Matt Harper waren aufmerksame, aber unkomplizierte Gastgeber. Und an einem schön gedeckten Tisch mit gutem Essen verging der Abend bei angeregtem Geplauder. Nora musste von ihrer Reise erzählen, und was sie bisher von Australien gesehen hatte. Sie berichtete begeistert von ihrer Fahrt mit dem Indian Pacific, von dem winzigen Ort Cook, in dem der Zug einen Halt gemacht hatte, um die Diesel- und Wassertanks aufzufüllen. Sie hatte es kaum glauben können, als sie sich an dieser Bahnstation mit vielleicht ein paar Dutzend Häusern mitten in der Nullarbor Plain, einer völlig baumlosen Ebene in der Wüste, wiedergefunden hatte. Später hatte der Zug die Blue Mountains erreicht, und sie erzählte von dem Duft der Eukalyptusbäume. Auch ihre erste Begegnung mit dem Ayers Rock und den Olgas ließ sie nicht aus, bevor sie schließlich noch die kurze Zeit in Sydney beschrieb. Diese Stadt hatte sie unter Australiens Städten besonders ins Herz geschlossen. Sie mochte die quirlige Lebhaftigkeit, die eine hohe Lebensqualität versprach. Nach einer Weile lehnte sie sich auf ihrem Stuhl zurück.

»Jetzt habe ich so viel geredet, nun müssen Sie mir aber von Ihrem Leben hier auf der Farm erzählen, Laura.«

Wie viele Australier war auch Laura Harper noch nicht dazu gekommen, ihr eigenes Land näher kennen zu lernen. Umso ge-

spannter hatte sie den Reiseerzählungen ihres Gastes zugehört. Nora wiederum ließ sich nur zu gerne von Laura das Leben hier draußen schildern und interessierte sich dafür, wie man so weit von der so genannten Zivilisation entfernt Freundschaften pflegte und Kinder großzog. Sie erhielt noch einmal die Bestätigung, dass eine gute Schulbildung hier anscheinend immer bedeutete, dass man die Kinder ab einem bestimmten Alter in ein Internat gab, was der liebevollen Mutter Laura offensichtlich schwer gefallen war. Tom unterhielt sich mit Matt Harper über die Entwicklung der Wollpreise und über die Wetteraussichten. Schließlich war es halb zwölf geworden, und Tom erzählte, wie früh sie heute aufgebrochen waren.
»Sie müssen ja todmüde sein.« Laura Harper erhob sich. »Jetzt gehen Sie beide hinüber und genießen noch ein schönes Glas Wein als Schlummertrunk. Er steht auf dem kleinen Tisch im Wohnzimmer. Schlafen Sie gut. Morgen zeigen wir Ihnen die Farm, da müssen Sie frisch sein.«
Nora drückte Laura kurz an sich und lobte das gute Essen. Auch Matt schüttelte sie die Hand. »Matt, nochmals herzlichen Dank für die Einladung, es war wirklich ein schöner Abend. Ich freue mich schon auf morgen.«

Als sie und Tom bei einem Glas Wein vor der offenen Terrassentür den Sternenhimmel betrachteten, war die Spannung zwischen ihnen fast fühlbar.
»Es ist das erste Mal, dass ich das Kreuz des Südens sehe«, sagte Nora. »Die Sterne sind hier einfach traumhaft, fast schon unwirklich. Ist es nicht eine merkwürdige Vorstellung, dass wir hier vielleicht einen Stern leuchten sehen, den es schon gar nicht mehr gibt? Sein Licht braucht so lange, bis es bei uns ankommt, und wenn wir es dann sehen, ist er womöglich schon verglüht. Ich glaube einfach, dass es Dinge gibt, die manchmal über unsere Vorstellungskraft gehen.«

Sie spürte seinen Blick und konnte sein Schweigen offenbar nicht länger ertragen, denn sie stellte ihr Glas auf den Tisch und stand auf. Sie war nervös. Gleichzeitig ärgerte sie sich deswegen über sich selbst. Sie vermied es, ihn anzusehen. Er sollte nicht merken, wie durcheinander er sie brachte. Betont munter sagte sie deshalb: »Tja, ich schätze, es wird Zeit, schlafen zu gehen.« Unschlüssig schaute sie noch einmal aus der Tür. Tom hatte sich ebenfalls erhoben, und so ging sie auf ihn zu.

»Es war sicher einer der aufregendsten, aber auch einer der schönsten Tage hier, Tom! Ich danke Ihnen dafür.« Sie stellte sich auf die Zehenspitzen und küsste ihn leicht auf die Wange. Als sie sich abwenden wollte, hielt er sie am Handgelenk fest.

»Nora?« Er sprach leise. »Schön, dass du mitgekommen bist!«

Zum ersten Mal an diesem Abend wichen sie sich nicht mehr aus und sahen einander offen in die Augen. Tom wollte seine Gefühle für Nora nicht mehr verbergen. Noch nie hatten sie sich so lange angesehen; es musste absolut nichts mehr gesagt werden. Er las in ihrem Blick all die unterdrückten Empfindungen, die ihn selbst schon seit Tagen quälten. Nora erkannte die Tiefe seiner Gefühle und ließ es nun einfach zu, dass er sie langsam zu sich heranzog. Während sie seinem Blick standhielt, beugte er sich zu ihr herunter, und sie schloss die Augen. Als sein Mund ihre Lippen berührte, war es, als zöge ihr jemand den Boden unter den Füßen weg. Auch Tom wurde von seinen Gefühlen für Nora überrollt. Eine magische Anziehungskraft zwischen ihnen ließ alles um sie herum unwichtig werden. Es gab nur noch sie beide und ihre Liebe füreinander.

Um drei Uhr wurde Nora wach. Sie betrachtete Tom, der im Mondlicht neben ihr schlief. Mit leicht geöffnetem Mund lag er völlig entspannt da. Sie lächelte, ging leise nach nebenan und zog sich einen Bademantel an. Aus dem Bad holte sie sich ein Glas Wasser und kuschelte sich auf das Sofa, das vor der geöffneten Terrassentür stand. Sie atmete tief die kühle Nachtluft ein, die hereinströmte. Sie war viel zu aufgewühlt, um weiterschlafen zu können. Seufzend schlang sie ihre Arme um die Knie und blickte zum langsam heller werdenden Sternenhimmel. Als sie ein Geräusch vernahm, wandte sie sich um und bemerkte Tom, der ins Zimmer kam.

»Was ist los? Habe ich geschnarcht, oder warum bist du nicht mehr bei mir, mein Herz?« Lächelnd setzte er sich zu ihr und legte einen Arm um sie.

»Nein, nein, Tom, es ist alles in Ordnung. Die Erlebnisse der letzten zwanzig Stunden haben mich wohl nur so sehr beeindruckt, dass ich nicht mehr schlafen konnte.«

Er legte seine Hand unter ihr Kinn und sah ihr in die Augen.

»Du bereust es, nicht wahr? Das mit uns, oder?«

Nora blickte ihn offen an. »Nein, Tom, das tue ich nicht, obwohl ich wahrlich nichts dergleichen geplant hatte.« Seufzend blickte sie wieder zum Himmel. »Ich habe mich unsterblich in dich verliebt. Ich kann nicht einmal sagen, ob ich jemals zuvor so glücklich war.« Sie machte eine Pause, und sein Herz schlug schneller. »Aber ich kann nicht einfach alles andere vergessen. Ich bin seit sechzehn Jahren mit meinem Mann zusammen, vor zwölf Jahren haben wir geheiratet. Ich habe mit ihm zwei Kinder von zehn und sieben Jahren. Wir waren immer glücklich und vertrauen uns blind. Verstehst du? Das genau ist der Punkt. Ich habe dieses Vertrauen gebrochen. Das macht mir zu schaffen, und ehrlich gesagt habe ich keine Ahnung, wie ich mein Leben wieder in Ordnung bringen kann.«

Tränen traten ihr in die Augen. Tom drückte sie an sich. Obwohl sein Herz schwer geworden war, versuchte er sich das nicht anmerken zu lassen.

»Nora, ich möchte einfach, dass wir zusammenbleiben.« Er strich ihr über das Haar, seine Stimme klang rau. »Ich hätte das selbst nicht für möglich gehalten, aber ich liebe dich so, wie ich

noch nie in meinem Leben jemanden geliebt habe.« Er lachte auf. »Und dass ich das nach dieser kurzen Zeit auf diese Weise zugebe, ist für mich mehr als ungewöhnlich.«
Sie gab ihm einen Kuss und zeichnete dann sanft mit dem Zeigefinger die Konturen seines Mundes nach.
»Mir geht es doch genauso, Tom.«
Er nahm ihre Hand, hielt sie fest und blickte sie fordernd an.
»Dann bleib bei mir. Hier in Australien. Gib uns doch wenigstens eine Chance.«
Sie spürte, dass ihm das, was er zu ihr gesagt hatte, nicht leicht gefallen war. Sie sah alles in seinen Augen, auch den Schmerz darüber, dass er längst erkannt hatte, dass sie ihre Familie nie im Stich lassen würde. Enttäuscht wandte er sich ab.
Nora nahm sein Gesicht in ihre Hände und zwang ihn so, ihr in die Augen zu schauen.
»Ich bin genauso verzweifelt wie du, Tom. – Ich … ich liebe dich. Nie hätte ich geglaubt, für einen anderen Mann so empfinden zu können. Aber es geht hier nicht nur um mich oder dich oder Max. Wie könnte ich denn meinen Kindern unter die Augen treten? Etwa mit dem Satz: Mama hat sich in einen anderen Mann verliebt und trennt sich jetzt von Papa. Ich würde ihre ganze heile Welt aus den Angeln heben und ihren Vater zutiefst verletzen. Wenn meine Gefühle für dich auch noch so stark sind, das hätte er nicht verdient.«
Sie schwieg kurz und blickte zum Nachthimmel, an dem immer noch die Sterne funkelten. »Ich könnte niemals ohne meine Kinder glücklich werden. Und nebenbei bemerkt hast du bestimmt noch nicht darüber nachgedacht, ob du die Kinder eines anderen würdest aufziehen wollen.« Als er den Mund öffnete, fuhr sie schnell fort: »Wie könnte ich sie denn hierher nach Australien holen? Abgesehen davon, dass Max das nie zuließe. Was sollte ich ihnen sagen? Fein, sagt allem, was ihr bisher kennen gelernt habt, sowie euren Freunden, Sportkameraden, der Schule und

ganz Deutschland Lebewohl und freut euch auf Australien, denn da hat die Mama schon einen neuen Papa für euch. Sie würden mich hassen. Uns beide verachten und ablehnen. So sieht es aus.« Tom wusste nicht, was er sagen sollte, denn sie hatte mit jedem Wort Recht. Aber verdammt noch mal, es war nicht fair. Er blickte zu Boden.

»Okay, ich hab dich verstanden.«

»Ich glaube, du hast keine Ahnung, Tom, wie weh mir diese Entscheidung tut. Du bist doch kein Abenteuer für mich. So etwas wie das hier mit dir, das ist mir noch nie passiert. Hörst du?« Verzweifelt beugte sie sich vor und strich ihm über die Wange. Endlich hob er den Kopf und sah sie an. Ihr Herz klopfte schneller. Wie liebte sie ihn! Wie er so dasaß mit seinen zerzausten Haaren, den Bartstoppeln und diesem intensiven, offenen Blick. Vorsichtig fanden ihre Lippen seinen Mund. Er erwiderte ihren Kuss voller Leidenschaft. Er wollte sie einfach nicht verlieren. Sie sollte zu ihm gehören. Er zog sie wieder in seine Arme, und Nora versank in seiner Zärtlichkeit. Ein warmes Glücksgefühl durchströmte sie. Immer, auch wenn sie nicht mehr bei ihm wäre, würde sie sich daran erinnern können, wie zärtlich er war, wie vertraut er ihr war.

Den Tag auf der Farm empfand Nora fast wie ein Geschenk. Sie interessierte sich für alles, was ihr gezeigt wurde, machte Fotos und notierte sich die verschiedensten Dinge. Sie sprühte nur so vor Lebensfreude, wie Tom insgeheim feststellte. Auch er genoss den Tag hier draußen und fühlte sich so unbeschwert und frei wie schon lange nicht mehr. Waren sie einmal allein, genossen sie es, sich einfach nur in die Augen zu sehen oder an den Händen zu halten, sich nah zu sein. Den Gedanken an später hatten beide verdrängt. Gegen Mittag wollten sie mit Matt ein paar Weidezäune abreiten, Wasserstellen und Pumpen kontrollieren und am Fluss angeln. Nora sollte die Umgebung der Farm ken-

nen lernen. Sie hatte sich gerade auf ein Pferd geschwungen, von dem Matt behauptet hatte, es sei das friedlichste, das sie besäßen. Sie war sehr froh darüber, dass es ihr ohne Hilfe gelungen war, in den Sattel zu kommen, und hoffte inständig, nicht hinunterzufallen. Tom hatte sie amüsiert beobachtet und sein Pferd gezügelt, das mehrere Male lebhaft den Kopf zurückwarf und unruhig hin und her tänzelte. Er blieb völlig ungerührt und sicher. Es war offensichtlich, dass er sich mit Pferden auskannte. Laura hatte Matt noch einmal ans Funkgerät gerufen, so dass Tom und Nora wieder allein waren. Sie betrachtete ihn auf dem Pferd und lächelte ihm kopfschüttelnd zu.
»Gibt es eigentlich irgendetwas, das Sie nicht können, Dr. Morrison?«
»Da gibt es bestimmt einiges, aber wenn du bei mir bist, gelingt mir offenbar alles.«
Sie warf einen besorgten Blick auf sein Pferd.
»Ich hoffe nur, dass dein wilder Zosse mein Schaukelpferd nicht nervös macht.«
Er lachte immer noch, als Matt aus dem Haus zurückkam. Der Farmer schob sich verlegen den Hut in den Nacken und sah von Nora zu Tom.
»Tom, könnten Sie vielleicht ohne mich auskommen? Ich möchte wirklich nicht unhöflich sein, aber ein Nachbar hat mich gerade um Hilfe gebeten, und ich würde ihn ungern im Stich lassen. Sie wissen ja, dass man hier aufeinander angewiesen ist. Wenn ich jetzt rüberflöge, könnte ich sicher am Nachmittag zurück sein. Sie kennen sich bei uns doch gut aus. In den Packtaschen ist alles, was Sie für ein Mittagessen am Fluss brauchen. Was meinen Sie?«
Tom nickte ihm beruhigend zu. »Keine Sorge, Matt. Kümmern Sie sich um die Nachbarschaftshilfe. Wir werden sicher zurechtkommen. Bis heute Nachmittag.«
Als sie außer Hörweite waren, sah Tom sie verschmitzt lächelnd

an. »Ich wüsste wirklich nicht, was ich schöner fände, als jetzt mit dir noch einmal allein zu sein.« Er strahlte dabei so viel Übermut aus, dass sie lachen musste.
»Ich werde hier oben aber keine geistreichen Unterhaltungen mit dir führen können, ich muss mich viel zu sehr darauf konzentrieren, nicht runterzufallen.«
»Ich schlage vor, wir reiten gleich zum Fluss und vergessen die Weidezäune.« Als er ihre hochgezogenen Augenbrauen bemerkte, fügte er hinzu: »Okay, ich zeige sie dir im Vorbeireiten. Dann hast du sie gesehen, und wir können noch in Ruhe angeln und ein herrliches Mittagessen am Fluss genießen, ja?«
»Gegen dich komme ich ja doch nicht an!«

Als Tom später am Ufer ein Feuer entzündet hatte, griff er nach der Angel und wollte zum Fluss hinuntergehen.
»Du musst unbedingt einmal hier im Outback geangelt und frischen Fisch am Lagerfeuer gegrillt haben. Ich wette, das vergisst du nie.«
Nora packte langsam die Tasche aus und hielt ihn dann zurück.
»Schau doch mal! Es ist so viel da, für mich brauchst du nichts zu fangen.«
Er legte beide Arme um sie und zog sie an sich.
»Was ist? Magst du keinen Fisch?«
Sie zuckte ein wenig unschlüssig mit den Schultern.
»Doch, schon. Aber ehrlich gesagt nicht, wenn er lebendig aus dem Wasser gezogen und dann vor meinen Augen kaltgemacht wird.«
»Was ist denn das für eine Logik? Wenn der Fisch aus dem Kühlregal eines Supermarktes käme, würdest du ihn essen, aber so, frisch gefangen, nicht?«
Sie sah ihn ein wenig trotzig an.
»Der im Kühlregal ist schon tot, wenn ich dort hinkomme, und irgendwie nicht extra für mich gestorben.«

Sie hatte keine Lust, sich zu rechtfertigen, außerdem ärgerte es sie, dass er sich offenbar prächtig amüsierte.
»Willst du jetzt mit mir über Fische diskutieren, oder …«
Er hatte sich spontan über sie gebeugt und strich ihr eine Locke aus der Stirn.
»Weißt du eigentlich, dass ich dich liebe, du Großstadtpflanze?«
Langsam küsste er ihren weichen Mund. Sie schlang ihre Arme um seinen Hals und erwiderte seinen Kuss. Der gleiche Zauber wie schon in der vergangenen Nacht hatte sie beide erneut in Besitz genommen und sorgte dafür, dass sie nichts mehr um sich herum wahrnahmen.
Atemlos lag sie später in seinen Armen und sah ihn einfach nur an. Sie konnte nicht glauben, wie tief ihre Gefühle für ihn gingen. Nie hätte sie es für möglich gehalten, sich einmal in einer solchen Situation wiederzufinden, in der sie alles andere vergaß. Tom fuhr langsam mit der Hand ihren Rücken hinauf bis zu den Schulterblättern. Er war glücklich, sie nur für sich zu haben. Zärtlich küsste er sie, und als sie ihm dann in die Augen sah, konnte sie bereits wieder ein Grinsen erkennen. Sie zog die Stirn in Falten.
Er blickte nun entschlossen drein und fragte ernsthaft: »Also, was ist nun mit dem Fisch?«
Sie fuhr auf und boxte ihn in die Seite. Als sie aber an seiner Schulter vorbeisah, schüttelte sie sich plötzlich heftig, denn sie hatte eine riesige Ameisenkolonne dicht neben ihrer Picknickdecke entdeckt, die direkten Kurs auf die mitgebrachten Vorräte nahm.
Toms Augen waren ihrem entsetzten Blick gefolgt, und lachend fragte er: »Soll ich das Essen für dich retten, oder willst du diese echten australischen Ameisen in deine Reportage aufnehmen?«
Sie war inzwischen aufgesprungen, griff nach einem seiner Stiefel und warf ihn schwungvoll in seine Richtung, bevor sie sich

daranmachte, rasch die Vorratstasche wieder einzuräumen. Dann sagte sie gespielt drohend: »Glaub ja nicht, dass du mich dazu zwingen kannst, deinen frisch gemordeten Fisch zu essen.«
Nachdem sie wenig später etwas aus der Vorratstasche gegessen hatten, waren sie zum Flussufer gegangen und hatten sich auf einen großen Felsen gesetzt. Nora sah sich um. Ihr Blick wanderte vom gegenüberliegenden Ufer über die Bäume, Felsen und Steine und folgte dann der Biegung des Flusses, dessen lebhafte Wasserbewegungen in der gleißenden Mittagssonne derart helle Lichtreflexe hervorriefen, dass sie geblendet die Augen zusammenkneifen musste. Tom zog sie an sich.
»He, ich bin auch noch da.«
Sie lehnte sich an ihn, und er küsste sie in die Halsbeuge.
»Nora, ich will dich nicht verlieren. Bitte bleib bei mir.« Als er ihren traurigen Gesichtsausdruck wahrnahm, der ihm verriet, dass sie sich schon entschieden hatte, fügte er eindringlich hinzu: »Denk doch wenigstens noch einmal darüber nach, bevor du etwas überstürzt. Ich will bestimmt keine Familie zerstören, aber glaubst du, wenn du in Deutschland so glücklich wärst, hätte das hier mit uns so passieren können?«
Sie wich seinem intensiven Blick aus, bei dem sie stets das Gefühl hatte, er könne ihr mitten ins Herz sehen. Nachdenklich betrachtete sie seine Hand, die auf ihrem Knie lag, und strich langsam über die einzelnen Finger.
»Ja, Tom. Ich glaube, dass das mit uns passiert ist, obwohl ich ein schönes Leben mit meinem Mann und meinen Kindern habe.« Auf seiner Stirn bildete sich eine steile Falte und gerade als er den Mund öffnen wollte, legte sie einen Finger auf seine Lippen. »Warte, bevor du wieder loslegst. Es mag sein, dass Max und ich in unserem Alltagstrott gefangen sind, aber – ganz ehrlich – wo wäre der Alltag nach sechzehn Jahren nicht eingekehrt?« Sie hielt seine Hand fest und sah wieder auf die glitzernden Wellen. »Das, was ich gestern Nacht zu dir gesagt habe, ist

wahr. Jedes einzelne Wort. Ich habe mich unsterblich in dich verliebt. Aber ich kann nicht hier bleiben.«
Er schloss die Augen, als hätte sie ein Urteil gesprochen.
»Ich … ich verstehe dich nicht, Nora. Ich spüre doch, dass du mich liebst, ja sogar, dass du dieses Land liebst. Wie kannst du diese Gefühle derart beiseite schieben und so einfach sagen: Ich gehe trotzdem.«
Sie schluckte, bevor sie leise erwiderte: »Wer sagt denn, dass es einfach für mich ist, Tom?«
Eigentlich hatte er ihr energisch widersprechen wollen, denn es widerstrebte ihm, sich kampflos zu ergeben, aber er bemerkte den verzweifelten Ausdruck in ihren Augen und schwieg deshalb.
Eine Weile sagten sie beide nichts und beobachteten den Fluss, ohne sich jedoch wirklich dafür zu interessieren.
»Du weißt so viel über mich, ich aber kaum etwas über dich. Wie kommt es eigentlich, dass du nicht verheiratet bist?«, fragte sie ihn schließlich.
»Ich war es«, antwortete er, den Blick weiter aufs Wasser gerichtet.
Überrascht schaute sie auf. »Du bist geschieden?«
Als er kurz nickte, strich sie über seinen Arm. »Hast du auch Kinder?«
Er schüttelte den Kopf und sah sie dabei an.
»Ich hätte heute einen sechsjährigen Sohn, aber meine Frau hatte damals einen Unfall und verlor das Baby.«
»O Tom, wie furchtbar!« Sie machte eine kurze Pause. »Es tut mir Leid, danach gefragt zu haben.«
Traurig senkte sie den Kopf und betrachtete ihre Hände. Ihr Versuch, die gekippte Stimmung wieder in normale Bahnen zu lenken, damit der Tag nicht auf diese Weise endete, war gescheitert. Ihre Niedergeschlagenheit war ihr so deutlich anzumerken, dass Tom sie einfach wieder an sich zog. Seine Finger spielten mit einer Haarsträhne, die in der Sonne schimmerte.

»Ich will nicht, dass du gehst«, sagte er leise.
Sie küsste ihn so hingebungsvoll, dass er keine Antwort mehr brauchte.

Als sie mit den Pferden kurz vor der Farm waren, sahen sie in der Ferne die Staubwolke, die die landende Cessna aufgewirbelt hatte. Matt Harper war zurückgekehrt.
Obwohl die Schafschur erst in einigen Wochen anstand, ließ er es sich nicht nehmen, Nora an einem besonders wolligen Exemplar vorzuführen, wie die Scherer dabei vorgingen. Gespannt beobachtete sie, wie geschickt er war und dem Schaf die Wolle fast in einem Stück »auszog«. Das glatte, plötzlich so schmale Tier kam ihr nun merkwürdig nackt vor und tat ihr fast schon Leid. Innerlich seufzend stellte sie für sich fest, dass Tom mit seiner Bemerkung »Großstadtpflanze« offensichtlich nicht so verkehrt lag.

12

Am Nachmittag wurde es Zeit, sich auf den Rückweg zu machen. Der Abschied von Laura und Matt war herzlich, und Nora hatte das Gefühl, Freunde gewonnen zu haben. Matt erklärte Tom eine Abkürzung, so dass sie noch vor Einbruch der Dunkelheit in Cameron Downs sein würden. Beide winkten noch einmal, bevor sie die Auffahrt hinabfuhren.

Als sie außer Sichtweite waren, legte Nora ihren Kopf an Toms Schulter und schmiegte sich an ihn.

»Seit einer Ewigkeit waren das die zwei schönsten und aufregendsten Tage für mich. Und daran sind Sie nicht ganz unschuldig, Dr. Morrison.«

Er gab ihr einen Kuss und grinste. »Dich muss man einfach glücklich machen, mein Herz.«

Sie knuffte ihn in die Seite, und beide lachten. Sie waren glücklich, noch Zeit füreinander zu haben, bevor sie endgültig in Cameron Downs eintreffen würden. Sie genossen den Augenblick, die Gegenwart. Nach einer guten Stunde Fahrt bekam Nora Durst. Tom deutete nach hinten.

»Die Wasserflasche liegt hinter deinem Sitz. Ich glaube, ich könnte auch etwas vertragen.«

Nora angelte seitlich hinter sich, erreichte sie aber nicht. Seufzend löste sie den Sicherheitsgurt und kniete sich auf ihren Sitz, um an die Flasche zu gelangen.

Nichts, absolut nichts deutete darauf hin, wie sehr sich ihr Leben im nächsten Moment verändern sollte.

Mit einem lauten Knall platzte der Reifen, und der Wagen begann aus voller Fahrt heraus zu schleudern. Sie hörte noch Toms Schrei: »Festhalten!«

Aber es war zu spät. Verzweifelt versuchte er den Wagen wieder unter Kontrolle zu bekommen, während es Nora nirgendwo ge-

lang, Halt zu finden. Die Bewegungen des schleudernden Fahrzeugs warfen sie hin und her, und als ihr Kopf Augenblicke später zum ersten Mal gegen den Türrahmen prallte, wurde es dunkel um sie. Sekunden danach krachte das Auto an einen Baum.
Der Aufprall war heftig gewesen. Nora war bewusstlos, als Tom sie aus dem Wagen zog. Selbst leichter verletzt, war er schnell zu sich gekommen und hatte sich sofort um sie gekümmert. Er legte sie am Fahrbahnrand ab, humpelte so rasch er konnte zum Heck des Autos, um seinen Arztkoffer zu holen, und kniete sich neben sie. Auf den ersten Blick konnte er sehen, wie schwer ihre Kopfverletzung war. Neben der Wunde am Kopf lief auch aus einem Ohr Blut. Besorgt registrierte er alle Hinweise auf einen Schädelbruch. Mechanisch begann er mit der Erstversorgung, überprüfte die Vitalfunktionen, maß den Blutdruck und legte eine Infusion, deren Beutel er an einem Baum über Nora befestigte. Er arbeitete schnell und routiniert, obwohl dieses Mal seine Hände zitterten und verzweifelte Gedanken durch seinen Kopf wirbelten.
Er stellte mehrere Brüche fest, von denen das linke Schlüsselbein der harmloseste war. Mindestens zwei Rippen waren gebrochen, und aus einer offenen Unterschenkelfraktur ragten unschön helle Knochen. Ob und wie schwer die Wirbelsäule verletzt war, konnte er noch nicht einschätzen. Ihr Gesicht war kalkweiß, und ihre Kreislaufwerte gefielen ihm gar nicht. Und all das hier, mitten im Outback. Er sah sich um und versuchte das Entsetzen, das in ihm aufstieg, zu unterdrücken. Er atmete tief durch und richtete und versorgte schließlich, soweit es seine Ausstattung hier zuließ, noch den offenen Bruch.
Dann fiel sein Blick auf den zischenden Wagen, unter dem sich das Kühlwasser in einer Lache sammelte. Hoffentlich funktionierte das Funkgerät noch. Unglücklich sah er Nora an. Sie war immer noch nicht zu sich gekommen. Er strich ihr über die Wange. Sein Flüstern klang eindringlich. »Bitte, Liebling, bleib

bei mir!« Aufmerksam betrachtete er ihr Gesicht. »Nora, komm schon, sag etwas.« Als keine Reaktion erfolgte, sank er in sich zusammen und fuhr sich mit beiden Händen über die Augen. Das konnte doch einfach nicht wahr sein. Wie vielen Menschen hatte er schon geholfen. Und ausgerechnet der Frau, die er sich aus seinem Leben nicht mehr wegdenken mochte, musste er hier draußen beim Sterben zusehen. Er wusste, dass er das nicht ertragen konnte. Doch bevor ihn die Verzweiflung zu überrollen drohte, siegte sein Verantwortungsgefühl. Er riss sich zusammen, stolperte zum Wagen und griff dort nach dem Funkgerät. »Bitte mach, dass es funktioniert!« Er schluckte noch einmal heftig.
»Hier ist Morrison Mobile für Sierra Lima Tango. Hört mich jemand? Greg, sind Sie da?« Er versuchte es erneut. »Sierra Lima Tango. Dies ist ein Notruf!«
Als ein Knacken aus der Leitung kam und er Gregs Stimme vernahm, schloss er dankbar die Augen.
»Hier ist Sierra Lima Tango. Sind Sie das, Tom? Wir hören Sie gut. Was ist passiert? Sprechen Sie bitte! Bill hört schon mit.«
Mühsam versuchte Tom, sachlich zu schildern, was passiert war. Ihm war nüchtern betrachtet klar, dass die RFDS-Maschine vielleicht noch hätte starten, aber hier wegen der bald einsetzenden Dunkelheit nicht mehr hätte landen können.
»Bill, ihr müsst einfach kommen. Ich kann mir nicht vorstellen, dass sie eine Nacht hier draußen überlebt. Die Verletzungen sind wirklich schwer. Soweit ich das sagen kann, hat sie einen Schädelbruch.« Und schnell fügte er hinzu: »Ich weiß, dass sie damit eigentlich nicht im Flugzeug transportiert werden darf, aber es geht nicht anders. Lasst euch etwas einfallen. Unterschreitet die Mindestflughöhe oder besorgt eine Maschine mit Druckausgleich oder sonst etwas. Ein Transport im Krankenwagen würde viel zu lange dauern. Sie hat ziemlich viel Blut verloren, nicht nur durch die Kopfverletzung, sondern auch wegen einer offe-

nen Unterschenkelfraktur, die nicht gut aussieht. Außerdem sind mindestens zwei Rippen gebrochen, was ihre Atmung beeinträchtigt. Dazu kommt noch ein Schlüsselbeinbruch links.« Er holte Luft. »Bill, sie ist überhaupt noch nicht zu sich gekommen, und ich kann weder innere Verletzungen ausschließen noch, ob die Wirbelsäule etwas abgekriegt hat.«

Bill sah Greg betroffen an und atmete tief durch, bevor er fragte: »Tom, was ist mit dir? Bist du in Ordnung?«

»Ja, ich bin okay, bis auf ein paar Abschürfungen und einen verstauchten Fuß.«

Bill war erleichtert. »Gott sei Dank! Ohne dich hätte sie nicht die geringste Chance. Ich begreife nicht ganz, wieso es Nora so schlimm erwischt hat.«

Tom schluckte. »Sie war nicht angeschnallt, als der Reifen platzte.« Bevor Bill etwas dazu sagen konnte, fügte er schnell hinzu: »Sie hatte den Gurt gelöst, um etwas hinter ihrem Sitz hervorzuholen.«

Es knackte wieder in der Leitung, als Bill sich erneut meldete. »Ich verstehe. Mach dir jetzt bloß keine Vorwürfe, hörst du?«

Tom kämpfte darum, Haltung zu bewahren. Sein Blick schweifte umher, und er hatte das Gefühl, völlig allein auf der Welt zu sein. Der Unfall lief in jeder Einzelheit noch einmal in seinem Kopf ab. Bill riss ihn aus diesen Gedanken.

»Tom? Wie weit seid ihr von den Harpers entfernt?«

»Wir sind ungefähr eineinhalb Stunden unterwegs gewesen, als es passierte, aber einen Transport zur Farm kannst du vergessen, das würde sie mit dieser Kopfverletzung und den Brüchen nicht überstehen.« Er machte eine Pause, bevor er fortfuhr. »Ich habe mir von Matt Harper eine Abkürzung erklären lassen und mich jetzt umgesehen. Das Problem ist, dass unsere Maschine hier überhaupt nicht landen kann, auch nicht, wenn es hell ist. Der Weg ist zu schmal. Ich weiß einfach nicht weiter.« Verzweifelt brach er ab.

Bill, der instinktiv bemerkte, wie sehr Tom mit sich kämpfen musste, nicht die Fassung zu verlieren, sagte: »Bleib ruhig, Tom. Wir finden schon eine Lösung, und bei dir ist Nora schließlich in den besten Händen. Wir funken die Harpers an. Die werden euch erst einmal das Notwendigste bringen. Phil spricht sofort mit Matt Harper. Der müsste doch wissen, ob es nicht eine Landemöglichkeit gibt. Bleib bitte auf Empfang. Wir melden uns wieder. Sierra Lima Tango. Ende.«

Tom ließ das Funkgerät sinken und starrte einen Moment ins Leere. Er fühlte sich erschöpft. Irgendwie konnte er immer noch nicht glauben, was passiert war. Schließlich nahm er die Wasserflasche und eine Decke aus dem Wagen und ging hinkend zu Nora. Vorsichtig breitete er die Decke über sie, setzte sich daneben und trank etwas Wasser. Dann wandte er sich wieder Nora zu. Ihr Kreislauf hatte sich auf Grund der Infusion ein wenig stabilisiert, und in ihr Gesicht war etwas Farbe zurückgekehrt.

Wie aus weiter Ferne vernahm sie Toms Stimme. Sie versuchte sich zu bewegen, aber der Schmerz in ihrem Kopf traf sie so heftig, dass sie aufstöhnte. Tom beugte sich über sie und sprach leise zu ihr. »Nora? Kannst du mich hören? Nicht bewegen. Lieg ganz still. Ich bin hier.«

Nora versuchte sich zu konzentrieren, sich zu erinnern, aber sie wusste nicht, wo sie war. An ihrem Körper schien es keine Stelle zu geben, die nicht schmerzte. Sie hörte die Stimme jetzt deutlich. Angestrengt flüsterte sie die Namen ihrer Kinder und ihres Mannes. Tom strich ihr sanft über die Wange.

»Nora, du bist in Australien. Wir haben einen Ausflug hier im Outback gemacht. Dann passierte der Unfall. Erinnerst du dich?«

Sie atmete flach und stoßweise. Offensichtlich unter großen Schmerzen öffnete sie die Augen. Sie bemühte sich, die Situation zu verstehen. Ihr Mund war staubtrocken, und sie versuchte zu schlucken. Jede noch so kleine Bewegung ihres Kopfes, das

Schlucken, das Atmen, selbst das Bewegen der Augen, alles verursachte höllische Schmerzen. Sie schloss die Augen wieder, aus denen vor Qual und Angst Tränen traten. Sie hatte Tom erkannt, aber an den Unfall selbst konnte sie sich nicht erinnern.

»Tom? Was ist … passiert? Was … war denn nur?«

Tom lächelte ihr zu, unendlich erleichtert darüber, dass sie zu sich gekommen war. Er hantierte in seinem Koffer und zog eine Spritze auf.

»Gleich wird es besser.«

Sie konnte nur noch flüstern. »Tom, bist … du denn in Ordnung?«

Am Ende ihrer Kräfte, bemerkte sie kaum noch, dass er ihr die Spritze verabreichte, die fast augenblicklich ihre Schmerzen betäubte und sie einschlafen ließ. Er nahm ihre Hand und beobachtete ihr Gesicht. Er fühlte sich fast schon wieder glücklich. Sie lebte. Und sie hatte ihn erkannt, was bei ihrer Kopfverletzung schon an ein Wunder grenzte. Er war tief berührt, dass sie sich selbst im Augenblick der grausamen Schmerzen, die sie zweifellos haben musste, um ihn gesorgt hatte. Beinahe gleichzeitig meldete sich jedoch auch wieder eine dumpfe Verzweiflung, als er daran dachte, dass sie zu ihrer Familie nach Deutschland gehörte. Wie musste es sein, den Menschen, den man liebte, immer bei sich zu haben? Ein gemeinsames Leben, so wie es Bill und Lisa hatten? Nein, es war einfach nicht fair. Tom erinnerte sich an das Foto, das sie ihm gezeigt hatte, und unwillkürlich versuchte er sich Nora gemeinsam mit ihren Kindern vorzustellen, mit ihrem Mann. Er fuhr sich mit der Hand über die Augen. Seine Gedanken wanderten zurück. Er dachte an Sarah, und er fragte sich, wie seine Beziehung zu ihr wohl weitergegangen wäre, wenn er sich nicht entschieden hätte, nach Afrika zu gehen. Hätten sie jetzt vielleicht auch schon Kinder? Wäre es dann trotzdem zu diesen Gefühlen für Nora gekommen? Vorsichtig stand er auf und biss die Zähne zusammen, als er mit seinem verletzten Fuß auftrat. Es war kühl geworden, und die Dämmerung hatte eingesetzt. Er humpelte zum Wagen, um seine Jacke zu holen. Er musste sich ablenken und etwas tun, also nahm er die Stablampe aus dem Kofferraum und kramte dann in der Türablage nach einem Feuerzeug. Als er einen größeren Haufen trockener Zweige aufgetürmt und entzündet hatte, ging es ihm etwas besser. Es hatte einfach keinen Zweck, sich hängen zu lassen. Er war jetzt der einzige Arzt hier und Nora die Patientin. Er musste versuchen, einen klaren Kopf zu bekommen. Als das kleine Feuer munter prasselte, wandte Tom sich wieder Nora zu. Er nahm sein Stethoskop und das Blutdruckmessgerät aus seinem Koffer und vergewisserte sich, dass sich ihr Zustand nicht weiter verschlechterte. Wegen der drohenden Infektionsgefahr verabreichte er ihr Antibiotika; anschließend gab er noch ein Schmerzmittel in den Infusionszugang, damit sie ruhig blieb.

13

Suchend sah sich Lisa im Cameron Hotel um. Schließlich entdeckte sie Martin mit Jason an einem Tisch in der Ecke, wo sie gemeinsam zu Abend aßen. Martin hörte gerade dem jungen Arzt zu und lachte dann laut. Sie schienen sich gut zu verstehen. Langsam trat Lisa näher. Jason sah auf.

»Oh, hallo, Lisa. Setz dich doch zu uns.« Dann bemerkte er ihr ernstes Gesicht, das er nicht zuletzt auf Grund ihrer gemeinsamen Arbeit ziemlich gut einschätzen konnte. »Was ist passiert?«

Lisa zögerte einen Moment, dann nahm sie Platz und sah Martin an. »Es hat einen Unfall gegeben.«

Doch Jason reagierte als Erster. »Wer? Sag schon!«

»Es ist Nora. Sie ist schwer verletzt.«

Jason ließ sich gegen die Stuhllehne zurückfallen.

»Und was ist mit Tom?«

»Tom geht es ganz gut, nur ein verstauchter Fuß und ein paar Abschürfungen. Aber bei Nora sieht es schlecht aus.«

Martin blickte fassungslos von einem zum anderen. Bevor er jedoch etwas sagen konnte, fragte Jason: »Weißt du, wie schwer die Verletzungen sind? Wo sind sie denn überhaupt?«

Lisas Augen waren voller Sorge. »Das ist ja das Problem, sie sind irgendwo etwa eineinhalb Stunden von der Farm der Harpers mitten im Busch. Es wird jetzt gerade dunkel, und Nora …«

Lisa zögerte erneut, als sie sah, dass Martin beide Hände vors Gesicht schlug. »Tom hat sich über Funk melden können. Wie es aussieht, hat sie Rippenfrakturen, einen offenen Beinbruch und außerdem einen Schädelbruch.«

Jason legte den Kopf in den Nacken und schloss kurz die Augen, dann beugte er sich wieder vor. »Was unternehmen wir jetzt? Fliegt Bill noch raus?«

Lisa schüttelte den Kopf.

Martin reagierte nun heftig. »Was heißt das? Nora liegt da draußen schwer verletzt, und sie wird nicht einmal ins Krankenhaus gebracht?«
Seine dunklen Augen funkelten die beiden an.
Lisa legte eine Hand auf seinen Arm.
»Martin, wir tun alles, was irgend möglich ist. Aber die Maschine kann heute nicht mehr starten. Phil braucht für die Landung dort draußen Licht, und außerdem sind Tom und Nora eine Abkürzung gefahren und der Weg, auf dem der Unfall passierte, ist nicht breit genug für ein Flugzeug.«
Jason schloss erneut die Augen und schüttelte leicht den Kopf.
Martin hatte Mühe, nicht die Fassung zu verlieren. Heftig schob er seinen Teller von sich. Sein Englisch hatte plötzlich wieder die typisch deutsche Klangfarbe angenommen.
»Aber … aber es muss doch etwas getan werden. Wir können doch nicht einfach nichts tun.«
Lisa sah ihn sanft an. »Bill hat natürlich sofort die Harpers angefunkt, die bald mit dem Wichtigsten an Medikamenten, Decken und so weiter an der Unfallstelle eintreffen.« Sie legte wieder eine Hand auf Martins Arm. »Sie ist nicht allein, einer unserer besten Ärzte ist bei ihr.«
Martin fuhr sich mit beiden Händen über Stirn und Augen. »Ach Scheiße! Das kann doch einfach nicht wahr sein! Was soll ich bloß ihrem Mann und den Kindern sagen?«
»Bill bittet Sie um eine Telefonnummer, unter der er ihren Mann erreichen kann. Er wird ihn anrufen. Er kann ihm die Verletzungen besser erklären, okay?«
Martin nickte. Betroffen kramte er ein kleines Notizbuch aus seiner Jackentasche und blätterte darin, dann nahm er einen Stift, kritzelte eine Nummer auf einen Zettel, den er anschließend herausriss und Lisa gab. Wortlos starrte er danach in sein Bier. Er fühlte sich schlecht. Der Tag mit Jason im Flugzeug hatte ihm fantastische Fotochancen geboten. Alles war so großartig gelau-

fen. Er hatte es kaum abwarten können, die Bilder zu entwickeln und Nora zu zeigen. Und nun das hier. Der Unfall erschütterte ihn zutiefst.

Lisa stand auf. »Ich muss wieder rüber.« Sie warf Jason einen bedeutungsvollen Blick zu, der auf Martin wies. Dieser nickte, und sie verschwand.

»Martin, sie ist in wirklich guten Händen. Es bleibt uns im Moment nichts anderes übrig, als abzuwarten.« Offensichtlich ahnte er, was Martin beschäftigte, denn nach einer kurzen Pause sagte er: »Es hilft niemandem, wenn Sie sich jetzt irgendetwas vorwerfen. Sie hätten auch nichts verhindern können, wenn Sie dabei gewesen wären. So etwas passiert einfach.«

»Was für ein Land, wo Schwerverletzte nur bei Tage ins Krankenhaus gebracht werden können! Wissen Sie, dass Australien das Land ist, das Nora schon immer kennen lernen wollte? Ich habe noch nie jemanden getroffen, der so begeistert von einem Land war wie sie von diesem. Das war ihre erste große Reise seit zehn Jahren. Sie hat sich darauf gefreut wie ein Kind, und nun …« Er brach ab und erhob sich. Im Gehen wandte er sich noch einmal um. »Ich muss jetzt erst mal allein sein, bitte.«

Jason nickte und sah ihm nach.

14

Nach einer Weile sinnlosen Grübelns stand Tom auf. Eigentlich hätte er wegen der zunehmenden Abendkühle ein wenig umherlaufen sollen, um warm zu bleiben, doch das musste er wegen seines schmerzenden Knöchels sein lassen. So zog er den Reißverschluss seiner Jacke bis oben zu und steckte die Hände in die Taschen. Unschlüssig sah er sich um, bis sein Blick wieder auf den Wagen fiel. Das Funkgerät! Er wollte in der Zentrale fragen, was sie erreicht hatten.

»Sierra Lima Tango, hier ist Morrison Mobile. Greg, sind Sie da?«

»Hier ist Sierra Lima Tango. Tom, wir wollten uns gerade melden. Ich übergebe an Bill.« Es knackte.

»Tom? Wie geht es euch?«

»Ihre Lage hat sich etwas stabilisiert, Bill. Sie war inzwischen auch kurz bei Bewusstsein. Habt ihr etwas erreicht?«

»Ja, Matt und Laura Harper sind vor etwa einer Dreiviertelstunde losgefahren und müssten euch bald erreichen. Ich habe ihnen gesagt, was aus medizinischer Sicht am dringendsten benötigt wird. Und wie ich Laura kenne, wird sie sicher auch an alles andere denken. Phil hat mit Matt eine Landemöglichkeit besprochen. Euer Weg liegt teilweise parallel zur Straße. Wir müssen allerdings bis morgen früh warten. Wir brauchen einfach Tageslicht für die Landung.« Er machte eine Pause. Es beunruhigte ihn, dass Tom nicht reagierte. Die Aussicht, die Nacht dort draußen verbringen zu müssen, mit der Verantwortung für die verletzte Nora, musste nach dem Unfall, der ihm sicher selbst noch in den Knochen steckte, ein Schlag für ihn sein. Dass er auf die Mitteilung gar nichts sagte, ließ Bill in etwa Toms Erschütterung erahnen. Er hätte ihm gern etwas anderes mitgeteilt. Vorsichtig fragte er: »Tom? Bist du okay? Was meinst du, bringst du sie durch? Schafft sie diese Nacht?«

Tom, der wieder vor sich hin gestarrt hatte, ließ das Funkgerät einen Moment sinken und sah zu Nora hinüber.
»Ich …« er zögerte. »Ich kann es einfach nur hoffen, Bill. Wenn bloß eine weitere Komplikation auftritt, ist es aus. – Bill? Sollte sie eine Gehirnblutung bekommen, kann ich hier nichts, absolut gar nichts tun. Oder ihr Kreislauf.« Er musste schlucken. »Kannst du dir eine Herzdruckmassage bei gebrochenen Rippen vorstellen?«
Bill war nun selbst verzweifelt, Tom allein lassen zu müssen. Er fuhr sich durch die Haare. »Tom, du bist ein hervorragender Arzt. Ich hoffe, das weißt du. Wenn du ihr nicht helfen kannst, kann es niemand mehr. Ich verspreche dir, wir kommen so schnell es irgend geht. Halt bitte durch.« Es fiel ihm schwer, seinen Kollegen und Freund noch weiter zu belasten. »Da ist noch etwas, Tom. Nora müsste morgen früh das Stück Weg quer zur Straße, auf der wir landen, in Harpers Geländewagen überstehen. Matt schätzt, dass es etwa fünf Kilometer sind. Glaubst du, sie schafft das?«
Tom sah enttäuscht vor sich hin. Es erschien ihm alles so sinnlos. Im Grunde war ihm klar gewesen, dass seine Kollegen nicht zaubern konnten, er hatte nur einfach auf eine bessere Lösung gehofft. Er seufzte tief.
»Ich mag mir das ehrlich gesagt überhaupt nicht vorstellen. Gibt es keinen anderen Weg? Was ist mit einem Hubschrauber?«
»Keine Chance, Tom. Es ist so schnell keiner, der für einen Liegendtransport geeignet wäre, verfügbar.«
»Dann bleibt uns ja wohl keine andere Wahl.«
»Okay, Tom. Wir warten auf die Dämmerung und machen uns dann sofort auf den Weg. Bis dann. Sierra Lima Tango. Ende.«
Tom hängte das Funkgerät wieder ein und hinkte zum Feuer. Inzwischen war es dunkel geworden. Er legte ein paar neue Zweige nach, die knisternd von den Flammen aufgenommen wurden. Nachdenklich sah er dabei zu. Das konnte doch alles nicht wahr

sein. Er legte den Kopf in den Nacken und blickte zu den Sternen. Waren das dieselben Sterne, die er nur eine Nacht zuvor gemeinsam mit Nora angeschaut hatte? Kann Glück so schnell vorbei sein? Nun hatte sie das Kreuz des Südens nur einmal mit ihm betrachtet. Die Erinnerung an die vergangene Nacht ließ ihn seine Verzweiflung noch deutlicher spüren. Er stützte den Kopf in die Hände. Noch vor ein paar Stunden waren sie so glücklich gewesen; er sah ihr Lächeln vor sich, spürte ihre Wärme, den Duft ihrer Haut. Er biss sich auf die Lippe, wollte jetzt nicht daran denken. Ob ihre Familie schon informiert war? So wie er Bills Zuverlässigkeit und Routine kannte, war das bereits erledigt. Merkwürdig, nun würde er womöglich bald ihrem Mann gegenüberstehen, der sicherlich sofort aufgebrochen war. Während er dies noch dachte, ging er wieder zu Nora.

Noras Kopf dröhnte, als sie zu sich kam, und sie atmete, als hätte sie einen Sprint hinter sich. Jeder Atemzug tat weh. Sie sah Tom an, der sich über sie beugte und fragte: »Die Schmerzen sind sehr schlimm?«

Nora schloss die Augen, ein Nicken wagte sie nicht. Tom zog erneut eine Spritze auf, die er ihr gleich gab. Besorgt stellte er fest, dass er nicht mehr viel Morphin dabeihatte. Er untersuchte vorsichtig ihre Augen.

»Kannst du mich gut erkennen? Oder ist etwas undeutlich oder verschwommen?«

»Ich sehe nicht gut, manchmal … geht es einigermaßen, dann … verschwimmt wieder alles.«

Angespannt blickte er sie an. »Bitte, Nora, kannst du mal deine Finger bewegen? Bitte versuch es.« Erleichtert beobachtete er, wie sich ihre Fingerspitzen leicht krümmten. »Gut!«

Nora fühlte ihre Kräfte schwinden, riss sich aber wieder zusammen, obwohl ihr Kiefer so zitterte, dass ihre Zähne beim Sprechen aufeinander schlugen.

»Tom, bitte.« Eindringlich sah sie ihn an. »Du … musst mir einen Gefallen tun. Es ist … wichtig. Ich … ich bin mir … nämlich nicht sicher, ob … ich das hier … überstehe.« Sie atmete schneller, und als er den Mund öffnete, um ihr zu widersprechen, fuhr sie schon fort: »Nein, sag jetzt … bitte nichts. Ich fühle ganz genau, was … mit mir los ist.« Schweißperlen bildeten sich auf ihrer Stirn. »Ich möchte … dass du meinen Kindern sagst, dass … ich sie liebe … und sie das Wichtigste … in meinem Leben waren. Und, Tom … bitte sag Max nichts … von uns. Er soll unsere Ehe und mich in guter … Erinnerung behalten.« Sie schloss kurz die Augen und atmete angestrengt, als wollte sie noch einmal all ihre Kräfte sammeln. »Tom, ich … liebe dich! Es ist … mir wichtig, dass … du das weißt. Ich wünsche mir … so sehr, dass du glücklich wirst. Du bist ein so guter Arzt und ein … wunderbarer Mann. Wenn … wir uns früher begegnet wären …«

Sie kämpfte gegen die Erschöpfung an, ihre Augen flackerten. Angst stieg in Tom auf. Das hier kam einem Abschied gleich. Mühsam schluckte er den Kloß in seinem Hals hinunter. Er war kaum zu verstehen.

»Nicht, Nora. Bitte! Du musst kämpfen. Gib jetzt nicht auf. Ich liebe dich so. Wenn du jetzt aufgibst, ist das meine Schuld. Ich könnte das nicht ertragen. Bitte versprich mir, dass du kämpfst. Wenn nicht für mich, dann für deine Kinder.« Er schluckte so heftig, dass es ihn fast würgte.

Sie schaffte es kaum noch, ihre Augen offen zu halten. Die Wirkung des Schmerzmittels hatte anscheinend eingesetzt. Langsam tastete ihre Hand nach ihm. Sofort umschloss er sie mit seiner Hand. Er spürte den leichten Druck und sah ein leises Lächeln, das um ihre Mundwinkel zuckte.

»Versprochen … Dr. Morrison.« Dann war sie wieder eingeschlafen.

Fahrig vergewisserte Tom sich, dass sie wirklich nur schlief. Danach sank er fassungslos in sich zusammen. Totale Erschöpfung hatte ihn ergriffen, lange unterdrückte Tränen liefen über sein

Gesicht. Er war froh, dass er sich in diesem Augenblick vor niemandem zusammenreißen musste. Als er sich beruhigt hatte, griff er nach der Wasserflasche, um etwas zu trinken. Anschließend goss er sich ein wenig in die Hände und wusch sich das Gesicht. Er fühlte sich besser und stand auf. Der Nachtwind wehte ihm entgegen, und er atmete tief durch. Er sah wieder zu den Sternen auf; und in diesem Moment wollte er jede Entscheidung Noras akzeptieren – wenn sie nur überlebte.

Als er sich umwandte, sah er die Scheinwerfer bereits in der Ferne. Langsam kam das Motorengeräusch näher. Der Wagen hatte kaum gehalten, als Laura Harper schon heraussprang. Sie lief auf Tom zu. »Tom, wie sieht es aus?«

Er hinkte ihr entgegen. »Leider gar nicht gut, Laura.« Und zu Matt sagte er: »Danke, dass Sie in der Dunkelheit hergekommen sind.«

Matt, der sich, seit er von dem Unfall erfahren hatte, Vorwürfe wegen der Abkürzung machte, nickte ihm zu und war schon hinter seinen Geländewagen getreten, um die Tür zu öffnen.

»Das ist ja wohl das Mindeste, was wir tun konnten, Doc. Schauen Sie mal, wir haben hier einiges für Sie.«

Erleichtert verschaffte Tom sich einen Überblick über die Ausstattung, die die Harpers mitgebracht hatten. Still dankte er Bill, der anscheinend mehr als umsichtig dafür gesorgt hatte, dass medizinisch all das zur Verfügung stand, was irgend machbar gewesen war. Die Harpers hatten genau nach Bills Anweisung alle für Nora benötigten Medikamente ihrer »Hausapotheke« entnommen. Wieder einmal bestätigte sich das System des Flying Doctor Service, der den einsam gelegenen Farmen Boxen mit nummerierten Medikamenten übergab, die dann im Ernstfall über Funk verordnet werden konnten und sofort vor Ort verfügbar waren.

Neben Decken, Schlafsäcken, heißem Tee und belegten Broten

hatte die praktisch denkende Laura auch noch eine Hängematte ihrer Kinder eingepackt. Zögernd sah sie Tom an. »Es war nur eine Idee, nachdem Dr. Jarrett Noras Verletzungen geschildert hatte und dass sie möglichst vor Erschütterungen bewahrt werden sollte. Nun, ich dachte an den Transport morgen früh. Wenn wir die Hängematte hinten im Auto aufhängen, dann bekommt sie nicht jede Bodenwelle ab, wenn der Wagen einmal rumpelt.« Doch schnell fügte sie hinzu: »Aber für den Fall, dass das keine gute Lösung ist, haben wir auch noch eine Matratze mitgebracht.«

Tom legte einen Arm um ihre Schulter.

»Laura, das war eine großartige Idee. Ich danke Ihnen.«

Gemeinsam waren sie nun vor Nora stehen geblieben, und Tom kniete sich mit einigen Gegenständen, die er Harpers Ausstattung entnommen hatte, neben sie, um ihre gesundheitliche Verfassung erneut zu überprüfen. Während er sie untersuchte und den Infusionsbeutel austauschte, sah Laura ihm besorgt zu. Sie hatte sich ebenfalls hingekniet und strich über Noras freie Hand. Leise sagte sie zu Tom: »Es ist so furchtbar, dass das passieren musste. Sie ist ein so lieber Mensch. Ich habe sie gestern gleich ins Herz geschlossen.« Sie schluckte. »Kann ich denn gar nichts für sie tun?«

Tom fuhr sich mit dem Handrücken über die Stirn.

»Laura, Sie haben schon geholfen. Im Moment hat sich ihr Zustand stabilisiert, und dank der Medikamente, die Sie mitgebracht haben, werde ich sie einigermaßen schmerzfrei und ruhig halten können, sofern ihr Kreislauf weiter mitmacht.«

Tom legte ihr vorsichtig die Hals-Nacken-Stütze an und kontrollierte sie nochmals. Anschließend verfuhr er ebenso mit einer aufblasbaren Hülle, die er über den Verband der Bruchstelle an ihrem Bein zog und, als sie richtig saß, langsam aufblies. Gemeinsam mit Matt betteten sie Nora auf die mitgebrachte Matratze, die auf einer selbst konstruierten Trage lag. Auf diese

Weise konnte sie am nächsten Morgen, ohne erneut groß bewegt zu werden, zum Wagen gebracht werden. Nora wurde unruhig, schien jedoch noch betäubt. Ihre Augen flackerten, als sie Tom ansah.

»Tom … mir ist … so schlecht.«

Tom beugte sich über sie. »Nora, das kann deine Kopfverletzung sein oder das Schmerzmittel. Wahrscheinlich sogar beides. Bitte halt durch. Du musst es schaffen!« Sie schlief wieder ein.

Als er sich aufrichtete, bemerkte Laura die dunklen Ringe unter seinen Augen und die Anspannung in seinem Gesicht. Sie legte eine Hand auf seinen Arm.

»Tom, Sie müssen sich jetzt ausruhen. Trinken Sie einen heißen Tee, und essen Sie was. Ich bleibe bei Nora und sage Ihnen sofort Bescheid, wenn sich etwas verändert.« Als er zögerte, fügte sie hinzu: »Wenn Sie hier schlappmachen, kann ihr keiner mehr helfen.«

Tom erhob sich. »Danke, Laura. Sie haben ja Recht. Bitte achten Sie besonders auf Noras Atmung.«

Als er sich umwandte und müde zum Feuer hinkte, sah Laura ihm nach. Sie hatte bereits vermutet, dass die beiden etwas füreinander empfanden, und auch wenn Tom sich noch so bemühte, es zu verbergen, sie konnte erkennen, wie sehr er litt. Eben im Gespräch mit Nora hatte sie all das an seinem Gesicht ablesen können. Sie beschloss, alles in ihrer Macht Stehende zu tun, um ihm zu helfen. Auch Matt drängte Tom, eine Pause einzulegen. Er hatte inzwischen die Decken und Schlafsäcke ausgeladen und in der Nähe des Feuers abgelegt. Während er Tom herankommen sah, schenkte er einen Becher Tee ein und empfing ihn damit. Er wies auf einen Schlafsack mit Decke.

»Bitte, Tom, setzen Sie sich.« Als dieser sich niedergelassen hatte, reichte er ihm eine Box mit belegten Broten. »Sie müssen auch etwas essen, sonst halten Sie nicht durch.«

Tom zwang sich zu einem Lächeln. »Danke, Matt, der Tee ist

schon mal eine Wohltat.« Schweigend aßen sie von den Broten. Tom hätte später nicht mehr sagen können, was er gegessen hatte, aber er spürte, wie eine bleierne Müdigkeit in ihm aufstieg. Matt, der ihn beobachtet hatte, nahm ihm die leere Tasse ab und verschloss die Brotdose wieder.
»Legen Sie sich ein wenig hin.« Als er sah, dass Tom zögerte, fügte er hinzu: »Laura gibt auf Nora Acht. Und ich werde das Gleiche tun, aber Sie müssen jetzt eine Pause machen.«
Tom nickte, legte sich die Decke um und streckte sich erschöpft auf seinem Schlafsack aus. Es dauerte nur Sekunden, und ihm fielen die Augen zu. Matt breitete noch eine Decke über ihn und ging mit drei weiteren Decken zu Laura und Nora.

15

Die Sonne zeigte gerade den ersten roten Schimmer am Horizont, als Phil die Maschine des Royal Flying Doctor Service auf Startposition brachte. Bill ließ sich auf den zweiten Sitz im Cockpit fallen und schnallte sich an. Die Sorgenfalte auf seiner Stirn zeigte, dass er in Gedanken bereits an der Unfallstelle war. Lisa verstaute noch eine Kühlbox mit Infusionsbeuteln und zwei Blutkonserven. Mit einigen Schwierigkeiten war es ihnen gelungen, Noras Mann, Max Bergmann, nochmals telefonisch zu erreichen. Glücklicherweise konnte er sofort Auskunft zur Blutgruppe seiner Frau geben. Er hatte sie vor Jahren häufig während ihrer Schwangerschaft zu den Vorsorgeuntersuchungen begleitet.

Lisa hatte sich ebenfalls angeschnallt und sah aus dem Fenster. Ihre Gedanken waren bei Tom und Nora. Obwohl sie schon viele Jahre in ihrem Beruf arbeitete, hatte sie es nie zu der oftmals notwendigen Distanz zu den Patienten gebracht. Sicherlich war das einer der Gründe für ihre Beliebtheit, aber ihr Feingefühl im Umgang mit den Menschen und ihren Schicksalen sowie auch ihr Temperament und die Leidenschaftlichkeit, mit der sie sich stets gegen jede Art von Ungerechtigkeit engagierte, sorgten bei ihr selbst oft für eine gewisse Erschöpfung, manchmal sogar für Schlaflosigkeit. Auch in der vergangenen Nacht hatte sie nicht viel Ruhe gefunden. Nachdem Bill ihr die Verletzungen genannt hatte, konnte sie sich als Krankenschwester ein ziemlich genaues Bild von der Situation machen. Sie wusste, dass Nora schwer verletzt war, und hoffte inständig, dass sie es schaffen würde. Ihre große Sorge galt aber auch Tom. Sie war diejenige, die ihn hier mit am längsten kannte. Sie arbeitete gern mit ihm zusammen und schätzte ihn sehr. Ihr war zuerst aufgefallen, dass er sich seit Noras Ankunft verändert hatte. Sie wusste, dass er seit

seinem Einsatz in Äthiopien und dem Bruch seiner Beziehung zu Sarah mit Gefühlen nicht gerade um sich warf und sehr ernst geworden war. Und so hatte sie sich gefreut, dass er sein Herz offensichtlich wiederentdeckt hatte. Umso mehr musste er unter der jetzt gegebenen Situation leiden. Mit seinem Bericht über den Funkkontakt zu Tom hatte Bill ihre Vermutungen schließlich nur bestätigt. Sie sorgte sich sehr, dass Tom womöglich psychisch erneut aus der Bahn geworfen wurde, und fragte sich, ob er das verkraften würde. Lisa seufzte tief.
Mit dem ersten Tageslicht hob die RFDS-Maschine ab und wurde von Phil auf Kurs gebracht.

Als Tom die Augen aufschlug, fühlte er sich wie gerädert. Mühsam richtete er sich auf. Sein Knöchel war inzwischen angeschwollen und verfärbte sich bläulich rot. Die Erinnerung an den Unfall und der Gedanke an den bevorstehenden Transport durch den Busch trugen auch nicht zu einer Besserung seines Befindens bei. Er hatte nur wenig schlafen können, denn Nora war auf Grund ihrer Verletzungen und der Übelkeit häufig unruhig gewesen. Zweimal hatte sie sich vor Schmerzen wimmernd übergeben, was sie jedes Mal völlig ausgepumpt hatte. Aus Sorge, dass ihr Kreislauf neben den anderen Medikamenten eine höhere Dosis des Schmerzmittels nicht ohne weiteres verkraftete, hatte er ihr immer nur so wenig wie möglich verabreicht. Tom stand auf und humpelte zu Laura hinüber, die sich gerade über Nora beugte. Als sie seine Schritte hörte, drehte sie sich um.
»Oh, hallo, Tom. Sie sind also schon wieder auf.«
Er nickte ihr zu, während er sich neben Nora kniete und nach seiner Arzttasche griff. »Ja, Laura. Sie haben aber auch nicht viel geschlafen, oder?«
Sie schüttelte den Kopf und erhob sich. »Ich werde uns jetzt erst mal einen Kaffee machen. Ich glaube, den können Sie besonders vertragen und Matt sicher auch.« Sie deutete auf ihren Mann, der

gegen einen Baum gelehnt auf dem Boden saß und eingenickt war.

Tom hatte Nora die Manschette des Blutdruckmessgeräts angelegt und lächelte Laura an.

»Sie haben Recht, ein heißer Kaffee wäre einfach wunderbar, Laura.«

Als sie sich umwandte, begann er mit der Untersuchung. Nora schlief jetzt wieder, und er gab ihr kein Morphin mehr. Er wollte damit warten, bis sie ins Auto gebracht werden musste. Während er seinen Arztkoffer schloss, kam Laura mit einem Becher Kaffee, den er dankbar entgegennahm. Matt packte schon die Decken und Schlafsäcke zusammen, als sie das Motorengeräusch vernahmen. Tom legte den Kopf in den Nacken und stieß einen Seufzer aus. Noch nie war er so erleichtert über den Anblick eines Flugzeugs gewesen. Kurz darauf sprach er über Funk mit Phil, der ihm die Landung bestätigte.

»Phil, sag Bill, dass wir sie jetzt in den Wagen umquartieren und uns dann auf den Weg machen. Es wird aber trotzdem etwas dauern. Bis gleich. Morrison Mobile. Ende.«

Als er die Spritze mit dem Schmerzmittel aufzog, schlug Nora die Augen auf. Wie schon zuvor verriet ihm ihr mühsames Atmen, dass sie Schmerzen hatte. Sie sah ihn an und versuchte zu lächeln.

»Ich … bin noch da … Tom. Siehst du?« Ihre Augen hielten ihn fest. »Versprochen … ist versprochen.«

Tom beugte sich über sie und strich ihr über die Wange.

»Ich weiß, mein Herz. Und darüber bin ich mehr als froh.« Er sah Matt und Laura herankommen. »Nora, ich gebe dir noch etwas gegen die Schmerzen. Du musst noch ein wenig durchhalten. Wir bringen dich jetzt zum Flugzeug, dann hast du das Schlimmste hinter dir.« Während er ihr die Spritze gab, sagte er: »Sieh mal, wer uns geholfen hat. Laura und Matt waren auch die ganze Nacht bei dir.«

Sie lächelte den beiden zu. »Das … ist aber nett … von ihnen.« Ihre Atmung war wieder schnell und flach, Tränen traten ihr in die Augen. Tom wartete ungeduldig darauf, dass die Wirkung des Schmerzmittels einsetzte.
Laura hatte Noras Hand genommen.
»Bitte, Nora, sprechen Sie nicht. Sie müssen ganz ruhig liegen.«
Matt sah besorgt von Nora zu Tom. Er mochte sich nicht vorstellen, sie gleich quer durch den Busch zu transportieren. Als ihre Augen flackerten und sie langsam einschlief, fragte er leise: »Glauben Sie, sie schafft es, Doc?«
Tom war hinter Noras Kopf getreten. Er hatte keine Lust, jetzt darüber nachzudenken.
»Ich kann es nur hoffen. Nehmen Sie bitte das Fußende der Trage, Matt. Und Sie, Laura, halten den Infusionsbeutel möglichst hoch. Alles klar? Auf drei heben wir gleichzeitig an, okay?«

Phil war aus dem Flugzeug gesprungen und half Bill und Lisa bei den Vorbereitungen für die Ankunft von Nora und Tom. Er schloss die Tür zum Cockpit und wandte sich an Bill, der gerade auf die Uhr sah.
»Was meinst du, wie lange werden sie wohl noch brauchen?«
Bill seufzte. »Ich schätze, in den nächsten fünfzehn Minuten könnten sie hier sein, aber wichtiger ist, dass sie vorsichtig transportiert wird.«
Lisa hatte im Flugzeug alles vorbereitet und die Geräte bereitgestellt, die mit Sicherheit benötigt werden würden, sowie die Box mit den Infusionsbeuteln. Nun kam sie zu den anderen. »Immer noch nichts?«
Bill schüttelte den Kopf. »Nein, aber es dauert jetzt bestimmt nicht mehr lange.«

Tom saß neben Nora und versuchte – sofern es das Motorengeräusch zuließ – ständig ihren Blutdruck und Puls zu kontrollie-

ren, während der Wagen langsam durch den Busch rumpelte. Matt gab sich alle Mühe, vorsichtig zu fahren, aber das Gelände war sehr uneben. Nervös sah er Laura an, die neben ihm saß. Beruhigend legte sie ihre Hand auf seinen Arm. »Du machst das gut, Matt. Es geht hier nicht besser.«
Tom machte sich große Sorgen um Nora, deren Gesicht inzwischen fast grau aussah. Auf ihrer Stirn hatten sich Schweißperlen gebildet, und ständig musste er sie daran hindern, sich unruhig hin und her zu bewegen. Ihr Blutdruck sank, während der Puls immer weiter anstieg. Sie war nicht voll bei Bewusstsein, machte einen fiebrigen Eindruck und murmelte mühsam atmend vor sich hin. Er fühlte sich hilflos. In dieser verdammten Rumpelkiste konnte er ihr nicht einmal eine Spritze geben. Gerade als er sich entschließen wollte, den Wagen anhalten zu lassen, drehte Matt den Kopf nach hinten.
»Gleich haben wir's geschafft, Doc. Da vorne ist schon die Straße zu sehen.«
»Gott sei Dank. Sie hält auch nicht mehr lange durch.«
Tom konnte es kaum erwarten, sie endlich aus dieser Wildnis herauszuschaffen. Der Wagen holperte noch einmal heftig, dann plötzlich vernahm Tom ein ohrenbetäubendes Knirschen und das heulende Quietschen durchdrehender Reifen. Fassungslos blickte er von Nora zu Matt, der sich jetzt weit aus dem Seitenfenster hinausbeugte. Schweiß stand auf seiner Stirn. Wütend riss er sich seinen Hut vom Kopf.
»Verdammt! Wir sitzen fest!«
»Nein! Das darf nicht sein!«
Tom schrie ihn förmlich an. Er konnte es nicht glauben. Hatten sie nicht schon genug mitmachen müssen? Alles, alles, was er nur konnte, hatte er getan, um Nora zu retten. Warum musste es jetzt schon wieder neue Schwierigkeiten geben? Verzweifelt sah er in ihr aschfahles Gesicht. Sie schien mehr tot als lebendig. Sie rührte sich inzwischen gar nicht mehr und zeigte keinerlei Reak-

tion. Selbst erschöpft und übermüdet, hatte Tom Mühe, sich zu konzentrieren. Hektisch überlegte er, wie er hier mit seinen begrenzten Mitteln ihre Kreislaufwerte wieder hinaufbringen könnte. Wenn nur nicht noch die Atmung aussetzte. Während er in seinem Koffer wühlte, fiel sein Blick auf Laura, die ihm wie betäubt vor Schreck zusah.

»Laura, funken Sie sofort unsere Maschine an. Dann laufen Sie da vorn auf die Straße und schauen, ob Sie unser Flugzeug schon entdecken können. Vielleicht können Sie Zeichen geben, dass sie mit der Maschine näher herankommen. Los, schnell, bitte!«

Sekunden später griff Laura nach der Sprechfunktaste und rief das RFDS-Flugzeug. Sie berichtete kurz, was geschehen war, und lief anschließend auf die Straße, in der Hoffnung, schon in Sichtkontakt zu sein. Tom verabreichte Nora eine weitere Spritze und hoffte, dass sie schnell Wirkung zeigte. Matt hatte einige starke Äste unter den in einem mit Gräsern zugewucherten Loch abgesackten Reifen gestopft. Obwohl niemand diese gut getarnte Vertiefung hätte entdecken können, machte er sich Vorwürfe.

Phil hatte die mit beiden Armen in der Luft wedelnde Laura zuerst entdeckt. »Dahinten sind sie! Los, schnell einsteigen! Ich versuche so dicht wie möglich heranzukommen.«

Als das Flugzeug vor Laura ausrollte, sprangen Lisa und Bill sofort hinaus und liefen mit der tragbaren Ausrüstung hinter ihr her. Am Wagen angelangt, öffneten sie rasch die hinteren Türen, und noch während Bill zu Tom hineinkletterte, hatte dieser ihm schon die notwendigen Informationen zu Noras augenblicklichem Zustand gegeben. Aber auch ohne Toms Erläuterungen konnte Bill sehen, dass ihr Kreislauf gerade dramatisch abgesackt war. Beide bemühten sich nun nach Kräften mit der erweiterten Ausstattung, die Lage in den Griff zu bekommen. Nach ei-

nigen Minuten schien sich die Situation zumindest nicht weiter zu verschlechtern. Tom und Bill nahmen je einen Griff der Trage aus der Hängematte, während Phil jetzt bereits am Fußende wartete. Zuvor war er Matt mit dem Reifen behilflich gewesen. Lisa stand einsatzbereit neben der geöffneten Wagentür. Ein Blick auf Noras Gesicht verriet ihr, wie ernst es stand. Ein weiterer Blick zu Tom bestätigte all ihre Vermutungen. Sie übernahm den Infusionsbeutel. Dann registrierte sie Toms Fußverletzung und reichte den Beutel an ihn weiter.
»Tom, lass mich an die Trage. Komm schon!« Sie wusste, wie sie ihn überzeugen konnte. »Mit deinem Fuß sind wir zu langsam.«

Wie sie den Flug und den Transport in die Klinik hinter sich brachten, hätte Tom später nicht mehr sagen können. Bill und Lisa hatten routinemäßig die Situation an Bord im Griff, und es gelang ihnen, Noras Kreislauf wieder zu stabilisieren, und danach sogar, Tom auf seinem Sitz zu halten. Er war viel zu erschöpft, um sich weiter dagegen zu wehren, und sank – noch während Lisa seinen Fuß und die Abschürfungen versorgte – in einen tiefen Schlaf.

Nach zwei Operationen verbrachte Nora die nächsten Tage in der Klinik in einer Art Dämmerzustand, der sie ruhig stellte. An einem späten Nachmittag schlug sie die Augen auf, als Kim eine neue Infusion anschloss.
»Hallo, wie fühlen Sie sich jetzt?«, fragte sie lächelnd.
Nora versuchte zurückzulächeln. »Wenn ich nichts … bewege, sind die Schmerzen jetzt … erträglicher.«
»Na, dann bleiben Sie aber auch hübsch artig liegen. Ich hole Bill.« Kim verschwand auf dem Gang und ließ Nora allein zurück.
Diese versuchte krampfhaft, sich zu erinnern, aber ihr Gedächt-

nis wies offenbar einige Lücken auf. Bevor sie sich darüber ärgern konnte, trat Bill an ihr Bett.
»Hallo, Nora. Sie haben uns Sorgen gemacht. Schön, dass es Ihnen etwas besser geht.« Er lächelte sie aufmunternd an. »Sollten die Schmerzen wieder stärker werden, sagen Sie uns das bitte, ja?«
»Bill … wie geht es Tom? Ich … ich kann mich einfach nicht an einen Unfall erinnern, weiß aber, dass er … darüber zu mir gesprochen hat. Ist er … verletzt?«
Bill versuchte sie zu beruhigen. »Machen Sie sich keine Gedanken. Tom geht es gut. Er hat einen verstauchten Fuß und ein paar Abschürfungen, sonst ist er okay. Es ist übrigens völlig normal, Nora, dass Sie nichts von dem Unfall wissen. Ja, es ist ein Wunder, dass Sie sich überhaupt schon an einiges erinnern. Sie haben unwahrscheinliches Glück gehabt, wissen Sie das?«
Sie schluckte. »Sicher … haben Sie Recht. Erzählen Sie mir bitte … wie es passiert ist.«
Als Bill ihr eine kurze Schilderung zum Unfallhergang gab, hörte sie aufmerksam zu. Sie schloss einen Moment die Augen, als könnte sie sich so besser konzentrieren. Schließlich fragte sie: »Wie … wie lange bin ich denn schon hier? Wie geht es meiner Familie? Hat sie schon jemand … benachrichtigt? Ich … ich möchte nicht, dass sie sich Sorgen machen.«
»Natürlich haben wir Ihren Mann verständigt, Nora.« Als Bill sah, wie sie fast unmerklich zusammenzuckte, fügte hinzu: »Wir mussten das tun. Es hat sehr schlimm um Sie gestanden. Ein paarmal dachten wir, Sie würden es nicht schaffen. Aber nun wird alles gut. Ihr Mann ist bereits in Sydney und wird morgen mit der Mittagsmaschine hier in Cameron Downs eintreffen, um Ihnen beim Gesundwerden zur Seite zu stehen. Jetzt müssen Sie sich aber wieder ausruhen. Bleiben Sie schön ruhig liegen, und machen Sie sich keine Sorgen, okay?«
»Ich … danke Ihnen, Bill.«

»Schon gut. Schlafen Sie jetzt ein wenig.«
Nora schloss die Augen. Tatsächlich war sie wieder müde geworden, aber zu viele Gedanken wirbelten durch ihren Kopf. Die Erinnerung an den Ausflug stieg wieder in ihr auf. Die Kunstwerkstatt, die Geburt in der Siedlung, die Fahrt zur Farm der Harpers, das Abendessen. Die Nacht mit Tom. Plötzlich war alles wieder da. Sie fühlte sich unsicher. War es tatsächlich passiert? Oder brachte sie wegen der Kopfverletzung womöglich Traum und Wirklichkeit durcheinander? Langsam sank sie in einen unruhigen Schlaf.

Bill blickte auf, als Tom, der sich eigentlich ein paar Tage erholen sollte, in sein Sprechzimmer kam. Er hinkte immer noch, sah ansonsten aber schon besser aus.
»Hallo, Tom. Dich müssen wir wohl zu Hause festbinden, was?«
»Ach Bill, was soll das? Es geht mir schon wieder gut. Zu Hause fällt mir die Decke auf den Kopf.« Er verschwieg, dass er außerdem schlecht schlief, und setzte sich auf die Tischkante. »Ist hier viel los? Wie geht es Nora?«
Bill lehnte sich auf seinem Stuhl zurück, streckte sich und verschränkte die Hände im Nacken.
»Im Moment ist hier alles ziemlich ruhig. Und Nora? Oh, sie ist vorhin ganz klar gewesen und hat auch nach dir gefragt. Es ist schon ein Wunder, dass sie noch lebt, aber das Erstaunlichste ist, dass sie sich mit Ausnahme des Unfalls an praktisch alles erinnern kann. Sie hatte unglaubliches Glück. Auch, dass du dabei warst, Tom. Ohne dich hätte sie keine Chance gehabt.«
Tom drehte einen Rezeptblock in seinen Händen und betrachtete ihn, als sähe er ihn zum ersten Mal.
»Ach Bill, vielleicht wäre das Ganze ohne mich gar nicht passiert.«
»Es nützt niemandem, Tom, wenn du dir Vorwürfe machst. We-

der dir noch Nora. Unfälle passieren. Jeden Tag. Überall auf der Welt. Niemand kann das vorhersehen.« Er beugte sich erneut nach vorn und blickte Tom eindringlich an. »Immerhin hast du ihr das Leben gerettet.«
Tom stand auf und legte den Block wieder auf den Schreibtisch. Wie immer in Situationen, die ihn persönlich berührten, konnte er nicht darüber sprechen und zog sich zurück.
»Ich sehe mal nach ihr, okay?« Er ging zur Tür, drehte sich aber noch einmal kurz um. »Danke, Bill.«
Nachdenklich schaute Bill seinem Freund hinterher.

Leise trat Tom an Noras Bett. Sein Blick fiel auf ihre Hände, die auf der Bettdecke lagen und unruhig zuckten. Sie waren leicht gebräunt und sehr gepflegt wie alles an ihr. Er setzte sich zu ihr und nahm ihre Hand in seine. Sie konnte nicht tief geschlafen haben, denn sie kam sofort zu sich und schlug die Augen auf. Er lächelte und sprach leise. »Hallo, da bist du ja wieder. Wie fühlst du dich?«
Sie sah ihn an, spürte die Wärme und Sorge, die von ihm ausgingen, und ihre Unsicherheit war verflogen. Sie wusste plötzlich wieder, dass sie ihn wirklich liebte. Sie drückte leicht seine Hand und lächelte ihn an.
»Hallo … Dr. Morrison … Mir geht's besser.«
Sekundenlang sahen sie sich in die Augen, dann stand er auf, beugte sich über sie und küsste sie vorsichtig. Als er sich wieder setzte, schien er erleichtert. »Du kannst dir gar nicht vorstellen, wie froh ich bin, dass es dir besser geht.« Er schluckte. »Du hast ja keine Ahnung, wie hilflos ich da draußen war. Ich konnte so wenig tun.«
»Tom … ich weiß, dass du alles richtig gemacht hast. Es … es war eindeutig mein Fehler.« Sie versuchte ihn aufzuheitern, obwohl ihre Schmerzen stärker wurden, denn das Sprechen strengte sie doch noch an. »Und … wenn Sie sich nur den ge-

ringsten Vorwurf machen, Dr. Morrison, falle ich … auf der Stelle … ins Koma.«

»Untersteh dich!« Er küsste sie wieder. »Ich glaube, ich sollte jetzt gehen. Du brauchst noch viel Ruhe, Nora.«

Als er sich ein paar Schritte entfernt hatte, rief sie ihn zurück. Er wandte sich um und sah sie fragend an. Sie zögerte und betrachtete unschlüssig die Infusion neben sich.

Er nahm erneut ihre Hand. »Was ist? Sag schon.«

»Ich … ich habe vorhin mit Bill … gesprochen. Er hat mir gesagt… Max ist unterwegs hierher. Du … du solltest das wissen.«

Er versuchte, sich nichts anmerken zu lassen, aber sie konnte sehen, wie er die Zähne zusammenbiss. Schließlich riss er sich zusammen, strich sacht über ihre Hand und sagte leise: »Mach dir keine Sorgen, Nora. Es ist schon okay. Ich respektiere deine Entscheidung. Glaub nicht, dass es mir leicht fällt, aber ich hatte Zeit, über uns nachzudenken.«

Traurig sah sie ihn an. Sie hatte Mühe, die Tränen zurückzuhalten.

»Du weißt doch aber, wie viel du mir bedeutest, nicht?«

Sie versuchte ruhig zu atmen. Nun rollten doch langsam zwei Tränen über ihre Wangen. Er sah sie an. In seinem Blick lag so viel Liebe, aber auch Enttäuschung, dass es ihr fast körperlich wehtat. Nie zuvor in ihrem Leben war ihr irgendetwas auch nur annähernd so schwer gefallen. Sie hatte das Gefühl, ein Teil von ihr müsse sterben. Tom spürte, dass er die Fassung verlieren würde, wenn er jetzt nicht ginge. Er beugte sich über sie und gab ihr einen schnellen Kuss. Seine Stimme klang rau.

»Ich vermisse dich jetzt schon, mein Herz.« Dann trat er zur Tür und blickte sich noch einmal um. Sie brauchte nichts zu sagen. Er sah in ihren Augen, dass es ihr genauso ging. Wortlos beeilte er sich, auf dem Gang an Lisa vorbeizukommen, die ihm ein fröhliches »Oh, hallo, Tom!« zurief und ihm schließlich verwundert nachsah.

Als sie zu Nora kam, fand sie diese zutiefst verstört vor. Sie lag in ihrem Bett und gab keinen Laut von sich. Tränen liefen ihr unablässig übers Gesicht. Sie schien sich ziemlich aufgeregt zu haben, denn auch ihre Werte hatten sich verschlechtert, was Lisa sofort nach einem Blick auf die Geräte feststellte. Sanft beugte sie sich über sie.

»Nora? Was ist denn? Haben Sie Schmerzen?«

Als Nora den Kopf zur Seite wandte, durchfuhr sie wieder ein heftiger Schmerz, aber sie schloss einfach die Augen. Sie wollte nicht mehr sprechen. Lisa hätte doch nicht helfen können. Niemand konnte es. Das hier, das war ihr ganz persönlicher Schlamassel. Es war ihr im Moment auch egal, dass sie Schmerzen hatte. Im Grunde empfand sie es passend, dass sie nun physisch den gleichen Schmerz verspürte, der in ihrem Inneren brannte. Vielleicht hatte sie das ja verdient.

»Bill, hast du einen Moment Zeit?« Lisa kam eilig in das Sprechzimmer ihres Mannes.

Er sah sie fragend an. »Was ist denn? Ist etwas passiert?«

Sie ließ sich auf der Kante seines Schreibtisches nieder.

»Es geht um Nora. Ich war eben bei ihr, und sie scheint todunglücklich zu sein. Sie spricht nicht und liegt nur da und weint. Ich habe sie gefragt, ob sie Schmerzen habe, aber sie reagiert nicht.« Sie machte eine Pause und überlegte.

»Hm. Ein verspäteter Schock kann es jetzt eigentlich nicht mehr sein, dafür war sie vorhin auch zu vernünftig. Hast du eine Ahnung?«

Lisa sah ihn nachdenklich an. »Nun, wenn du mich fragst, ich meine, es muss etwas mit Tom zu tun haben. Er kam vorhin aus ihrem Zimmer, sagte kein Wort und hat mich beinahe über den Haufen gerannt.«

Bill nickte langsam. »Ich glaube, du hast Recht. Wissen Sie eigentlich, dass Sie eine hervorragende Krankenschwester sind?«

Sie strahlte ihn an. »Ja, Dr. Jarrett, mir ist so, als hätte ich das schon einmal gehört.«
Er legte beide Arme um sie und gab ihr einen Kuss. Dann wurde er wieder ernst und sah sie an.
»Lisa, das zwischen Tom und Nora geht uns nichts an. Wenn sie uns um Rat bitten, ist das etwas anderes, ansonsten müssen sie allein damit klarkommen. Wir sind nur für die medizinische Seite verantwortlich, okay?«
Sie nickte. »Ich weiß, Bill. Sie tun mir nur so Leid ...«
Er griff nach seinem Stethoskop. »Ich schau jetzt mal nach ihr.«

Tom hatte sich in den Wagen gesetzt und war einfach losgefahren. Er mochte jetzt niemanden sehen – und erst recht nicht reden. Wie immer in den entscheidenden Situationen seines Lebens machte er alles mit sich selbst ab.
Warum war das eigentlich so? Hatte er niemanden, dem er vertraute? Er dachte nach. Er mochte Bill und Lisa, sie waren echte Freunde. Auch Jason mit seiner ruhigen Art und seinem hintergründigen Humor war ihm ein Freund geworden. Tom ließ den Wagen ausrollen, stieg aus und setzte sich unter einen Baum. Er seufzte und drehte zwei Grashalme in den Händen. Nein, es lag an ihm selbst. Er mochte es einfach nicht, sein Innerstes nach außen zu kehren. Manchmal konnte er deswegen anderen auch schroff oder abweisend erscheinen. Er musste lächeln. Und in den einen oder anderen Fettnapf war er in seiner Zeit hier in Cameron Downs wohl auch schon getreten. Oft hatte er sogar Schwierigkeiten, sich selbst seine Gefühle einzugestehen.
Und wenn er über die Frauen nachdachte, die in seinem Leben eine Rolle gespielt hatten, musste er zugeben, dass diese häufiger den entscheidenden Schritt gemacht hatten als er. Seine Gedanken wanderten zurück zu Sarah. Er hatte damals geglaubt, sie sei die Frau seines Lebens, und dennoch hatte er keine Bereitschaft verspürt, ihretwegen seinen Afrikaeinsatz abzusagen. War

ihm der Beruf immer wichtiger? War seine Liebe nicht tief genug gewesen?
Trotzig warf er die Grashalme weg. Sie hatte ihn ja auch nicht begleiten wollen, obwohl er sie so darum gebeten hatte. Er stand auf und bog die Schultern zurück. Nein, wenn er ehrlich war, musste er zugeben, dass er Sarah mehr als einmal verletzt hatte, besonders, indem er sie von seinen Gedanken und Gefühlen ausgeschlossen und mehr oder weniger vor vollendete Tatsachen gestellt hatte. Niedergeschlagen sah er in die Ferne. Wie sehr ihm das Land hier doch gefiel, diese scheinbar unendliche Weite. War es das, was er wollte? Einfach frei sein und zu niemandem gehören? Auf niemanden Rücksicht nehmen müssen? Sich immer frei entscheiden können? Bis vor kurzem hätte er an dieser Stelle vielleicht noch Ja gesagt. Nicht etwa, weil er ein rücksichtsloser Egoist war, sondern eher, weil er voll und ganz in seinem Beruf aufging, Prinzipien hatte und zu seinen Entscheidungen stand, was eben manchmal einen gewissen Grad an Freiheit voraussetzte.
Seit er sich seine Gefühle für Nora eingestanden hatte, dachte er erstmals anders. Sicherlich war er auch durch seine bisherigen Erfahrungen gereift, aber er spürte zum ersten Mal in seinem Leben, dass er bedingungslos liebte, dass er sich nichts mehr wünschte, als zu ihr zu gehören und alles mit ihr zu teilen, sogar seine Gefühle und Gedanken. Wütend trat er gegen einen Stein, der meterweit flog und eine Staubwolke aufwirbelte, als er wieder auf den Boden traf. Verdammt! Wie konnte sein Leben nur derart aus dem Gleichgewicht geraten! Er hasste sich dafür … und sie für ihre verdammte Treue zu einem Mann, an den sie sich so früh gebunden hatte, dass sie noch nicht mal mit der Schule fertig gewesen war.
Tom ließ sich wieder unter dem Baum nieder und lehnte seinen Kopf gegen den Stamm. Er versuchte sich zu beruhigen. Es hatte einfach keinen Zweck, irgendjemandem die Schuld zu geben.

Und wenn er ehrlich war, liebte er Nora so, wie sie war, auch dafür, dass sie zu ihrer Familie stand und nicht alles hinwarf. Er fuhr sich mit der Hand über die Stirn, als könnte er sich so besser konzentrieren. Nach kurzem Überlegen stand er auf und ging entschlossen zum Wagen. Vor einigen Tagen, nach dem Unfall, hatte er sich geschworen, jede Entscheidung von ihr zu akzeptieren, und das würde er jetzt verdammt noch mal auch tun. Sie hatte ihm klar gemacht, dass sie ein Glück mit ihm nicht auf dem Unglück ihrer Familie aufbauen konnte, und das war etwas, das er einsehen musste. Sicher, viele Leute – manchmal mit, manchmal ohne Kinder – taten das ohne Rücksicht auf Verluste. Aber machte die Tatsache, dass sie es nicht fertig brachte, sie nicht auch zu etwas Besonderem? Er wurde noch nachdenklicher. Hätte er Sarah und zwei mögliche Kinder einfach für ein neues Leben mit Nora verlassen können? Er schloss die Augen. Nein! Als der Motor ansprang, ließ er die Scheibe hinunter, als sollte ihn der Fahrtwind endgültig von seinen Gedanken befreien.

16

Max Bergmann sah aus dem Fenster. Wie schon oft auf dieser langen Reise hatte er so viel Zeit zum Nachdenken wie selten zuvor. Sein Alltag war geprägt von seinem beruflichen Erfolg. Er konnte stolz auf sein bisheriges Leben sein. Er hatte eine Frau, die ihn noch nie enttäuscht hatte und die mit ihm durch dick und dünn ging. Gemeinsam waren sie glücklich über zwei hübsche und aufgeweckte Kinder, die sich prächtig entwickelten. Das Haus, in dem sie lebten, war nach ihren Ideen entstanden. Wie gerne kehrte er nach anstrengenden Verhandlungen oder Dienstreisen immer dorthin zurück. Zum ersten Mal seit langer Zeit fand er die Ruhe, sich einzugestehen, dass seine Frau und seine Kinder der Lebensmittelpunkt waren, um den sich eigentlich alles drehen sollte, nicht der Job.

Er dachte an Nora. Er kannte und liebte sie schon so lange. Er unterdrückte ein Lächeln. Vom ersten Augenblick an war er sich sicher gewesen, dass sie die Frau seines Lebens werden sollte. Als sich herausstellte, dass sie seine Gefühle erwiderte, war er der glücklichste Mensch auf Erden gewesen. Und jetzt? Er dachte daran, wie verzweifelt die Kinder gewesen waren, als sie von dem Unfall ihrer Mutter gehört hatten, der sie schmerzlich an Sophies Tod erinnert haben musste. Es war ihm kaum gelungen, sie zu beruhigen. Seit langem war er als Vater wieder einmal gefordert gewesen. Die meisten Dinge des Alltags- und Familienlebens übernahm seine Frau. Wann war ihm sein privates Leben eigentlich selbstverständlich geworden? Er schluckte und schloss die Augen. Er durfte Nora nicht verlieren. Voller Angst dachte er nun selbst an Sophie und ihren Tod. Mit einem Mal wurde ihm klar, dass er sich ein Leben ohne seine Frau nicht vorstellen konnte, dass er sie noch genauso liebte wie am ersten Tag. Entschlossen schob er das Kinn nach vorn. Er würde alles in seiner Macht Stehende tun, damit sie wieder gesund wurde.

Bill kehrte gerade von seiner Patientenrunde zurück, als Lisa mit zwei Kaffeebechern in sein Sprechzimmer kam.
»Na, wie wär's mit einem Kaffee?«
Er ließ sich in seinen Sessel fallen und legte einen Stapel Papiere zur Seite.
»O ja, bitte! Das ist genau das, was ich jetzt brauche.«
Sie stellte die Tasse auf den Tisch und setzte sich wieder auf die Tischkante.
»Warst du auch bei Nora? Wie sieht es aus?«
Er nahm einen Schluck Kaffee und lehnte sich zurück.
»Sie schläft tief und fest. Das Beruhigungsmittel von vorhin hat wohl endlich angeschlagen. Hoffentlich hält die Wirkung bis morgen früh an. Schlaf und Ruhe sind jetzt das Wichtigste.«
Lisa nickte, bevor sie ihre Tasse an die Lippen setzte.

Er strahlte Selbstbewusstsein aus, als er die Klinik in Cameron Downs betrat und auf den Empfang zuschritt, wo er seine Reisetasche neben sich abstellte. Kim schenkte ihm ein Lächeln, das er nur kurz erwiderte.
»Guten Tag, ich bin Max Bergmann. Meine Frau hatte einen Unfall, und ich möchte zu ihr.«
Kim musterte ihn schnell. Er sah gut aus, war dunkelhaarig, ungewöhnlich groß und sportlich schlank. Sein dunkler Teint bot einen interessanten Kontrast zu dem beginnenden Grau an seinen Schläfen. Sein erfolgsgewohntes Auftreten sowie die teure Kleidung schienen hier jedoch irgendwie fehl am Platz. Freundlich wies sie auf einige Stühle. »Selbstverständlich, Mr. Bergmann. Nehmen Sie doch bitte einen Augenblick Platz, ich werde Dr. Jarrett holen.«

Bill hob den Kopf, als Kim kurz an die geöffnete Tür klopfte. Er war müde, aber da er Tom selbst dazu gedrängt hatte, ein paar Tage seinen Fuß zu kurieren, mussten Jason und er nun abwechselnd doppelt einspringen beziehungsweise die Kliniktour übernehmen.
»Hallo, Kim. Was gibt's?«
Diese war an der Tür stehen geblieben.
»Bill, Mr. Bergmann ist am Empfang. Er möchte zu seiner Frau. Ich dachte, du würdest vielleicht erst gern mit ihm sprechen.«
Bill erhob sich. »Ja, da hast du Recht. Ich komme mit.«
Als die beiden auf Noras Mann zukamen, stand dieser auf. Bill streckte ihm die Hand entgegen.
»Mr. Bergmann? Ich bin William Jarrett und zur Zeit der behandelnde Arzt Ihrer Frau.«
Max erwiderte seinen Händedruck und sah ihn forschend an. »Wie geht es ihr, Dr. Jarrett?«
»Oh, es geht ihr schon etwas besser. Wenn Sie mir bitte folgen wollen, das sollten wir in meinem Büro besprechen.«
Als sie nebeneinander hergingen, warf er einen Seitenblick auf Max.
»Möchten Sie vielleicht einen Kaffee?«
»Nein, danke. Eigentlich möchte ich nur zu meiner Frau.«
Es klang schärfer, als er beabsichtigt hatte, aber er fühlte sich hingehalten. Bill wies auf einen Stuhl vor seinem Schreibtisch.
»Selbstverständlich gehen wir gleich zu ihr, Mr. Bergmann. Ich halte es aber für besser, den Gesundheitszustand ihrer Frau nicht an ihrem Krankenbett zu erörtern. Sie braucht jetzt viel Ruhe, damit die Brüche schnell heilen.«
Routinemäßig hatte er sich Noras Akte gegriffen und erklärte ihrem Mann sachlich die Verletzungen, wie sie bei den Operationen vorgegangen waren und den augenblicklichen Stand des Heilungsprozesses. Schließlich klappte er den Papphefter zu.
»Im Moment müssen wir abwarten. Alles in allem hat Ihre Frau

unwahrscheinliches Glück gehabt, vor allem, weil ein hervorragender Kollege dabei war, der sofort alles Notwendige tun konnte. Sie werden ihn sicherlich noch kennen lernen, Dr. Tom Morrison.«

Bill machte eine Pause, und als Max ihn abwartend ansah, fügte er hinzu: »Dr. Morrison wurde bei dem Unfall selbst leicht verletzt und ist deshalb heute nicht hier.« Er nahm einen Stift in die Hand. Dieser Max Bergmann machte einen ziemlich unnahbaren Eindruck auf ihn. Instinktiv spürte er, dass Noras Mann unangenehm werden konnte.

»Wie dem auch sei, soweit ich informiert bin, saß dieser Arzt am Steuer des Wagens, also trägt er auch die Verantwortung für das, was passiert ist. Nun möchte ich noch von Ihnen wissen, ob meine Frau transportfähig ist. Ich würde sie gerne nach Sydney verlegen lassen.« Kühl sah er sich um. »Ich kann mir vorstellen, dass man dort auf schwere Kopfverletzungen oder drohende Komplikationen weitaus besser eingerichtet ist als hier. Ich möchte keinerlei Risiko eingehen.«

Bill bemühte sich, höflich zu bleiben.

»Es steht Ihnen selbstverständlich frei, Ihre Frau verlegen zu lassen, sofern ihr Gesundheitszustand dies zulässt, und das ist im Moment absolut nicht der Fall. Noch nicht, Mr. Bergmann. Sobald ein Transport möglich ist, werde ich Sie informieren. Außerdem möchte ich Sie bitten, jede Aufregung für Ihre Frau zu vermeiden. Sie ist auch psychisch gerade erst dabei, den Unfall zu verarbeiten.«

Er hatte sich erhoben, und Max stand ebenfalls auf.

»Ich wäre Ihnen jetzt dankbar, wenn Sie mich zu meiner Frau bringen würden, Dr. Jarrett.« Die Stimmung war angespannt, als sie aus dem Büro traten. Bill sah zum Empfang.

»Kim? Bringst du Mr. Bergmann bitte zu seiner Frau?«

Die Schwester lächelte wieder.

»Aber sicher. Kommen Sie«, sagte sie.

Max erschrak, als er vor Noras Bett stand. Nachdem dieser Dr. Jarrett ihm mitgeteilt hatte, es gehe ihr schon besser, war er nicht auf das hier gefasst gewesen. Sie war an mehrere Geräte angeschlossen, ein Herzton-Monitor piepste gleichmäßig vor sich hin, seitlich unter der Bettdecke sah er Schläuche, die zu Beuteln führten, die neben dem Bett hingen. An einem Ständer hing ein Infusionsbeutel, von dem aus Flüssigkeit in einen weiteren Schlauch tropfte, der in einen Infusionszugang an ihrem Handgelenk mündete. Ihre Beine lagen unter einem gewölbten Bett-Tunnel, der offensichtlich den frisch operierten Beinbruch schützen sollte. In ihre Nase gelangte durch einen dünnen Schlauch Sauerstoff, der aus einer Flasche kam, die auf der anderen Bettseite stand. Ihr Kopf war verbunden, und ihr Gesicht sah sehr blass aus. Max widerstand der Versuchung, sich umzudrehen und einfach hinauszulaufen. Er hasste Krankenhäuser und genau genommen auch jede Art von Krankheit. Noch nie hatte er sich in einer solchen Situation befunden. Er fühlte sich hilflos und kam sich vor wie ein Tiger im Käfig. Kim war an ihm vorbeigegangen, um einen Blick auf die Geräte und die Infusion zu werfen. Alles schien in Ordnung zu sein, denn sie wandte sich um und deutete auf einen Stuhl neben dem Bett. »Setzen Sie sich doch, Mr. Bergmann. Ihre Frau wird sich bestimmt freuen, dass Sie da sind, wenn sie aufwacht.« Sie nickte ihm noch einmal aufmunternd zu, dann ging sie.

Leise nahm Max auf dem Stuhl Platz und versuchte, sich mit der Vorstellung aufzumuntern, bald mit Nora nach Hause zurückzukehren. Doch es wollte ihm in dieser Umgebung nicht so recht gelingen. Er war müde, besorgt und unzufrieden darüber, dass er mit seiner Frau von hier nicht einfach verschwinden konnte. Er stützte den Kopf in beide Hände und seufzte. Als er sich wieder aufrichtete, nahm er vorsichtig ihre Hand.

»Nora? Kannst du mich hören? Bitte sag etwas.« Er hatte leise

gesprochen, und nun betrachtete er aufmerksam ihr Gesicht. »Nora.«
Sie blinzelte und schlug die Augen auf. Einen Moment schien sie verwirrt, dann fiel ihr Blick auf ihren Mann.
»Max! Ist das schön … du bist hier.« Sie lächelte ihm zu. Sie freute sich wirklich, ihn zu sehen, denn er gab ihr ein Gefühl von Sicherheit und Zuhause. »Sag, wie geht es … den Kindern?« Es war schön, einfach Deutsch sprechen zu können, nicht vorher in Gedanken übersetzen zu müssen.
Max war unendlich erleichtert. Er stand auf und küsste sie zart. Vorsichtig strich er über ihre Wangen.
»Es geht ihnen gut. Deine Eltern sind bei ihnen. Mein Liebling, ich … ich bin so froh, dass du lebst. Dieser verdammte Flug wollte einfach nicht enden. Und ich war krank vor Sorge um dich. Tausendmal habe ich mich verflucht, dass ich dich hierher geschickt habe. Ich bin ein Idiot. Bitte, Schatz, verzeih mir.« Er hatte seinen Kopf gesenkt, und sie strich ihm übers Haar.
»Aber, Max, da … gibt es nichts, was … ich verzeihen müsste. du hast mich sehr glücklich gemacht, immer … und, dass ich hierher nach Australien konnte … war mein großer Wunsch.« Er sah traurig aus, aber sie lächelte ihn an.
»Weißt du, Schatz … so ein Unfall wie hier hätte mir … überall passieren können. Niemand ist dafür … verantwortlich. Höchstens ich selbst … denn ich war nicht angeschnallt, als es krachte.« Sie schloss kurz die Augen. »Du kannst dir … gar nicht vorstellen … wie nett … und aufgeschlossen die Menschen hier sind, wie gastfreundlich. Wie … mir hier geholfen wurde … was dieser Ärztedienst alles … auf sich nimmt, nur … um den Leuten zu helfen.«
Sie musste eine Pause machen, um wieder langsamer atmen zu können.
Liebevoll nahm er ihre Hand.
»Meinst du das ernst? Ich dachte, nach allem, was dir zugesto-

ßen ist, möchtest du so schnell wie irgend möglich von hier verschwinden und wieder zurück in die Zivilisation.«
Sie sah ihn fragend an, denn sie verstand nicht, worauf er hinauswollte.
Er seufzte. »Ich habe mit diesem Landarzt gesprochen und ihm erklärt, dass ich dich umgehend nach Sydney in eine bessere Klinik verlegen lassen möchte, aber er behauptet, das gehe noch nicht, und erzählte mir von seinem wunderbaren Kollegen, der dich angeblich gerettet hat. Ich habe ihm erst einmal klar gemacht, dass dir ohne diesen Kollegen wahrscheinlich gar nichts zugestoßen wäre. Schließlich ist er doch gefahren, oder nicht?«
Ungläubig starrte sie ihn an. Trotz des Beruhigungsmittels und der wieder stärker werdenden Schmerzen war sie plötzlich hellwach.
»Max, sag mir auf der Stelle, dass … das nicht wahr ist. Das alles … kannst du unmöglich von dir … gegeben haben. Ich … ich glaube nicht, dass du dich wie ein arroganter … Tourist hier aufgeführt hast.« Sie musste wieder Luft holen, was sie anzustrengen schien, denn der Herzton-Monitor piepste in kürzeren Abständen. Max sah sie besorgt an.
»Nora, reg dich bitte nicht auf, ich hab es doch bloß gut gemeint. Ich liebe dich. Und ich will, dass alles für dich getan wird. Du sollst nicht einfach notdürftig in einer unterdurchschnittlich ausgestatteten Buschklinik verarztet werden.«
Obwohl es ihr schwer fiel, weiterzusprechen, fuhr sie fort: »Max, ich … glaube, du bist von der langen Reise erschöpft. Dir ist überhaupt … nicht klar, dass ich ohne diese … ›Buschklinik‹, ohne diese Ärzte hier keine Chance gehabt hätte.« Das Piepsen nahm weiter zu, und sie bekam offensichtlich schlechter Luft. »Ohne diesen … wirklich guten Arzt … dem du völlig zu Unrecht… die Schuld gibst, wäre ich … tot, begreifst du … das nicht?«

Sie war bestürzt und fühlte sich hilflos. Sie würde nicht verhindern können, dass ihr Mann womöglich alle hier vor den Kopf stieß.
In diesem Moment betrat Bill den Raum. Er hatte gerade nach einer anderen Patientin gesehen, und war auf den veränderten Piepston des Herzton-Monitors aufmerksam geworden. Sofort stellte er fest, dass es Nora wieder schlechter ging. Sie bekam nur schwer Luft und hatte sich offensichtlich aufgeregt. Ihre Schmerzen konnte sie kaum verbergen. Ruhig kontrollierte er die Geräte und blickte sich nach Kim um, die ihm gefolgt war. Mit leiser Stimme gab er ihr Anweisungen für eine Injektion. Während sich Kim darum kümmerte, wandte sich Bill an Max.
»Mr. Bergmann, Sie gehen besser. Ihre Frau braucht jetzt absolute Ruhe.« Unmissverständlich hatte er seinen rechten Arm ausgestreckt und damit auf den Gang gewiesen. Max wollte gerade den Mund öffnen, um zu widersprechen, als sein Blick auf Nora fiel, die ihn mühsam atmend anstarrte. Er nickte ihr kaum merklich zu und schloss kurz die Augen. Dann beugte er sich über sie und gab ihr einen Kuss.
»Ich komme morgen wieder, Schatz.«
Ohne ein weiteres Wort verließ er das Zimmer. Bill verabreichte Nora die Spritze und blieb noch an ihrem Bett stehen, um das Einsetzen der Wirkung abzuwarten. Er beobachtete abwechselnd die Geräte und ihr Gesicht. Schließlich nickte er Kim zu, die daraufhin leise den Raum verließ. Bill sah, dass Nora ruhiger wurde und ihre Augen flackerten.
»Schlafen Sie jetzt, Nora. Das ist das Beste, was Sie tun können. Wir sehen uns morgen wieder. Jason wird heute Nacht hier in der Klinik sein.« Als sie kurz darauf einschlief, machte Bill sich auf den Weg in sein Büro, um für heute zusammenzupacken. Erleichtert freute er sich auf einen schönen ruhigen Abend mit Lisa.

Als sie gemeinsam das Krankenhaus verlassen wollten, stand Jason schon am Empfang, um einen Blick auf die Patientendaten zu werfen. Kim gab ihm dabei zu den einzelnen Patienten Auskunft. Er sah auf, als er die beiden im Gehen bemerkte. Bill hatte einen Arm um Lisa gelegt, und man konnte ihnen ansehen, dass sie müde waren und sich auf den Feierabend freuten. Ein leises Lächeln hatte sich um Jasons Mundwinkel geschlichen.
Betont überrascht bemerkte er: »Oh, ihr wollt schon gehen?«
Lisa rollte mit den Augen. »Jason, ich wünsche mir nichts sehnlicher als ein heißes Bad, und derjenige, der mich davon abhält, wird erschossen.«
Jason lächelte nun offen und hob die Hände.
»Schon gut, schon gut. Ich gehe kein Risiko ein.«
Bill nickte ihm grinsend zu. »Bis morgen, Jason.«
Beide winkten Kim zu und verließen die Klinik.

17

Lisa lag noch in der Badewanne und genoss den duftenden Schaum, während Bill sich nach dem Duschen schon in der Küche zu schaffen machte und einen Salat für das Abendessen vorbereitete. Als es an der Tür klopfte, sah er überrascht auf. Wenig begeistert schlurfte er in Jogginghose und T-Shirt zur Haustür.

»Tom! Komm doch rein und iss mit uns.«

Tom sah ihn halb ernst, halb verlegen an.

»Entschuldige die Störung. Ich bleibe auch nicht lange. Ich möchte dich nur um etwas bitten.« Tom folgte Bill ins Wohnzimmer, blieb dort am Fenster stehen und sah hinaus. Bill beobachtete ihn und wartete ruhig ab. Tom drehte sich zu ihm um.

»Ich brauche Urlaub, Bill. Am besten ein bis zwei Wochen.«

Bills Blick wanderte instinktiv zu Toms Knöchel.

»Nein, nein, meinem Fuß geht es schon wieder einigermaßen.« Er machte eine Pause und schwieg noch, als Lisa ins Zimmer trat. Sie hatte sich bereits umgezogen und trug Jeans und ein T-Shirt. Ihre Haare waren noch feucht, und sie band sie gerade zu einem Zopf zusammen.

»Oh, hallo, Tom!« Sie sah ihm sofort an, dass ihn etwas bedrückte. »Das ist aber mal eine schöne Überraschung. Du isst doch mit uns?«

Er bemühte sich um ein Lächeln.

»Nein, danke, Lisa. Ich hatte wirklich nicht vor zu bleiben. Ich bin nur gekommen, um Bill etwas zu fragen.« Unschlüssig sah er zu diesem hin.

»Wie schade. Ich bin jedenfalls in der Küche, falls ihr es euch noch überlegt«, sagte sie betont munter. Sie ließ die beiden allein, und Bill sah Tom an.

»Kann ich dir irgendwie helfen?«

Tom schüttelte den Kopf. »Nein, danke, Bill. Glaubst du, ihr könntet eine Zeitlang ohne mich auskommen?«
Bill zögerte, dann nickte er langsam. »Ich denke schon, aber … Tom, weglaufen ist doch auch keine Lösung.«
Tom sah ihn trotzig an. »Mir fällt aber im Moment nichts Besseres ein.« Er stand auf, ging wieder zum Fenster und sah hinaus.
Bills Blick folgte ihm. »Es ist also wegen Nora und ihrem Mann, nicht wahr?«
»Ich kann das nicht, Bill. Ich kann es jetzt einfach nicht ertragen.« Er drehte sich um. »Was ist nun? Bekomme ich die freien Tage?«
»Ja … ja, natürlich! Wenn du es so haben willst.« Ernst sah er Tom an. Er hätte ihm gerne mehr geholfen.
»Danke, Bill. Ich … ich melde mich dann wieder.«
Bill sah ihm nach. »Bis dann, Tom.«
»Ja, bis dann.«

Max hatte ziemlich schlecht geschlafen, als er am Morgen die Augen aufschlug und sich umsah. Wahrhaftig, er war bessere Hotelzimmer gewohnt. Sofort ärgerte er sich über diesen Gedanken. Nora hätte das sicherlich wieder arrogant gefunden. Lange hatte er gestern noch wach gelegen und sich Vorwürfe gemacht, sie in diese Aufregung versetzt zu haben. Natürlich war es nicht seine Absicht gewesen, hier als eingebildeter Städter aufzukreuzen und alles besser zu wissen, aber es ging schließlich um seine Frau, und er war auf dem langen Flug ununterbrochen der Sorge ausgesetzt gewesen, sie zu verlieren, womöglich zu spät zu kommen. Nach einer Weile setzte er sich auf, schwang die Beine aus dem Bett, stand auf und sah nachdenklich aus dem Fenster.
Nora hatte, was die so genannte emotionale Intelligenz anging, einen untrüglichen Instinkt für andere Menschen und ihre Charaktere. Nun, wenn sie sich so sicher war, dass hier alles

bestens war, dann hatte er sich offensichtlich geirrt. Er lehnte die Stirn gegen die Scheibe. Ich bringe das wieder in Ordnung, Liebling.
Als er frisch geduscht nach einem Frühstück in Jeans, Polohemd und Turnschuhen die Klinik betrat, bemühte er sich, freundlich zu lächeln, als er am Empfang Lisa sah.
»Guten Morgen, mein Name ist Max Bergmann. Könnte ich bitte Dr. Jarrett sprechen?«
Lisa erwiderte sein Lächeln und musterte ihn kurz. Bill hatte ihr gestern von seiner Unterhaltung mit ihm berichtet, und sie war schon gespannt gewesen, wie sich Noras Mann heute benehmen würde.
»Ah, Mr. Bergmann. Ich bin Lisa Jarrett. Mein Mann ist augenblicklich in einer Dienstbesprechung. Wir haben gerade Schichtwechsel. Es dauert aber sicher nicht mehr lange. Wenn Sie einen Moment Platz nehmen möchten.«
»Ja, danke, Mrs. Jarrett.«
Lisa blickte ihm nach, als er zu den Stühlen ging. Nach allem, was sie von Bill wusste, entsprach er so gar nicht dem Eindruck, den sie sich von ihm gemacht hatte. Als Jason mühsam ein Gähnen unterdrückend mit seinem Arztkoffer in der Hand auf sie zukam, machte sie sich auf den Weg zu ihrem Mann.
»Mach's gut, Jason.«
»Ja, danke. Du auch. Bis heute Abend.«

Bill sah auf, als sie eintrat. »Na, was gibt's?«
»Rate mal, wer dich sprechen möchte.«
»Du machst es aber spannend. Nun sag schon.«
»Mr. Bergmann wartet am Empfang auf dich.«
»O nein! Bitte nicht der schon wieder!« Er legte die Stirn in Falten. »Und das so früh am Morgen.«
»Ich weiß gar nicht, was du hast. Er macht einen ausgesprochen netten Eindruck.«

Bill sah sie missmutig an. »Das muss ein anderer sein.«
Sie wandte sich wieder der Tür zu. »Ich sage ihm jetzt Bescheid. Und Bill, nicht dass ihr euch noch schlagt.«
Als Max das Büro betrat, reichte er dem Arzt ohne Umschweife die Hand. »Guten Morgen, Dr. Jarrett. Danke, dass Sie für mich Zeit haben.«
Bill ließ sich seine Überraschung nicht anmerken.
»Bitte, Mr. Bergmann, nehmen Sie Platz. Was kann ich für Sie tun?«
Max sah ihn offen an. »Nun, ich stehe zu meinen Fehlern. Ich möchte mich für mein Verhalten von gestern bei Ihnen entschuldigen. Ich habe einfach überreagiert und war krank vor Sorge um meine Frau. Ich kann nur hoffen, dass Sie dafür Verständnis aufbringen und meine Entschuldigung akzeptieren.« Abwartend sah er Bill an, der ihn erleichtert anlächelte.
»Selbstverständlich, Mr. Bergmann. Das Ganze muss doch auch für Sie ein Schock gewesen sein, und dann die lange Reise. Es ist schon in Ordnung.« Er machte eine kleine Pause. »Es ist ebenfalls völlig in Ordnung, wenn Sie Ihre Frau nach Sydney verlegen lassen möchten. Wir müssen damit aber wirklich noch ein wenig warten, bis sich ihr Zustand weiter stabilisiert. Und, Mr. Bergmann, es muss unter allen Umständen vermieden werden, dass sie sich aufregt, unruhig wird oder sich Sorgen macht, sonst kann es zu einem ernsten Rückfall oder zu Komplikationen kommen, verstehen Sie?«
Max nickte. »Vollkommen. Das von gestern wird sich nicht wiederholen. Kann ich jetzt zu ihr?«
Bill stand auf. »Aber ja, kommen Sie.«

Nachdem Max eingelenkt hatte, kehrte Ruhe ein, und Noras Genesung machte in den nächsten Tagen endlich gewaltige Fortschritte. Die Brüche heilten bereits gut, die Schmerzen nahmen ab, und sie merkte, wie langsam ihre Kräfte zurückkehrten.

Abends, wenn die Besuchszeit endete und Max wieder ins Hotel ging – auch Martin hatte oft nach ihr gesehen –, hatte sie noch ein wenig Zeit, über alles nachzudenken. Einerseits war sie froh gewesen, Tom nicht ständig begegnen zu müssen, andererseits wuchs ihre Angst, ihn vor ihrer Abreise nicht mehr sprechen zu können. Sie grübelte. Im Grunde gab es ja auch nichts mehr zu bereden, es war alles gesagt. Trotzdem verspürte sie den Wunsch, ihm ihre Gedanken mitzuteilen, ihn noch einmal zu sehen.

Einige Tage später betrachteten Bill und Jason eingehend eine ganze Reihe neuer Röntgenaufnahmen von Nora.
»Nun, wie es aussieht, wäre sie jetzt transportfähig, was meinst du?«
Jason nickte. »Ja, es schaut nicht schlecht aus, wenn man bedenkt, wie es um sie gestanden hat, als sie eingeliefert wurde.« Ein ironisches Lächeln spielte um seine Mundwinkel. »Und wenn der liebende Gatte sie in Sydney besser aufgehoben weiß, könnten wir jetzt einem Transport zustimmen, oder?«
Bill grinste. »Komm schon, er hat sich ja noch beruhigt. Ich werde ihm aber trotzdem die Wahl lassen und ihn informieren. Es ist schließlich sein gutes Recht.«

Max hörte ihm aufmerksam zu. Als der Arzt mit seinen Erläuterungen fertig war, stand er am Fenster und sah hinaus. Nach einigen Sekunden drehte er sich um und sah Bill an.
»Dr. Jarrett, ich danke Ihnen, sowohl für alles, was Sie für meine Frau getan haben, als auch für Ihre Offenheit, uns jetzt die Entscheidung zu überlassen, wo die Behandlung fortgesetzt werden soll.« Er sah auf einen Stift, den er in der Hand hielt. »Es ist aber mittlerweile so, dass ich genau wie Nora großes Vertrauen in Ihren Ärztedienst hier gewonnen habe. Ich werde das Ganze also mit meiner Frau besprechen und sie entscheiden lassen.« Er

schmunzelte. »Immerhin liegt Sydney ein wenig näher auf dem Weg zu unseren Kindern.«
»Etwas Geduld müssen Sie bis zur Heimreise aber schon noch haben. Sagen Sie mir Bescheid, wenn Sie sich entschieden haben.«

Nora hatte nur kurz gezögert. Sie war sich sicher, dass ihre Entscheidung in Toms Interesse war. Gemeinsam mit Max beschloss sie, nach Sydney ins Krankenhaus zu gehen, bevor sie nach Hause fliegen konnten.
Als Bill abends seine Runde machte und nach ihr sah, fasste sie sich ein Herz und fragte ihn, wie es Tom gehe. Er war schon fast wieder an der Tür und wandte sich um.
»Tom geht es gut, er hat sich ein paar freie Tage genommen.« Bill spürte ihre Enttäuschung, auch wenn sie diese recht gut zu verbergen verstand. Aufmunternd fügte er hinzu: »Wahrscheinlich ist er zum Angeln gefahren. Für ihn ist es immer die reinste Erholung.« Er verdrehte die Augen. »Das verstehe, wer will. Für mich wäre es eine Strafe. Stundenlang steht man im kalten Flusswasser, während einen die Mücken verspeisen, die Fische nicht anbeißen und sich wahrscheinlich unter Wasser ins Fäustchen lachen.«
Nora lächelte. »Sie haben es wohl schon ausprobiert, was?«
Er zwinkerte ihr im Hinausgehen zu. »Einmal und nie wieder.«
Nora lehnte sich langsam in ihre Kissen zurück und dachte nach. Nun, vielleicht sollte es so sein. Schließlich hatte Tom auch das Recht, ihr aus dem Weg zu gehen, nachdem sie ihn mit ihrer Entscheidung sicher verletzt hatte. Schon bei dem Gedanken daran fühlte sie wieder den brennenden Schmerz in ihrem Inneren. Bitter stellte sie fest, dass sie sich an diesen von nun an wohl würde gewöhnen müssen. Wie immer, wenn ihre Überlegungen an diesem Punkt angelangt waren, kämpfte ihr Verstand gegen ihr Herz, und um sich aus diesem Dilemma zu befreien, griff sie in

die Schublade ihres Schränkchens und zog ihr Notizbuch hervor, in dessen Deckel sie vor ihrer Abreise ein großes Foto von Niklas und Marie eingeklebt hatte. Die beiden hatten sich gegenseitig die Arme um die Schultern gelegt und strahlten sie an. Marie fehlten wie den meisten Kindern ihres Alters die oberen beiden Schneidezähne, was ihr ein freches Aussehen verlieh. Nora traten Tränen in die Augen, aber sie riss sich zusammen und schluckte. Sie wusste, was zu tun war.
Sie würde Toms Entscheidung, sie nicht mehr sehen zu wollen, genauso akzeptieren, wie er sich mit ihrer Entscheidung, nach Deutschland zurückzukehren, abfinden musste. Sie schlug im hinteren Teil des Notizbuchs freie Seiten auf. Mit zusammengebissenen Zähnen begann sie einen Brief an ihn zu schreiben.

Einige Tage später hieß es für Nora Abschied nehmen. Sie und Max sollten von Bill nach Sydney begleitet werden. Er war für die medizinische Versorgung während des Flugs verantwortlich, und auch Lisa als Schwester flog mit. Fast alle, die Nora in Cameron Downs kennen gelernt hatte, waren vor ihrer Abreise noch vorbeigekommen, um ihr Glück und eine gute Besserung zu wünschen. Martin hatte traurig an ihrem Bett gestanden. Er würde morgen mit der Mittagsmaschine ebenfalls nach Sydney fliegen, um übermorgen den Heimflug anzutreten.
»Ich komme morgen Abend noch einmal in Sydney nach dir schauen. Ich muss doch wissen, ob es dir in dem neuen Krankenhaus gut geht.« Er beugte sich über sie und gab ihr einen Kuss auf die Stirn. »Mach's gut, Nora.« Als sie sein ernstes Gesicht bemerkte, hielt sie seine Hand noch fest.
»Martin, hör auf, mich so anzusehen. Du musst mich nicht mehr beerdigen. Ich hab es überlebt. Was glaubst du, was dir bei unserem nächsten gemeinsamen Auftrag mit mir bevorsteht?« Sie lächelte, denn auf seinem Gesicht zeigte sich endlich wieder das altvertraute Grinsen.

»Eines muss ich dir wirklich lassen, Nora, mit dir war es nie langweilig. Mach's gut, bis morgen.«

Als schließlich die Trage mit ihr im Flugzeug verschwand, musste sie heftig schlucken. Dieser Abschied war so anders, als sie sich das vorgestellt hatte. Sie wischte sich mit dem Handrücken eine Träne weg. Tom war nicht da gewesen. Sie schloss kurz die Augen und versuchte nicht daran zu denken, wie sehr sie ihn vermissen würde. Sie dachte an den Brief und wurde etwas ruhiger. Max strich ihr im Vorbeigehen über die Hand und nahm dann vorne neben Phil Platz, während Bill und Lisa in ihrer Nähe blieben und sich anschnallten.
Als Lisa sich während des Flugs um sie kümmerte, fragte Nora sie leise: »Würden Sie mir einen großen Gefallen tun?«
Lisa beugte sich über sie. »Aber ja. Worum geht es denn?«
Nora zögerte kurz. »Nun, ich konnte mich bei Tom nicht mehr bedanken und mich auch nicht von ihm verabschieden.« Sie wandte kurz den Blick ab und holte Luft. »Ich habe dort in meiner Tasche einen Brief für ihn. Würden Sie den bitte an ihn weitergeben?«
Lisa hatte sofort verstanden. Sie sah zum Cockpit, wo Max sich gerade mit dem Piloten unterhielt, dann kehrte sie ihm den Rücken zu, nahm den Brief an sich und verstaute ihn in ihrer eigenen Tasche. Lächelnd sah sie wieder zu Nora. »Machen Sie sich keine Sorgen. Er bekommt ihn, sobald Bill und ich zurück sind. Ruhen Sie sich jetzt ein wenig aus, ja?«
»Danke, Lisa.«

Die Patientenaufnahme von Nora im Krankenhaus in Sydney verlief routinemäßig. Nora fühlte sich unbehaglich, alles war hier eher anonym, aber sie tröstete sich damit, dass es ja nicht mehr unendlich lange dauern konnte, bis sie nach Hause fliegen durfte.

Nach der Aufnahme auf der für sie zuständigen Station standen Bill und Lisa vor ihrem Bett, um sich zu verabschieden. Nora war auf Grund des Transportes doch erschöpfter, als sie es sich vorgestellt hatte. Außerdem konnte sie eine gewisse Traurigkeit über das Endgültige dieses Abschieds nicht mehr ganz verbergen. Sie war sehr still geworden. Als Bill ihr die Hand gab, fiel es ihr schwer, zurückzulächeln.
»Vielen Dank für alles, Bill.«
»Passen Sie gut auf sich auf, Nora.«
Bill reichte nun Max die Hand.
»Mr. Bergmann, geben Sie Acht auf Ihre Frau. Viel Glück!«
Max gab ihm einen weißen Umschlag.
»Dr. Jarrett, dies ist von meinem Verlag für den Royal Flying Doctor Service in Cameron Downs.«
Bill blickte auf. »Ich danke Ihnen.«
Lisa beugte sich etwas hinunter und sah Nora an.
»Alles Gute, Nora. Sie müssen noch etwas Geduld haben, dann können Sie sicher bald zu Ihren Kindern nach Hause.« Sie strich ihr über die Hand. »Machen Sie es gut.«
»Danke, Lisa. Passen Sie auch auf sich auf.«
Als sie gegangen waren, setzte Max sich zu seiner Frau und nahm ihre Hand. Er spürte, wie traurig sie geworden war.
»Schatz, wir schaffen das hier gemeinsam. Glaub mir, es dauert nicht mehr sehr lange, dann können wir heim.«
Sie lächelte ihm zu, sagte aber nichts.

18

Nachdem sich Bill und Lisa im Flugzeug ausführlich über die Spende unterhalten hatten, nutzte Bill die Gelegenheit für ein Nickerchen. Lisa saß am Fenster und hing ihren Gedanken nach. Sie hatte Nora nicht sehr gut kennen gelernt. Aber durch die offensichtliche Nähe, die Tom zu ihr zugelassen hatte, hatte sie ein sicheres Gespür dafür entwickelt, dass es mit der Beziehung zwischen den beiden etwas Besonderes auf sich hatte. Und obgleich es ihrem Verständnis von einer guten Ehe widersprach, seinem Partner nicht die Treue zu halten, spürte sie, dass Nora nicht der Typ war, der mit den Gefühlen anderer spielte. Mitgefühl zeigte sich in Lisas Augen, während sie aus dem Fenster sah.

Als sie nach der Landung im Auto saßen, um nach Hause zu fahren, legte sie Bill eine Hand auf den Arm.

»Kannst du bitte noch kurz bei Tom vorbeifahren?«

Ihr Mann sah sie fragend an. »Warum? Der ist doch beim Angeln.«

»Eine innere Stimme sagt mir, dass er vielleicht schon wieder zu Hause ist.« Als Bill schließlich nickte, fügte sie hinzu: »Nora hat mir einen Brief für ihn gegeben. Möglicherweise ist er wichtig für die beiden.«

»Wahrscheinlich hast du Recht.«

Als sie vor Toms Haus hielten, war er gerade dabei, seinen Wagen auszuladen. Er wandte sich um und beugte sich zu Lisas geöffnetem Fenster hinunter.

»Hallo! Wenn ihr zum Essen bleiben möchtet, müsst ihr aber Geduld mitbringen, ich bin gerade erst nach Hause gekommen.«

Bill schüttelte den Kopf. »Nein, nein, Tom. Wir fahren gleich weiter.«

Lisa zog den Brief aus ihrer Tasche.

»Den hier hat mir Nora für dich gegeben.« Sie reichte den Umschlag durch das Fenster und sah Tom dabei an. »Ich wollte, dass du ihn heute noch erhältst.« Schließlich lächelte sie. »Komm doch bei uns vorbei, wenn du ausgeladen hast. Wir können zusammen essen.«
Tom erwiderte ihr Lächeln.
»Danke, Lisa. Ein anderes Mal gerne. Heute möchte ich nur noch ausräumen und lieber allein sein, okay? Wir sehen uns dann morgen.«
Sie winkten ihm zu, als der Wagen sich wieder in Bewegung setzte.
Nachdenklich betrachtete Tom den Umschlag, dann ging er langsam zu seinem Wagen, stieg ein und fuhr aus Cameron Downs hinaus. Er wollte im Augenblick wirklich nichts lieber, als allein sein. Er hatte darunter gelitten, Nora nicht mehr zu sehen. Bis zuletzt war er in seinen Überlegungen ins Wanken geraten, ob er den Verzicht auf einen persönlichen Abschied nicht bereuen würde. Er sah zu dem Umschlag, der auf dem Beifahrersitz lag. Dieser Brief war jetzt so etwas wie ein richtiger Abschied. Er lenkte den Wagen in einen staubigen Seitenweg und fuhr zum Fluss hinunter. Als er angehalten hatte, griff er nach dem Brief, stieg aus und setzte sich auf einen großen Stein am Ufer. Er betrachtete einen Moment seinen Namen, den sie auf den Umschlag geschrieben hatte, dann nahm er den Brief heraus und begann zu lesen.

»Lieber Tom,
es ist fast mitten in der Nacht, und ich liege noch immer in deinem Krankenhaus. Um diese Zeit ist es sehr ruhig hier, und ich kann meinen Gedanken freien Lauf lassen. In den nächsten Tagen werde ich nach Sydney verlegt, und ich möchte nicht von hier weg, ohne noch einmal bei dir zu sein, und sei es nur in diesem Brief. Ich kann deine

Entscheidung, mir aus dem Weg zu gehen, gut verstehen. Ich hätte es ja auch nicht ertragen können, dir weiterhin zu begegnen, in deine Augen zu sehen und dir trotzdem nicht mehr nahe sein zu dürfen. Also ist es wohl besser so, auch wenn mir gerade jetzt – beim Schreiben dieser Zeilen – die Sehnsucht nach dir viel größere Schmerzen bereitet, als es diese blöden Rippenbrüche tun.
Die Zeit mit dir hier in Australien gehört zu den wunderbarsten Erfahrungen, die ich in meinem Leben machen durfte. Ich war unbeschreiblich glücklich mit dir, Tom. Dafür bin ich dankbar, denn auch wenn ich jetzt unsagbar traurig bin, von dir weggehen zu müssen, bleibt mir die Erinnerung daran, mit dir so viel Glück auf einmal erlebt haben zu dürfen. Du bist die Liebe meines Lebens – und ein Teil meines Herzens wird für immer hier bleiben.
Diesem Brief liegt ein Foto bei. Bitte sieh dir meine beiden Schätze einmal genau an. Ich wünsche mir so sehr, dass du mich auch ein wenig verstehst. Kannst du erkennen, wie glücklich sie sind? Ich bin ihre Mutter. Als ich sie zur Welt brachte, habe ich die Verantwortung für sie übernommen und für ihren Weg in ein glückliches Leben. Ich habe das noch nie bereut, auch heute nicht.
Vielleicht hältst du in ein paar Jahren ein ähnliches Bild in den Händen, mit deinen Kindern darauf. Spätestens dann, das weiß ich, wirst du mich verstehen. Ich liebe dich. Und ich wünsche dir alles Glück dieser Welt.
Nora«

Tief bewegt ließ Tom den Brief sinken und sah auf den Fluss, der sich lebhaft sprudelnd an einigen Felsbrocken vorbeischlängelte. Die Abendsonne tauchte die Landschaft in ein warmes Licht und setzte glitzernde Tupfer auf das Wasser. Tom atmete tief durch und fühlte, wie sich bei diesem Anblick die Anspannung in seinem Inneren langsam beruhigte. Dieses Land hier war sein Zuhause. Er lebte und arbeitete hier, erfüllte eine Aufgabe, die es in dieser Art und Weise wohl nur in Australien gab.

Mechanisch faltete er den Brief zusammen. Nach wie vor spürte auch er einen dumpfen Schmerz in seinem Inneren, wenn er an Nora dachte. Jetzt aber war er ihr dankbar, dass sie ihre Empfindungen für ihn so ehrlich in Worte gefasst hatte. Ihr Brief gab ihm das Gefühl, nicht länger der »Unterlegene« in ihrer kurzen Beziehung gewesen zu sein, der Schwächere, der liebte, aber trotzdem zurückgelassen wurde und keine Chance bekam. Sie wurden beide irgendwie zurückgelassen. Das war ihm jetzt klar und machte es für ihn ein wenig leichter. Nachdenklich drehte er den Brief in seinen Händen. Er genoss das Gefühl, dass sie den Umschlag ebenfalls in ihren Händen gehalten hatte. Es brachte ihn noch einmal in ihre Nähe. Sein Blick blieb auf dem Foto hängen, das wohl zu Boden gefallen war, als er den Brief gelesen hatte. Er hob es auf und betrachtete es. Ein leises Lächeln stahl sich auf sein Gesicht, als er die strahlenden Geschwister ansah. Nach einer Weile schob er das Bild in den Umschlag und stand auf. Langsam wanderten seine Augen in die Ferne.

Es war richtig, so, wie es war, auch wenn es Schmerzen verursacht hatte. Kein Schatten ohne Licht. Alles gehörte irgendwie zusammen. Auch wenn er im Moment innerlich um ihre Liebe trauerte, hätte er zu keinem Zeitpunkt auf das Erleben der gemeinsamen Stunden mit ihr verzichten wollen, auch jetzt nicht. Er straffte die Schultern und sah zum Horizont. Morgen würde sein Dienst in der Klinik wieder beginnen. Er wandte sich um und ging langsam zu seinem Wagen, um nach Hause zu fahren – nach Cameron Downs.

19

Nora war der Gedanke an die Wochen, die sie noch im Krankenhaus in Sydney würde verbringen müssen, zunächst unerträglich gewesen. Physisch ging es zwar langsam weiter bergauf, aber ihr Gefühlsleben war ein einziges Chaos. Sie litt noch unter der abrupten Trennung von Tom, der in ihrem Herzen so viel Raum einnahm und für den in ihrem Leben doch kein Platz war. Diese Empfindungen vor Max zu verbergen, kostete sie viel Kraft und deprimierte sie zusätzlich. Sie hatte sich aber dazu entschlossen, dieses Kapitel ihres Schicksals für sich zu behalten und ihren Mann nicht auch noch in ein Chaos zu stürzen und ihn zu verletzen. Sie war davon überzeugt, dass er diesen Weg ihres Herzens nie verstanden hätte.

In ihrem Inneren aber hatte sie zu keinem Zeitpunkt das Gefühl gehabt, sich für irgendetwas schämen zu müssen. Nie hatte sie vorgehabt, Max nicht treu zu sein, aber Tom und sie hatten sich auf so einzigartige, fast schon magische Weise zueinander hingezogen gefühlt, dass es weit über einen plumpen Fehltritt hinausging. Nora sah zwischen sich und Tom eine Art Seelenverwandtschaft, und dafür mochte sie sich nicht schuldig fühlen, zumal sie alles dafür getan hatte, dass das Glück ihrer Familie unangetastet blieb.

Max war ihre depressive Stimmung zwar aufgefallen, aber er war gemeinsam mit ihrem behandelnden Arzt der Auffassung, dass sie den Unfall und seine Folgen erst jetzt psychisch verarbeitete und darüber hinaus die Kinder vermisste. Er tat alles, um sie aufzuheitern und abzulenken. Er telefonierte zwar täglich mit seinem Verlag, hatte sich aber freigenommen, um bei ihr bleiben zu können. Resigniert hatte Nora für sich festgestellt, dass dies nun so plötzlich möglich war. Monate ihres Lebens glaubte sie mit dem Versuch zugebracht zu haben, ihm klar zu machen, dass sie mehr Zeit füreinander brauchten, dass sie sich voneinander entfernten, aber nie hatte er beruflich kürzer treten wollen. Bitter dachte sie, dass ihr Tod vielleicht noch eine eindrucksvollere Lehre für ihn gewesen wäre als diese ihrer Meinung nach langweiligen Wochen am Krankenbett.

Nach einer guten Woche hatte sie sich jedoch an die neue Umgebung gewöhnt und gab sich auch innerlich einen Ruck. Schließlich war sie sich sicher gewesen, dass die Entscheidung für ihre Familie und ihr Zuhause die richtige war, also musste sie damit beginnen, auch dafür zu leben.

Zum ersten Mal seit ihrer Reise nach Australien dachte sie nun wieder an das Buch von Marlo Morgan, das sie beeindruckt hatte und in dessen Geschichte ein junges Aborigine-Mädchen zu seinen Wurzeln zurückkehrt und sich intensiv mit den Lehren seines Volkes auseinander setzt. Dort hieß es, dass man für seine Energie und für die Disziplinierung seiner Gefühle verantwortlich sei. Jeder erlebe, wie es sich anfühlt, wenn man sich in einem negativen Zustand befindet, aber darin zu verweilen und nicht daraus zu lernen, sei unverantwortlich, unreif und nicht weise. Es gebe eine lebendige und eine nicht lebendige Zeit. Allein die Tatsache, dass jemand atme, bedeute noch nicht, dass er lebendig sei. Niedergeschlagenheit bedeute, seine Zeit nicht lebendig zu verbringen. Es sei absolut notwendig, dass man reife, damit man eine lange gesunde Zeit erlebe. Letztlich seien wir alle verantwortlich für unsere Zeit als Menschen und dafür, wie wir die Gabe des freien Willens nutzen.

Nora fühlte das Positive, das in diesen Worten steckte, und nahm sich vor, ihre Zeit lebendig zu verbringen. Sie holte tief Luft und gestattete sich noch einen letzten leisen Seufzer. Niklas und Marie fehlten ihr so. Wenn sie nur erst wieder bei ihnen sein könnte. Die kurzen Telefonate hatten ihre Sehnsucht nach ihnen nur verstärkt und die Hoffnung gefördert, zu Hause würde alles besser werden.

Max ließ sich in seinem Hotelzimmer auf einen Sessel fallen und schloss die Augen. Er war müde und fühlte sich allein. Er spürte, dass Nora sich zurückgezogen hatte und nicht mehr so auf ihn zuging wie früher. Aber er dachte nicht daran, aufzugeben, denn er wollte sie nicht verlieren. Gerade hatte er die Füße von sich gestreckt und den Kopf zurückgelehnt, als sein Telefon klingelte. Er fuhr zusammen, denn das schnarrende Geräusch in dem ansonsten stillen Zimmer kam ihm unnatürlich laut vor. Als er sich meldete, erkannte er die Stimme seiner Sekretärin.

»Es tut mir Leid, Sie so spät noch zu stören, Herr Bergmann, aber ich glaube, es ist wirklich wichtig.«

»Schon gut, Anja, machen Sie sich keine Gedanken. Ich war sowieso noch auf.« Er wartete gespannt, doch sie fragte nun: »Geht es Ihrer Frau schon besser?«

»Ja, danke. Es wird langsam, obwohl ich mir zu Anfang nicht hätte vorstellen können, dass es so lange dauert.«

Er seufzte kurz, denn es hatte ihn in den vergangenen Wochen einiges an Kraft gekostet, vor Nora so ruhig und gelassen zu bleiben, obwohl der Verlag in Hamburg ihm unter den Nägeln brannte und er sich Sorgen machte, dass seine Abteilung ins Hintertreffen geraten könnte.

»Was gibt's denn, Anja?«

»Nun, ich weiß gar nicht recht, wie ich anfangen soll. Wir arbeiten schon so lange zusammen, dass ich mich einfach verpflichtet fühle, es Ihnen zu sagen, denn, noch können Sie selbst aktiv werden …«

»Anja, sagen Sie's einfach, okay?«

»Ja, gut. Also, ich war gestern Mittag mit meiner Freundin essen. Sie wissen schon, Susanne Berger, Vorstandssekretariat von Herrn Kröger. Sie hat mir – natürlich vertraulich – erzählt, dass sich Herr Marquardt im Moment beim Vorstand unentbehrlich macht. Sie können sich sicher vorstellen, wie ich das meine. Er nutzt Ihre Abwesenheit aus, um sich selbst für die Nachfolge von

Herrn Fuchs ins Spiel zu bringen.« Sie zögerte kurz. »Er hat sich sogar schon offiziell beworben. Mir ist natürlich klar, dass Sie augenblicklich andere Sorgen haben, Herr Bergmann, doch ich wollte trotzdem, dass Sie wissen, was hier gerade läuft. Sollten Sie es irgendwie einrichten können, nach Hamburg zu kommen, natürlich nur, wenn es Ihrer Frau besser geht, wäre das für Ihre Situation sicherlich gut.«

Max rieb sich die Stirn und sah dann aus dem Fenster.

»Danke für Ihren Anruf, Anja. Ich weiß Ihre Sorge zu schätzen.« Er machte eine kleine Pause, als müsste er noch nachdenken. »Ich will sehen, was ich tun kann. Ich melde mich morgen wieder bei Ihnen, okay? Gute Nacht.«

»Gute Nacht.«

Enttäuscht warf er das Telefon aufs Bett und ließ sich wieder in den Sessel fallen. Während er innerlich langsam wütend wurde, wanderte sein Blick durch das Zimmer, ohne jedoch irgendetwas wahrzunehmen. Müde rieb er sich die Augen. Das konnte doch alles nicht wahr sein. Immer – er dachte kurz nach – wirklich immer war er für diesen Scheißverlag da gewesen. Im Zweifel hatte stets seine Familie zurückstehen müssen. Praktisch nie war er zu Hause gewesen, wenn die Kinder abends zu Bett gingen. Oft war es so spät im Büro geworden, dass er selbst Nora übers Telefon gute Nacht gesagt hatte. Kein Urlaubstag war vergangen, ohne dass er nicht vom Verlag angerufen worden war. Und nun? Einmal, ein einziges Mal waren ihm persönliche Verpflichtungen wichtiger, und schon wurde an seinem Stuhl gesägt. Wenn er menschlich nicht so enttäuscht gewesen wäre, hätte er vielleicht sogar darüber lachen können. So aber stand er auf und ging zwischen Fenster und Tür hin und her. Es war spät geworden, aber er hätte jetzt keinen Schlaf gefunden. Nach einer Weile blieb er am Fenster stehen und betrachtete Sydneys Lichter unter sich. Nein! Die ganzen Jahre, in denen er sich für diese Firma aufgerieben und eingesetzt hatte und in denen Nora und die Kinder hatten zurückstehen müssen, sollten nicht einfach umsonst gewesen sein. Er würde diesem Weichei das Feld nicht kampflos überlassen. Max überlegte. Drei Wochen hatte Nora in Cameron Downs gelegen, und knapp vier Wochen war sie jetzt schon wieder in Sydney. Es müsste doch langsam möglich sein, dass sie nach Hause konnte. Der Hauptgrund, der gegen den langen Heimflug sprach, war sicher der Schädelbruch. Wie lange würde das wohl noch dauern? Max nahm sich vor, gleich morgen mit dem Arzt zu sprechen. In Gedanken versunken begann er schließlich, sich auszuziehen, um im Bad zu duschen.

Am nächsten Morgen suchte er sofort ihren Arzt auf, um mit ihm die Situation zu besprechen. Wie er jedoch befürchtet hatte, eröffnete dieser ihm, Nora könne frühestens in zwei bis drei Wochen den langen Flug wagen, und das auch nur, wenn keine Komplikationen mehr aufträten. Andernfalls bestehe immer noch die Gefahr von Gehirnblutungen. Vor dem Zimmer seiner Frau angekommen, atmete er tief durch. Als er eintrat, blickte sie auf und lächelte ihm entgegen. Sie erwiderte seinen Kuss und sah ihn dann aufmerksam an.
»Was ist los? Hast du schlecht geschlafen? Oder ist etwas mit den Kindern?«
Er setzte sich zu ihr und griff nach ihrer Hand.
»Nein, nein, mit den Kindern ist alles in Ordnung.« Er unterbrach sich und suchte offenbar nach den passenden Worten.
Sie blickte ihn alarmiert an. »O Gott, Max, jetzt sag schon, was los ist!«
»Bitte mach dir keine Sorgen. Ich habe Ärger im Verlag. Eigentlich müsste ich dringend nach Hamburg, Stell dir vor, der Marquardt sägt an meinem Stuhl.«
Sie war empört. »Was? Und das nach allem, was du schon für ihn getan hast? So eine Schweinerei. Das darfst du dir nicht gefallen lassen, Max.«

Sie runzelte die Stirn und schien zu überlegen. Max schluckte, denn er wusste, wie ihre nächste Frage lauten würde.
»Können wir nicht schon nach Hause fliegen? Ich halte es hier sowieso nicht mehr aus.« Sie sah ihn hoffnungsvoll an. »Max, frag doch den Arzt, ob ich nicht schon raus kann. Es geht mir schon viel besser, und ich darf sogar schon mit den Krücken aufstehen, wenn ich das Bein nicht zu sehr belaste.«
Er hatte den Kopf gesenkt und betrachtete ihre Hand. Als er sie wieder ansah, blickte sie ihm in die Augen und machte ein enttäuschtes Gesicht.
»Du hast schon gefragt, nicht wahr?«
Er nickte langsam.
»Wie lange noch?«
Als er nicht sofort antwortete, schlug sie mit der Hand auf die Bettdecke. »Max! Wie lange soll ich noch hier bleiben?«
»Der Arzt sagt, wenn alles glatt läuft, so zwei bis drei Wochen.«
Sie atmete hörbar aus und ließ sich zurücksinken. Ihre Augen starrten an die Decke, und er konnte erkennen, wie es in ihrem Kopf arbeitete. Schließlich beugte sie sich vor, griff nun nach seiner Hand und sagte: »Es hilft nichts, Max, dann fliegst du eben allein voraus. Ich kann dir gar nicht sagen, wie mich so etwas aufregt. Du hast alles für diesen blöden Verlag getan. Ich will jetzt nicht die Schuld daran haben, dass man dir womöglich diesen Leisetreter vor die Nase setzt. Außerdem wäre es sicher ein Lichtblick für die Kinder, wenn nach all den Wochen endlich mal wieder ein Elternteil auftaucht.« Aufmunternd sah sie ihn an. »Die beiden müssen sich ja schon vorkommen wie Waisen.«
Max setzte sich auf die Bettkante, legte einen Arm um sie und drückte sie sacht an sich. Verzweifelt schaute er ihr in die Augen.
»Nora, ich will dich hier nicht allein lassen.« Er sah zum Fenster. »Ich bin so froh, dass ich dich nicht verloren habe. Ich

glaube, du weißt gar nicht, welche Sorgen ich mir um dich gemacht habe. Ich hätte das Gefühl, dich hier im Stich zu lassen.«
Sie strich ihm über die Wange. »Schatz, es geht mir doch schon viel besser. Ich bin erwachsen, die Kinder nicht. Sie brauchen uns auch. Natürlich könnte ich mir Besseres vorstellen, als hier noch zwei oder womöglich drei Wochen allein die Zeit totzuschlagen, aber es darf einfach nicht sein, dass du jetzt alles verlierst, wofür du in den letzten Jahren gearbeitet hast. Und es wäre auch wirklich gut, wenn du bei unseren Kindern wärst.« Sie schmunzelte plötzlich. »Und wenn du unseren Hund auch ab und zu mal für mich streicheln könntest, verspreche ich, mich ganz schnell zu erholen, damit ich wieder bei euch sein kann.«
Er sah traurig aus, als er antwortete: »Gut. Wahrscheinlich hast du Recht. Ich fühle mich aber trotzdem mies dabei.«
Sie küsste ihn.
»Glaub mir, Max, ich würde hier von morgens bis abends über die Ungerechtigkeiten deines Verlags nachgrübeln und noch mehr an die Kinder denken. Es ist besser so.«

Max Bergmann konnte noch am selben Abend den Rückflug nach Hamburg antreten. Er würde zwar einige Zwischenlandungen in Kauf nehmen müssen, doch Nora wollte, dass er rasch wieder bei den Kindern war. Der Abschied von seiner Frau war ihm sehr schwer gefallen. Ihn ängstigte nach dem schrecklichen Hinflug, in dem er vor Sorge ganz unruhig gewesen war, die Vorstellung, dass ihr in der Zwischenzeit erneut etwas geschehen könnte, Komplikationen einträten und er dann wieder viele Flugstunden von ihr entfernt wäre. Er war sich nicht sicher, ob die Entscheidung, wieder einmal den beruflichen Verpflichtungen den Vorrang zu geben, die richtige war. Als seine Maschine den australischen Boden verließ, griff er seufzend nach einer Zeitung. Nun hatte es auch keinen Sinn mehr, weiter über richtig oder falsch nachzugrübeln.

Als Nora abends in ihrem Bett lag und in den dunkler werdenden Himmel sah, kämpfte sie gegen die aufkommende Angst vor den nächsten Wochen an. Sie fühlte sich längst nicht so sicher, wie sie Max hatte glauben machen wollen. Die Aussicht, nun Tage und Nächte allein in diesem fremden großen Krankenhaus zu bleiben, ohne jemanden, der ihr nahe stand und sie ablenkte, erschreckte sie. Außerdem war sie noch nie zuvor so verunsichert gewesen wie jetzt. Alle Ruhe und Sicherheit waren in den letzten Wochen aus ihrem Leben verschwunden. Gerade als sie den Gedanken an Tom beiseite gedrängt und sich für Max und ihre Familie entschieden hatte, musste sie hier plötzlich wieder allein herumliegen und wehrlos ihren Gedanken ausgeliefert sein. Sie biss sich auf die Unterlippe. Nein, sie wollte einfach nicht mehr darüber nachdenken müssen. Sie liebte Max, Niklas und Marie. Entschlossen wischte sie sich mit dem Handrücken eine Träne weg, während sie versuchte, die Sehnsucht nach Tom zu verdrängen.

20

Bill untersuchte vorsichtig die schweren Brandverletzungen des etwa fünfundvierzigjährigen Mannes, der gerade eingeliefert worden war. Es hatte auf einem Feld bei Erdgasbohrungen eine Explosion gegeben. Auf Grund der starken Schmerzmittel war der Verletzte nicht bei Bewusstsein. Lisa kam eilig durch die Tür. Angespannt beobachtete sie ihren Mann mit dem Patienten und ging ihm wortlos zur Hand. Nach einer Weile schaute sie ihn fragend an.

»Was meinst du, Bill? Können wir ihn hier behalten?«

Bill schüttelte den Kopf. »Nein, die Verbrennungen sind zu schwer. Ray sollte schnell nach Sydney geflogen werden. Die sind für solche speziellen Fälle einfach besser ausgerüstet als wir.«

»Nun, seine Familie wird sich nicht gerade freuen, dass er fort muss. Aber wenn es besser für ihn ist …« Sie blickte plötzlich ihren Mann an. »Bill, lass Tom mitfliegen.«

Er sah missbilligend auf. »Lisa, was soll das? Du willst schon wieder Schicksal spielen. Lass ihn endlich in Ruhe. Sie ist schließlich mit ihrem Mann dort. Und wenn ich mich recht erinnere, beabsichtigt sie auch, mit ihrem Mann zurückzufliegen.«

Er hatte sich die Handschuhe ausgezogen und sie in einen Abfallbehälter geworfen. Sie war ihm gefolgt und hielt ihn am Arm fest.

»Ich glaube aber, Tom ist vor dem Abschied weggelaufen, als er zum Angeln fuhr. Das war eine Flucht, und ich bin mir sicher, er hat es bedauert. Jetzt wird er sich immer Gedanken machen, ob es nicht besser gewesen wäre, Nora noch einmal zu sehen.«

Bill schüttelte den Kopf. »Entschuldige, Lisa, aber ich glaube, du spinnst. Ich habe dir schon mal gesagt, wir sollten uns nicht einmischen, und dabei bleibe ich.«

Lisa hielt ihn noch immer fest. »Bitte, Bill. Wenn du ihn für den Flug einteilst, hat er wenigstens die Möglichkeit, sich zu überlegen, ob er sie noch einmal sehen will. Wenn er nicht möchte, braucht er es nicht, denn die Klinik ist schließlich groß genug.«
Bill seufzte und kratzte sich nachdenklich am Ohr. Schließlich konnte er ein Lächeln nicht unterdrücken, als er die gespannte Erwartung im Gesicht seiner Frau bemerkte.
»Irgendwie habe ich das Gefühl, dass ich dir einfach nicht gewachsen bin.«
»Glaub mir, ich habe Recht. Es ist besser für Tom«, erwiderte sie lachend.

In der Dienstbesprechung am nächsten Morgen zog Tom die Stirn kraus, als er von Bill hörte, er solle Ray Morgan auf dem Flug nach Sydney betreuen. Unruhig rollte er einen Kugelschreiber zwischen den Fingern hin und her.
»Wieso denn ich, Bill? Er ist dein Patient.«
Bill blickte überrascht auf.
»Warum fragst du? Gibt es Probleme? Oder warum willst du den Flug nicht übernehmen?«
Tom sah ihn einen Moment an, bevor er langsam den Kopf schüttelte. »Schon gut.«
Bill blätterte wieder in seinen Unterlagen.
»Ich habe nachher noch einen Gesprächstermin mit dem Wirtschaftsprüfer, und Jason ist für den Nachtdienst eingeteilt.«

Nachdem Tom sich auf dem Transport zum Flugplatz und in der Maschine um Ray Morgans Verletzungen gekümmert hatte, vergewisserte er sich nochmals, dass sein Patient nicht unter Schmerzen litt. Die Medikamente sorgten dafür, dass er betäubt schlief. Tom seufzte, Brandwunden dieses Ausmaßes hatte er bisher selten behandeln müssen. Kim nickte ihm zu.

»Tom, setz dich ruhig ein wenig. Ich bleibe bei ihm, okay?«
Dankbar nahm er Platz und sah aus dem Fenster. Er war zerstreut, und viele Gedanken wirbelten durch seinen Kopf. Ihm war klar, dass Nora noch in der Klinik war, und er überlegte tatsächlich, ob er sie besuchen sollte. Die Aussicht, sie noch einmal zu sehen, verstärkte seine Unruhe. Andererseits plagten ihn Zweifel. Sollte er sich und sie erneut durcheinander bringen? Sie hatte sich schließlich gegen ihn entschieden. Auch wenn er sich eine Möglichkeit wünschte, sie umstimmen zu können, kam es ihm nicht fair vor. Müde strich er sich über die Stirn. Er hasste es, seine Gefühle nicht mehr so unter Kontrolle zu haben wie früher – vor Nora. Warum war es ihm nach seiner Scheidung und den Erfahrungen in Afrika nicht endlich vergönnt, zur Ruhe zu kommen, wenn es schon nicht möglich schien, glücklich zu werden? Er lehnte den Kopf gegen die Nackenstütze und schloss die Augen. Aber die Erinnerungen an die gemeinsame Zeit mit ihr ließen ihn nicht los. Er sah sie lachend in seinen Armen, ernst im Gespräch, angespannt bei der Geburt in der Siedlung der Aborigines, lächelnd mit dem Neugeborenen, zärtlich und aufregend zugleich in der Nacht auf der Farm und bei ihrem Picknick am Fluss, dann hilflos leidend, schwer verletzt nach dem Unfall. Entnervt öffnete er wieder die Augen und sah erneut aus dem Fenster. Anscheinend würde es ihm nie gelingen, sie aus seinem Leben zu streichen. Ihr ging es da offenbar anders. Als Tom sich bewusst machte, dass Nora jetzt wahrscheinlich ihren Mann am Krankenbett sitzen hatte, traf er die Entscheidung, sie nicht zu besuchen. Er glaubte damit letztendlich ihren Wunsch zu respektieren und hoffte, dass seine Erinnerung an sie schneller verblassen würde, wenn er sie nicht mehr sah.

Tom stand auf, als er Phil über Funk mit jemandem sprechen hörte. Dieser sah sich auch gerade nach ihm um. Offenbar hatte er ihn rufen wollen. Tom zwängte sich auf den zweiten Sitz im

Cockpit und hatte Mühe, seine langen Beine unterzubringen. Er griff nach dem Funkgerät und meldete sich. Es rauschte kurz in der Leitung, bevor Greg über die Zentrale antwortete.
»Hier Sierra Lima Tango für Alpha Foxtrott Delta. Tom? Wir haben gerade eine Anfrage aus Broken Hill bekommen. Sie brauchen dringend ein Antitoxin, das unsere Klinik leider auch nicht hat. Ich habe sie informiert, dass unser Flugzeug auf dem Weg nach Sydney ist. Unsere Kollegen bitten nun darum, dass ihr das Medikament auf dem Rückflug mitbringt. Ich denke doch, dass das kein Problem sein dürfte, oder?«
»Antitoxin? Wogegen? Wie eilig ist es denn?«
»Nun, sie haben einen extremen Fall von Lebensmittelvergiftung. Es eilt sehr. Bill macht sich ein wenig Sorgen, dass die Patientenübergabe zu lange dauern wird, und ...« Greg zögerte kurz. »Tom, er musste gerade wieder in die Klinik und er bat mich, Sie zu fragen, ob Sie Kim und Phil nicht gleich mit dem Medikament zurückschicken könnten, während Sie sich um die Aufnahme von Ray kümmern?«
Tom atmete schnell aus. »Und wie komme ich dann bitte zurück?«
»Sie könnten morgen mit der Mittagsmaschine zurückfliegen.«
Tom drückte energisch die Sprechtaste des Funkgeräts.
»Also, Greg, wirklich! So ein Aufstand! Da könnten die aus Broken Hill doch selbst nach Sydney fliegen.«
»Ihr seid aber schon fast da. Wenn die Maschine gleich zurückfliegt, wäre das ein enormer Zeitgewinn. Ich muss Ihnen ja wohl nichts darüber sagen, welche Bedeutung der Zeitfaktor bei der Behandlung einer so üblen Vergiftung hat, oder?«
Tom schüttelte nun unwirsch den Kopf.»Nein, natürlich nicht. Dann bis morgen. Alpha Foxtrott Delta. Ende.« Während er das Funkgerät wieder in die Halterung klemmte, warf er Phil einen ungehaltenen Blick zu. Dieser hob beide Hände in die Höhe.
»Ich kann nun wirklich nichts dafür, dass du in Sydney bleiben

musst, Tom. Fragt mich eigentlich einmal jemand nach meinen Überstunden?«
Tom zwang sich zu einem Lächeln. »Schon gut, Phil.«
Er schaute wieder aus dem Fenster und überlegte. Nein, da es schnell gehen musste, hatte er keine Chance, doch noch mitzufliegen. Der Transport mit dem Krankenwagen vom Flughafen in die Klinik, die Formalitäten zur Patientenübernahme und die Aufnahme auf der zuständigen Station würden zu lange dauern. Und es widerstrebte ihm, seinen Patienten einfach am Flughafen der Krankenwagenbesatzung auszuhändigen und sich nicht darum zu kümmern, ob und wie er in der Klinik eintraf oder dort aufgenommen wurde. Tom seufzte leise. Nein, Ray war absolut hilflos, nicht einmal in der Lage zu sprechen. Es war das Mindeste, was er für ihn tun konnte, dafür zu sorgen, dass er bestens untergebracht wurde.
Phil beobachtete ihn und bemerkte die steile Falte auf Toms Stirn.
»Was grübelst du denn so, Tom? He, erledige das mit Ray, und dann mach dir einen schönen Tag in Sydney. Ich könnte mir ehrlich Schlimmeres vorstellen.«
Tom nickte langsam. »Wahrscheinlich hast du Recht, Phil.« Er riss sich jetzt aus seiner Nachdenklichkeit und begann zu organisieren.
»Phil, funk bitte die Klinik an. Sie sollen das Antitoxin mit dem Krankenwagen mitschicken, der zum Flughafen kommt. Sag, es sei absolut dringend. Wenn sie Fragen haben, ruf mich. Ich sehe jetzt noch einmal nach Ray, okay?«
Phil streifte sich seine Kopfhörer über und begann den Funkruf an die Klinik zu senden, während Tom sich auf den Weg zu seinem Patienten machte.

Eine knappe Stunde später empfing Sydney sie mit einem strahlend blauen Himmel, für den die Besatzung des Flying Doctor

Service jedoch keinen Blick hatte. Phil kümmerte sich nach der Landung sofort darum, dass die Maschine aufgetankt wurde, damit ein schneller Rückflug möglich war. Tom und Kim bereiteten alles für den Transport des Schwerverletzten vor und hielten ungeduldig Ausschau nach dem Krankenwagen, der kurz darauf eintraf und rückwärts an den Ausstieg des RFDS-Flugzeugs heranfuhr, um den Patienten aufzunehmen.

21

Damit ihr weiterer Klinikaufenthalt so kurz wie möglich sein würde, arbeitete Nora verbissen daran, ihre gesundheitlichen Fortschritte voranzutreiben. Es enttäuschte sie maßlos, immer wieder feststellen zu müssen, dass ihr Körper nicht so funktionierte, wie sie es aus der Zeit vor ihrem Unfall gewohnt war. Neben dem Verheilen der Verletzungen sorgten krankengymnastische Übungen und vorsichtige Gehversuche dafür, dass sie ihrem Ziel, nach Hause zu kommen, ein wenig näher rückte. So oft es ging, hatte sie begonnen sich dazu zu zwingen, in Bewegung zu bleiben. Sie hasste die verdammte Hilflosigkeit, ständig auf andere angewiesen zu sein. Jede unbedachte, früher so normale Bewegung aber wurde mit heftigem Schmerz bestraft, und das machte sie wütend. Auch hatte sie Schwierigkeiten, sich an die Gehhilfen zu gewöhnen, mit denen sie zwar vorwärts kam, die ihr aber keine Hand freiließen, um beispielsweise eine Flasche Wasser oder eine Zeitung zu tragen. Selbst der relativ harmlose und inzwischen vollständig verheilte Schlüsselbeinbruch erinnerte sie häufig mit einem heftigen Stich daran, dass sie die Krücken beiseite legen und sich eine Pause gönnen sollte. Es war verhext – die Muskeln und der Kreislauf brauchten die Bewegung, und ihre Knochen wollten Ruhe zum Heilen. Mit eisernem Willen bemühte sie sich, diesen Spagat irgendwie zu bewältigen, empfand aber auf Grund ihrer instabilen Psyche jeden Rückschlag doppelt hart.

Um sich etwas abzulenken und nicht ständig über ihre Situation nachzudenken, hatte sie vor ein paar Tagen damit begonnen, ihre Notizen für die Reportage auszuwerten und zu bearbeiten. Sie hatte nach dem Mittagessen wieder eine Weile daran gesessen und war sehr zufrieden mit den Fortschritten. Wenn sie weiter so gut vorankäme, hätte sie in Deutschland schon einiges in Hän-

den, wenn sie mit Martin die Auswahl der passenden Fotos besprechen würde. Nora stand vorsichtig auf und griff nach ihren Krücken. Es wäre eine gute Übung, wenn sie sich für den Abend noch eine Zeitung vom Krankenhauskiosk in der Eingangshalle holen würde. Sie zögerte kurz. Seit sie hier war, hatte sie noch nie die Station verlassen, aber sie wollte auch nicht erst um Erlaubnis fragen. Entschlossen nahm sie die zweite Krücke und machte sich auf den Weg. Irgendwann musste sie schließlich anfangen, ins normale Leben zurückzukehren. Als sie den scheinbar endlosen Stationsflur hinter sich gebracht hatte und mit dem Fahrstuhl nach unten fuhr, hatte sie nach langer Zeit wieder einmal das Gefühl, nicht mehr halb tot und hilflos zu sein. Als der Lift im Erdgeschoss anhielt und die Türen lautlos zur Seite glitten, humpelte sie in die Halle und ignorierte die erneut einsetzenden Stiche zwischen den Rippen und dem Schlüsselbein. Sie wusste, dass sie es schaffen würde.
Die großzügigen Fenster des Eingangsbereichs gewährten Nora den Blick auf schön bepflanzte Beete und Bänke am Rand einer kleinen Rasenfläche. Sehnsüchtig sah sie nach draußen. Wie lange schon war sie jetzt in Krankenhauszimmern eingesperrt gewesen? Sie konnte einige andere Patienten erkennen, die ebenfalls im Bademantel draußen saßen. Sie schaute an sich hinunter. Die Vorstellung, in dieser Aufmachung auf einer Parkbank zu sitzen, kam ihr ein wenig merkwürdig vor. Die warmen Sonnenstrahlen und der klare blaue Himmel jedoch gaben schließlich den Ausschlag. Jawohl, sie würde auch den Weg vor den Klinikeingang schaffen und ein wenig die Sonne genießen.
Nachdem sie sich eine Zeitung und ein paar saure Drops gekauft hatte, machte sie sich mit zusammengebissenen Zähnen auf den Weg nach draußen. Die Stiche waren heftiger geworden, doch sie beruhigte sich selbst mit der Aussicht, gleich bei einer Bank angekommen zu sein. Dort könnte sie sich für den langen Rückweg erst einmal ausruhen. Sie lächelte dem älteren Herrn am an-

deren Ende der Bank zu und nahm umständlich Platz, sorgsam darauf achtend, ihre Gehhilfen nicht fallen zu lassen. Sie lehnte sie in Griffnähe neben sich und zog ihre Zeitung aus der Tasche, die sie aber zunächst auf dem Schoß liegen ließ.
Die wärmenden Sonnenstrahlen auf ihrem Kopf machten Nora so glücklich und zufrieden, dass sie sie einen Moment voll auskosten wollte. Sie schloss die Augen und lehnte den Kopf zurück. Wann hatte sie zuletzt die Wärme der Sonne auf dem Gesicht gespürt? Das Picknick am Flussufer tauchte in ihrer Erinnerung auf und vertrieb das zufriedene Lächeln, das um ihren Mund spielte. Sie seufzte leise. Wann würde Tom endlich nicht mehr derart ihre Gedanken beherrschen? Entschlossen setzte sie sich etwas bequemer zurecht und schlug die Zeitung auf, als ein Rettungswagen mit Blaulicht heranbrauste und auf die Notfallaufnahme neben dem Haupteingang zufuhr. Unwillkürlich ließ Nora die Zeitschrift sinken und sah hinüber. Die Wagentüren öffneten sich, während aus der Notaufnahme bereits Klinikpersonal heraneilte. Nach zwei Männern in der typischen Berufskleidung der Rettungssanitäter war auch ein großer, dunkelhaariger Mann in Zivil aus dem Wagen gesprungen. Noras Herz setzte einen Moment aus. Tom! Das konnte doch nicht wahr sein! Wie gebannt starrte sie hinüber und beobachtete, wie Tom offenbar mit einem Kollegen sprach. Er stand jetzt seitlich und hätte sie entdecken können, wenn er den Kopf nur ein klein wenig in ihre Richtung gedreht hätte. Unwillkürlich hielt Nora die Zeitung hoch, um sich dahinter zu verbergen. Ihr Herz hämmerte nun, als hätte sie die ganze Klinik umrundet. Sie fasste es nicht. Seit Wochen versuchte sie, diesen Mann aus ihrem Leben und ihren Gedanken zu verdrängen, und plötzlich tauchte er wieder auf und brachte erneut alles durcheinander. Die Rollbahre wurde nun aus dem Krankenwagen geladen, und Tom und sein Kollege folgten ihr mit raschen Schritten in die Notaufnahme. Einige Minuten lang sah sie in ihre Zeitung, ohne jedoch ein einziges Wort in

sich aufzunehmen. Ihre Wangen brannten, und sie wusste, dass dies nicht allein der Wirkung der Sonne zuzuschreiben war. Es gelang ihr nicht, einen klaren Kopf zu bekommen. Sie hatte keine Ahnung, was richtig und was falsch wäre. Sie wusste nur mit Gewissheit, dass sie sich für ihre Familie entschieden hatte, und nun – wenige Sekunden hatten genügt – fielen all die Argumente, die gegen Tom sprachen, auseinander. Trotzdem wehrte sich alles in ihrem Inneren dagegen, diesen fürchterlichen Abschiedsschmerz womöglich noch einmal erleben zu müssen, ihn nach einer neuen Begegnung dann wieder nicht mehr sehen zu können und in dieses tiefe Loch der Orientierungslosigkeit zu fallen. Sie hatte sicherlich länger als eine Stunde auf der Bank gesessen und krampfhaft in die Zeitung gesehen. Der ältere Mann neben ihr erhob sich nun und blieb vor ihr stehen. Er beugte sich ein wenig hinunter und sah ihr in die Augen.
»Entschuldigen Sie, aber ist alles in Ordnung?«
Nora kehrte erst jetzt in die Wirklichkeit zurück. Sie lächelte ihn ein wenig zerstreut an. »Ja, vielen Dank. Es ist alles okay.«
Er nickte ihr noch einmal freundlich zu und ging dann weiter. Nora erschrak, als sie auf ihre Armbanduhr sah. Hoffentlich hatte man sie auf der Station noch nicht vermisst. Sie steckte die Zeitung in die Tasche und griff nach ihren Gehhilfen. Ihre Hände zitterten. Wenn es ihr nur gelänge, bis zum Eingang, durch die Halle und in den Lift zu kommen, dann wäre die Chance, Tom zu begegnen, nur noch minimal. Sie wollte ihn nicht mehr treffen, schon gar nicht jetzt, da sie so völlig durcheinander war. Auch spürte sie, dass es ihre Situation nur noch mehr verwirren würde. Sie schob jetzt all diese Überlegungen beiseite, dachte ganz fest an Max, Niklas und Marie und machte sich auf den Weg zum Klinikportal. Als sie die Halle durchquert hatte und vor dem Lift wartete, begann sie, sich langsam zu entspannen. Es musste ihr doch gelingen, in diesem riesigen Krankenhaus, in dem es vermutlich jetzt zur Besuchszeit nur so vor Menschen wimmelte,

ohne Tom zu treffen auf ihre Station zu gelangen. Die Aufzugtüren glitten zur Seite, und eine kleine Traube Menschen eilte in die große Halle. Nora stützte sich auf ihre Krücken, sah auf – und stand vor Tom. Völlig entsetzt, dass nun genau das eingetreten war, was sie unbedingt verhindern wollte, starrte sie ihn an. Auch Tom schien zunächst sprachlos. Die Menschen um sie herum verließen den Lift, andere stiegen zu. Eine Schwester blockierte nun die Aufzugtür und sah abwartend zu ihnen hinüber.

»Möchten Sie mitfahren?«

Tom schüttelte den Kopf. »Nein, danke.«

Die Türen schlossen sich wieder, und sie standen allein vor dem Aufzug. Tom schaute sie fragend an.

»Wie geht es dir, Nora?« Er lächelte plötzlich und verbesserte sich. »Dumme Frage. Wie ich sehe, bist du ja schon unterwegs.« Er wies auf die Gehhilfen. »Kommst du gut damit klar?«

Sie musste sich zu einem Lächeln zwingen, denn sie war dem Weinen näher als dem Lachen. Irgendwie schien ihr ganzes Leben ständig aufs Neue durcheinander zu geraten. Immer wenn sie einen Anfang gefunden hatte, alles wieder gerade zu rücken, passierte garantiert erneut irgendetwas, das sie aus der Bahn warf. Sie hatte nun genug. Sie war völlig verunsichert und fühlte, dass sie selbst nicht mehr wusste, wie sie sich verhalten sollte. Sie spürte die abwartende Distanz, die von Tom ausging, und hatte dabei die Gewissheit, dass sie letztendlich dafür verantwortlich war. Obwohl beinahe sechs Wochen vergangen waren, seit sie ihn zuletzt gesehen hatte, hätte sie sich jetzt nichts auf der Welt mehr gewünscht, als von ihm umarmt zu werden. Sie hatte Schwierigkeiten, sich zu konzentrieren. Der Schreck hatte sie blass werden lassen. Tom sah sie nun besorgt an.

»Nora, ist dir nicht gut?«

Er wies auf eine kleine Nische mit zwei Sesseln, zwischen denen ein großer Kübel mit einer fedrigen Palme stand.

Sie versuchte sich zusammenzureißen und lächelte kläglich.

»Es geht schon. Ich … hab wohl die Strecke ein wenig unterschätzt, die ich mit diesen Dingern hier machen muss.«
Als sie es bis zu einem Sessel geschafft hatte, nahm er ihr die Krücken ab, lehnte beide gegen den zweiten Sessel und setzte sich dann neben sie. Er kratzte sich ein wenig verlegen am Ohr, bevor er sie wieder anschaute.
»Du bist ganz allein hier unterwegs?«
Sie nickte und bemühte sich, ihrer Stimme einen festen Klang zu geben.
»Ja, ich habe es heute einfach mal ausprobiert. Ich will hier nämlich so schnell wie möglich raus, verstehst du?« Sie machte eine kleine Pause. Es war ihr durchaus bewusst, dass sie seine eigentliche Frage noch nicht beantwortet hatte, und sie fuhr fort: »Max musste dringend nach Deutschland zurück. Es gab wichtige Gründe, und die Kinder brauchen schließlich wenigstens einen von uns.«
Sie schluckte, denn dieser Satz machte ihr ihre momentane Einsamkeit in der großen Klinik erst richtig bewusst. Tom hatte auch sofort die Stirn gerunzelt und sah sie wieder mit seinem forschenden Blick an, dem sie im Moment einfach nicht gewachsen war. Also betrachtete sie ihre Hände auf dem Schoß, die unruhig mit dem Gürtel ihres Bademantels spielten. Tom war aufgestanden und vor ihr in die Hocke gegangen. Er griff nach ihren Händen und hielt sie fest, während er sie ungläubig ansah.
»Er hat dich hier ganz allein gelassen?«
Nora schüttelte den Kopf.
»Nein. Nein, Tom. Ich wollte, dass er nach Hause fliegt. Ich habe ihn sogar dazu gedrängt. Außerdem war es mir wichtig, dass unsere Kinder nach so vielen Wochen endlich mal wieder wenigstens einen Elternteil sehen.«
Tom setzte sich erneut und sagte nichts. Er konnte nicht glauben, dass Max Bergmann seine Frau hier so allein zurückgelassen hatte. Gut, er wusste, dass Nora wegen ihrer Sorge um die Kin-

der sicher nicht unerheblich dazu beigetragen hatte, dass er schließlich geflogen war. Aber dennoch erschien es ihm unvorstellbar, die Frau, die man liebte – und die man um ein Haar verloren hätte – zigtausend Kilometer entfernt allein zu lassen, bis sie sich von selber auskuriert hätte. Er fühlte Wut in sich aufsteigen, obwohl ihm klar war, dass er dazu kein Recht hatte. Er hasste Max Bergmann für seine selbstgerechte Art, die offenbarte, dass er sich überhaupt nicht bewusst war, was für eine Frau er an seiner Seite hatte. Auch war er wütend auf Nora. Er begriff nicht, warum sie mit solcher Beharrlichkeit an diesem Mann hing und stets zu ihm stand. Tom sagte noch immer nichts, stützte den Kopf in die Hände und rieb sich kurz die Stirn. Nora beobachtete ihn unsicher. Er lächelte sie schließlich an.

»Ich verstehe es einfach nicht, Nora.« Er lehnte sich zurück und starrte auf die Palmwedel. »Ich will die ganze Diskussion nicht von vorne beginnen, aber ich begreife euch und eure Ehe überhaupt nicht.«

Nora schloss kurz die Augen. Sie hätte in diesem Moment nicht die Kraft gehabt, ihm Argumente entgegenzusetzen, und sie war müde, entsetzlich müde. Einen Moment lang wünschte sie sich, tot zu sein. Dann setzte sie sich gerade zurecht und streckte die Hand nach ihren Krücken aus.

»Nun, das musst du ja auch nicht, Tom. Gibst du mir bitte die Dinger da? Wenn ich jetzt nicht auf die Station zurückgehe, ist mein Bett sicher vergeben.«

Tom reichte ihr stumm die Gehhilfen. Er war betroffen, dass sie es sogar ablehnte, mit ihm zu sprechen. Sie wusste doch, was er für sie empfand. Er suchte ihren Blick. Sie war noch immer nicht aufgestanden und hielt die Krücken fest. Als sie endlich aufsah, konnte er so etwas wie hilflose Verzweiflung erkennen.

Nora aber bat ihn nur mit leiser Stimme: »Bitte, Tom, geh.« Sie spürte, dass sie sich nicht mehr lange würde zusammenreißen

können. Mühsam versuchte sie all ihre Gefühle hinunterzuschlucken. Während sie merkte, wie ihr schon die Tränen in die Augen stiegen, senkte sie den Kopf. »Geh doch endlich.«
Die ersten Tränen tropften bereits auf ihre Hände. Tom war aufgesprungen und zu ihr geeilt. Ohne auf weitere Worte von ihr zu achten, zog er sie zu sich hoch und schloss sie in seine Arme. Nora weinte leise an seiner Schulter. Die Geborgenheit in Toms Arm tat ihr unendlich gut, und erst jetzt schien sich die Anspannung der letzten Wochen zu lösen, die offensichtlich doch mehr Kraft gefordert hatte, als sie gedacht hatte. Die Krücken waren zu Boden gerutscht, und viele Menschen gingen an ihnen vorbei. Einige blickten neugierig zu ihnen hin. Zum ersten Mal in ihrem Leben war es Nora egal, was andere von ihr dachten. Sie konnte auch keine Kraft mehr darauf verwenden, sich deswegen Gedanken zu machen. Der inzwischen viele Wochen dauernde Heilungsprozess und ihre innere Zerrissenheit hatten alle Kräfte aufgebraucht. Als sie sich nach einer Weile beruhigt hatte, strich Tom ihr übers Haar.
»Komm, mein Herz. Ich bringe dich auf deine Station.« Er sah sie bestimmt an. »Und ich bleibe bei dir. Hier in Sydney.«

22

Bill legte den Telefonhörer aus der Hand und starrte immer noch vor sich hin, als Lisa mit der Post hereinkam und ihn neugierig ansah.

»Was ist denn mit dir los? War der Wirtschaftsprüfer unzufrieden mit uns?«

Er schüttelte den Kopf, während sie sich auf seine Schreibtischkante setzte.

»Nein. Der war okay.« Er seufzte kurz, bevor er sie ansah. »Das war Tom aus Sydney. Er bittet um seinen Jahresurlaub, um noch bei Nora Bergmann bleiben zu können.«

Lisa öffnete überrascht den Mund. »Was sagt denn ihr Mann dazu?«

Bill lehnte sich zurück. »Der ist schon wieder in Deutschland.«

Lisa runzelte empört die Stirn. »Wie? Er hat sie allein in Sydney gelassen?«

Bill nickte langsam. »Tja, angeblich musste er dringend weg.«

Lisa schien kurz zu überlegen, bevor sie Bill zufrieden ansah. »Dann gönne ich Tom und Nora noch ihr Glück. Und vielleicht wird Tom so mit dem Abschied auch besser fertig. Vor ein paar Wochen hatten sie doch nicht einmal mehr die Zeit, miteinander zu reden. Und beide machten damals auf mich einen todunglücklichen Eindruck.« Sie grinste schelmisch. »Womöglich bleibt sie sogar bei ihm. Siehst du, ich hatte Recht.«

Bill machte ein gespielt ernstes Gesicht. »Na prima! Vielleicht kannst du mir ja auch verraten, wo wir jetzt so schnell Ersatz für Tom herbekommen?«

»Ich würde jemanden bei der Verwaltung in Alice Springs anfordern.«

Bill war plötzlich sehr nachdenklich geworden. »Das Ganze muss furchtbar wichtig für ihn sein. Ich hatte kurz wegen des

Jahresurlaubs gezögert, und da hat er mir dann sofort erklärt, dass er andernfalls kündigen würde.«

Lisa war hinter seinen Stuhl getreten und legte ihre Hände auf seine Schultern.

»Bill, nimm ihm das nicht übel. Er hat es sehr schwer gehabt, und wenn ihm jetzt – nach so langer Zeit – einmal wieder jemand wirklich wichtig ist, dann sollten wir ihm das gönnen und ihn unterstützen.«

Bill nickte noch einmal gedankenverloren, bevor er sich aufraffte und nach seinem Telefon griff.

»Du hast Recht. Gut, ich werde gleich in Alice Springs anrufen.«

Tom hatte Wort gehalten und sich in Sydney ein Hotelzimmer genommen. Jeden Tag verbrachte er mit Nora, die unter seiner Zuwendung förmlich aufblühte. So oft es ging, versuchten sie der Enge des Krankenzimmers und den Augen des Stationspersonals zu entfliehen und hielten sich in der Parkanlage auf. Auch wenn Nora zuweilen die Angst packte, sich eines nicht allzu fernen Tages von Tom trennen zu müssen, waren beide stillschweigend übereingekommen, nicht mehr daran zu denken und die verbleibende Zeit miteinander zu genießen. Nora hatte inzwischen begonnen, das operierte Bein zu belasten. Auch hier arbeiteten die Zeit, ihr Wille und Toms Unterstützung für sie. Manchmal hatte sie Furcht vor ihren eigenen Gefühlen; sie liebte ihn mit einer solchen Intensität, dass sie sich ein Leben ohne ihn nicht mehr vorstellen konnte. Trotzdem hatte sie eine grenzenlose Sehnsucht nach ihrer Familie, ihren Kindern. Sie war sich schmerzlich bewusst, dass es nur das eine oder das andere geben konnte – ein Leben ohne ihren Sohn und ohne ihre Tochter aber war einfach undenkbar für sie. Tom hatte das ebenfalls erkennen müssen. Doch obwohl sich in der Stille seines Hotelzimmers häufig die Verzweiflung über die Ausweglosigkeit aus dieser Situation in ihm breit zu machen drohte, war er nicht bereit, hier in

Sydney auch nur auf einen einzigen Moment mit ihr zu verzichten. Wenigstens hier in Australien sollte sie ihm gehören.
Nora war glücklich mit Tom. Sowohl ihre physische als auch ihre psychische Verfassung hatten sich deutlich verbessert. Die langen Aufenthalte an der frischen Luft vertrieben ihre Krankenhausblässe, und die Sonne zauberte wieder helle, goldene Reflexe in ihr Haar. Jeden Tag sah sie Tom vor ihrem Zimmer mit erwartungsvoll strahlenden Augen entgegen, und wenn sich am Ende des Stationsflurs die Fahrstuhltüren öffneten, er den Lift verließ und lächelnd auf sie zukam, schlug ihr Herz schneller.

Nachdem Nora nicht mehr so rasch ermüdete, ihre Genesung weiter voranschritt und sie schon mit nur noch einer Gehhilfe zurechtkam, hatte Tom einen Wagen gemietet, um ihr Sydney, die heimliche Hauptstadt Australiens, zu zeigen. Noras behandelnder Arzt hatte nach einem Gespräch mit Tom die Tagesausflüge in der Obhut seines Kollegen genehmigt. Am berühmten Circular Quay, dem Tor zum Hafen, genossen sie die Freizeitatmosphäre und beobachteten Musikanten, Straßenhändler und Büroangestellte in der Mittagspause, bevor sie eines der Ausflugsschiffe bestiegen, um sich bei einer Rundfahrt alles anzusehen. Nora stellte fest, dass Sydneys Hafen mit Recht als einer der schönsten der Welt bezeichnet wurde. Obwohl sie schon vieles über die Stadt wusste, machte es ihr unglaubliche Freude, an Tom gelehnt seiner Stimme zuzuhören, die ihr jetzt einiges über die berühmte Harbour Bridge verriet, die zusammen mit dem Opernhaus sicherlich zu den bekanntesten Wahrzeichen Sydneys gehörte. Tom legte einen Arm um ihre Schultern.
»Weißt du, dass die Harbour Bridge Mitte der dreißiger Jahre als Symbol der Hoffnung in der Weltwirtschaftskrise gebaut wurde?«
Nora nickte lächelnd. »Ja, aber erzähl es mir ruhig noch einmal. Ich höre dir schrecklich gern zu.«

Er drückte sie an sich und fuhr fort: »Sie bildet heute noch die Hauptverbindung zwischen den nördlichen und südlichen Vorstädten, obwohl es seit 1992 einen sicherlich weniger romantischen Tunnel gibt, der sie in dieser Funktion unterstützt. Der Südostpfeiler der Brücke beherbergt neben der Aussichtsplattform auch ein kleines Museum zum Brückenbau. Mal sehen, vielleicht schaffen wir es ja noch, dort vorbeizuschauen.« Er sah sie prüfend an. »Bist du schon müde? Oder hast du Schmerzen?«
Sie schüttelte den Kopf. Sie war einfach nur glücklich.

Während die Zeit, die sie zuvor allein im Krankenhaus verbracht hatte, für sie im Schneckentempo vergangen war, verflogen die Tage mit Tom im Handumdrehen. Nora genoss es jetzt, da ihre Lebensgeister wieder erwacht waren, an seiner Seite die Stadt zu erkunden, die für sie so untrennbar mit Australien verbunden war wie keine andere. Wie oft hatte sie sich zu Hause Bilder des berühmten Opernhauses angesehen? Wenn ihr jemals irgendjemand angeboten hätte, eine x-beliebige Großstadt auf der ganzen Welt zu besuchen, sie hätte Sydney gewählt. Schon in Deutschland hatte sie gelesen, dass in Berlin etwa die gleiche Anzahl Menschen lebte wie in Sydney, mit dem Unterschied, dass Berlin flächenmäßig etwa viermal in die australische Metropole hineingepasst hätte. Für Nora war das erneut ein Indiz für Australiens großzügige Weite gewesen. In Ruhe durfte sie die Oper jetzt in Wirklichkeit – und mit dem Mann, den sie liebte – bewundern. Ungläubig hatte sie in ihrem Reiseführer gelesen, dass man allein neun Jahre gebraucht hatte, um auszurechnen, wie die weißen Schalen, die vom Wind geblähte Segel darzustellen schienen, in der Vertikalen bleiben würden. Als das Sydney Opera House 1973 von Queen Elizabeth eröffnet wurde, waren einhundertzwei Millionen Dollar ausgegeben worden, vierzehnmal mehr als zu Anfang veranschlagt. Das Geld für das spektakuläre Gebäude hatte schließlich über eine staatliche Lotterie aufgetrieben werden können. Ohne dieses Kulturzentrum, das auch für Australiens Unabhängigkeit steht, wäre Sydney heute wohl nicht mehr vorstellbar. Nora konnte sich von dem Anblick kaum losreißen. Sie legten, auch mit Rücksicht auf ihre Gesundheit, öfter eine Pause ein, so dass sich ihnen die Oper immer wieder aus einem neuen Blickwinkel präsentierte. Der einzige Gedanke, der Nora beim Ansehen des traumhaften Gebäudes ein wenig betrübte, war der, dass der dänische Architekt, Jörn Utzon, auf Grund der finanziellen Querelen um die Mehrkosten schließlich entnervt aufgegeben hatte und nicht mehr nach Australien zurückgekehrt war. Sie fand es schade, dass er die Verwirklichung seines Entwurfs nie in natura gesehen hatte. Als sie das Tom erzählte, zog er sie an sich. Er beugte sich zu ihr hinunter und sah ihr lange in die Augen, bevor er sie zärtlich küsste. Immer würde Nora von jetzt an die Oper in Sydney mit diesem Moment in Verbindung bringen.

Tom zeigte ihr auch Sydneys ältestes Stadtviertel, The Rocks, und erzählte ihr, dass es nach den Sandsteinklippen benannt worden war, aus denen die ersten Sträflinge, die aus Großbritannien hier eingetroffen waren, gelbe Quader für öffentliche Bauten geschlagen hatten. Gemeinsam erkundeten sie den Royal Botanic Garden, in dem sie zwischen künstlich angelegten Seen und exotischen Farnwedeln ein hübsches Restaurant im Grünen entdeckten. Auch mehrere der bekannten Strände suchten sie auf. Nora bedauerte sehr, dass ihr Bein für einen schönen langen Spaziergang am Wasser noch nicht gesund genug war. Nach dem Zauber der vergangenen Wochen mit Tom wäre es für sie der Inbegriff von Freiheit und Romantik gewesen, jetzt mit ihm Hand in Hand durch den Sand gehen zu können und auf die Wellen des Pazifischen Ozeans zu sehen.

Sie seufzte leise. Unwillkürlich hatten diese Gedanken so etwas wie Abschiedsstimmung in ihr wachgerufen, denn in den nächsten Tagen stand für sie eine erneute gründliche Untersuchung in der Klinik auf dem Programm. Nora war sich ziemlich sicher, dass sie danach die – noch vor wenigen Wochen so herbeigesehnte – Erlaubnis bekommen würde, endlich nach Deutschland zurückzukehren. Aber sosehr sie sich auch nach einem Wiedersehen mit ihren Kindern sehnte, so sehr belastete sie der Gedanke, dass der Abschied von Tom näher rückte. Die Vorstellung, ohne seine Wärme und Nähe auskommen zu müssen, die tägliche Vertrautheit und Geborgenheit nicht mehr erleben zu dürfen, ließ sie innerlich verzweifeln. Tom, der neben ihr stand und ebenfalls auf den Pazifik sah, konnte ihren Gesichtsausdruck nicht einordnen.

»Was ist los, Nora? Gefällt es dir hier nicht?«

Sie schmiegte sich an ihn und lehnte ihren Kopf gegen seine Schulter.

»Es ist so wunderschön hier mit dir, dass ich fast ein wenig traurig bin, schon wieder so gesund zu sein, verstehst du?«

Er nickte, denn er wusste, dass sie an den Abschied dachte.

Nora beobachtete aus der Entfernung erneut die Wellen, die der Wind mit stattlichen weißen Schaumkronen versah und anschließend schwungvoll an den Strand zurückzuschicken schien.

»Weißt du, Tom, ich werde in den nächsten Tagen noch einmal untersucht, und ich bin mir ziemlich sicher, dass ich danach das Okay für den Heimflug bekomme.«

Ihre Augen suchten jetzt seinen Blick, doch er schaute weiter auf das Wasser und sagte nichts. Nora bemerkte jedoch wieder, wie er die Zähne zusammenbiss. Sie kannte ihn inzwischen so gut, dass sie wusste, dass er dies dann tat, wenn er bewegt, verzweifelt oder innerlich verletzt war. Langsam drehte sie sich zu ihm um und schlang beide Arme um seinen Hals. Nun musste er ihr in die Augen sehen, doch bevor er etwas sagen konnte, legte sie ihren Zeigefinger auf seine Lippen und strich ihm über die Wange.

»Lass uns nicht wieder mit den Diskussionen anfangen, ja? Ich möchte aber, dass du weißt, wie sehr ich dich liebe. Ich verdanke dir so viel, nicht nur mein Leben, sondern auch die glücklichste Zeit, die ich in den letzten Jahren erfahren durfte. Ich weiß, du glaubst, ich gehe, weil ich meine Kinder mehr liebe als dich. Das ist aber nur bedingt richtig.« Sie seufzte. »Ich gehe, weil sie noch zu klein sind, um ohne mich klarzukommen, und weil ich – das habe ich dir schon in meinem Brief geschrieben – bei ihrer Geburt die Verantwortung für sie übernommen habe. Und natürlich liebe ich sie ebenfalls wahnsinnig.«
Sie lächelte ihn an, während seine Augen sie ernst ansahen. Sie konnte erkennen, dass er gern so viel gesagt hätte, doch es hätte nichts mehr geändert.
»Auch wenn es dir schwer fällt, mir zu glauben, Liebling, weil ich Australien und dich verlasse, aber es wird kein Tag in meinem Leben vergehen, an dem ich nicht an dich denken werde. Ich hoffe nur, dass ich es eines Tages ohne diese Verzweiflung und ohne diesen Schmerz kann.«
Tom schloss die Augen und drückte sie an sich. Auch seine Stimme klang belegt, als er dicht neben ihrem Ohr flüsterte: »Bleib bei mir, mein Herz.«
Nora beugte sich zurück, um ihm ins Gesicht sehen zu können. Hatte er sie denn immer noch nicht verstanden? Warum machte er es ihnen noch schwerer, als es ohnehin schon war? Doch Tom schüttelte nun den Kopf.
»Ich meine wenigstens jetzt, die Zeit, die wir hier noch gemeinsam haben.«
Sie sah ihn fragend an. »Aber wir sind doch immer zusammen.«
Er schluckte und schien zu zögern.
»Ich wünsche mir so sehr ein paar Tage nur mit dir. Wenn du einverstanden wärst und die Untersuchung es erlaubt, würde ich dir gerne noch die Blue Mountains zeigen. Ich weiß natürlich, dass du keine großartigen Klettertouren machen kannst, aber, Nora,

es wäre mir so wichtig. Bitte, gib uns diese Zeit. Du verbringst danach noch dein ganzes Leben mit deiner Familie.«
Nora überlegte einen Moment, während sie beobachtete, wie der Wind ein paar große weiße Wolken über den blauen Himmel trieb. Natürlich wollte sie ihre Kinder so schnell es ging wiedersehen. Auch sehnte sie sich danach, dass wieder etwas von der überschaubaren Ordnung und Ruhe in ihr Leben zurückkehrte. Fast musste sie ein Schmunzeln unterdrücken, als sie daran dachte, wie gern sie inzwischen mal wieder Blumenzwiebeln in ihrem Garten pflanzen würde. Doch sie schob nun aber all diese Gedanken beiseite und umschlang Tom mit beiden Armen, legte ihren Kopf an seine Brust und lauschte seinem Herzschlag, bevor sie einen Augenblick später zu ihm aufsah.
»Ich möchte auch gern noch mit dir zusammen sein.«
Als er sich über sie beugte und sie küsste, war es wieder, als flögen tausend Schmetterlinge in ihrem Magen. Vor der märchenhaften Kulisse des Sandstrandes und Meeresrauschens boten sie einen schönen Anblick – ein Paar, das sich völlig selbstvergessen küsste, und über ihnen wölbte sich der blaue Himmel.
Als sie einige Zeit später im Wagen saßen, lehnte Noras Kopf an Toms Schulter. Sie brauchte ihn nicht zu fragen, wohin er fuhr. Beide wussten es, ohne darüber ein Wort verloren zu haben. Beide spürten die gleiche Sehnsucht, den anderen ganz allein für sich zu haben. Als sie an diesem Nachmittag sein Hotelzimmer betraten, musste ebenfalls nichts gesagt werden. Nora war immer wieder davon fasziniert gewesen, dass sie mit Tom nur über den Augenkontakt »reden« konnte. Noch nie zuvor hatte sie sich wortlos mit jemandem auf diese Weise verständigen können; mehr noch, sie war sogar der Ansicht, dass Worte den Zauber dieser Verständigung zerstört hätten. Das Versinken in seinem Blick und die darauf folgenden Zärtlichkeiten brachten eine solche Spannung in ihre Liebe, dass sie manchmal glaubte, es nicht ertragen zu können. Auch Tom empfand ähnlich, obwohl er sie

jetzt mit einer Leidenschaft liebte, die man vielleicht nur mit der eines Ertrinkenden vergleichen konnte, der versuchte irgendwo Halt zu finden. Er war sich des bevorstehenden Abschieds schmerzlich bewusst, und irgendwo in seinem Hinterkopf hatte er die grausame Gewissheit verdrängt, dass er sie bald würde gehen lassen müssen. Mit einer Mischung aus Liebe und Verzweiflung atmete er den Duft ihrer Haut und war sich sicher, nie wieder etwas Vergleichbares zu erleben.

23

Max war es gelungen, die Wolken, die am Himmel seines beruflichen Erfolgs aufgezogen waren, zu vertreiben. Wie immer waren ihm sein Können, aber auch seine Erfahrung und die Diplomatie, mit der vorging, dabei von großer Hilfe gewesen. Die Kinder hatten ihn stürmisch begrüßt und mit Fragen nach ihrer Mutter überhäuft. Nach dem Stress der ersten Bürotage hatte er begonnen, früher nach Hause zu kommen, um für Niklas und Marie da zu sein. Er hatte immer noch ein schlechtes Gefühl, Nora allein in Sydney zurückgelassen zu haben, besonders jetzt, da er die Situation im Verlag wieder im Griff hatte. Obwohl seine Schwiegermutter kein Wort über den Grund seiner Rückkehr verlor, spürte er, dass auch sie es missbilligte, dass er Nora allein gelassen hatte. Wenn die Kinder schliefen, hatte er so viel Zeit, über ihr gemeinsames Leben nachzudenken, wie noch nie zuvor in den sechzehn Jahren, die sie nun schon zusammen waren. An den langen Abenden hier in seinem Haus stiegen immer häufiger Erinnerungen an Szenen aus ihrem bisherigen Leben in ihm auf. Glückliche Momente wie die Geburten ihrer Kinder, bei denen er dabei gewesen war. Er hätte platzen können vor Freude. Nie hatte er sich Nora näher gefühlt. Aus ihrer Liebe zueinander war so etwas Wunderbares und absolut Einzigartiges entstanden. Er lächelte, als er an die darauf folgende Zeit dachte; gemeinsame Urlaube, in denen sie begonnen hatten, ihren Kindern die Welt zu zeigen. Er erinnerte sich, wie Nora vor dem ersten Flug mit den Kindern seine Hand gedrückt hatte, um ihn auf die Aufregung in deren Gesichtern aufmerksam zu machen. Er sah sich mit ihr am ersten Schultag seines Sohnes. Niklas hielt die Schultüte, die fast so groß war wie er selbst, und lächelte unbekümmert mit einer riesigen Zahnlücke in die Kamera. Sein erstes Judo-Turnier. Gemeinsam hatten Nora und er auf der Bank geses-

sen und zugesehen. Dann die Einschulung ihrer Tochter. Er erinnerte sich daran, wie schwer es Nora insgeheim gefallen war, nun auch ihre »Kleine« loslassen zu müssen. Später hatten ihre Augen stolz geleuchtet, als sie ihm von den Fortschritten ihrer Tochter beim Reiten berichten konnte. Marie hatte sich als echtes Naturtalent entpuppt. Wann, überlegte er, hatte er aufgehört, sich das alles bewusst zu machen, es vielleicht sogar als selbstverständlich hinzunehmen? Jetzt erst merkte er, was Nora ihm schon so lange hatte klar machen wollen.
Er fuhr sich durch das kurze dunkle Haar. Nun war sie doch noch zu ihm durchgedrungen. Wie oft hatte sie ihm schon gesagt: »Du wirst erst aufwachen, wenn es womöglich zu spät ist, Max. Nie denkst du darüber nach, was wirklich wichtig ist im Leben.« Und jedes Mal hatte er diese Sätze als allzu pathetisch beiseite geschoben.
Nachdenklich stand er auf und sah aus dem Fenster in den Garten, in dem ein scharfer Wind das bunte Laub durcheinander wirbelte. Wie schön wäre es jetzt, wenn er mit ihr durch die Wärme Sydneys bummeln könnte. Warum hatten sie das nicht schon längst einmal verwirklicht? Er verstand plötzlich nicht mehr, warum er es einem Fotografen seines Verlags überlassen hatte, ihr das Land zu zeigen, für das sie sich so begeisterte. Warum war er nicht selbst mit ihr aufgebrochen? Nie hatte er Zeit gehabt, besonders nicht für Nora. Er spürte Wut in sich aufsteigen, als er daran dachte, dass er ihr nicht einmal wirklich zur Seite gestanden hatte, als ihre beste Freundin gestorben war. Sicher, bei der Beerdigung war er dabei gewesen, aber sofort danach hatte er geschäftlich nach London gemusst. Nora hatte so einen gefassten Eindruck gemacht, stand den Kindern zur Seite und auch Alexander. Sie hatte gar nicht den Anschein erweckt, selbst Hilfe zu brauchen. Sie war so stark gewesen. Oder hatte er das nur glauben wollen? Max griff nach seinem Weinglas und betrachtete den golden schimmernden Weißwein, bevor er das Glas leerte.

Wie Nora bereits vermutet hatte, erhielt sie Anfang der Woche die Erlaubnis, den Heimflug anzutreten. Als sie wenig später den Telefonhörer in der Hand hielt und dem Freizeichen lauschte, war ihr unbehaglich zumute. Max meldete sich nach dem fünften Klingeln und schien sich sehr zu freuen, als er ihre Stimme hörte.
»Hallo, mein Liebling. Wie sieht es aus?«
»Ganz gut, ich mache Fortschritte. Wie geht's den Kindern und meinen Eltern?«
»Alle, mich eingeschlossen, haben Sehnsucht nach dir.«
Nora zögerte kurz, denn sie hatte jetzt zum ersten Mal das Gefühl, ihren Mann wirklich zu hintergehen.
»Du, Max, ich scheine es endlich geschafft zu haben. Am Wochenende darf ich den Heimflug antreten.«
»Das ist eine tolle Nachricht, Nora. Die Kinder werden ausflippen.« Er machte eine kleine Pause. Es irritierte ihn, dass sie nichts sagte. »Schatz? Ist alles in Ordnung? Soll ich dich vielleicht abholen, damit wir zusammen fliegen können?«
Nora hatte auf ihrer Unterlippe gekaut, doch nun beeilte sie sich mit der Antwort.
»Nein, nein, Max, ich schaffe das schon. Denk doch nur daran, was der Flug kosten würde. Davon können wir ja mit der ganzen Familie Urlaub machen. Du, hier möchte noch jemand ans Telefon. Ich melde mich wieder, sobald ich die Flugzeiten habe, okay?«
»Okay, Nora. Pass auf dich auf, ja? Ich liebe dich.«
»Ich liebe dich auch.«

Auf dem Weg zu ihrer Station hallten diese Worte in ihr nach. Sie waren ganz selbstverständlich über ihre Lippen gekommen. Nora dachte nach. Liebte sie Max wirklich noch, oder waren ihre Gefühle für ihn mittlerweile in dem täglichen Alltagsbrei, dem sie beide ständig ausgesetzt gewesen waren, erstickt? Erschrocken über die Ernsthaftigkeit, mit der sie sich diese Frage stellte, blieb sie vor einem Fenster stehen und sah hinaus. Nie im Leben hätte sie sich vorstellen können, einmal an diesem Punkt in ihrer Ehe anzukommen.

Ihre Gedanken wanderten zurück. Sie sah sich lachend neben Max, wie sie beide versuchten, am Polterabend der vielen Scherben Herr zu werden. Sie erinnerte sich an endlose Abende, die sie gemeinsam über den Bauzeichnungen für ihr Haus verbracht und sich übermütig über die Zahl der Kinderzimmer gestritten hatten. Dann die Schwangerschaften, in denen Max der liebevollste Partner gewesen war, den man sich denken konnte. Gemeinsam hatten sie die Kurse in Säuglingspflege und Schwangerschaftsgymnastik besucht. Schmunzelnd erinnerte Nora sich daran, wie die Kinderschwester Max nach dem Baden der Babypuppe ironisch gelobt hatte: »Sehr schön, Herr Bergmann, Ihr Kind wäre jetzt zwar sauber, aber ertrunken. Haben Sie denn gar nicht bemerkt, dass es mit dem Gesicht im Wasser lag?« Während der Entbindungen war er beide Male an ihrer Seite gewesen. Bei den Presswehen, die Niklas ins Leben geholfen hatten, hatte sie seine Hand so sehr zusammengedrückt, dass sie ganz blau geworden war. Nachdem Marie auf der Welt war, hatte er sogar die Nabelschnur durchtrennen dürfen, die Mutter und Tochter miteinander verbunden hatte.

Viele Stationen ihres Familienlebens zogen an ihr vorüber. Ihr wurde klar, dass sie nie aufgehört hatte, Max zu lieben. Dennoch waren sie sich nach dem Tod ihrer Freundin fremd geworden. Er war ihr manchmal so herzlos und geschäftsmäßig vorgekommen. Wahrscheinlich hatte diese Tatsache das Entstehen ihrer Gefühle für Tom begünstigt, aber Nora suchte dafür keine Ausflüchte. Sie war sich sicher, dass ihre Beziehung zu Tom einfach Schicksal gewesen war, weder geplant noch beabsichtigt oder auf irgendeine Weise wirklich verwerflich. Er war etwas ganz Besonderes in ihrem Leben und würde immer einen Platz in ihrem Herzen haben. Nora seufzte leise. Diese Urgewalt von

Liebe, die sie und Tom hier in Australien erlebten, ließ sich natürlich nicht mit ihrem alltäglichen Leben in Deutschland vergleichen. Dennoch stellte sie für sich fest, dass sie nach wie vor mit jeder Faser ihres Herzens an ihren Kindern, aber auch an Max hing. Sie straffte die Schultern. Wenn es nicht so wäre, hätte sie schließlich auch hier bei Tom bleiben können. Traurig darüber, dass es offenbar keinen unbeschwerten Weg aus diesem Dilemma gab, lehnte Nora den Kopf gegen die Fensterscheibe und betrachtete die Rasenfläche unter sich. Ein paar Vögel pickten unter einigen Büschen, die den Rasen vom Fußweg trennten.

»Ach, hier bist du. Ich hab dich schon überall gesucht.«

Nora zuckte zusammen und hatte Schwierigkeiten, aus ihren Gedanken in die Wirklichkeit zurückzufinden. Tom hatte einen Arm um sie gelegt und ihr einen Kuss auf die Wange gedrückt.

»Was ist denn los? Schlechte Nachrichten?«

Sie schüttelte schnell den Kopf. »Nein, nein, es ist alles in Ordnung. Ich kann die Klinik verlassen.«

Tom sah sie ernst an. »Aber … du willst nicht mehr in die Blue Mountains? Oder wie soll ich deinen Gesichtsausdruck sonst deuten?«

Sie hatte den Kopf gesenkt. Nun gab sie sich einen Ruck und sah Tom in die Augen.

»Doch, ich möchte sehr gern mit dir wegfahren. Ich …« Sie zögerte kurz. »Es ist mir nur sehr schwer gefallen, Max deswegen zu belügen. Ich habe ihm gesagt, dass ich erst am Wochenende den Heimflug antreten könne.« Sie seufzte. »Weißt du, Tom, alles zwischen uns ist einfach so geschehen, wie Schicksal oder Fügung, aber jetzt musste ich zum ersten Mal irgendwie geplant und mit Vorsatz lügen. Kannst du verstehen, dass mir das nicht leicht gefallen ist?«

Er griff nach ihren Händen und hielt sie fest. Ruhig und abwartend sah er sie an.

»Nora, möchtest du lieber gleich nach Hause fliegen? Ich will dich zu nichts zwingen oder überreden. Ich könnte es nicht ertragen, wenn du nur mit mir kämst, um mir einen Gefallen zu tun.«
Sie streckte die Arme aus und nahm sein Gesicht in ihre Hände.
»Ach, Tom, ich hätte doch niemals lügen können, wenn mir selbst nichts an der gemeinsamen Zeit mit dir liegen würde. Du bist doch meine große Liebe hier in Australien.«
Offensichtlich erleichtert nahm er sie jetzt in die Arme. Nach einigen Sekunden klopfte sie ihm jedoch auffordernd auf die Schulter.
»Wenn Sie mich dann mal wieder losließen, Dr. Morrison? Ich würde gerne packen und so schnell es geht diese Klinik verlassen.«

Auf dem Weg zu den Blue Mountains sprachen sie nicht viel. Trotz ihrer zwiespältigen Gefühle, die sie zwischen Tom und Max hin und her rissen, freute sich Nora sehr auf die so bekannten Berge, die sich etwa fünfundsechzig Kilometer westlich von Sydney befanden. Während ihrer Fahrt mit dem Indian Pacific hatte sie nur wenig von der dicht bewaldeten Gegend sehen können, da es sehr schnell vorwärts gegangen war. Nach der langen Zeit im Krankenhaus war Nora froh, nun wieder einmal den Blick in die Weite schweifen lassen zu können. Gespannt beobachtete sie in der Ferne den bläulichen Dunst vom verdampfenden Öl der zahllosen Eukalyptusbäume, dem diese Berge ihren Namen verdankten. Auf natürliche Weise bildeten die Blue Mountains eine Trennungslinie zwischen der dicht besiedelten Küstenebene und dem trockenen Landesinneren. Völlig in Gedanken versunken, schrak Nora zusammen, als Tom ihr seine Hand auf das Knie legte und sie prüfend ansah.
»Bist du müde, oder grübelst du noch?«
Sie schüttelte den Kopf und nahm seine Hand in ihre Hände.

»Nein, Tom. Ich freue mich und bin sehr gespannt. Dauert es noch lange?«

Tom lächelte. »Nein, mein Herz. Wir sind gleich in Springwood, ein wirklich hübsches Städtchen in den unteren Blue Mountains. Wir können uns dort ein Zimmer nehmen und heute noch einen Abstecher zum Hawkesbury Lookout machen, wenn du magst.«

Sie legte seine Hand an ihre Wange. »Ich mag alles, was du magst.«

»Gut, ich bestimme also einfach das Programm. Morgen fahren wir dann weiter ins Herz der Blue Mountains, nach Katoomba, was übrigens in der Sprache der Aborigines ›Wasserfall‹ bedeutet. Die Katoomba Falls können wir uns dort natürlich auch ansehen. Der Ort liegt in über tausend Meter Höhe einfach wunderhübsch am Rande des Jamison Valley. Am Echo Point zeige ich dir dann die Three Sisters. Diese Felsformationen spielen auch in den Legenden der Aborigines eine Rolle.«

Nora setzte sich interessiert auf.

»Ja? Kannst du mir etwas darüber erzählen?«

»Nun, es gibt zwei Varianten, die überliefert wurden. Der einen Legende nach wurden die drei Schwestern durch Magie zu Stein, um sie vor den Belästigungen dreier junger Männer zu schützen. Die andere Legende erzählt von einem Vater namens Tyawan, der friedlich mit seinen drei Töchtern Gunedoo, Meenhi und Wimlah in den Blue Mountains lebte. Angst hatten sie nur vor dem Bunyip, das in einer tiefen Höhle hauste. Wenn der Vater auf die Jagd gehen musste, brachte er seine Töchter auf einem Felsplateau in Sicherheit. Eines Tages erschreckten sich die Mädchen aber vor einem Tausendfüßler derart, dass sie einen Stein nach ihm warfen. Dieser Stein fiel in die Tiefe und weckte das Bunyip auf, das nun wütend auf die schreienden Mädchen zukam. Der Vater hörte sie und richtete in letzter Sekunde sein Zauberknöchelchen auf seine Töchter und verwandelte sie in

Felsen. Das nun erst recht böse gewordene Bunyip verfolgte jetzt den Vater. Tyawan verwandelte sich rasch in einen Leierschwanzvogel. Leider verlor er dabei sein Zauberknöchelchen und konnte seine Töchter nicht mehr zurückverwandeln. Wer heute dem klagenden Ruf dieses Vogels lauscht, meint immer noch, es sei Tyawan, der nie aufgehört hat, nach seinem Knöchelchen zu suchen, um seine Töchter zurückzuverwandeln.«
Nora, die ihm gespannt zugehört hatte, seufzte tief. »Was für eine wunderschöne Geschichte.«
Tom lachte nun. »Na, ich weiß nicht, ob du es so wunderschön finden würdest, wenn deine Kinder in Felsen verzaubert würden.«

Nora und Tom genossen den Abend in Springwood, obwohl der Himmel sich zugezogen hatte und ihnen keine großzügige Aussicht vergönnte. Allein der Gesang der Vögel, der hier so anders, so exotisch klang, ließ Nora deutlich empfinden, dass sie noch in Australien war. Der Great Western Highway führte sie am nächsten Morgen nach Katoomba, wo sie einige Stunden am Aussichtspunkt Echo Point und in der Umgebung verbrachten. Staunend ließ Nora langsam ihren Blick schweifen. Aus einem breiten, dicht bewaldeten Tal erhoben sich die Sandsteinfelsen, die ebenfalls noch mit Bäumen bewachsen waren und im oberen Bereich schließlich mit den bekannten Felsformationen Three Sisters endeten. Ihre Zacken, Furchen und Narben hoben sich überdeutlich vor dem blauen, leicht dunstigen Himmel ab. Die Sonne ließ das Gelb der darunter liegenden Sandsteinklippen in Gold-, Ocker- und Bronzetönen leuchten und das Grün der dichten Eukalyptuswälder im Tal besonders dunkel erscheinen. Nach der Enge der Krankenhauszimmer fühlte Nora hier förmlich den Atem der Freiheit. Tom hatte gespannt ihr Gesicht beobachtet. Er war hinter sie getreten und schlang beide Arme um sie. Sie fühlte seine Lippen an ihrem Ohr.

»Und? Bereust du es, mitgekommen zu sein?«
Sie seufzte und schmiegte sich an ihn. »Du weißt ganz genau, dass man bei diesem Anblick gar nichts bereut.« Sie konnte ihre Augen noch immer nicht von dem Tal abwenden. »O Tom, ich glaube, du willst es mir so schwer wie möglich machen.«
»Das kann schon sein, mein Herz.« Er lächelte sie mit ernsten Augen an. »Zumindest möchte ich, dass du dich immer an unsere Zeit hier erinnerst. Vielleicht änderst du ja eines Tages deine Meinung.«
Sie hatte sich zu ihm umgewandt und spielte mit der Kordel seiner Sweatshirtkapuze. Sosehr sie die Stunden mit ihm genoss, war es ihr nicht möglich gewesen, das Bild einer großen Uhr aus ihrem Kopf zu bekommen, die ihr unweigerlich die Zeit bis zum endgültigen Abschied anzeigte. Danach würden mehr als zwanzigtausend Kilometer zwischen ihnen liegen. Ständig versuchte sie diese Gedanken beiseite zu schieben, doch wenn sie nicht daran dachte, schien es Tom unweigerlich zu tun. Und so war die bevorstehende Trennung zwischen ihnen beinahe ständig präsent. Beide suchten die Nähe des anderen, wie um sich zu vergewissern, dass er noch da war. Nora sah von der Kordel auf – direkt in Toms dunkle Augen. Sie beabsichtigte eigentlich, ihm noch einmal klar zu machen, dass ihr Entschluss endgültig sei. Sie wollte nicht, dass er auf sie wartete, sein Leben vergeudete. Doch unter seinem Blick schmolz jeglicher Widerstand, und alles, was sie hatte sagen wollen, verschwand aus ihrem Kopf. Sekundenlang sahen sie sich an, bevor sein Kuss sie wie ein leichter elektrischer Schlag traf. Beiden war nicht bewusst, wie sie wieder in den Ort gelangt waren. Die unsägliche Spannung aus Liebe zueinander und verzweifelter Verdrängung des bald anstehenden Abschiednehmens ließ Nora seine Liebe mit einer solchen Intensität erleben, dass sie in diesen Momenten die Ahnung streifte, dass ihre Entscheidung vielleicht doch nicht richtig war. Als sie in Toms Arm an seiner Brust lag und seinen Herzschlag

hörte, war sie nicht in der Lage, sich ein Leben ohne ihn vorzustellen.

Am Freitag kehrten sie nach Sydney zurück, von wo aus Nora am darauf folgenden Morgen den Heimflug antreten wollte. Die Stimmung zwischen ihnen war ruhig. Es war alles gesagt. Beide wussten genau, was im anderen vorging. Trotzdem war ihr Umgang miteinander weiter von Liebe und Nähe geprägt. Tom schien sich mit Noras Wunsch, nach Hause zurückzukehren, abgefunden zu haben. Er hielt ihre Entscheidung nach wie vor nicht für richtig, hatte inzwischen aber eingesehen, dass er sie im Moment nicht davon abhalten konnte. Insgeheim hegte er die Hoffnung, dass sie früher oder später erkennen würde, wie sehr sie füreinander bestimmt waren. Fasziniert und innerlich berührt hatte er ihre Liebe zu seinem Land beobachtet, die für ihn ein weiteres Indiz dafür war, dass sie beide hier hätten glücklich werden können. Umgekehrt hatte ihn einige Male die Frage beschäftigt, ob er etwas ändern könnte, wenn er Nora anbieten würde, sie nach Deutschland zu begleiten. Der Gedanke hatte ihm einerseits gezeigt, wie viel sie ihm bedeutete, ihn andererseits aber mit Unbehagen erfüllt. Er kannte ihr Land nicht gut genug, um sich ein endgültiges Urteil erlauben zu können, war aber in einer Weise mit seiner Heimat und seiner beruflichen Aufgabe hier verbunden, die es ihm wahrscheinlich von vornherein unmöglich gemacht hätte, in einem anderen Land glücklich zu werden.

Ein letztes Mal bummelten sie am frühen Abend durch Sydney, aßen mit Blick auf den Hafen und die Oper zu Abend. Nora hatte die Gewissheit, alles hier zum letzten Mal zu tun, und ihr Herz war schwer geworden. Als sie die letzte Nacht in Toms Armen verbrachte, glaubte sie, innerlich an ihre Grenzen zu stoßen. Sie versuchte ein würgendes Gefühl in ihrem Hals hinunterzuschlu-

cken, als er ihr ein kleines blaues Kästchen überreichte und zärtlich ihre Halsbeuge küsste. Zögernd löste sie die Verpackung, ließ den Deckel aufschnappen und sah auf eine goldene Kette mit einem kleinen, goldenen Anhänger, der ein wunderschönes, stilisiertes Känguru zeigte. Sie liebte es vom ersten Augenblick an, konnte nun aber ihre Tränen nicht mehr zurückhalten. Tom hielt sie eine Weile in seinen Armen, bevor er ihr lächelnd in die Augen sah.
»Komm schon, Nora. So schrecklich ist es auch wieder nicht.«
Sie musste unter Tränen lachen und fuhr sich über die Augen.
»Es ist traumhaft schön, Tom. Ich … ich weiß gar nicht, was ich sagen soll.«
Er war ernst geworden. »Es soll dich immer an uns hier erinnern, nicht nur an mich, sondern auch an deine Zuneigung zu diesem Land.« Er hatte ihr Gesicht in beide Hände genommen. Sie schluckte mühsam. Nie würde sie seinen Blick vergessen können. »Es soll dich aber auch daran erinnern, dass du zu mir zurückkommen kannst, wann immer du erkennst, dass du die falsche Entscheidung getroffen hast.« Bevor sie irgendetwas dazu sagen konnte, hatte er sich über sie gebeugt und küsste sie. Während Nora fühlte, wie ihr Herz schneller zu schlagen begann, erwiderte sie fordernd seine Zärtlichkeiten. Ein letztes Mal ließen sie sich in ihrer Liebe zueinander treiben. In der verzweifelten Gewissheit, am nächsten Morgen auseinander gehen zu müssen, wollte auch Tom sie nicht mehr loslassen.

Als er sie am nächsten Morgen zum Flughafen fuhr, schwiegen beide. Der unglaubliche Moment des befürchteten Abschieds stand so unmittelbar bevor, dass es nichts mehr zu sagen gab. Später hätte Nora nicht erklären können, wie sie ihr Gepäck aufgegeben und die Zollformalitäten hinter sich gebracht hatte oder ins Flugzeug gekommen war. Wie in Trance hatte sie an Tom gelehnt dagestanden und seine Lippen auf ihrem Mund gefühlt.

Ihre Augen hatten sein Gesicht ein letztes Mal erfasst, als wollte sie es irgendwo in ihrer Seele abspeichern. Verzweifelt hatte sie noch einmal ihre Arme um seinen Hals geschlungen und seinen Atem an ihrem Ohr gespürt.
»Pass auf dich auf, mein Herz.«
Sie hatte sich von ihm gelöst und stumm genickt, bevor sie ihre Hand an seine Wange gelegt hatte.
»Gib auch auf dich Acht, mein Tom.«
Dann hatte sie sich hastig umgewandt, weil sie fühlte, dass sie schon wieder den Tränen nahe war. Entschlossen war sie zur Sicherheitskontrolle weitergegangen, ohne sich noch einmal umzudrehen, obwohl sie seinen Blick zwischen ihren Schulterblättern zu spüren glaubte. Sie hätte es nicht ertragen können, ihn dort in der Halle allein stehen zu sehen. Als sie einige Zeit später in der Maschine auf ihrem Platz saß, spielten ihre Finger mit dem kleinen Anhänger an ihrer Halskette, der unwillkürlich Toms Gesicht vor ihr auftauchen ließ. Mit geschlossenen Augen nahm sie das Vibrieren der Triebwerke wahr, als das Flugzeug die Startbahn entlangrollte, immer schneller wurde und die Schubkraft sie beim Abheben in ihren Sessel drückte. Nachdem die Maschine den Bodenkontakt verloren hatte, sich in den hellblauen Himmel erhob und ihr Sydney merkwürdig schräg durch das Fenster präsentierte, wischte sie sich ein paar Tränen weg. Mein Gott, sie glaubte in den vergangenen Monaten mehr geweint zu haben als in den letzten drei Jahren. Sie schluckte heftig, denn sie wusste, dass Tom irgendwo da unten dieses Flugzeug mit den Augen verfolgte, bis es als kaum sichtbarer Punkt mit dem Himmel verschmelzen würde.
Beinahe die Hälfte der unendlich langen Flugzeit meinte Nora dafür gebraucht zu haben, sich nach diesem Abschied zu beruhigen. Er war ihr so schwer gefallen wie nichts zuvor in ihrem Leben. Traurig dachte sie, dass die weite Entfernung, die bald zwischen ihnen liegen würde, wahrscheinlich zu ihrer beider Bes-

tem wäre. Womöglich wäre sie sonst doch nicht von ihm losgekommen, und diese Tatsache erschreckte sie, denn nichts wollte sie weniger als ihrer Familie Schaden zuzufügen.
Die Umsteigezeiten in Singapur und viele Stunden später in Frankfurt verbrachte sie langsam auf dem Flughafen umherschlendernd oder einfach wartend in der Halle. Sie verspürte keine Lust mehr auf einen kurzen Ausflug. Ohne Toms Nähe oder Martins fröhliche Gesellschaft fühlte sie sich einsam. Sie versuchte sich schließlich damit abzulenken, dass sie fest an ihre Familie dachte. Es kam ihr unglaublich vor, dass durch ihren Unfall aus den geplanten vier Wochen in Australien mehr als drei Monate geworden waren. Sie sehnte sich danach, Niklas und Marie wieder in die Arme zu schließen. Obwohl Tom noch einen großen Teil ihres Herzens einnahm, freute sie sich auch auf Max, der genauso wie die Kinder untrennbar zu ihrem Leben gehörte. Sie hatte sich vor sechzehn Jahren für ihn entschieden und das noch nie bedauert, auch wenn der ersten stürmischen Liebe ruhigere, aber dennoch glückliche Jahre gefolgt waren. Genau darauf hoffte sie nun, in der ruhigen Geborgenheit bei Max und den Kindern ihr seelisches Gleichgewicht wiederfinden zu können.
Nora lehnte den Kopf zurück und seufzte. Seit ein paar Stunden hatte sie Kopfschmerzen. Ein wenig beunruhigt dachte sie an ihren Schädelbruch und die damit verbundenen Komplikationen während eines so langen Flugs. Doch sie schob diese Gedanken rasch beiseite. Man hatte ihr die Reise ärztlicherseits schließlich gestattet, also war ihr Kopfdröhnen sicherlich auf ihr pausenloses Gegrübel zurückzuführen, das ihr auch kaum Schlaf ermöglicht hatte.
Nora sah auf, als eine der Flugbegleiterinnen langsam den Gang entlangging. Sie lächelte ihr zu und bat um ein Glas Orangensaft. Kurz darauf nahm sie zwei Tabletten ein und versuchte noch ein wenig zu schlafen. Die Wartezeit in Frankfurt vermochte sie nach mehr als zweiundzwanzig Stunden Reisedauer kaum noch

zu ertragen. Müde, fröstelnd und schlecht gelaunt sah sie in die trübe Dunkelheit des spätherbstlichen Abends. Endlich konnte sie zum letzten Mal in der neuen Maschine Platz nehmen. Die nächste Landung würde sie in Hamburg erleben. Mit einem Magenkribbeln dachte sie an ihr Zuhause, sah ihre Familie vor sich und versuchte, sich mit geschlossenen Augen den Garten um diese Jahreszeit vorzustellen.
Der Klimawechsel ließ sie auf dem Hamburger Flughafen rasch nach ihrer naturfarbenen Parka greifen, bevor sie sich zum Gepäckband aufmachte und auf ihre Koffer wartete. Übermüdet und körperlich erschöpft wuchtete sie gerade ihre Reisetasche auf den Kofferwagen, als es hinter ihr an die durchsichtige Absperrung klopfte. Als sie sich umwandte, sah sie sie endlich. Winkend und lachend standen Max, Niklas und Marie da. Nora stiegen sofort wieder Tränen in die Augen. Während sie den Wagen durch die Tür bugsierte, liefen die Kinder ihr entgegen. Unwillkürlich ging sie in die Hocke und umfing jedes Kind mit einem Arm. Sie wollte die beiden nie wieder loslassen und atmete den typischen Kinderduft ein, der aus Kaugummi, Schokolade, Weichspüler aus sauberer Kleidung und ihrem Kindershampoo zu bestehen schien. Die beiden drückten sie ebenfalls so heftig, dass sie ins Straucheln geriet. Max war jetzt auch herangekommen.
»Nun lasst die Mama aber ganz. Ihr wisst doch, dass sie sehr krank war. Niklas, wenn du vorsichtig bist, kannst du den Kofferwagen schieben. Marie, du bekommst die Autoschlüssel. Pass aber gut darauf auf, sonst müssen wir hier bleiben.«
Lächelnd war Nora aufgestanden und wischte sich noch einmal über die Augen. Max legte beide Arme um sie und zog sie an sich.
»Ich bin so froh, dass du wieder bei uns bist. Du kannst dir nicht vorstellen, wie du mir gefehlt hast, Liebling.«
Sie erwiderte seinen Kuss und sah zu ihm auf.

»Ich habe euch auch vermisst, Max.«
Er legte einen Arm um ihre Schultern und wies auf die Kinder, die in der Ferne gerade noch zu sehen waren.
»Wir sollten hinterher, bevor sie den halben Flughafen demoliert haben.«
Nora lachte glücklich und legte ihren Arm um seine Hüfte.
»Ich fühle mich schon wieder ganz zu Hause.«

24

Tom hatte wie betäubt dem riesigen Jumbo nachgeschaut, der sich dröhnend in den Himmel über Sydney erhoben hatte. Nun war sie wirklich fort, und er hatte sich damit abzufinden. Enttäuscht sah er einen Moment zu Boden und rieb sich mit einer Hand den Nacken, bevor er langsam das Flughafengebäude verließ. Er verbrachte noch zwei Tage allein in der Stadt, ehe er nach Cameron Downs zurückkehren konnte. Die Zeit half ihm schon ein wenig über seine anfängliche Niedergeschlagenheit hinweg. Doch erneut zeigte sich ein sehr ernster Ausdruck auf seinem Gesicht.

Da seine Vertretung, eine junge Ärztin aus Alice Springs, bis Mitte der Woche da sein würde, beschloss Tom, noch einmal zu einem Angelausflug aufzubrechen. Er war sich sicher, dass ihm zwei Tage in ruhiger Abgeschiedenheit gut täten und ihm bis zu seinem Arbeitsbeginn in der Klinik in die Realität zurückhelfen würden. Um Lisa und Bill keinen Grund zur Sorge zu liefern, hatte er nach kurzem Zögern ihre Einladung zu einem gemeinsamen Abendessen angenommen. Ihm war ohnehin klar, dass Lisa seine augenblickliche Verfassung sofort richtig eingeschätzt hatte; sie kannte ihn einfach zu gut. Sicherlich auch um es ihm leichter zu machen, plauderte sie munter über all die kleinen und großen Geschehnisse, die sich in seiner Abwesenheit in Cameron Downs ereignet hatten. Nach einer Weile gelang es ihr, mit einer besonders komisch geschilderten Episode ein Lächeln auf sein Gesicht zu zaubern. Bill schilderte ihm den Bericht des Wirtschaftsprüfers und erzählte von den Vorzügen des neu angeschafften Beatmungsgeräts. Nach dem Essen ließen sie sich in der lauen Abendluft auf der Veranda nieder. Lisa strich Tom im Vorbeigehen über die Schulter und lächelte ihn an.

»Ach, Tom, ist das schön, dass du wieder hier bist. Du hast uns ehrlich gefehlt.«
Er erwiderte ihr Lächeln. »Danke, Lisa, mir geht es ähnlich. So schön es dort auch war, ich glaube, fürs Stadtleben bin ich auf Dauer nicht geeignet.« Er kratzte sich ein wenig verlegen am Ohr. »Bill? Es tut mir Leid, dass ich dich mit meinem Urlaub so am Telefon überrumpelt habe. Das war nicht sehr fair.«
Bill streckte die Füße von sich und griff nach seinem Bier. Sein Blick wanderte von Tom in die einsetzende Dunkelheit, die sich langsam über den Garten legte.
»Ist schon okay, Tom. Mir war schnell klar, dass es wichtig sein musste. Außerdem hast du in den vergangenen Jahren kaum einmal mehr als drei Tage Urlaub am Stück genommen. Also mach dir keine Gedanken.« Er grinste nun frech. »Und wenn du vom Angeln zurückkommst, wartet so viel Arbeit auf dich, dass dir Hören und Sehen vergehen wird!« Er hielt sein Glas in die Höhe. »Cheers!«
Tom lachte. »Soll das eine Drohung sein?« Er hielt nun ebenfalls sein Glas in den Händen und grinste Lisa zu. Nachdem sie angestoßen hatten, war Tom ernster geworden. »Viele Grüße an euch von Ray. Er macht gute Fortschritte in Sydney.« Und nach einer kleinen Pause fügte er hinzu: »Auch von Nora soll ich grüßen. Sie ist inzwischen nach Deutschland zurückgekehrt.« Wie um sich abzulenken, nahm er einen Schluck Bier. »Bestimmt werden wir bald etwas von ihrer Reportage über das Outback zu lesen bekommen.«
Seine Freunde hatten ein wenig betreten geschwiegen. Lisa war es zuerst gelungen, die Stille zu unterbrechen.
»Hat sie alles gut überstanden? Ich kann mir vorstellen, dass sie in der nächsten Zeit kein Krankenhaus mehr von innen sehen möchte.«
Tom lachte. »Ja, da liegst du richtig. Sie war schon ganz zapplig. Die Verletzungen sind gut ausgeheilt. So wie ich es einschätze,

wird das Bein noch ein wenig Zeit brauchen, aber ich glaube, sie hat sehr viel Glück gehabt.«
Bill nickte zustimmend. »Das kann man wohl sagen.«
Tom schaute auf seine Armbanduhr, denn es war inzwischen völlig dunkel geworden. Er gähnte.
»Ich schätze, für mich wird es Zeit. Ich will morgen ganz früh aufbrechen.« Er war aufgestanden und lächelte den beiden zu. »Hoffentlich fange ich etwas Gutes, damit ich mich bei euch für das tolle Essen revanchieren kann.« Er drückte Lisa kurz an sich und schüttelte Bill die Hand. »Also, bis Donnerstag in der Klinik.«
»Gute Nacht, Tom.«
Gemeinsam sahen sie ihm nach, als er seinen Wagen aus der Zufahrt zurücksetzte und davonfuhr. Lisa seufzte.
»Meinst du, er kommt darüber hinweg?«
Bill legte einen Arm um sie. »Ich denke schon. Im Prinzip wusste er ja, was auf ihn zukommen würde. Er packt das schon.«
Lisa starrte in die Dunkelheit. »Hoffentlich.«

Als Tom nach Hause kam, schaltete er das Licht in der Garage ein und begann den Wagen für den Ausflug zu beladen. Das Abendessen bei seinen Freunden hatte ihm ein wenig in sein normales Leben zurückgeholfen, und die Beschäftigung mit seinem Anglergepäck tat ihm gut. Froh darüber, noch zwei Tage für sich zu haben, schlug er kurz darauf die Heckklappe zu und ging ins Haus, um zu duschen und sich dann schlafen zu legen. Als er in der Stille seines Schlafzimmers zur Ruhe kam, waren seine Gedanken bei Nora. Er war darüber weder verärgert noch beunruhigt. Er hatte es nicht anders erwartet und war sich sicher, dass er sie ohnehin nie würde vergessen können. Langsam schloss er die Augen und schlief einige Minuten später ein.

25

Nora lebte sich tatsächlich rasch wieder ein. Der Trubel innerhalb ihrer Familie tat ihr gut und ließ sie kaum zur Besinnung kommen. Ihre ab und zu auftauchenden Schuldgefühle, Max hintergangen zu haben, versuchte sie mit dem Gedanken zu verdrängen, dass sie ihn nur verletzen würde, wenn sie ihm von Tom erzählte. Als Max ihre Kette bemerkt hatte, war sie jedoch rot geworden. Bevor sie aber irgendetwas sagen konnte, hatte er sich schon wieder seiner Morgenzeitung zugewandt und zerstreut gemurmelt: »Hast du gut ausgesucht. Sie steht dir.«
Nora hatte kurz auf ihre Unterlippe gebissen. Ein leiser Stich in ihrem Inneren machte ihr wieder einmal deutlich, dass Max offenbar so selbstvergessen unaufmerksam war, dass ihm sicherlich nicht einmal eine Gravur von Tom aufgefallen wäre, geschweige denn ihre kurze Verlegenheit. Ein wenig trotzig pustete sie sich eine widerspenstige Haarsträhne aus der Stirn und machte sich daran, die Schulbrote für die Kinder zu streichen und zusammen mit etwas Obst in den Brotdosen zu verstauen. Mit einem leisen Seufzer füllte sie Apfelsaft in die Trinkflaschen von Niklas und Marie. Wenig später küsste sie alle drei und sah ihnen von der Haustür aus nach, bis sie verschwunden waren. Als sie ins Haus zurückkehrte und das frühmorgendliche Chaos samt Kunos vorwurfsvollem Blick sah, der sein Fressen forderte, wusste sie, dass der Alltag sie wiederhatte.

Ein paar Tage darauf klingelte es vormittags an der Haustür. Kuno bellte, und Nora erwartete die Post, als sie zur Tür ging. Sicherheitshalber hielt sie den Hund am Halsband fest, während sie öffnete. Völlig überrascht sah sie in Martins grinsendes Gesicht.
»Na, ist mir die Überraschung gelungen?« Er hielt eine große

Mappe in der Hand. »Ich wollte dir die Fotos für unsere Reportage zeigen. Oder störe ich gerade?«
Nora schüttelte erfreut den Kopf. »O Mann, Martin! Ist das schön, dich wiederzusehen! Komm rein.« Misstrauisch betrachtete Martin den Hund, der sich offenbar nicht zu einer freundlichen Begrüßung entschließen konnte.
Nora zog ihn am Halsband beiseite, und als Martin eingetreten war, schickte sie Kuno in den Garten, wo er aufgeregt an den bodentiefen Terrassenfenstern entlangpatrouillierte. Martin stand ein wenig verlegen vor Nora, bevor er sie kurz an sich drückte.
»Gut siehst du aus. Ich bin so froh, dass es dir wieder besser geht.«
»Und ich freue mich, dass du gekommen bist.« Sie klopfte ihm auf die Schulter und wies auf den großen Esstisch, damit er Platz für die Fotos hätte. »Lass doch mal sehen. Ich bin ja schon so gespannt.« Augenblicke später hatte sie das Gefühl, wieder in Australien zu sein. »O Martin, das sind großartige Aufnahmen.«
Die Bilder machten die verschiedenen Orte in ihrer Erinnerung so lebendig, dass sie völlig aufgeregt und munter plaudernd ihren Gedanken freien Lauf ließ, welche von ihnen wohl am besten zu den jeweiligen Texten aus ihrem Notizbuch passen würden. Martin hörte ihr ein wenig amüsiert, aber sehr zufrieden zu. Er war sehr froh darüber, dass Nora wieder so lebhaft und gesund schien wie zu Beginn ihrer gemeinsamen Reise. Insgeheim hatte er sich noch eine ganze Zeit mit Vorwürfen gequält, sie am Unfalltag nicht begleitet zu haben. Er stutzte nun, denn Nora war still geworden und hielt schon eine Weile ein einzelnes Foto in der Hand. Er beugte sich darüber.
»Ach ja! Das sind die von dem Ausflug in das Künstlerdorf. Ja, die hast du gemacht. Nicht schlecht, muss ich zugeben.« Er sah sie an. »Nora?«
Sie schaute verwirrt auf. »Hm?«
»Bist du in Gedanken wieder bei den Aborigines, oder was?«

Sie legte das Bild, das Tom im Gespräch mit einem der Dorfältesten zeigte, auf den Tisch und zwang sich zu einem Lächeln. »Ja, du hast Recht. Es ist fast so, als wäre man wieder dort.« Sie seufzte. »Ach, Martin, es ist das schönste Land, das ich mir vorstellen kann.«

Er lachte laut auf. »Gut, dann bist du jetzt in genau der richtigen Stimmung für die Arbeit an den Texten.« Er überlegte kurz. »Weißt du was? Ich lasse dir alles ein paar Tage hier, damit du deine Notizen aufpolieren kannst, okay?« Er kratzte sich am Ohr. »Ich will dich wirklich nicht drängen, Nora, aber wir haben ziemlich viel Zeit verloren.«

Sie verstand sofort, was er sagen wollte, und legte eine Hand auf seinen Arm. »Danke, Martin. Ich weiß, dass ihr alle sehr viel Geduld mit mir haben musstet. Ich sehe zu, dass ich so schnell wie möglich fertig werde. Es wird bestimmt nicht mehr lange dauern; ich habe auch schon einiges im Krankenhaus überarbeitet.« Erschrocken stand sie auf. »O Gott, ich hab dir gar nichts angeboten. Magst du einen Kaffee oder etwas essen?«

Martin schüttelte den Kopf und sah auf die Uhr. »Nein danke, Nora. Ich muss wieder los. Ich habe noch einen Termin im Verlag.« Auf dem Weg zur Tür legte er einen Arm um ihre Schultern. »Dann machen wir es so, dass du dich meldest, wenn du fertig bist, okay?« Er zögerte jetzt und blieb stehen. Sie sah ihn besorgt an.

»Ist noch etwas?«

Er nickte.

»Was denn?«

Martin deutete auf die Sprossenfensterchen der Haustür, die die dunklen Konturen des Hundes deutlich erkennen ließen.

»Ich geh da nicht raus, ehe du den da nicht entschärft hast.«

Nora lachte erleichtert. »Wenn's weiter nichts ist.«

Sie öffnete die Haustür und hielt Kuno so lange am Halsband fest, bis Martin mit seinem Wagen das Grundstück verlassen hatte und ihr noch einmal zuwinkte. Als sie kurz darauf die Bilder in die Mappe zurücksteckte, blieb ihr Blick unwillkürlich auf denen hängen, die von ihrem Ausflug mit Tom stammten, Fotos aus der Siedlung der Aborigines und von der Farm der Harpers. Mit einem zärtlichen Ausdruck betrachtete sie eine gelungene Aufnahme, die Tom in Gedanken versunken neben einigen malenden Ureinwohnern zeigte. Sie atmete tief durch und schloss die Augen. Sekunden später sah sie ihn genauso vor sich, als würde sie weiter das Bild anschauen. Traurig fragte sie sich, ob die Erinnerung an ihn je so verblassen würde, dass sie hier in Deutschland wieder ein völlig normales Leben würde führen können. In diesem Moment verspürte sie nicht den Funken einer Ahnung, was noch auf sie zukommen würde. Seufzend öffnete sie die Augen und begann, alles wegzuräumen, denn sie musste noch einkaufen fahren und das Mittagessen zubereiten, bevor die Kinder aus der Schule zurückkamen.

An den darauf folgenden Vormittagen reduzierte sie ihre Arbeiten auf das Notwendigste, so dass ihr stets zwei bis drei Stunden Zeit blieben, an den Texten für die Reportage zu feilen. Es machte ihr großen Spaß, genau die richtigen Worte für die jeweiligen Fotos zu finden und so die Aussage des Bildes zu vertiefen. Vielleicht war es aber auch umgekehrt, dachte sie, und die Bilder unterstrichen die Aussage ihres Textes. Wie dem auch sein mochte, sie verspürte angesichts der Fortschritte ein Gefühl tiefer Zufriedenheit. Nach dem Abschluss ihrer Arbeit war auch Martin begeistert gewesen, und gemeinsam hatten sie das Ergebnis ihrer Reise im Verlag vorstellen können. Gespannt wartete Nora nun auf die ersten Druckfahnen und Korrekturabzüge. Dies und ihr alltäglicher Familientrubel ließen ihr keine Zeit, weiter darüber zu grübeln, ob sie sich je wieder so selbstverständlich in ihrem Leben hier in Hamburg würde zurechtfinden können wie vor ihrem Abflug nach Australien.

26

Tom lächelte Kim zu, als er im Begriff war, die Klinik für heute zu verlassen. In der Hand trug er seinen Arztkoffer. Sie winkte ihm kurz zu.

»Bis morgen, Tom.«

»Ja, mach's gut, Kim.«

Auf dem Weg zu seinem Wagen unterdrückte er ein Gähnen. Die heutige Kliniktour-Sprechstunde war anstrengend gewesen. Von der brütenden Hitze des australischen Sommers einmal abgesehen, hatte es neben der üblichen Routine zwei Notfälle gegeben. Der Letztere hatte es zudem erforderlich gemacht, dass sie noch auf dem Heimweg umdirigiert worden waren und wegen eines Verkehrsunfalls gute drei Stunden später zu Hause eintrafen als geplant. Gott sei Dank war alles glatt gelaufen. Gemeinsam mit Lisa hatte er die Verletzte zwar noch im Flugzeug von einem Baby entbinden müssen, das etwa vier Wochen zu früh dran gewesen war, aber es hatte keine weiteren Komplikationen gegeben, und Mutter und Kind waren wohlauf. Davon hatte er sich eben noch einmal überzeugen können. Müde wischte sich Tom mit dem Handrücken über die Stirn und kurbelte das Seitenfenster runter, um sich den Fahrtwind ins Gesicht wehen zu lassen.

Auch sein Leben war inzwischen wieder ganz von seinem beruflichen Alltag geprägt, und er war froh darüber, hatte ihn diese Tatsache doch erkennen lassen, wie viel ihm seine Aufgabe hier bedeutete. Das Gefühl, wichtig zu sein und dringend gebraucht zu werden, machte ihm deutlich, dass die Enge Deutschlands mit all ihren Krankenhäusern und Ärzten sicher keine Alternative für ihn gewesen wäre. Dennoch war die Erinnerung an Nora noch immer präsent, besonders, wenn er abends zur Ruhe kam. Sie hatte jedoch nichts Quälendes mehr für ihn. Resigniert hatte er sich damit abgefunden, dass Nora in ihre Heimat zurückgekehrt und er in seiner geblieben war. Die immer wiederkehrende Erinnerung an das Glück ihrer einzigartigen Liebe zueinander konnte ihm niemand nehmen, und nach einem anfänglich vorhandenen dumpfen Schmerz zog er mittlerweile so etwas wie ruhige Besonnenheit und Kraft daraus. Es hatte sie wirklich gegeben, und das, was er mit ihr hatte erleben dürfen, hatte ihm zu der Gewissheit verholfen, wirklich lebendig und zu echten Gefühlen fähig zu sein.

Zuhause angekommen, ging er duschen, zog sich um und machte sich erfrischt daran, einen Salat und ein Sandwich zuzubereiten. Er freute sich auf einen ruhigen Abend auf der Veranda. Sein Haus lag ein wenig außerhalb des Ortes. Das hatte ihm gleich zu Anfang gefallen. Es war durchaus nicht so, dass er die Gesellschaft der Nachbarn mied, aber er hätte es nicht sehr gemocht, ständig irgendwelche Floskeln über den Gartenzaun hinweg austauschen zu müssen oder unter Beobachtung zu stehen, wenn er, so wie jetzt, die Füße auf die Verandabrüstung gelegt hatte und mit dem Teller auf dem Bauch sein Abendessen verdrückte. Zufrieden kaute er sein Sandwich, hörte dem gleichmäßigen Zischen der zuvor angestellten Gartenberegnung zu und schaute in die Ferne. Obwohl es erst in ein bis zwei Stunden dunkel werden würde, genoss er die Abendstimmung mit den typischen Geräuschen der hier lebenden Tiere.

Ein Gespräch mit Nora kam ihm wieder in den Sinn. Sie war in den Blue Mountains von diesen für sie fremdartigen Vogelgesängen völlig fasziniert gewesen. An ihn geschmiegt, hatte sie ihn an ihren Gedanken teilhaben lassen und ihm schließlich von der Nachtigall erzählt, die bei ihr zu Hause im Frühsommer ganze Nächte hindurch in vollkommener Dunkelheit wunderschön zwitscherte und sang. Tom griff schmunzelnd nach seinem Bierglas. Natürlich hatte ihn Nora gleich darauf gefragt, ob es einen solchen Vogel auch in Australien gebe, und er war nicht in der Lage gewesen, ihr diese Frage zu beantworten. Er war immer wieder erstaunt darüber gewesen, mit welcher Intensität sie versuchte, diesen Kontinent kennen zu lernen. Alles schien sie gleichermaßen zu interessieren. Unwillkürlich überlegte er, wie ihr Leben in Hamburg jetzt wohl aussah. Das Telefonklingeln riss ihn aus diesen Gedanken. Er nahm seinen Teller, schwang die Beine auf den Boden und ging ins Haus.

27

Als Nora die Praxis ihres Arztes verlassen hatte, war ihr nicht im Entferntesten klar, wie sie nach Hause gekommen war. Wie betäubt saß sie nun schon seit einer ganzen Stunde im Wohnzimmer und starrte auf einen Bilderrahmen am Fenster, der ein Foto von den Kindern im letzten Familienurlaub zeigte. Ihre Hände waren immer noch eiskalt, und sie fröstelte. Irgendwie hatte sie das Gefühl, neben sich zu stehen und sich selbst zu beobachten. Dumpf hallte ein einziges Wort in ihrem Kopf – schwanger. Und es gab nicht den geringsten Zweifel, von wem das Kind war.

Sie schloss die Augen und lehnte den Kopf gegen die Sofalehne. Tom. Immer wenn sie glaubte, auch in einem Leben ohne ihn glücklich werden zu können, tauchte er auf irgendeine Weise wieder auf. Instinktiv hatte sie eine Hand auf ihren Bauch gelegt. Alle möglichen Gedanken schossen ihr durch den Kopf, ohne dass sie dazu beigetragen hätten, zu einer wundersamen Lösung zu kommen. Sie schlug die Hände vors Gesicht und rieb sich die Augen. Wie hatte es nur dazu kommen können? Fast hätte sie über diese an sich selbst gerichtete Frage lachen müssen. Sie war beinahe Mitte dreißig. Da konnte man doch annehmen, dass sie wissen sollte, wie man eine Schwangerschaft verhinderte. Sie schüttelte den Kopf über sich selbst. Immerhin war sie auf Grund massiver Zyklusstörungen, hervorgerufen durch die Infusionen und Medikamente, davon überzeugt gewesen, dass es ausgeschlossen sei, dass sie schwanger werden könnte.

Fassungslos legte sie den Kopf in den Nacken und sah an die Decke. Sie musste nun doch mit Max sprechen; er hatte ein Recht darauf. Und Tom? Eigentlich hatte er ebenfalls ein Recht, es zu erfahren. Und was war mit ihr? Verzweifelt wischte sie sich jetzt mit dem Handrücken die Tränen weg. Hatte sie nicht auch das Recht, endlich in Frieden zu leben? Mein Gott, immer war sie für ihre Familie da gewesen, jahraus, jahrein. Ein einziges Mal in einem Jahrzehnt hatte sie nicht so »funktioniert« wie vorgesehen, und alles geriet aus dem Gleichgewicht. Das war einfach nicht fair.

Nora stand auf und ging zum Fenster. Viele Vögel umflatterten das Futterhaus im Garten und pickten im Schnee. Sie lehnte die Stirn gegen die Scheibe. In Australien war jetzt Hochsommer. Erschrocken zuckte sie plötzlich zusammen. Eine Blaumeise war gegen die Scheibe geflogen und lag nun schnell atmend im Schnee. Der Schreck hatte sie flugunfähig gemacht, und innerhalb kurzer Zeit würde sie erfrieren.

Nora öffnete die Terrassentür, bückte sich, nahm den kleinen Vogel vorsichtig in die Hand und wölbte die andere Hand schützend darüber. Dann setzte sie sich in einen Sessel am Fenster und wartete ab. In der Wärme der abgedunkelten Hand würde er sich wieder erholen. Sie hatte das schon öfter erlebt. Als er sich nach einigen Minuten bewegte, ging sie langsam in die Küche und drehte den Wasserhahn auf. Von ihrem Zeigefinger hielt sie nun einen Tropfen Wasser vor den kleinen Schnabel. Gierig trank der Vogel und schüttelte anschließend den Kopf. Nora machte sich wieder auf den Weg zur Terrassentür, öffnete sie und setzte die Blaumeise auf einen kugelförmigen Buchsbaum. Nachdem sie sich die Hände gewaschen hatte, stand sie erneut am Fenster und beobachtete, wie der kleine Vogel wieder munterer wurde.

Sehnsüchtig seufzte sie. Wenn doch nur alle Probleme so einfach zu lösen wären. Tränen stiegen in ihre Augen, als sie an das bevorstehende Gespräch mit Max dachte. Sie hatte nie vorgehabt, ihn zu verletzen, und nun das. Er musste sich nicht nur damit auseinander setzen, dass sie ihn betrogen hatte, sondern auch noch damit, dass sie ein Kind von einem anderen erwartete. Jetzt würde womöglich doch alles auseinander brechen. Verzweifelt dachte sie an Niklas und Marie. Langsam rutschte sie mit dem

Rücken den Fensterrahmen hinunter und blieb am Boden sitzen. Froh darüber, dass sie allein im Haus war, wehrte sie sich nicht mehr gegen die Tränen. Kuno lief aufgeregt um sie herum und stupste sie mit der Schnauze. Sie schlang beide Arme um seinen Hals und legte eine Wange auf seinen Nacken.
»Schon gut, Kuno. Schon gut. Dein Frauchen ist nicht nur verrückt geworden, sondern steckt auch noch in der Klemme.«
Sie streichelte ihn ein paar Minuten, bevor sie wieder aufstand und tief durchatmete. Nun, es half alles nichts, da musste sie durch. Erschrocken fuhr sie zusammen, als es klingelte. Ein Blick auf die Uhr verriet ihr, dass sie Maries Schulschluss völlig vergessen hatte. Hektisch wischte sie sich das Gesicht mit dem Pulloverärmel ab und ging zur Tür. Es musste heute eben eine Pizza aus der Kühltruhe reichen.

Den ganzen Tag über war sie zerstreut und unruhig gewesen. Dennoch wollte sie das Gespräch mit Max nicht länger vor sich herschieben. Sie hatte ihn am Telefon darum gebeten, eher als sonst nach Hause zu kommen. Als die Kinder schliefen, setzte sich Max erwartungsvoll aufs Sofa und sah sie prüfend an.
»Du bist so ernst und blass heute. Ist irgendetwas nicht in Ordnung, mein Schatz?«
Nora kämpfte mit aller Macht gegen das Würgen, das schon wieder in ihrem Hals aufstieg. Er war so lieb und ahnungslos. Sie hatte nicht den leisesten Schimmer, wie sie ihm das beibringen sollte. Sie schluckte und sah auf ihre Hände. Max runzelte die Stirn, setzte sich neben sie und legte einen Arm um ihre Schultern.
»Was ist denn, Nora?«
Sie sah ihn aus geröteten Augen an. In ihrem Blick lag so viel Verzweiflung, dass er nun alarmiert nach ihrer Hand griff.
»Bist du krank? Oder ist etwas mit deinen Eltern?«
Sie schüttelte den Kopf und begann leise zu sprechen.

»Max, ich liebe dich. Ich möchte, dass du das weißt, denn das, was ich dir jetzt sagen werde, wird dich verletzen und an mir zweifeln lassen.« Er war blass geworden und wollte gerade den Mund öffnen, doch sie fuhr fort: »Bitte sag jetzt nichts und hör mir nur zu. Wenn du mich unterbrichst, weiß ich nicht, ob ich noch die Kraft haben werde, dir alles zu erzählen.«
Sie holte tief Luft und sah ihn wieder an. »Es gab in Australien einen anderen Mann für mich, der mir auch viel bedeutet hat. Ich hatte wirklich nichts dergleichen geplant. Es ist einfach passiert. Er war kein Abenteuer, trotzdem habe ich mich für dich und die Kinder entschieden, weil ich euch liebe und zu euch gehöre. Ich hätte das alles für mich behalten, und es tut mir unendlich Leid, dass ich dich nun damit verletzen muss, aber es geht nicht anders.«
Max starrte sie an. Dann sprang er auf und lief mit großen Schritten auf und ab. Sein Gesicht verriet ungläubiges Entsetzen. Mit einer fahrigen Geste fuhr er sich durch das kurze Haar. Schließlich blieb er stehen und schaute sie an.
»Wer?« Als sie nicht gleich antwortete, herrschte er sie an. »Wer, verdammt noch mal?«
»Tom. Tom Morrison. Er ist ...«
»Ich weiß, wer er ist. O Gott, Nora! Du bist seit sechs Wochen wieder hier. Wir leben zusammen, als wäre nie etwas geschehen! Warum? Warum hast du nichts gesagt?«
Sie sah zu Boden. »Ich habe diesen Mann in Australien hinter mir gelassen, weil ich zu euch gehöre. Als mir das klar wurde, wollte ich dir nichts mehr sagen, weil ich wusste, dass ich dich verletzen würde. Glaub mir, Max, ich ...«
Er unterbrach sie und fuchtelte mit der Hand in der Luft herum. Er war laut geworden.
»Ich kann dir gar nichts mehr glauben! Hörst du? Nichts mehr!«
Nora schwieg und knetete verzweifelt ihre Finger. Max war vor dem Fenster stehen geblieben und sah hinaus in den Garten. Er

schien nachzudenken. Unvermittelt fuhr er herum und starrte sie an.
»Warum *musstest* du es mir jetzt sagen?«
Nora schluckte, bevor sie mit tonloser Stimme antwortete: »Ich bin schwanger, Max.«
Fassungslos schaute er sie wieder an und fragte überflüssigerweise: »Von ihm?«
»Ich bin in der neunten Woche.«
Er schnappte hörbar nach Luft und lief erneut hin und her. Er war so wütend, dass er hätte schreien mögen. Das konnte doch einfach nicht wahr sein. So etwas passierte doch nur im Fernsehen. Er glaubte platzen zu müssen.
»Ich muss hier raus!«
Nora hörte ihn in der Diele an der Garderobe hantieren, bevor kurz darauf die Tür ins Schloss fiel. Bewegungslos blieb sie sitzen. Sie fühlte nichts mehr.

28

Max war ziellos durch die Stadt gefahren. Schließlich hatte er den Wagen geparkt, stand mit hochgeschlagenem Mantelkragen am Hafen und schaute auf das dunkle Wasser. Er konnte nicht glauben, was Nora ihm erzählt hatte. Auch war er sich nicht sicher, wie er sich verhalten sollte. Grenzenlos enttäuscht, dachte er zum ersten Mal an Scheidung. Nie wieder glaubte er ihr noch vertrauen zu können. Mit den Händen in den Manteltaschen stapfte er durch die Dunkelheit. Nach etwa einer Stunde hatte sich seine Anspannung etwas gelegt. Und auch zum ersten Mal in seinem Leben verspürte er den Wunsch, mit jemandem zu reden. Aber er musste sich eingestehen, dass er sich für Freunde nie die Zeit genommen hatte. Plötzlich fiel ihm Alexander ein. Er sah auf die Uhr, bevor er nach seinem Handy griff und die Nummer eintippte. Atemlos wartete er darauf, dass sich jemand meldete, und war kurz davor, die Verbindung zu unterbrechen, als er die Stimme des früheren Freundes vernahm.

»Hallo, Max. Schön, dass du dich meldest. Wie geht es euch?«

»Alex, es tut wirklich gut, deine Stimme zu hören. Ich habe ein echtes Problem. Ich weiß, dass es schon spät ist, aber kann ich noch zu dir kommen?«

Alexander war besorgt. Das war nicht der Max, den er kannte, der vor Selbstsicherheit strotzte und von niemandem Ratschläge brauchte. Schnell antwortete er: »Natürlich, Max. Wo bist du denn?«

»In Hamburg.«

»Und du willst jetzt noch nach Hannover kommen?«, fragte er, doch sogleich fügte er hinzu: »Aber klar, komm nur.«

Fast mechanisch hatte Max die Strecke hinter sich gebracht, während seine Gedanken nur um seine Ehe kreisten. Als er jetzt bei Alexander im Wohnzimmer Platz nahm, wusste er nicht, wie er anfangen sollte. Der Freund schien sein Zögern zu bemerken und stand auf.

»Ich hole uns erst mal einen schönen Wein. O Mann, wie lange ist das her, dass wir beide etwas zusammen getrunken haben!«

Als der Wein in den Gläsern schimmerte und sie angestoßen hatten, sagte Alexander: »Kann ich dir irgendwie helfen, Max? Ich merke nur, dass dich etwas sehr beschäftigt. Du kannst mit mir reden oder, falls du lieber deine Ruhe haben möchtest, im Gästezimmer schlafen.«

Max war nach vorn gerutscht, stützte beide Ellbogen auf die Knie und fuhr sich durchs Haar. Verzweifelt sah er Alexander an.

»Ich habe keine Ahnung, was ich will. Vor ein paar Stunden ist mein ganzes bisheriges Leben zerbrochen.«

Alexander unterdrückte seine Bestürzung und lehnte sich zurück.

Max nahm einen großen Schluck Wein und drehte das Glas anschließend in den Händen.

»Nora hatte in Australien eine Affäre. Sie hat mir das erst heute Abend gesagt. Angeblich hatte sie sich für uns entschieden und wollte niemanden mit einem Geständnis belasten.« Er lachte böse auf. »Nun musste sie es aber doch. Sie ist schwanger von ihm.«

Max setzte das Glas an die Lippen und leerte es in einem Zug. Alexander war betroffen. Es tat ihm unendlich Leid, dass seine besten Freunde so in Schwierigkeiten steckten. Dennoch siegte sofort seine Besonnenheit.

»Weiß Nora, wo du bist, Max?«

»Nein. Wozu auch? Das ist doch alles ihre Schuld!«

Alexander war aufgestanden.

»Ich bin gleich wieder da.«

Leise ging er in sein Schlafzimmer, um Nora anzurufen. Sie schien neben dem Telefon gewartet zu haben, denn sie hob sofort ab.
»Er ist zu dir gefahren, Alex?«
»Ja. Mach dir keine Sorgen, hörst du?«
Sie antwortete nicht.
»Nora? Nora! Sag doch etwas!«
»Ich … ich kann … nicht.«
Er hörte sie weinen. Fieberhaft überlegte er, wie er sie trösten könnte. Schließlich sagte er einfach das, was er dachte.
»Nora? Hör mir zu. Für euer Problem gibt es eine Lösung, denn ihr lebt beide noch. Denk an Sophie. Sie wurde mir einfach so durch einen Unfall weggenommen. Tot! Da kann man nicht mehr reden oder überlegen oder diskutieren. Verstehst du? Erst dann ist alles vorbei. Pass auf, du machst dir jetzt einen heißen Tee und gehst schlafen. Ich ruf dich morgen wieder an, okay?«
Ihre Stimme klang immer noch unsicher.
»Danke, Alex. Bis morgen.«

Als Alexander ins Wohnzimmer zurückkehrte, stand Max vor dem Kamin und betrachtete Fotos, die auf dem Sims standen; eines davon zeigte ihn und Nora neben Alexander und Sophie. Unsicher drehte er sich um, als er Alexanders Schritte vernahm, und zuckte mit den Schultern.
»Tja, das kann man wohl auch vergessen. Offenbar hält nichts ewig.«
Er ließ sich wieder auf dem Sofa nieder und griff nach seinem Glas. Alexander hatte sich ebenfalls gesetzt und sah seinen Freund an.
»Max, ich weiß nicht, ob ich dir einen Rat geben kann oder wie ich dir helfen soll. Ich kann dir aber einmal ganz nüchtern sagen, wie ich die Dinge sehe, okay?«

Max nickte langsam. Alles war besser, als weiter allein mit seinen Gedanken zu sein. Alexander hatte einen Schluck Wein genommen und das Glas wieder abgestellt. Er lehnte sich zurück und schlug die Beine übereinander.

»Also versuchen wir das Ganze einmal sachlich zu betrachten. Da ist einerseits die Tatsache, dass dich Nora hintergangen hat und obendrein noch schwanger von einem anderen ist. Ich gebe zu, das ist ein Hammer und würde jeden Ehemann verletzen. Aber vergessen wir auch nicht die andere Seite. Ihr seid seit sechzehn Jahren zusammen, alles, was ihr erreicht habt, ist euer gemeinsamer Verdienst. Ihr habt zwei aufgeweckte Kinder. Max, auch wenn du es im Moment nicht hören willst, du hast eine wirklich tolle Frau. Ich weiß das, denn so wie sie mir und Patrick damals geholfen hat, das werde ich nie vergessen. Und selbst wenn du es noch weniger hören willst, du hast sie sträflich vernachlässigt. Überleg doch mal, wie viele Abende sie allein zu Hause gehockt hat. Hast du dir nie die Frage gestellt, ob sie damit glücklich ist? Ob sie sich einsam fühlt? Natürlich ist das kein Freibrief für eine Affäre, aber ich kann mir auch nicht vorstellen, dass Nora sich vorgenommen hat, in Australien so richtig einen draufzumachen. Das ist doch gar nicht ihre Art. Vielleicht hat sich dieser andere Mann viel Zeit genommen, hat ihr zugehört und so.«

Max verzog spöttisch das Gesicht.

»Wohl eher ›und so …‹, wenn du mich fragst.«

Alexander lächelte über den Sarkasmus seines Freundes.

»Ja, es ist eben passiert. Aber weißt du was? Ich finde, es gibt größere Katastrophen im Leben. Dinge, die sich nie wieder hinbiegen lassen. Ich denke jetzt an Sophies Tod. Du kannst dir gar nicht vorstellen, was einem da für Gedanken durch den Kopf gehen, Dinge, die ich ihr noch hätte sagen wollen, Jahre, die ich noch mir ihr hätte leben wollen. Ganz ehrlich, Max, wenn ich die Wahl hätte, meine Frau wiederzubekommen, aber schwanger von einem anderen, ich wüsste, wie ich mich entscheiden müsste.«

Max hatte widerwillig zugehört. In seinem Inneren wusste er, dass Alexander Recht hatte. Doch er fühlte sich noch zu verletzt, als dass er schon hätte einlenken können. Missmutig griff er wieder nach seinem Weinglas und nahm einen großen Schluck.

Alexander hatte sich vorgebeugt und schaute seinen Freund an. »Nora liebt dich und die Kinder, sonst hätte sie sich doch nicht schon vor Wochen für euch entschieden.« Und eindringlich fügte er hinzu: »Sie ist selbst todunglücklich darüber, dich verletzt zu haben. Sie hat am Telefon so geweint, dass ich sie kaum verstehen konnte.«

Max rieb sich die Schläfe und sah trotzig auf.

»Leider kommt ihre Reue ein wenig spät.«

Alexander seufzte. »Ach, Max, du hast ja irgendwo Recht, aber wäre es dir lieber, wenn sie jetzt vielleicht packt und nach Australien fliegt? Möchtest du das? Willst du sie verlieren?«

Max kippte den Wein in sich hinein.

»Verdammt, ich weiß es nicht. Ich habe keine Ahnung, ob ich ihr je wieder vertrauen könnte. Und ich kann mir verdammt noch mal überhaupt nicht vorstellen, dieses Kind aufzuziehen.«

Alexander streckte seine Beine aus und sah Max abwartend an. »Nun, vielleicht will das ja dieser andere Mann? Wer weiß denn, ob er nicht um Nora und sein Kind kämpfen wird, wenn er es erfährt? Ich kann mir vorstellen, dass er ein aufrechter Kerl ist, denn mit jedem X-Beliebigen hätte Nora sich nicht eingelassen.«

»Du musst es ja wissen.«

»Nein, Max, so viel weißt du auch! Denk wenigstens noch einmal über alles nach, und mach nicht aus gekränkter Eitelkeit den größten Fehler deines Lebens. Überleg dir gut, was du alles verlieren würdest.«

29

Nora wälzte sich im Bett ruhelos von der einen auf die andere Seite. Aus brennenden Augen warf sie einen Blick auf den Wecker. Drei Uhr dreißig. Mein Gott, wenn sie jetzt nicht endlich einschliefe, könnte sie auch gleich aufbleiben. Unwillkürlich folgten ihre Augen den Lichtreflexen, die der Mond durch die kahlen Zweige der Bäume an die Zimmerdecke warf. Sie war so durcheinander wie noch nie zuvor in ihrem Leben. Spöttisch verzogen sich ihre Mundwinkel. Nicht einmal in Sydney war ihre Verfassung schlimmer gewesen, als sie plötzlich Tom vor der Klinik entdeckt hatte.

Sie seufzte. Sie wollte Max nicht verlieren, den Kindern nicht das vertraute Familienleben zerstören. Außerdem hatte sie keine Ahnung, ob es richtig oder falsch wäre, Tom zu informieren. Im Grunde wusste sie nicht einmal, wie sie selbst zu dem Baby stand. Max und sie hatten mit der Familienplanung abgeschlossen und ihre Familie als perfekt empfunden. Auch hatte Nora nach Niklas und Marie nie wieder diese eigenartige, unstillbare Sehnsucht gepackt, noch einmal selbst ein Baby zu bekommen und zu umsorgen. Sie hatte dies als sicheres Zeichen genommen, dass es so, wie es war, gut war. Natürlich liebte sie Kinder, und wenn im Freundes- oder Bekanntenkreis Kinder geboren wurden, freute sie sich begeistert mit den Eltern. Aber selbst noch einmal schwanger zu werden, den Wunsch hatte sie nicht mehr gehabt.

Obwohl jetzt vielleicht ein Abbruch der Schwangerschaft ihre Ehe gerettet hätte, wäre diese Lösung nie für Nora in Frage gekommen. Und dennoch dachte sie beklommen an die Schmerzen einer weiteren Entbindung, an schlaflose Nächte, Babykoliken, unzählige Kinderarzttermine, Windel- und Wäscheberge und die Aussicht, erneut etliche Jahre Verantwortung übernehmen zu müssen und in gewisser Weise wieder angebunden zu sein. Sie schluckte und drehte sich auf den Rücken. Zögernd legte sie beide Hände auf ihren Bauch. Trotz all dieser Überlegungen hatte sie noch immer nicht endgültig verinnerlicht, dass da ein kleiner, eigenständiger Mensch in ihr heranwuchs, dem es obendrein völlig egal zu sein schien, ob er in ihre Vorstellungen und Lebensplanungen hineinpasste oder nicht. Auch dieses Baby war aus Liebe entstanden. Es würde sie immer mit Tom verbinden. Verzweifelt dachte sie daran, dass gerade diese Tatsache es Max so unerträglich schwer machen würde, wieder ein normales Familienleben möglich werden zu lassen. Sie biss die Zähne zusammen und drückte ihr Gesicht lautlos schluchzend in die Kissen. Sie fühlte sich grenzenlos allein. Im Grunde hatte sie jetzt alles verloren.

Als nach einer ganzen Weile ihre Tränen versiegt waren, fühlte sie sich ein wenig besser. Sie ging nach nebenan und wusch sich mit kaltem Wasser das Gesicht. Anschließend betrachtete sie mit einer gewissen Entschlossenheit ihre brennenden Augen und die geröteten Wangen. Dann würde sich eben alles ändern. Wenn es so sein sollte, musste sie eben auch damit klarkommen. Sie schluckte, als sie an Niklas und Marie dachte, hob aber gleich darauf wieder den Kopf. Nein! Auch die beiden konnten es verkraften, wenn ihr Vater auszöge. Natürlich würde es hart werden, aber sie alle würden es überleben, das Baby eingeschlossen.

Leise ging sie in die Küche hinunter, wo Kuno sie erstaunt blinzelnd zur Kenntnis nahm. Er blieb jedoch träge schnaufend liegen, wobei sein Schwanz immerhin einige Male freundlich auf den Boden klopfte. Nora lächelte. »Na, du rasender Wachhund?« Dann öffnete sie den Kühlschrank, nahm die Milch heraus und goss sich ein Glas ein. Sie atmete tief durch, bevor sie es in einem Zug leerte.

Als Max am darauf folgenden Morgen erwachte, wusste er nicht sofort, wo er war. Während er sich aufrichtete, fiel ihm alles wieder ein. Die dröhnenden Kopfschmerzen machten es für ihn nicht erträglicher. Ein Blick auf die Uhr verriet ihm, dass seine Sekretärin sicher schon im Büro war. Er stand auf und ging leise ins Bad, wo er überrascht einen sauberen Stapel Kleidung sowie eine nagelneue Zahnbürste vorfand. Am Spiegel klebte ein Zettel.

»7.45 Uhr. Fühl dich wie zu Hause. Wir machen uns jetzt auf den Weg (Schule/Büro). Bis nachher. Viele Grüße von Patrick und Alexander.«

Max war sogar froh, erst einmal seine Ruhe zu haben. Er duschte, und als er die Kleidung genauer in Augenschein nahm, entdeckte er zwei eingeschweißte Aspirin. Er schmunzelte über Alexanders vorausschauende Art und löste sie in einem Zahnputzglas auf. Sauber und erfrischt verließ er das Badezimmer, um sein Handy zu holen. Am Fenster stehend wartete er darauf, dass sich seine Sekretärin meldete.

»Ja, Bergmann. Anja, ich fühle mich heute nicht wohl. Ich werde wohl zum Arzt gehen. Sagen Sie bitte meine Termine ab, ja?«

Zufrieden schob er die Klappe seines Mobiltelefons hoch, nachdem er das Gespräch beendet hatte. Er hatte nicht einmal lügen müssen. Er fühlte sich tatsächlich nicht wohl. Ein höhnisches Lächeln schlich sich auf sein Gesicht. Wer würde sich schon wohl fühlen, wenn einem so etwas widerfuhr? Unschlüssig wanderte er durch das Haus. In der Küche stand noch ein sauberes Gedeck neben einer Thermoskanne auf dem Tisch. Er schob zwei Scheiben Weißbrot in den Toaster und goss sich den dampfenden Kaffee in die Tasse. Das heiße, aromatische Getränk weckte seine Lebensgeister. Er bestrich den Toast mit Butter und Käse, nahm dann seinen Teller und die Tasse mit ins Wohnzimmer, wo er sich an den Couchtisch setzte. Während er kaute und den Kaffee trank, wanderte sein Blick unwillkürlich zum Kaminsims und glitt über die Fotos seiner Kinder neben Patrick zu dem von sich selbst neben Nora. Obwohl sofort wieder ein Gefühl von Wut und grenzenloser Enttäuschung in ihm aufstieg, kämpfte er darum, ruhig zu bleiben. Sein analytischer Verstand half ihm dabei, die nüchternen Fakten zu begreifen. Außerdem waren erstaunlicherweise eine Menge Worte von Alexanders abendlicher Litanei durch den Rotwein-Nebel zu ihm vorgedrungen und sogar hängen geblieben. Trotzdem hätte er nicht sofort freudestrahlend zu seiner Frau zurückkehren können. Er würde Zeit brauchen, um sich klar darüber zu werden, wie er zu ihr stand. Voller Trauer dachte er daran, wie die Kinder eine Trennung aufnehmen würden. Er rieb sich die Stirn. Nun, bevor es endgültig wäre, könnten Nora und er ja von einer Geschäftsreise sprechen.

Er stand auf und brachte den Teller und die Tasse in die Küche zurück, wo er sich suchend umsah und dann beides im Geschirrspüler verstaute. Ein wenig unschlüssig überlegte er, was er jetzt tun sollte. Nach kurzem Zögern sah er auf die Uhr. Niklas und Marie waren schon in der Schule. Schließlich gab er sich einen Ruck und griff erneut nach seinem Handy. Sein Herz schlug schneller, als er Noras Stimme vernahm, die Stimme, die ihm in den letzten sechzehn Jahren so vertraut geworden war wie keine andere. Trotzdem war seit gestern nichts mehr so wie zuvor. Er räusperte sich kurz.

»Ich bin's, Max.«

»Oh, hallo, Max. Wie geht es dir?« Sie biss sich auf die Lippe. Was für eine blöde Frage. »Ich meine, bist du noch bei Alexander?«

Er kratzte sich am Ohr. »Ja, aber Patrick und er sind jetzt ausgeflogen.«

Es herrschte ein gespanntes, unangenehmes Schweigen zwischen ihnen. Bevor Max jedoch dazu kam, etwas zu sagen, hatte Nora sich gefasst.

»Max, es tut mir wirklich Leid.«

Ihre Stimme hatte leise geklungen. Max überlegte kurz, bevor er erwiderte: »Ja, mir auch. Ich meine, dass es so gekommen ist. Nora, ich weiß nicht, wie ich damit umgehen soll. Ich habe keine Ahnung, ob ich damit fertig werde. Ich … ich brauche etwas Zeit.«

Nora versuchte, sich zusammenzureißen. Sie fuhr sich über die Stirn und schloss kurz die Augen. Verdammt, sie hatte gestern für sich festgestellt, dass sie es auch ohne Max schaffen würde. Warum trafen sie seine Sätze jetzt also so? Sie holte tief Luft. »Heißt das, du möchtest die Scheidung?«

Max öffnete überrascht den Mund. Obwohl ihm der Gedanke gestern Abend selbst durch den Kopf gegangen war, erschien ihm heute Morgen die Bedeutung dieser Frage geradezu erschreckend.

»Ich brauche Zeit, um nachzudenken, um mit dieser Situation fertig zu werden. Über eine endgültige Trennung habe ich noch nicht nachgedacht.« Eigenartig alarmiert stellte er sofort die Frage: »Wieso? Möchtest du die Scheidung?«

Sie seufzte. »Nein, Max. Wenn ich das wollte, hätte ich in Australien bleiben können. Oder ich hätte die Kinder geholt und wäre dorthin gegangen.« Sie holte Atem und überlegte, denn sie war darauf bedacht, ehrlich zu sein, ihn aber nicht noch mehr zu verletzen. »Schon in Australien stand für mich fest, dass ich zu dir und Niklas und Marie gehöre.« Sie brach ab, froh darüber, dass er ihr Gesicht nicht sehen konnte. Es fiel ihr schwer, Haltung zu bewahren.

Max hatte stumm zugehört. Sein Innerstes wehrte sich noch immer gegen die Demütigung, dass sie ihn nicht nur betrogen hatte, sondern auch noch schwanger war. Wenn er ehrlich war, störte ihn das am allermeisten. Nervös öffnete er einen Knopf an seinem Polohemd.

»Wie stehst du zu dem Baby?« Als einige Sekunden keine Antwort kam, fügte er hinzu: »Willst du es bekommen?«

Nora war klar, dass ihre Reaktion auf diese Frage über den Fort-

bestand ihrer Ehe entscheiden konnte. Trotzdem war sie nicht bereit, deswegen einen Abbruch vornehmen zu lassen.
»Ja, ich will es bekommen. Es war zwar absolut nicht geplant, genauso wenig wie meine Beziehung zu Tom, aber es kann nichts dafür, dass es unterwegs ist.« Sie schluckte heftig. »Ich ... ich kann es nicht einfach beseitigen lassen, Max.«
Er starrte aus dem Fenster und kämpfte wieder gegen die Wut an, die in ihm aufgestiegen war, als sie den Namen des anderen so selbstverständlich genannt hatte, als wäre er bereits ein Teil ihres Lebens. Er schnaubte kurz. Wahrscheinlich war er das sogar.
»Dann weiß ich jetzt wenigstens, woran ich bin.«
»Max, ich ...«
Er unterbrach sie: »Lass uns erst einmal nicht weiterreden. Ich bleibe heute noch hier. Im Verlag habe ich mich krank gemeldet – nur damit du Bescheid weißt. Morgen früh fahre ich dann von hier aus ins Büro.« Nach einer kurzen Pause fuhr er fort: »Was ich danach mache, weiß ich noch nicht. Wahrscheinlich gehe ich in ein Hotel. Den Kindern gegenüber können wir vielleicht erst einmal von einer Dienstreise sprechen.« Als Nora stumm blieb, fragte er: »Bist du damit einverstanden?«
»Ja.«
Ihr war nicht klar, wie sie dieses Ja hervorgebracht hatte, und auch nicht, wie es ihr gelungen war, sich zu verabschieden. Als sie sich nach ein paar Minuten die Tränen wegwischte, fragte sie sich zynisch, ob es wohl jemals ein Jahr in ihrem Leben gegeben hatte, in dem sie mehr geweint hatte als in diesem.

Max hielt das Handy immer noch in der Hand und fuhr mechanisch mit dem Daumen über das Display. Nach einer Weile klemmte er es mit der dazugehörigen Tasche an seinen Gürtel und griff nach seinem Mantel. In der Haustür steckte ein Schlüssel. Er zog ihn heraus und schloss hinter sich ab. Ein scharfer Wind blies ihm entgegen, als er zu seinem Wagen ging. Er hatte

keine Ahnung, was er tun sollte, erinnerte sich aber an einen Sommerausflug zu Alexander und Patrick, bei dem sie gemeinsam durch den Stadtwald Hannovers, die Eilenriede, gelaufen und schließlich im Zoo gelandet waren, dessen relativ neue Attraktionen besonders Niklas und Marie begeistert hatten. Ein wenig Bewegung täte ihm sicher gut und würde ihm helfen, einen klaren Kopf zu bekommen.
Nach einigen Minuten lenkte er den Wagen auf einen Parkplatz. In zügigem Tempo ging er denselben Weg wie im Sommer mit seiner Familie. Sein Blick glitt von dem Wanderweg zu den Bäumen. Alles sah so vollkommen anders aus als beim letzten Mal. Die Eichen hatten ihr Laub verloren, das nun in rostigen Brauntönen den Waldboden bedeckte und vom Wind knisternd über den Weg gefegt wurde. An den kahlen Sträuchern taute der Raureif, und vergeblich suchte er nach einem grünen Farbtupfer. Als sie im Sommer hier gewesen waren, war es ihm vorgekommen, als wäre man in eine lichte grüne Höhle eingetaucht. Grün in allen vorhandenen Schattierungen hatte sie umgeben, selbst unter den Eichen hatten Millionen von Buschwindröschen den Anschein erweckt, als wären grün-weiße Teppiche ausgelegt worden.
Er seufzte. Nun ja, das heutige Bild passte wohl eher zu seiner Stimmung. Erstaunt stellte er fest, dass er bereits den Zoo erreicht hatte. Zögernd überlegte er, ob er hineingehen sollte; noch nie hatte er einen Tierpark allein besucht. Die Vorstellung kam ihm irgendwie seltsam vor. Einige Mütter und in der Regel wohl Großeltern gingen mit dick eingepackten Kleinkindern in Sportkarren und Kinderwagen vorüber.
Gerade hatte offenbar eine Schulklasse an der Ampel die Straße überquert und steuerte ebenfalls auf den Eingang zu. Unwillkürlich glitten seine Augen über die lachenden Kindergesichter. Sie mussten etwa in Maries Alter sein. Ein Gefühl der Trauer überschattete seine Beobachtungen, als er sich bewusst machte, dass

er seine Kinder nicht mehr so oft sehen würde, wie er wollte. Sollte es zu einer endgültigen Trennung kommen, würde er sie wahrscheinlich jedes zweite Wochenende für sich haben. Er wusste das von seinen geschiedenen Kollegen. Das Verhältnis zu seinen Kindern würde sich dadurch bestimmt verändern. Wie oft hatte er sich über die offensichtlichen Wochenend-Väter lustig gemacht, die wahrscheinlich in dem verzweifelten Bemühen, im Leben ihrer Kinder noch eine Rolle zu spielen, diese an den Wochenenden mit teuren Geschenken, Ausflügen und Riesen-Eisbechern überschütteten! Angewidert verzog er das Gesicht. Ihm war kalt geworden. Es wurde Zeit, wieder in Bewegung zu kommen. Irgendetwas musste er schließlich tun, und nach einem Stadtbummel stand ihm noch weniger der Sinn. Er griff nach seiner Brieftasche und bezahlte den erschreckend hohen Eintrittspreis, ohne daran einen Gedanken zu verschwenden.

30

Nora hatte die Kinder am frühen Nachmittag bei ihren Freunden abgesetzt und war in die Stadt gefahren. Sie wollte bewusst nicht den ganzen Nachmittag zu Hause sein. Es war schon schlimm genug, dass sie nachts kaum in den Schlaf fand. Jetzt, am Tage, war sie nicht mehr bereit, auch diese Stunden mit quälendem Nachdenken zu verbringen. Sie musste sich ablenken. Ziellos und ein wenig verloren ging sie kurz darauf zwischen den Geschäften entlang. Nach einer Weile war sie wie von allein bei ihrer Lieblingsbuchhandlung gelandet. Eigentlich war das typisch für sie. Nora liebte Bücher. Schon in ihrer Schulzeit hatte sie sich kaum etwas Schöneres vorstellen können, als im Sommer mit einem dicken Wälzer auf einer Decke im Garten ihrer Eltern oder im Urlaub am Strand zu liegen und einfach über die im Buch erzählte Geschichte in eine andere Welt abzutauchen. Bücher waren für sie etwas Besonderes, sie konnten Ratgeber sein, Wissen vermitteln, Ablenkung und Freude bieten oder Nachdenklichkeit hervorrufen. Schon als Niklas und Marie kaum laufen konnten, hatte sie begonnen, diese Liebe zu Büchern an sie weiterzugeben. Es war zu einem abendlichen Ritual geworden, gemeinsam erst die Bilderbücher zu entdecken und später Geschichten zu lesen. Es hatte ihr immer gefallen, über diese abendliche halbe Lesestunde die Nähe zu ihren Kindern zu vertiefen. Denn automatisch hatten sie sich über die jeweilige Geschichte hinaus immer noch ein wenig unterhalten und den Tag Revue passieren lassen.
Nora hatte gedankenverloren vor dem Schaufenster gestanden, bevor sie jetzt hineinging. Im Geschäft schlug ihr die Heizungswärme derart entgegen, dass sie sofort ihren Schal lockerte und den Reißverschluss ihrer Jacke öffnete. Ohne bestimmtes Ziel wanderte sie die Regale und Tische ab, wobei sie sich ein

wenig über sich selbst ärgerte, als sie sich fast automatisch in der Länderkunde-Abteilung wiederfand, um zu sehen, ob es etwas Neues oder Interessantes über Australien gab. Als sie sich entschlossen umwandte und ein Stück weiterging, stand sie plötzlich vor einem Sondertisch, auf dem Bücher über Vogelkunde ausgestellt waren. Ein Buch war sogar mit einer Kassette kombiniert, auf der die entsprechenden Vogelstimmen waren. Sie griff danach und las die Kurzbeschreibung dazu durch. Auf einem kleinen Bild entdeckte sie zwischen vielen anderen einheimischen Vögeln auch die Nachtigall. Beinahe im gleichen Moment dachte sie an Tom und lächelte. In den Blue Mountains hatte sie ihm von diesem Vogel erzählt. In einem Anflug von Sentimentalität erstand sie die Kombination und verließ den Laden. Sie fröstelte, denn sie hatte sich inzwischen an die Wärme der Buchhandlung gewöhnt. Nora sah auf die Uhr. Es wurde Zeit, an die Heimfahrt zu denken. Sie musste noch etwas für das Abendessen einkaufen, bevor sie die Kinder wieder vom Spielen abholte.

Stunden später hob Nora überrascht den Kopf, als sie den Hausschlüssel in der Tür und Kunos Gewinsel hörte. Sofort begann ihr Herz schneller zu schlagen. Max kam nach Hause! Zum ersten Mal war sie froh darüber, dass er erst kam, als die Kinder schon schliefen. Zögernd ging sie in den Flur.
»Hallo, Max.«
Er stellte seinen Aktenkoffer ab und zog den Mantel aus. Nachdem er ihn auf einen Bügel an die Garderobe gehängt hatte, drehte er sich um.
»Hallo.«
Nora spürte ein beklemmendes Gefühl, als sie in sein Gesicht sah. Er wirkte so fremd und unnahbar. Max ging an ihr vorbei ins Wohnzimmer.
»Ich denke, wir müssen reden.«
Sie folgte ihm niedergeschlagen, blieb aber an der Tür stehen.

»Hast du schon gegessen?«
Er ließ sich in einen Sessel fallen, obwohl er sonst immer auf dem Sofa saß. Nora registrierte es sofort. Er mied ihre Nähe.
»Danke, ja.«
Sie setzte sich jetzt ebenfalls und versuchte, ruhig zu bleiben. Max beugte sich nach vorn und stützte die Ellbogen auf den Knien ab.
»Nora, glaub mir, ich habe beinahe ununterbrochen nachgedacht und bin in Gedanken alles hundertmal durchgegangen, aber ich kann nicht einfach so zur Tagesordnung zurückkehren. Mag sein, dass ich ein alter Spießer bin, doch ich schaff das nicht. Ich kann nicht das Kind dieses Mannes als mein eigenes aufziehen. Jeden Tag würde es als lebendiger Beweis für das vor mir stehen, was du mit ihm gemacht hast.«
Nora hatte bei seinen Worten langsam den Kopf gesenkt und ihre Hände im Schoß betrachtet. In ihrem tiefsten Inneren hatte sie es bereits geahnt. Trotzdem fühlte sie sich, als hätte er ihr gerade ins Gesicht geschlagen. Zu sehr erdrückte sie die Wucht der Erkenntnis, dass dies nun womöglich das tatsächliche Ende ihrer Ehe bedeutete. Sie spürte Übelkeit in sich aufsteigen und stand rasch auf.
»Entschuldige, ich bin gleich zurück.«
Er nickte ernst.
Nachdem sie sich in der Gästetoilette übergeben hatte, spülte sie sich den Mund aus und wusch sich das Gesicht. Einigermaßen erschrocken musterte sie ihr Spiegelbild und fuhr sich mit den Händen durch die Locken. Als sie die Tür öffnete, stand Max im Flur. Er schaute sie betreten an.
»Es tut mir Leid, Nora. Ich hätte es vielleicht schonender ausdrücken können.«
Sie lächelte kläglich. »Das würde an den Tatsachen auch nichts mehr ändern, oder?«
Er schüttelte den Kopf. »Nein, sicher nicht. Es geht dir nicht gut,

was? Ich hole ein Mineralwasser aus dem Keller. Setz dich erst mal wieder.«

Als er mit einer Flasche Mineralwasser und zwei Gläsern ins Wohnzimmer kam, saß sie auf dem Sofa, irgendwie unfähig, etwas zu tun oder zu sagen. Er drückte ihr ein Glas in die Hand.

»Hier, trink etwas.«

Mechanisch nahm sie einen Schluck Wasser und stellte das Glas auf den Tisch. Sie bemerkte, dass ihre Hände zitterten, und so legte sie sie rasch in den Schoß und hoffte, dass er es nicht gesehen hatte. Fragend schaute sie auf.

»Also du möchtest die Scheidung. Wie wollen wir vorgehen und was den Kindern sagen?« Sie schluckte. Es kam ihr alles so ungeheuerlich vor. Fast nie in all den Jahren hatte es ein böses Wort zwischen ihnen gegeben, alles war perfekt gewesen, ihre Ehe, ihre Kinder, ihr Leben. Und jetzt dieses Ende – durch ihre Schuld. Sie wünschte sich, tot zu sein.

Max war ein wenig blass geworden. »Ich dachte, ich ziehe erst einmal aus, und ihr bleibt hier, damit sich für die Kinder so wenig wie möglich ändert.« Er machte eine Pause und schluckte, bevor er mit der Hand auf die Sessellehne schlug und heftig wurde. »Ach Scheiße, Nora! Ich will das alles auch nicht.« Er schloss die Augen und legte den Kopf in den Nacken. »Aber ich kann das mit dem Baby nicht wegstecken. Hast du dich schon einmal gefragt, wie du im umgekehrten Fall fühlen würdest? Was in dir vorginge, wenn eine andere Frau von mir schwanger wäre?«

Sie hatte erneut auf ihre Hände gestarrt und bemühte sich darum, nicht in Tränen auszubrechen. Sie atmete tief durch, bevor sie ihn ansah. »Hundertmal, Max. Und ich wäre genauso entsetzt wie du. Ich kann dich wahrscheinlich besser verstehen, als du dir vorzustellen vermagst. Ich würde alles tun, wenn ich es ungeschehen machen könnte. Nur eines kann ich nicht tun. Ich kann

dieses Kind nicht töten lassen, bloß damit unsere Welt wieder in Ordnung kommt.«
Max spürte die Verzweiflung, die aus ihren Worten sprach und die seinem eigenen Empfinden sehr nahe kam. Im Grunde wollte er nichts weniger, als Nora zu verlieren, aber er schaffte es nicht, über seinen Schatten zu springen. Nachdem er ihr einige Sekunden in die Augen geschaut hatte, senkte er den Kopf. »Und ich weiß genau, dass ich dieses Kind nie so ansehen würde wie meine eigenen. Es wäre nicht fair.«

31

Die nun folgenden Monate wurden die schwersten in Noras bisherigem Leben. Die Trennung von Max tat ihr weh. Sie fühlte sich schuldig und litt seelisch und körperlich darunter, dass beide Kinder ebenfalls Probleme damit hatten, dass ihr Vater ausgezogen war. Eine ganze Weile glaubte sie Niklas zu verlieren, der sich deutlich von ihr distanziert hatte und zum Teil ganz offene Feindseligkeit an den Tag legte.
Max verhielt sich fair, aber konsequent. Seine Konsequenz rief in der Nachbarschaft natürlich Mutmaßungen darüber hervor, warum er die Familie verlassen hatte, obwohl seine Frau ein Baby erwartete. Oder gerade deshalb?
Das Gerede machte Nora das Leben noch schwerer. Auch ihre Eltern hatten sich von ihr enttäuscht gezeigt. Ihre psychische Anspannung und die ständige nervliche Zerreißprobe mit ihrem Sohn ließ sie etwa in der Mitte der Schwangerschaft zusammenbrechen.
Während des einwöchigen Krankenhausaufenthalts kümmerte sich auch ein Psychologe um sie, was ihr sehr gut getan hatte. Als sie nach Hause zurückkehrte, schien sich Niklas ein wenig beruhigt zu haben. Nora erfuhr erst viel später, dass es Max gewesen war, der mit ihm ein klärendes Gespräch geführt hatte.
Als die letzten beschwerlicheren Monate der Schwangerschaft begannen, spürte Nora, dass sie es schaffen würde, ihr Leben allein in den Griff zu bekommen. Sie freute sich jetzt unsagbar auf das Baby, und auch Marie war fasziniert von den winzigen Babysachen, die nun schon bereitlagen. Nora machte sich Gedanken darüber, wie sie die Entbindung in der Klinik und die Kinder zu Hause unter einen Hut bekommen sollte. Sie mochte Max nicht offiziell um Hilfe bitten und war daher mehr als glücklich, als

Alexander sich angeboten hatte, mit Patrick einige Wochen der Sommerferien bei ihnen zu verbringen und sich nach der Geburt nützlich zu machen. Nora war zunächst sprachlos gewesen. Dies war in all den Monaten, die sie nun schon wieder zu Hause war, eindeutig der erste verständnisvolle Sympathiebeweis, der ihr entgegengebracht wurde. Die Jungen freuten sich unbändig darauf, einen Teil der Ferien zusammen zu verbringen, und so nahm sie Alexanders Angebot dankbar an.

Es war, als hätte sie auf die Ankunft der beiden gewartet. Als sie mit Alexander am ersten Abend seines Besuchs auf der Terrasse saß und einen eisgekühlten Orangensaft genoss, ließ er seinen Blick entspannt durch den sommerlichen Garten schweifen. Nora stellte ihr Glas ab und sah ihn an.

»Alex, ich bin so froh, dass ihr gekommen seid.« Sie machte eine kleine Pause und zögerte. »Ich … ich hatte ehrlich nicht damit gerechnet, nach dem, was in Australien passiert ist.« Sie lächelte gequält.

Alexander griff nach seinem Bier und trank einen Schluck. Nachdenklich musterte er sie.

»Nora, wir sind Freunde. Es geht mich überhaupt nichts an, was du mit wem in Australien getan hast. Ich kenne dich aber so gut, dass ich weiß, dass du weder böse noch arglistig bist. Du wirst Gründe gehabt haben, die außer vielleicht Max niemanden etwas angehen. Ich bewundere dich dafür, dass du zu dem Baby stehst.« Er unterbrach sich und drehte sein Bierglas in den Händen. »Und du sollst wissen, dass ich seine Entscheidung nicht richtig finde, aber vielleicht sehe ich die Dinge jetzt nach Sophies Tod auch mit weiseren Augen als Max, wer weiß?«

Nora beugte sich vor und nahm seine Hand. »Mir fehlt sie auch immer noch so, Alex.« Sie ließ seine Hand wieder los, wischte sich über die Augen und lachte leise auf. »Wir sind schon ein tolles Gespann, sitzen nach so langer Zeit zusammen und heulen uns gegenseitig etwas vor.« Mühsam stand sie auf und zuckte zusammen. Als sie sein erschrockenes Gesicht bemerkte, lächelte sie mit zusammengebissenen Zähnen und atmete tief durch. »Keine Angst, das sind nur wieder diese blöden Senkwehen. Das geht gleich vorüber. Ich hole uns mal die kalten Melonenscheiben aus dem Kühlschrank.«

Als sie nach einigen Minuten wieder in der Tür erschien, war sie blass geworden.

»Alex, es geht doch los. Ich hab gerade das Fruchtwasser verloren.«

Er sprang auf. »Ich fahre dich in die Klinik.« Nervös schaute er sich um. »Hast du eine Tasche, oder musst du noch etwas zusammenpacken?«

Sie lehnte sich gegen den Türrahmen.

»Ist alles fertig. Sie steht oben im Schlafzimmer. Holst du sie?«

Statt einer Antwort lief er die Treppe hinauf. Nora sah ihm nach. Sie war froh, in diesem Augenblick nicht allein zu sein. Eine heftige Übelkeit hatte sie ergriffen. Eilig ging sie ins Bad und übergab sich. Als sie sich nach dem Mundausspülen im Spiegel ansah, wusste sie, dass sie sich vor der Entbindung fürchtete. Alles war dieses Mal so anders. Sie hatte keinen Mann an ihrer Seite, der ihr in den kommenden Stunden beistand, sie würde nicht in die Geborgenheit einer heilen Familie zurückkehren, und sie hatte keine Ahnung, wie Niklas das Geschwisterchen aufnehmen würde. Tapfer schluckte sie ihre Angst hinunter und atmete tief durch, bis die gerade einsetzende Wehe vorüber war. Sie wusste, dass sie der nun vor ihr liegenden Entbindung nicht würde entgehen können, und dachte nur noch an das Baby. Als sie das Bad verließ, stand Alexander mit der Tasche im Flur und sah sie besorgt an.

»Ist alles in Ordnung?«

Sie lächelte ihm zu. »Aber ja. Es ist doch schon meine dritte Geburt. Bleib ganz ruhig.«

Er hielt ihr die Haustür auf. Im Auto sah Nora ihn erschrocken an. »Und was ist mit den Kindern?«
Er warf ihr einen Seitenblick zu. »Keine Sorge, ich hab den Jungs einen Zettel geschrieben. Sollten sie aufwachen, werden sie wissen, wo wir sind.«
»Ah, gut.« Sie biss wieder die Zähne zusammen und atmete. »Hab ich dir schon gesagt, dass ich froh bin, dass du gekommen bist?«
Er lachte. »Erst etwa fünfmal heute Abend.«

In der Klinik half er ihr bei den Anmeldeformalitäten und wurde wie selbstverständlich als der werdende Vater behandelt. Weder er noch Nora sahen einen Grund, die Hebamme aufzuklären. Insgeheim war Nora sogar froh darüber, nicht erläutern zu müssen, warum sie ohne den Vater des Kindes zur Entbindung kam. Als sie allein im Zimmer waren, ging er zu Nora, die, auf die Fensterbank gestützt, eine Wehe veratmete.
»Nora, wie sieht es aus? Soll ich jetzt gehen oder noch bleiben? Was ist dir lieber?«
Wenn sie ehrlich war, hatte sie Angst davor, alles ganz allein durchzustehen. Irgendwie verband sie über Sophie noch immer eine tiefe Freundschaft mit Alexander, der sie nun fragend ansah.
»Kannst du noch bleiben, Alex? Wenigstens noch ein bisschen?«
Er legte einen Arm um ihre Schultern.
»Wenn du willst, bleibe ich auch ganz da.«
Die nächsten Stunden vergingen unter ständig zunehmenden Wehen, und Nora spürte wie schon bei den Entbindungen von Niklas und Marie, dass es nicht mehr lange dauern konnte. Sie erkannte dies auch daran, dass sie das Gefühl hatte, es nun nicht mehr länger aushalten zu können. Der in immer kürzeren Abständen auftretende Wehenschmerz überflutete sie und schien sie nicht mehr loslassen zu wollen. Nora ertrug ihn nur, weil sich

alles in ihr darauf konzentrierte, gleichmäßig zu atmen und so ihr Kind mit Sauerstoff zu versorgen.
Alexander hatte sie noch einmal gefragt, ob er gehen solle, doch statt einer Antwort hatte sie seine Hand nur fest gedrückt und weitergeatmet. So war er immer noch an ihrer Seite und hielt ihre Hand, als ihre kleine Tochter geboren wurde. Die Presswehen, die die Kleine auf die Welt beförderten, hatte Nora mit zusammengebissenen Zähnen scheinbar mit letzter Kraft ertragen. Der Schmerz und die Anstrengung ließen ihre Adern am Hals hervortreten, doch als sie den ersten Schrei ihres Neugeborenen vernahm, lehnte sie erschöpft den Kopf zurück und schloss erleichtert die Augen. Im nächsten Moment lag die Kleine in ihren Armen, und Nora betrachtete sie mit dem gleichen Ausdruck ungläubigen Staunens und überirdischer Freude, mit dem sie auch Niklas und Marie angesehen hatte. Sie wusste, dass man diesen Augenblick und dieses Gefühl für kein Geld der Welt kaufen konnte. Zärtlich streichelten ihre Finger über das Köpfchen mit dem erstaunlich dichten Haarflaum.
Alexander sah eine Weile ergriffen zu und strich ihr dann über die Wange.
»Das hast du gut gemacht.«
Sie atmete glücklich aus.
»Sieh doch nur, was sie für dichtes Haar hat.«
Er lächelte. »Ja, da werden sich später einmal die Zöpfe sehen lassen können. Ach, Nora, wie soll sie denn heißen?«
Nora löste den Blick von ihrer Tochter und sah ihn an.
»Ihr Name ist Sophie. Nach meiner besten Freundin.«
Alexander konnte nichts darauf sagen. Er nickte stumm und fuhr sich verstohlen über die Augen. Er war sich sicher, dass es seiner Frau ähnlich ergangen wäre.
Nachdem Nora genäht und versorgt worden war, ließ man sie zur Beobachtung noch für zwei Stunden im Kreißsaal, aber sie und Alexander waren inzwischen allein mit der kleinen Sophie. Nora

genoss die Glücksgefühle, die sie jetzt überfluteten, Glück darüber, dass sie dieses kleine Wesen nun wirklich im Arm hatte, und Glück darüber, dass die endlosen Stunden der Geburt hinter ihr lagen. Zufrieden lächelte sie dem Freund zu.
»Ich wollte dich bitten, die Patenschaft zu übernehmen, Alex. Wie sieht es denn aus, kannst du noch ein Patenkind vertragen?«
Er war erneut sichtlich berührt, versuchte das aber hinter einem Grinsen zu verbergen.
»Wenn du mich nicht gefragt hättest, hätte ich nie wieder ein Wort mit dir gesprochen.« Er beugte sich über sie und gab ihr einen Kuss auf die Stirn. »Es wird mir eine riesengroße Freude sein.«
Noras Blick fiel auf die Wanduhr, die sie in dieser Nacht wahrscheinlich mindestens zweihundertmal angestarrt hatte.
»Oh, schon nach sieben. Du fährst jetzt wohl besser zu den Kindern, oder?«
Er nickte und strich sich über die Bartstoppeln.
»Ja, du hast Recht. Und mach dir keine Sorgen, hörst du?«
Er beugte sich über das Baby und küsste es leicht auf den Kopf.
»Bis nachher, meine Sophie.«
An der Tür wandte er sich noch einmal um und zwinkerte ihr zu.
»Bis heute Nachmittag, Nora. Schlaf jetzt ein wenig, okay?«
Sie lehnte den Kopf zurück. »Ja. Und Alex – danke.«

32

Monate später stand Nora mit Sophie auf dem Arm am Fenster und beobachtete halb lächelnd und halb besorgt die waghalsigen Wendemanöver von Niklas und Marie, die draußen mit ein paar Freunden auf ihren Rollerskates vor der Garagenzufahrt hin und her sausten. Satt und zufrieden schmiegte sich die kleine Sophie an ihre Mutter und war nun offensichtlich bereit für ihren Mittagsschlaf. Leise summend trug Nora ihr jüngstes Kind nach oben, wickelte es und zog es um. Sophie ließ sich anstandslos herzen und anschließend in ihr Bettchen kuscheln. Nora blieb noch einen Augenblick am Fenster stehen, bevor sie leise die Vorhänge zuzog und sich umwandte. Ihre Tochter war schon eingeschlafen. Sie stand an ihrem Bett und betrachtete sie glücklich. Erstaunlich dichtes dunkles Haar kringelte sich auf ihrem Kissen. Lange dunkle Wimpern warfen Schatten auf die weichen runden Babywangen. Aus ihrem entschlossenen kleinen Mund war der Schnuller bereits wieder rausgerutscht. Nora lächelte. Sie sah Tom so ähnlich, dass es schier unglaublich war. Während sie langsam das Zimmer verließ, waren ihre Gedanken bei ihm. Er wusste noch immer nichts. Nora wurde nachdenklich. Aber er hatte ein Recht darauf. Im Wohnzimmer setzte sie sich an ihren kleinen Sekretär und begann zu schreiben. Sie befürchtete, dass sie es, wenn sie noch länger damit wartete, gar nicht mehr fertig bringen würde.

Tom hätte seine Gefühle nicht beschreiben können, als er einen Brief von Nora in seiner Post fand. Natürlich hatte er sie nie vergessen, doch war seine Hoffnung, dass sie zu ihm zurückkehren würde, mit der Zeit immer geringer geworden. Zunächst niedergeschlagen, hatte er sich mittlerweile damit abgefunden, dass sie inzwischen in ihrer Familie glücklich geworden war. Er stellte seinen Arztkoffer im Flur ab und ging mit dem Brief ins Wohnzimmer. Er hatte keine Ahnung, was sie ihm mitteilen wollte. Dennoch beschleunigte die gespannte Erwartung seinen Puls. Er riss den Umschlag auf und ließ sich am Fenster in einen Sessel fallen.

»Lieber Tom,
sicherlich bist du überrascht, nach so langer Zeit von mir zu hören. Eigentlich weiß ich auch gar nicht, wo ich anfangen soll. Es ist so viel geschehen in der Zwischenzeit. Auch fällt es mir schwer, dich brieflich so zu ›überrumpeln‹; aber ich glaube, du hast ein Recht, bestimmte Dinge zu erfahren, und telefonisch wäre es mir noch schwerer gefallen.
Diesem Brief liegt wieder ein Foto bei. Sieh es dir in aller Ruhe an. Das kleine Mädchen darauf heißt Sophie, ist zehn Monate alt – und deine Tochter, wie du sicher auch unschwer erkennen kannst. Ich habe selten ein Kind gesehen, dass seinem Vater so aus dem Gesicht geschnitten ist wie sie.
Ich entschuldige mich dafür, dich nicht eher informiert zu haben, aber nach meiner Rückkehr und dem Feststellen der Schwangerschaft ist mein Leben hier völlig auseinander gebrochen.«

Tom ließ den Brief sinken. Fassungslos wanderte sein Blick nach draußen. Das konnte doch nicht wahr sein! Sein Empfinden schwankte zwischen ungläubiger Freude und bodenloser Enttäuschung darüber, dass sie ihm erst jetzt mitteilte, dass er Vater geworden war. Er zog das Foto aus dem Umschlag. Im selben Moment gewann die Kleine sein Herz. Sekundenlang erfassten seine Augen das Babygesicht, suchten nach Nora und auch nach sich selbst, bevor er wieder zu dem Brief griff.

»Max ist ausgezogen. Er hat mir den Vertrauensbruch nicht verzeihen können und ist vor allem nicht damit fertig geworden, dass ich das Baby bekommen wollte. Niklas und Marie haben sehr unter unserer Trennung gelitten. Und ich? Ich weiß gar nicht mehr, was ich damals alles gedacht und gefühlt habe. Alles war meine Schuld.
Mir ist in den Monaten der Schwangerschaft nur eines besonders klar geworden – dass ich noch nie in meinem Leben ganz für mich selbst verantwortlich war. Ich bin nach der Schule praktisch direkt aus meinem Elternhaus in die Beziehung zu Max gegangen. Wenn ich jetzt nach der Trennung zu dir nach Australien geflüchtet wäre (ja, ich glaube, es wäre eine Flucht gewesen), dann hätte ich mich sofort wieder in eine neue Abhängigkeit begeben. Und sicherlich in eine tiefere als je zuvor.«

Tom runzelte die Stirn. Er verstand nicht, wieso sie von Abhängigkeit sprach. Er liebte sie so, wie er noch keinen Menschen vor ihr geliebt hatte. War er damit nicht in gewisser Weise sogar abhängig von ihr? Er schüttelte leicht den Kopf und wandte sich erneut ihren Zeilen zu.

»Ich musste erst einmal allein klarkommen, meine Gedanken und Gefühle ordnen und für mich und meine Kinder eine Basis schaffen.
Denn nach wie vor sind sie das Wichtigste in meinem Leben, und ich bin glücklich, sie zu haben – alle drei!
Ich denke oft an dich, Tom, und an die Zeit in Australien. Sophie ist schließlich ein sehr lebendiger Beweis dafür. Aber es hat sich seitdem so viel verändert. In den ersten Monaten der Schwangerschaft war ich zutiefst verzweifelt darüber, dass ich nun doch das Unheil über meine Familie gebracht habe, das ich so gern verhindert hätte. Ich

allein war schließlich die Ursache, die alles ausgelöst hatte. Heute geht es mir schon besser. Ein neuer Lebensrhythmus hat sich eingeschliffen, und die Kinder können damit umgehen, dass ihr Vater zwar nicht mehr bei uns lebt, sie ihn aber regelmäßig sehen können.
Martins und meine Reportage über dein Land war ein Erfolg, wie du ja schon erfahren hast. Trotzdem kann ich jetzt auf Grund meiner privaten Situation nicht mehr in der Welt herumreisen. Ich schreibe aber freiberuflich Texte zu Fotodokumentationen für den Verlag, worüber ich sehr froh bin, eröffnet mir diese Arbeit doch ein wenig Freiheit von den alltäglichen Aufgaben.
Ich hoffe, ich habe dich mit diesem Brief nicht allzu sehr schockiert. Auf deine Tochter jedenfalls kannst du sehr stolz sein. Ich freue mich, dass ich sie habe, und empfinde meine kleine Deutsch-Australierin heute als großes Glück.
Alles Liebe,
Nora«

Tom hatte den Brief mehrmals gelesen und minutenlang das Foto betrachtet, als könnte er auf diese Weise besser verstehen, was ihm da gerade widerfahren war. Unruhig hatte er schließlich eine Tür geöffnet und war auf die Terrasse gegangen. Wieder einmal sah er in die Ferne und überlegte. Sicher wusste er, dass er seine Tochter so schnell wie möglich kennen lernen wollte. Enttäuscht dachte er daran, was ihm schon entgangen war. Er fröstelte. Ein kühler Wind trieb ein paar Regenschauer vor sich her. Weitere dunkle Wolkenberge türmten sich am Himmel auf. Tom grübelte. Er hasste die Vorstellung, dass sie so weit von ihm entfernt aufwuchs, ohne ihren Vater und den Bezug zu dem Land, das ihre Eltern beide liebten. Er fragte sich, wie Noras Leben mit den drei Kindern ablief. Tom schluckte heftig bei dem

Gedanken daran, dass Max sicher regelmäßig seine Kinder besuchte oder abholte und dass Sophie dabei zusah. Irgendwann wäre sie groß genug, um die Frage zu stellen, wo denn ihr Vater sei.
Tom raufte sich die Haare. Mein Gott, diese Frau schaffte es immer wieder aufs Neue, sein Leben vollkommen auf den Kopf zu stellen. Er war völlig verunsichert. Noras Brief hatte nicht so geklungen, als würde sie ihn herbeisehnen. Er wusste nicht, ob er noch einen Platz in ihrem Leben einnahm. Ratlos setzte er sich auf die Verandabrüstung und schaute erneut auf das Foto, bevor er einen Blick auf seine Armbanduhr warf und in Gedanken bereits den Zeitunterschied ausrechnete. Ein trotziger Zug legte sich um seinen Mund, als er erkannte, dass es in Hamburg etwa drei Uhr morgens sein musste. Na wenn schon! Er konnte jetzt nicht mehr länger warten. Nervös tippte er die lange Nummer ein, inständig hoffend, dass sie nicht umgezogen war. Als sie sich offensichtlich verschlafen meldete, schloss er dankbar die Augen.
»Hier ist Tom.«
Nora war sofort hellwach. Ihr Herz klopfte heftig. Sie hatte Mühe, sich zu konzentrieren.
»Hallo, Tom.«
Ihr fiel einfach nichts Besseres ein. Zu gespannt erwartete sie eine Reaktion auf seine Vaterschaft. Sie hatte lange gezögert, diesen Brief abzuschicken, unsicher darüber, ob er nicht vielleicht bereits in einer neuen Beziehung lebte.
Er räusperte sich kurz. »Ich habe deinen Brief bekommen, Nora.«
Ihr Herz hämmerte derart laut, dass sie glaubte, er müsse es sogar am Telefon hören.
»Und, Tom? Habe ich dich erschreckt?«
Seine Stimme klang weich. »Ist das wirklich wahr? Ich … ich kann es einfach nicht glauben.«

Erleichtert registrierte sie, dass er sich zu freuen schien.
»Es ist ganz bestimmt wahr. Und du, Tom, bist ihr Vater.«
Sie meinte förmlich, ihn lächeln zu hören.
»Sie ist so süß, Nora.« Er machte eine kleine Pause, bevor er hinzufügte: »Ich möchte sie so schnell wie möglich sehen.«
Nora fühlte, dass ihr Herz wie rasend schlug.
»Das habe ich gehofft.« Doch sofort fügte sie hinzu: »Ich meine, ich habe gehofft, dass auch sie einen Vater hat, zu dem sie eine Beziehung aufbauen kann und dem sie nicht gleichgültig ist.«
Einen Moment herrschte Schweigen. Es war, als müsste Tom erst nachdenken, in Wirklichkeit aber klang er jetzt enttäuscht.
»Das kann doch nicht dein Ernst sein, dass du wirkliche Zweifel daran gehabt hast, ob ich mich für mein Kind interessieren werde oder nicht, Nora. Du warst der wichtigste Mensch in meinem Leben. Wie könnte mir da unser Kind egal sein? Soll ich dir mal was verraten? Das Einzige, was mir nicht egal ist, ist die Tatsache, dass ihr über zwanzigtausend Kilometer entfernt lebt.«
Nora fühlte sich beschämt.
»Tom, ich musste doch zögern. Nach all der Zeit … ich meine, du hättest ja schon in Australien Vater sein oder inzwischen verheiratet sein können. Ich wollte nicht auch noch dein Leben durcheinander bringen.«
Sie verstummte überrascht, als sie ihn laut lachen hörte.
»Nora, niemand auf der ganzen Welt hat mein Leben jemals mehr durcheinander gebracht als du.«
Nora biss sich auf die Lippe, als sie erkannte, dass er damit wahrscheinlich absolut Recht hatte. Sie schwieg ein wenig ratlos, da sie nicht wusste, was sie nun sagen sollte.
Tom seufzte noch einmal. »Pass auf, ich werde mit Bill sprechen und mir freinehmen. Wenn alles klappt, komme ich so schnell ich kann nach Deutschland. Ist das okay für dich?«
Sie nickte unwillkürlich. »Ja.«

»Ich melde mich bei dir, sobald ich die Flugverbindung weiß.«
Er lachte leise. »Dann schlaf gut. Bei euch ist ja jetzt Nacht, oder?«
Sie lächelte ebenfalls.
»Gut zu wissen, dass dir das nicht entgangen ist.«
»Tut mir Leid, aber ich hätte nicht mehr warten können. Ich musste einfach mit dir sprechen. Schlaf gut, Nora.«
»Du auch, Tom. Bis bald.«

Nora legte das Telefon auf den Nachttisch und fühlte erneut ihren Herzschlag. Sie war glücklich, denn sie spürte, dass ein neuer Anfang vor ihr lag.

Barbara Bickmore

Wer den Himmel berührt

Roman

Ein lebensgefährlicher Job mitten in der Wildnis! Die junge Ärztin Cassandra Clarke arbeitet für die *Flying Doctors,* die Fliegenden Ärzte. Nicht nur ihr Beruf stellt hohe Anforderungen an die mutige junge Frau: Drei Männer, die ihr Leben für immer verändern sollen, kämpfen um ihre Liebe.

Ein leidenschaftlicher Roman um eine ungewöhnliche Frau vor dem atemberaubenden Hintergrund der australischen Landschaft.

Patricia Shaw

Im Land der tausend Sonnen

Die neue große Saga der australischen Bestsellerautorin!

Pastor Beitz hat einen Traum: Im Jahre 1874 macht er sich zusammen mit einigen mutigen Landsleuten aus Hamburg nach Australien auf, um dort ein neues, idyllisches Gemeindeleben aufzubauen. Doch das gelobte Land, das den Pionieren versprochen wurde, erweist sich als wilder Dschungel. Mit viel Optimismus und Entschlossenheit schaffen es die Familien, die ersten Hürden zu überwinden. Bald aber bedroht ein Neuankömmling, der sich als Geistlicher ausgibt, ihre aufblühende Stadt – und nur ein eingeborener Seher durchschaut seinen teuflischen Plan ...

Knaur